KB178691

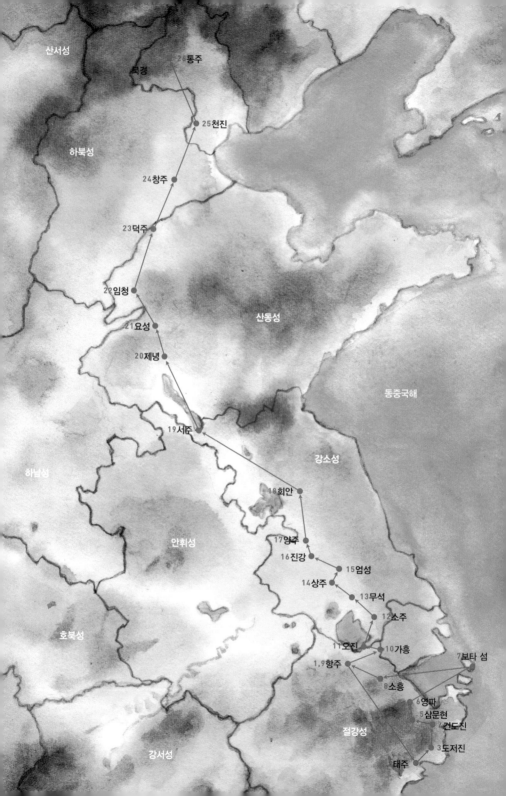

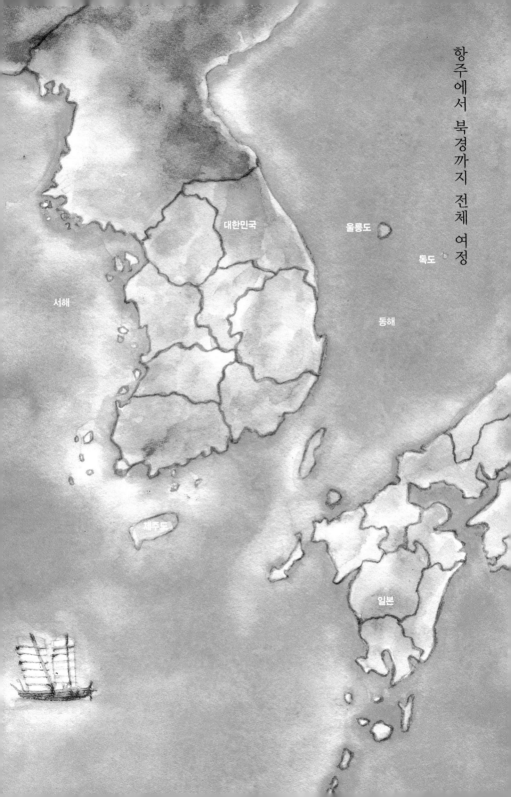

항주에서 북경까지 전체 여정

 IDEAL LIBRARY

# Walking along the Waterway of the Ming Dynasty

*2500km from Hangzhou to Beijing along the Path from Ch'oe Pu's Travelogue 'P'yohae-rok'*

by Seo In-beom

# 명대明代의 운하길을 걷다

항주에서 북경 2500km 최부의 '표해록' 답사기

서인범 지음

이상의 도서관 40

한길사

**◧ᵢᵢ 이상의 도서관 40**

# 명대明代의 운하길을 걷다
항주에서 북경 2500km 최부의 '표해록' 답사기

지은이 · 서인범
일러스트 · 정현경
펴낸이 · 김언호
펴낸곳 · (주)도서출판 한길사

등록 · 1976년 12월 24일 제74호
주소 · 413-756 경기도 파주시 교하읍 문발리 520-11
    www.hangilsa.co.kr
    E-mail: hangilsa@hangilsa.co.kr
전화 · 031-955-2000~3    팩스 · 031-955-2005

상무이사 · 박관순
총괄이사 · 곽명호 | 영업이사 · 이경호 | 경영기획이사 · 김관영
기획편집 · 배경진 서상미 김지희 홍성광 이지은
전산 · 김현정 | 마케팅 · 박유진
관리 · 이중환 장비연 문주상 김선희

CTP 출력 · 알래스카 커뮤니케이션 | 인쇄 제본 · (주)네오프린텍

제1판 제1쇄 2012년 1월 30일
제1판 제2쇄 2012년 5월 25일

값 20,000원
ISBN 978-89-356-6533-4 03800

이 도서의 국립중앙도서관 출판시도서목록(CIP)은
e-CIP 홈페이지(http://www.nl.go.kr/ecip)에서 이용하실 수 있습니다.
(CIP 제어번호: CIP2012000274)

"『표해록』은 명대를 전공하는 나에게 보물이나 다름없다.
중국의 그 어느 사료보다도 당대의 시대상황과
조운로의 모습을 이토록 잘 보여주는 책은 없기 때문이다.

최부의 숨결이 배어 있는 조운로나 그가 견문한 곳을
온전히 더듬어 갈 수는 없을 것이다.
하지만 최소한 그의 눈과 마음을 가슴에 담고
조운로 선상에 담겨 있는 다양한 이야기를 담아내려 한다."

# 명대明代의 운하길을 걷다

항주에서 북경 2500km 최부의 '표해록' 답사기

# 제2부 | 역사 속 지상낙원을 찾아서

# 제3부 ㅣ 양자강 너머 옛 운하길을 걷다

# 제4부 | 물길을 따라 북경으로

## 일러두기

1. 행정 단위를 나타내는 성(省), 부(府), 현(縣), 진(鎭) 등과 섬을 의미하는 용어는 중국음으로 표기하지 않았다.
   예: 도저진(桃渚鎭) → 타오주 진, 보타섬(寶陀島) → 바오투어 섬

2. 최부의 여행경로를 답사하던 2009년 당시의 1위안은 한화로 173원이었다.

3. 거리단위 리(里)는 나라별·시대별·지역별로 편차가 커서 편의상 오늘날의 393미터로 환산했다.
   예: 1리 → 약 0.4킬로미터

4. 중국 지명에 나오는 龜의 한자음은 '귀'로 읽지 않고 '구'로 읽었다. 예: 구산(龜山)

5. 몽골의 표기는 저서인 『몽고족통사』를 제외하고는 전부 '몽골'로 표기했다.

6. 최부의 가계와 생애, 여정 지도는 『표해록』(최부 지음, 서인범·주성지 옮김, 2004, 파주: 한길사)의
   633~693쪽, 6쪽을 각각 참조하면 된다.

7. 명대의 은(銀)과 쌀(米)의 환산율은 시기별·지역별, 곡물의 풍흉에 따라 차이가 있다.
   기본적으로 정통(正統) 연간의 환산율은 은 1냥이 쌀 4석(石)이고, 청대는 은 1냥이 쌀 1석이다.
   명대의 1석은 71.8kg이다.

8. 문헌사료를 확보하지 못한 극히 일부분에 한해 바이두, 구글, 위키피디아를 참조했다.

9. 조운로를 창주에서 북경으로 거슬러 올라가는 순으로 글을 썼으나,
   실제 여행은 창주 → 북경, 북경 → 통주 → 북경, 북경 → 천진 → 통주순으로 진행했다.

# 길을 떠나며

• 머리말

## 부친상을 치르러 가던 뱃길에서 풍랑을 만나다

정조 15년1791에 무명의 선비로 북경베이징北京에 다녀온 김정중金正中은 다음과 같이 말했다.

옛사람 말에 만 권의 책을 읽지 않으면, 만 리의 길을 갈 수 없다. 문장을 짓는 데 반드시 교묘巧妙 있게 하지 않아도 된다. 시도 마찬가지다. 생각건대 문장이나 시는 모두 견문이 깊어져야만 밑천이 될 수 있는 것이다. 이후 평소에 쌓은 것이 나타나 일가一家의 문장을 이루게 하여 독자로 하여금 눈이 휘둥그레지고 마음으로 놀라워하게 만든다. 그것이 어디서 왔는지는 모르지만 칭찬과 찬탄을 더하지 않을 수 없다. 생각건대 글이 교묘하다는 것은 이와 같은 것이다.

평상시에 보고 듣는 것이 글이나 시를 지을 때 가장 중요하다는 설명이다.

역사를 연구하는 학자는 일반인이 고리타분하게 여기는 국가 공식문서나 사대부의 문집, 그리고 땅속에 파묻혀 있던 유물 등을 통해 과거에 살았던 사람들의 삶을 재현해내기 위해 마치 어머니가 아이를 낳는 것과 같은 산고를 겪는다. 그 대상과 주제가 상층 계급인 임금이나 고위 대신의 이야기일 수도 있고, 반대로 통치 대상이던 서민의 애환일 수도 있다. 비단옷을 휘날리던 고고하지만 연약한 고위층 사람이나 삼베에 땀을 적셨던 사람들이 살았던 시대와 공간은, 우리가 살고 있는 이 시대에는 더 이상 존재하지 않는다. 단지 역사를 파헤치다보면 거기서 생겨나는 약간의 돈으로 근근이 생활을 영위해가는 연구자들이 그들의 삶을 캐내어 세상에 드러낸다. 주어진 조건들, 그것이 많건 적건 또는 바른 것이든지 왜곡된 것이든지 간에, 사료와 유물을 종합해 하나의 사건을 재구성해내려고 애를 쓴다. 물론 거기에는 잘못된 해석으로 인해 과거의 모습이 심하게 뒤틀릴 수도 있다.

산더미같이 쌓인 연구실 속 사료의 숲에서 잠시 일탈해 520여 년 전인 성종 19년1488에 중국 절강성저장 省浙江省 태주부타이저우 부台州府에 표착했던 최부崔溥, 1454~1504의 시선과 마음으로 돌아가고자 한다. 그가 호송당한 경로는 사람과 곡물을 운반하며 내륙을 종縱으로 관통하던 이른바 조운로漕運路였다.

본문에서 자세하게 서술하겠지만, 최부는 추쇄경차관推刷敬差官 직을 맡아 죄를 범하거나 군역軍役을 회피하고 제주도로 도망간 자들을 찾아내기 위해 제주도로 들어갔다. 하지만 임무를 수행한 지 3개월도 채 못 되어 부친상을 당해 급거 귀향하지 않으면 안 되었다. 하늘이 어두워지고 바람이 불자 배를 띄우지 말라는 제주도 관리들의 만류를 뿌리치고는 배에 올라탔다. 가는 도중에 폭풍우를 만나 중국 남쪽 절강성 태주부에 표착하게 되었다. 왜구로 몰려 갖가지 고초를 당하다 조선인이라는 신분이 밝혀져 명나라 장교의 보호를 받으며 조운로를 따라 북경에 도착한다. 그 뒤 막 등극한 황제 홍치제弘治帝, 재위 1488~1505로부터 상을 하사받고 요동랴오둥遼東: 오늘날의 랴오닝 성 일대을 거쳐 압록강을 건너 조선으로 돌아온다. 현재 서울 청파동에 있던 역참驛站인 청파역靑坡驛에 도착한 그에게 성종은 중국에 다녀온 견문기를 쓰도록 명한다. 약 6개월이 채 못되는 여정을 기록한 것이 바로 인구에 회자되는 『표해록』漂海錄이다.

1999년에 일본 유학을 마치고 귀국하자 은사 조영록 선생이 한 권의 책을 건네주셨다. 그것이 최부와의 만남의 시작이었다. 이후 대학원생들과 3년 반에 걸친 역주 작업을 진행해 한길사에서 간행하여 과분할 정도로 독자들의 사랑을 받았다.

2007년 대학원 수업 시간에 『명사』明史「식화지」食貨志 중에서 조운漕運 부분을 강독하게 되었다. 명 태조 주원장朱元璋: 훗날의 홍무제, 재위 1368~98이 명조明朝를 창업하면서 수도를 남경난징南京으로 정했다. 황태자인 큰아들이 급사하자 홍무제는 손자 건문제建文帝, 재위 1399~1402를 후계자로 삼았다. 그러나 강력한 군사력을 보유하고 있던 홍무제의 넷째 아들 연왕燕王: 훗날의 영락제이 조카 건문제와 벌인 싸움에서 이기자 수도를 자신의 거점인 북경으로 옮겼다. 북경은 정치의 중심지이자 몽골의 침입을 방비하는 요충지이기는 했지만 많은 인구를 먹여 살릴 물자의 태반이 부족했다. 이리하여 강남장난江南의 풍부한 물자를 북경으로 운반하지 않으면 안 되었다. 문제는 막힌 조운로——우리가 알고 있는 대운하——를 준설해 배가 통행할 수 있도록 하는 것이었다.

당시 이 수로에는 곡물과 다양한 물품을 실어 나르던 배들의 돛대가 즐비했다. 황제의 명을 받들어 공문서를 품에 소지하고 강남을 오가는 관료들 모습으로 분주했다. 강남지역의 풍광을 동경하던 묵객들도 버드나무 줄지어 선 물길을 따라 유유히 배를 몰아갔다. 풍광이 뛰어나거나 길이 갈리는 곳에 숙소가 생겨나면서 점차 대도회지로 발전했다. 그 물길에는 북경에서의 생활을 접고 고향으로 돌아가는 관료들, 일확천금을 꿈꾸는 상인들의 분주한 모습, 물자를 수송하던 선원과 백성, 그리고 이들을 상대하던 섬섬옥수 여인들의 애환이 녹아내려 있다.

조선 관료로 양자강양쯔 강揚子江 이남의 경승지를 마주한 최부는 놀라움에 가슴이 두근거렸다. 그 누가 조운로 선상의 도시와 풍속을 대했던가. 명나라 군인에게 호송당하는 순간에도 피곤함을 잊고 자신이 걸어간 길과 경치를 잊지 않고 부하인 배리陪吏들을 시켜 기록케 했다.

『표해록』은 명대를 전공하는 나에게 보물이나 다름없다. 중국 어느 사료보다도 당대의 시대상황과 조운로의 모습을 보여주는 사료는 없기 때문이다. 어느 순간 명대를 전공하는 내가 이 길을 따라가지 않으면 안되겠구나 하는 욕망이 솟구쳐 올라왔다. 하지만 강의와 논문에 속박되어 있는 몸인데다, 답사비용을 마련하는 것도 수월치 않아 배낭을 꾸리려던 계획은 자꾸만 늦춰졌다.


## 최부의 숨결 따라 조운로에 나서다

그러던 어느 날 기회가 찾아왔다. 2009년 마침내 임용된 지 7년여 만에 처음으로 연구년을 맞이해 연구실에서 벗어날 수 있게 되었다. 중국에서 1년간 연구생활을 하리라 마음먹고 절강대학교 한국학연구소 소장으로 있는 진지엔런金建人 교수에게 초청장을 보내줄 것을 요청해 허가서를 받았다. 그런데 어찌 된 일인지 급격하게 환율이 치솟기 시작했다. 지금은 중국화폐 1위안元이 한국 돈으로 170원 정도이지만, 당시만

해도 230원으로 급등했다. 고민에 빠져 있을 때 일본 유학시절의 은사로 고치高知대학교 부총장으로 있던 엔도 다카토시遠藤隆俊 선생이 고치대학교에서 연구활동을 하지 않겠냐며 제안을 해왔다. 모처럼의 중국행을 단념하고 국문과 김상일 선생과 함께 마쓰야마松山행 아시아나비행기에 올랐다.

6개월간 궁색한 자취생활을 끝내고 8월 말에 귀국했으나, 큰딸의 대학입시 관계로 최부의 길과 조운로 탐사는 미루어졌다. 입시가 끝나고 11월 15일 중국 유학생으로 대학원에서 불교사를 전공하고 있는 곽뢰郭磊 군과 함께 배낭을 짊어지고 항주항저우杭州로 여정을 시작했다.

창공 저편을 수놓은 구름을 보며 상념에 젖었다. 시간을 거꾸로 돌아가 520여 년 전의 최부로 변신해볼까? 그는 무엇을 보고 느꼈을까. 조선 시대를 살았던 학자들은 최부가 학문에 해박하고, 이학理學에 대단히 정통했다고 평했다. 성종 16년1485에는 『신증 동국여지승람』을 편찬하는 데 참여했고, 역사에도 식견이 높아 신라 초부터 고려 말까지의 역사를 다룬 『동국통감』을 저술했다. 일반적으로 이 책의 저자는 서거정徐居正, 1420~88이라고 알려져 있는데, 안정복安鼎福, 1712~91은 저서 『동사강목』에서 『동국통감』의 저자가 최부라 고증했다. 과거에 두 번이나 합격할 정도로 박식했던 최부는 조선의 역사만이 아니라 중국의 역사, 지리에도 능통했다. 『표해록』을 읽으면 그가 중국 여행을 해본 적이 없었는데도 중국의 지리에 대해 얼마만큼 해박했던가를 깨닫게 된다. 대화를 나누던 중국인들조차 입을 다물지 못할 정도였다니 말이다.

최부는 망망대해에서 격랑을 헤쳐나가야 했고, 육지에 올라서는 다리를 절룩거리며 걸어가야 했다. 최부는 바다에서 육지로 올라와 심문을 당한 뒤로부터 약 4개월 만에 북경에 도착했다. 그러면 자전거에서부터 '조화'라는 의미를 지닌 고속전철인 화해호허시에하오和諧號를 비롯한 문명의 이기를 이용한 우리는 얼마 만에 북경에 도달할 수 있을까?

최부의 숨결이 배어 있는 조운로나 그가 견문한 곳을 온전히 더듬어 갈 수는 없을 것이다. 하지만 최소한 그의 눈과 마음을 가슴에 담고 조운로 선상에 담겨 있는 다양한 이야기를 이제부터 담아내려고 한다.

2011년 12월
서인범

# 최부는 누구인가

## 대대로 충신의 집안에서 태어난 최부

최부의 본관은 탐진耽津: 오늘날의 강진康津으로 생가는 나주시 동강면 인동리 성기촌에 있다. 자는 연연淵淵, 호는 금남錦南이다. 부인 해남 정씨 사이에 딸 셋, 함양 박씨 사이에 서자 최적崔迪을 두었다. 적실에서 태어난 세 딸 중 장녀는 유계린柳桂隣, 차녀는 나질羅晊, 삼녀는 김분金雰에게 각각 출가했다. 큰딸의 소생인 유희춘柳希春, 1513~77은 대사헌을 지낸 호남 사림의 대표적인 인물로 『미암일기』眉巖日記를 남겼다.

최씨 족보를 통해 그의 가계도를 살펴보면, 선조 최사전崔思全은 고려 인종 때 외척으로 왕위를 찬탈하려고 반란을 일으킨 이자겸李資謙을 제거한 공로로 병부 상서에 발탁되었다. 아들은 최열崔烈로 인종재위 1122~46으로부터 효인孝仁이라는 이름을 하사받는다. 이후의 가계에 대해서는 불분명한데, 족보에는 조상들이 고위 관직을 지낸 것으로 기록되어 있다. 『미암일기』를 통해 유희춘의 외증조할아버지는 최택崔澤, ?~1488으로 진사 출신이었다는 점만 알려져 있다.

내가 역주한 『표해록』의 앞부분에 조영록 선생이 최부의 생애에 관해 쓴 글이 실려 있다. 그 글에 약간 설명을 덧붙여 최부를 소개하기로 한다.

　최부는 최택과 여양 진씨 사이에서 장남으로 태어났으며, 조선조 사림의 종장宗匠인 김종직金宗直의 제자 가운데 한 사람으로 명망을 떨쳤다. 성종 8년1477 24세의 나이에 진사시에 합격해 성균관에 들어가 수학했으며, 성종 17년1486에는 문과 중시 을과에 급제했다. 당시 8명의 급제자 중 김종직 문하의 동문으로 신종호와 표연수 · 김일손 등이 있었다. 이듬해 홍문관 부교리로 승진했고, 11월에 제주 삼읍三邑 추쇄경차관에 임명되었다. 다음해 정월에 부친상을 당해 급거 고향 나주로 돌아오다 태풍을 만나 표류한 끝에 중국 절강성 태주부에 표착하게 되었다. 도적을 만나 사지에 처했으나 슬기를 발휘해 탈출을 감행했고, 왜구로 오인되었으나 곧 조선인임이 밝혀져 명나라 장교의 호송을 받아 지상의 천국이라는 항주 · 소주쑤저우蘇州를 거쳐 북경에 다다른다. 북경에서 당시 막 황제 자리에 오른 홍치제를 알현하고 상을 하사받은 후 요동과 압록강을 거쳐 조선으로 귀국했다.

　한양에 도착한 그는 6월 14일 청파역에 이르러, 임금의 명을 받고 표류일기를 써 가지고 들어갔다. 성종으로부터 부의로 포 50필과 마필을 지급받아 곧장 고향인 나주로 내려가 부친상을 치렀다. 불운은 겹친다고 하는 말이 있듯이 상을 치르던 중에 모친마저 세상을 떠났다.

　3년간의 부모상을 치르고 난 후인 성종 22년1491에 한양으로 올라오자 성종은 최부에게 사헌부司憲府 지평持平이라는 벼슬자리를 내렸다. 그러나 임용된 지 한 달여가 지나도록 사간원司諫院에서 동의해주지 않아 정식 임용이 보류되었다. 당시 정언正言 조형趙珩이 그를 임명하지 않은 이유를 다음과 같이 말했다.

최부가 일찍이 부친상을 당해 귀향하다 바다에 표류해 중국에 이르러 시장詩章을 많이 지었습니다. 시를 지은 것은 살길을 구하려고 했기 때문이니, 오히려 괜찮다고 할 수 있습니다. 그러나 귀국했을 때 일기를 지으라는 임금의 명을 받았다고 할지라도 글을 올려 슬픈 심정을 아뢰고, 재빨리 빈소로 돌아가야 했습니다. 그렇지만 그는 여러 날을 서울에 머무르면서 일기를 지으며 조금도 애통해하는 마음이 없었으니, 이는 인륜의 가르침에 부끄러움이 있는 것입니다.

## 임금의 명으로 표류일기를 써 바치다

대간臺諫은 중국에서 돌아온 최부가 상주 된 몸으로 중국에서 견문한 일기를 지어 성종에게 바친 일이 성인의 가르침 어긋나는 부끄러운 행위였다며 지평 임용을 반대했다. 성종은 임금의 명을 받고 마지못해 한 일이라며 적극적으로 해명하고 최부를 두둔했다. 그러자 이번에는 사간원 정언 이계맹李繼孟이 임용을 반대했다. 대신들이 최부를 방문해 보면 자신이 겪고 본 것을 두루 이야기하면서 조금도 애통해하는 마음이 없어 보였다는 것이다. 또 충신은 효자 가문에서 나온다고 했는데, 어버이에게 효도를 다하지 못한 최부가 어떻게 임금에게 충성을 다하겠냐며 그를 탄핵했다. 조선의 사관史官은 이 점을 대단히 애석하게 여겼다.

최부가 돌아오니, 임금이 괴롭고 고통스러웠던 경험을 불쌍히 여겨 일기를 지어 바치도록 명했다. 최부가 청파역에서 여러 날을 머물렀기 때문에, 옛 친구 중에서 조문하러 오는 자가 있었다. 그는 초상初喪이라는 이유로 조문을 받지 말아야 했다. 그런데 이따금 그들과 만나

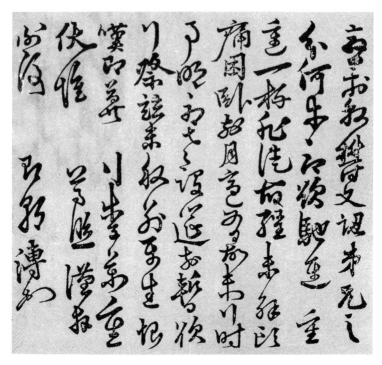

금남 최부의 필적. 글씨에서도 부러질지언정
꺾이지 않는 선비의 기개가 느껴진다.

서 이야기도 하고, 표류하고 머물던 당시의 고생스러웠던 상황을 서
술해 비방을 받았다.

임금의 명령을 따르기보다도 먼저 부친상을 치르기 위해 고향으로 갔
어야 한다는 것이 탄핵론자들의 논리였다. 명분에 사로잡힌 탄핵이었
다. 『표해록』을 읽어본 독자라면 누구라도 최부가 효자에 충신이었음을
알 수 있다. 형조 판서를 지낸 윤효손尹孝孫, 1431~1503이 최부를 옹호했다.
사실 둘은 서로 잘 아는 사이가 아니었다. 그러나 최부가 여묘살이를 할

적에 항상 묘 곁에 있으면서 아침저녁으로 몸소 음식을 차리자 온 고을에서 추앙한 사실을 들어 그를 옹호했던 것이다.

그의 강직한 성품을 보여준 너무나도 유명한 일화가 하나 있다. 응교應敎 신분이었던 최부와 영광靈光 사람인 정자正字 송흠宋欽, 1459~1547이 옥당玉堂, 즉 홍문관弘文館에 있을 때 휴가를 얻어 각자 고향에 내려갔다. 이 두 사람의 집은 15리약 6킬로미터 정도 떨어져 있었다. 하루는 송흠이 최부의 집을 찾아와 대화를 나누었다.

최부: 자네는 무슨 말을 타고 왔는가?
송흠: 역마를 타고 왔습니다.
최부: 역마를 자네 집에 매어둔 일, 자네가 우리 집에 온 일은 모두 개인적인 일인데, 어찌하여 공적으로 사용해야 할 역마를 타고 왔는가?

최부는 조정에 돌아가서 이 일을 알리고 송흠을 파직시키려고 생각했다. 그러자 송흠이 최부를 찾아와 사과했다.

최부: 자네같이 젊은 사람들은 앞으로 행동을 조심하는 것이 좋네.

역마는 군사정보나 공문서 전달, 사신과 수령의 왕래에 따른 영송迎送 또는 물자 운반에 사용하는 중요한 통신수단이었다. 공적으로 사용해야 되는 말馬을 함부로 이용한 것은 잘못이라고 따끔하게 지적한 것이다.
사림파와 훈구파의 갈등에서 야기된 사화士禍의 혹독한 정치파동을 겪게 되면서 최부는 나락으로 떨어졌다. 성종이 승하하자 19세의 젊은 나이로 즉위한 연산군재위 1494~1506은 유교정치에 염증을 느끼고, 두 차례의 사화를 일으켜 김종직을 필두로 한 사림파에 대해 가혹한 탄압을 가했다. 연산군 4년1498 무오사화 때에는 동문인 김굉필 · 박한주 등과 함께 붕당을 지어 국정을 비난했다는 죄목으로 장杖 80대에 함경도 단천으로 귀양 보내졌다. 연산군 10년1504 갑자사화 때에는 장 100대에 거제로 귀양 보내 노奴로 삼는다는 처벌이 내려졌다. 그런데 이해 10월에 의금부가 무오년에 죄지은 사람 명단을 기록해 연산군에게 보고하자, 최부는 참형에 처해지게 되었다. 그달 24일에 옥졸에게 붙잡혀 온 최부는 어둑어둑해진 저녁 8시 전후에 생을 마감했고, 이튿날 효시당했다.

연산군은 최부와 이원李黿의 죽음이 궁금했던지 그들이 형벌을 당할 때 무슨 말을 했는지 물었다. 승지 윤순尹珣이 의금부 낭관郎官을 불렀다.

윤순: 최부는 한 마디 말도 없었고, 이원은 '우리 아들이 왔느냐? 보고 싶다'고 했습니다. 다른 말은 없었습니다.

죽음의 순간에 최부는 돌아가신 부모와 슬피 울고 있을 처자를 떠올렸을까? 아니면 격하게 요동치며 자신을 삼킬 듯 하늘로 치솟다 땅으로 꺼지던 바다가 파노라마처럼 눈앞에 펼쳐졌을까? 그도 아니면 연산군 3년 1497에 성절사聖節使 질정관質正官으로 재차 명나라를 방문하게 되었던 소회를 가슴에 담았을까?

사관은 "최부는 공렴정직하고 경사經史에 널리 통했으며, 문사文詞에 능했다. 간관諫官이 되었을 때는 아는 사실을 말하지 아니한 적이 없었으며, 회피하는 일이 없었다"며 그를 높이 평가했다. 연산군을 폐위시키고 동생을 왕위에 오르게 한, 이른바 중종반정 이후 통정대부승정원도

전남 무안에 있는 최부의 묘역. 최부는 1498년 무오사화 때 단천에 유배되었다가,
1504년 갑자사화 때 참형되었다.

승지通政大夫政院都承旨에 추증되었고, 예조 참판이 더해졌다.

　남구만南九萬의 『약천집』藥泉集에 「최부의 『표해록』을 보다」라는 시가
있다.


　　천만 가지 위험과 어려움을 겪으며
　　몇 겹의 창해와 몇 겹 산을 지났던가!
　　청류로서 화 당할 줄 일찍이 알았던들
　　물고기 먹이 됨이 되레 편안했으리라.
　　飽盡千危歷萬難　幾重滄海幾重山
　　早知不免清流禍　魚腹藏身較似安


　묘소는 전남 무안군 몽탄면에 있다. 최근 중국 절강성 영해현닝하이 현寧

海縣 월계촌유에시 촌越溪村에 현지의 행정당국과 최씨 문중의 협조로 「최부 표류사적비」가 세워졌다. 최부는 뜻을 다 펴지 못하고 죽었지만 그의 이름과 명성은 오늘날까지 살아 있다.

제1부

# 잿빛 바다를 건너 최부를 만나러 가다

마을 사람들이 매질을 하고 몰아세워 최부 일행은
엎어지고 울부짖으며 고개를 넘었다.
최부는 이리 비틀 저리 절뚝거리다가 길 위에 쓰러졌다.
이렇듯 고통을 당하며 밤길을 걷다 날이 샐 무렵에야
선암리에 도착했다.

그로부터 520여 년이 지난 지금, 불당 앞에 모인
노인들의 입을 통해 이 선암리라는 마을이 현존하고 있다는
사실을 알았을 때 나는 너무나 가슴이 벅찼다.
사료와 그 현장이 일치할 때의 희열을 상상해보라!

## 항주에서 소흥까지의 경로

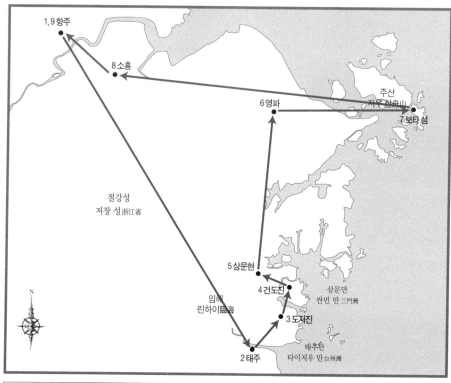

1,9항주

8소흥

6영파

주산
저우싼舟山

7보타섬

절강성
저장 성浙江省

N

임해
린하이臨海

5삼문현

4건도진

삼문만
싼먼 만三門灣

3도저진

2태주

태추만
타이저우 만台州灣

요녕성
(랴오닝 성遼寧省)

하북성
(허베이 성河北省)

산서성
(산시 성山西省)

산동성
(산둥 성山東省)

하남성
(허난 성河南省)

강소성
(장쑤 성江蘇省)

호북성
(후베이 성湖北省)

안휘성
(안후이 성安徽省)

절강성
(저장 성浙江省)

호남성
(후난 성湖南省)

강서성
(장시 성江西省)

### 항주에서 북경까지 전체 경로

1 항주 | 항저우杭州
2 태주 | 타이저우台州
3 도저진 | 타오주 진桃渚鎭
4 건도진 | 지엔티아오 진健跳鎭
5 삼문현 | 싼먼 현三門縣
6 영파 | 닝보寧波
7 보타 섬 | 바오투어 섬普陀島
8 소흥 | 샤오싱紹興
9 항주 | 항저우杭州
10 가흥 | 자싱嘉興
11 오진 | 우전烏鎭
12 소주 | 쑤저우蘇州
13 무석 | 우시無錫
14 상주 | 창저우常州

15 엄성 | 엔청淹城
16 진강 | 전장鎭江
17 양주 | 양저우揚州
18 회안 | 화이안淮安
19 서주 | 쉬저우徐州
20 제녕 | 지닝濟寧
21 요성 | 랴오청聊城
22 임청 | 린칭臨淸
23 덕주 | 더저우德州
24 창주 | 창저우滄州
25 천진 | 톈진天津
26 통주 | 퉁저우通州
27 북경 | 베이징北京

# 비에 젖은 항주

## 배를 탄 지 나흘 만에 맞은 위기

2009년 11월 15일 오후 1시 5분 중국국제항공 CA 140편으로 항주로 출발했다. 비행기는 기수를 남쪽으로 돌려 군산 앞바다를 지나 남쪽으로 내려가다 방향을 틀어 서해 해상으로 진입했다. 도중 기류의 영향을 받아 기체는 심하게 요동쳤다. 마침 식사가 제공되고 있었는데 스튜어디스도 몸을 가누기 힘들 정도로 흔들렸다.

커피를 마시며 이번 여행에서 마주칠 다양한 유적지와 경승지, 그리고 사람들을 상상하던 중에 검은 바다가 시야에 들어왔다. 남루하고 지친 기색이 역력한 최부의 몰골이 떠올랐다. 최부가 제주를 떠나던 1488년 윤정월 3일 그날도 흐리고 비가 왔다.

성종 19년1488 정월 그믐에 종자가 상복을 가지고 와서는 부친이 돌아가셨다고 고했다. 일순 하늘이 무너지는 충격에 몸은 비틀거렸다. 일이 손에 잡히지 않았다. 제주 목사를 시작으로 부고를 전해들은 관료, 군관 등이 차례차례 조문해왔다. 최부의 머릿속에는 한시라도 빨리 고향으로 돌아가야겠다는 생각만 맴돌았다.

흐린 날씨에 비가 흩뿌렸다. 한라산이 흐리거나 비가 와서 일기가 고르지 않으면 반드시 바람의 변고가 있으니 배를 타서는 안 된다는 사공의 충고가 있었다. 그러나 그는 이를 물리치고 배에 올랐다. 노 젓는 군인 격군格軍들이 일기가 불순한데 배를 출발시켰다며 불평을 해댔다.

배를 탄 지 4일째 되는 날 우박이 내리고 큰바람이 불어 크고 무서운 파도와 풍랑이 일었다. 파도는 하늘 높이 치솟고 바다를 내리치는 것 같았다. 선미船尾와 선수船首로 물살이 빠르게 들어와 침몰하지 않으려고 젖먹을 힘을 다해 퍼냈다. 의복과 행장이 모두 물에 젖었다. 추위가 뼈를 에었으며 목숨은 경각에 달려 있었다.

표류 6일째 되는 날 큰 물결 사이로 거대한 물체가 보였다. 수면 위로 보이는 것이 마치 긴 행랑 같았는데 하늘로 거품을 내뿜었다. 뱃사공이 사람들에게 손을 흔들어 말을 못하게 했다. 배가 멀리 지나쳐 갔다.


뱃사공: 저것은 고래입니다. 만약 큰 고래였다면 배를 삼켰고 작은 고래였다면 배를 뒤엎었을 것입니다. 지금 저 고래와 우리가 서로 만나지 않은 것은 다행입니다. 우리는 죽을 지경에서 다시 살아난 것입니다.


모두가 안도의 한숨을 내쉬었다.

열흘 동안 표류하면서 제일 곤란한 것이 먹을 음식과 갈증을 풀어줄 물이었다. 마침 뱃사람 중에 잘 익은 감귤과 청주淸酒를 가지고 있는 자가 있었다. 선실 내의 행장을 조사하니 감귤 50여 개와 술 두 동이가 있었다. 최부의 명을 받은 배리는 사람의 용태를 살펴 입술이 타고 입이 마른 사람에 한해 고루 나누어 마시게 했다. 그러나 턱없이 부족해 단지

배를 탄 지 4일째 되는 날
우박이 내리고 큰바람이 불어 크고
무서운 파도와 풍랑이 일었다.
파도는 하늘 높이 치솟고
바다를 내리치는 것 같았다.

혀만 적시게 했을 뿐이었다. 며칠 뒤 감귤과 청주조차 다 없어지자, 마른 쌀을 씹기도 하고 오줌을 받아 마시기도 했다. 얼마 안 가서 오줌마저 잦아버렸고, 가슴이 타서 목소리도 나오지 않았으며, 거의 죽을 지경에 이르게 되었다. 이럴 즈음에 비가 내리자 손으로 뜸집의 처마를 들고 떨어지는 빗방울을 받았다. 작은 한 방울이라도 얻기 위해서 혀로 핥는 사람까지 있었다.

대양을 표류한 지 11일째 되는 날 저녁 무렵에 어느 큰 섬에 도착했다. 그러나 암석이 깎아 세운 듯해 배를 댈 수 없었다. 격군이 옷을 벗고 물속으로 뛰어 들어가 배를 끌어당겨 섬 가장자리에 매어놓았다. 골짜기 물을 발견해 물을 떠 마시고는 그 물을 떠와서 밥을 지으려고 했다. 일행은 굶주림이 극도에 이르면 오장이 붙어 죽게 될 것이니, 미음을 끓여 마신 다음 죽을 쑤어 먹는 것이 좋겠다는 최부의 조언을 듣고는 죽을 쑤어 먹고 한숨을 돌렸다. 그러나 섬은 바람을 피할 곳이 없었다. 할 수 없이 배를 풀어 바다로 다시 나아갔다.

12일째 되는 날 두 척의 배와 조우했다. 모두 검은 속옷과 바지, 신발을 신고 있었는데, 수건으로 머리를 싸맨 사람도 있고, 대나무 잎으로 엮은 삿갓과 종려나무 껍질로 만든 도롱이를 입은 사람도 있었다. 필담을 통해 최부는 자신이 중국 절강성 영파부닝보 府寧波府: 현재의 닝보 시寧波市에 도착했다는 사실을 처음으로 알게 되었다.

두목인 듯이 보이는 임대라는 자가 밤중에 횃불을 들고 무리 20여 명을 거느리고 최부의 배에 난입했다. 어떤 이는 창을 잡고, 어떤 이는 작두를 메었다. 순간 최부 일행은 공포에 휩싸였다. 임대는 자신이 관음불이라며 사람의 마음을 꿰뚫고 있으니 막무가내로 금은을 내놓으라고 다그쳤다. 최부가 값어치 있는 물품이 없다고 하자 임대는 최부의 머리를 잡아끌고는 결박을 지어 거꾸로 매달았다. 작두를 메고 최부의 머리를 베려 했다. 칼을 오른편 어깨 끝을 향해 내리쳤다. 일순 칼날이 위쪽에서 나부꼈다. 다른 한 도적이 작두를 맨손으로 잡으며 저지했다. 부하들이 손을 맞잡고 엎드려 절하며 최부를 살려달라고 애걸했다. 임대는 최부의 배를 대양에 내버린 후에 어둠 속으로 사라져 갔다.

옷은 도적들이 빼앗아갔고, 구멍 난 옷은 오래도록 바닷물에 절었으나 하늘이 항상 흐려서 말릴 수 없었다. 온몸을 에이는 추위로 얼어 죽을 지경이었다. 배의 닻과 노는 도적들이 바다에 던졌고 임시로 만든 돛은 바람에 파손되어, 바람과 물결에 따라 이리저리 흘러갔다. 침몰의 시간이 시시각각 다가왔다. 일행은 모두 목이 메어 목소리를 낼 수도 없었고 앉은 채로 죽음을 기다렸다.

표류한 지 16일째 되는 날 최부 일행은 사지에서 벗어나게 되었다. 해안을 지나다 정박한 배에 타고 있던 중국인들과 이야기를 나누다 자신들이 중국 땅에 들어왔다는 사실을 알게 된 것이다.


## 16일간의 표류 끝에 밟은 중국 땅

가쁜 숨을 내쉬며 삶을 되찾아 안도하는 최부와 그 일행의 모습을 상상하는 순간, 언제나 그렇듯이 절정의 장면에서 깨어나는 꿈처럼 선회하는 동체의 움직임과 착륙한다는 기내방송이 나를 현실세계로 불러냈다.

이번 여행의 안전을 위해 새로이 장만한 휴대폰을 켜니 이미 자동 로밍 상태로 바뀌어 중국의 현재시간을 표시하고 있었다. 두 시간 20여 분의 짧은 비행이었다. 이리도 쉽게 비행기로 저 광활한 바다를 건널 수 있는데 최부는 2주 넘게 생사의 갈림길에 서 있었다고 생각하니 가슴이 아려왔다.

창문을 통해 내다보니 활주로는 촉촉이 젖어 있었다. 3개월간 체류 자격을 허용한다는 비자에 출입국 관리원이 도장을 꾹 눌렀다. 2007년 절강대학교 한국학연구소에서 개최한 국제학술대회 때 만난 이성식 군이 마중 나오기로 되어 있었다. 그는 모교인 동국대 출신으로 절강대학교에서 경영학 석사과정을 이수하고 있었다. 비가 내려 조금 늦겠다는 연락이 왔다.

얼마나 지났을까. 택시 한 대가 공항으로 미끄러져 들어왔다. 서둘러 내리는 모습을 보니 그였다. 우리는 그 택시에 짐을 싣고 항주 시내의 숙소로 향했다. 네 번째 방문하는 항주는 언제 보아도 나무가 많고 차밭이 많아서인지 정겨웠다. 우리나라의 도시와 시골 풍경으로 다가왔다. 서호시후西湖를 지나 시내를 북쪽으로 관통해 숙소에 도착했는데, 택시비가 무려 120위안이나 나왔다. 숙소는 절강대학교 근처에 있는 자금항대주점紫金港大酒店으로 하룻밤 묵는 비용이 2인 1실에 330위안이었다. 여행 중에 묵었던 호텔 가운데 가장 비싼 숙박비였다.

출발 전에 한 달여의 춥고 힘든 여행이 될 거라 예상하고는 두툼한 잠바와 큼지막한 배낭을 하나 더 장만했다. 각 유적지에 들를 때마다 사료와 서적을 사야 했기 때문이다. 그러나 막상 항주에 도착하자 가방이 애를 썩일 것 같아 불필요한 물품은 이 군 집에 맡기기로 했다. 비가 을씨년스럽게 내려 카운터에서 우산을 빌렸는데 보증료로 50위안을 내라고 한다. 이 군이 거주하는 곳은 중국의 중산층이 거주하는 27층짜리 고층 아파트였다. 마치 성냥갑처럼 정형화된 형태의 건물로 젊은 수위 두 명이 출입문을 체크했다. 잘 다듬어진 단지를 걸어 들어가 엘리베이터를 타고 올라갔다. 두 개의 방과 거실로 꾸며져 있는 아파트였는데, 방값을 절약하기 위해 유학 온 학부생과 함께 세 들어 살고 있었다. 한국 돈으로 월 40만 원가량을 지불한다고 했다. 마침 학부생은 시험을 치른 뒤라 잠에 곯아떨어져 있었다.

다음날 택시를 잡아타고 시내 중심지로 갔다. 일요일인데도 몹시 붐볐다. 시내 중심지에 위치한 인타이 백화점銀泰百貨店 창립 20주년 기념행사에 인파가 몰려들어 택시는 좀처럼 앞으로 나아가지 못했다. 이전과 달리 경적을 울리거나 반대편 차선으로 끼어드는 모습은 많이 사라진 듯했다. 워낙 알려진 관광지라 다른 도시보다도 택시도 중형이라 넓고 내부도 깨끗했다. 우리나라 차가 도로를 질주하는 모습이 눈에 많이 띄었다.

이 군은 내일부터 고된 여행이 시작되니 특별한 요릿집을 안내해주겠다고 했다. 소문난 샤훠궈砂火鍋를 즐길 수 있는 곳이라 사람들이 줄을 지어 서 있었다. 번호표를 받고 30여 분간 기다린 끝에 창가로 자리를 잡았다. 이전에도 몇 번인가 훠궈火鍋를 즐긴 적이 있다. 훠궈는 중국식 샤브샤브로 사천성쓰촨 성四川省 중경충칭重慶이 유명하다. 냄비를 반으로 나누어 반쪽은 매운 육수를, 나머지 반쪽은 부드러운 육수를 넣는다. 여기에 양고기 · 쇠고기 · 두부 · 만두나 각종 야채류를 넣어 살짝 익힌 뒤 들깨 · 땅콩 · 간장 소스에 찍어 먹으면 된다. 항주의 샤훠궈는 사골 국에 돼지의 다리 뼈다귀를 넣은 것이 특이했다. 훠궈에는 쇠고기보다는 양고기가 어울렸고 맛도 담백했다. 테이블 주위는 온통 기름기투성이였지만 국물 맛이 시원해 눈살을 찌푸릴 여유도 없었다. 옆 사람 눈치에 신경쓰지 않고 비닐 장갑을 낀 양손으로 뼈다귀의 살을 뜯었다. 마치 장충동 평안도 족발집의 막 익혀낸 고깃살처럼 부드러웠다.

여행에서 빼놓을 수 없는 쏠쏠한 재미 하나가 그 지방의 대표적인 음식과 술을 맛보는 일이다. 주량이 약한 편이라 고량주는 시키지 않고 항주의 특산주인 미주米酒를 주문했다. 시큼하면서도 약간 단맛이 나는데다가 도수가 낮아, 작은 잔으로 넉 잔이나 들이켰다.

훠궈는 매운맛이 특징으로 몸에 열을 내게 하는 데 최적의 요리였다. 재작년 학술대회 때 만난 연세대학교 철학과 이용우 선생은 감기 기운이 보이면 곧 바로 훠궈집을 찾는다고 했다. 훠궈로 겨울의 찬기를 이겨내는 것이다.

최부가 이곳에 머물렀던 당시의 항주는 인구가 100만 명을 상회하는 대도시였다. 그는 항주에 2주 정도를 머물렀지만 관아에서 심문을 당하며 지냈기에 시내나 유적지를 둘러보지는 못했다.

# 격랑의 바다에서 육지로

## 도적을 만나 탈출을 감행하다

최부의 최초 상륙지점을 찾은 것은 조운로를 탐방하던 2009년의 시점이 아니었다. 여행을 마친 다음해인 2010년에 전남문화연구원 최한선 소장과 절강대학교 한국학연구소가 공동으로 주최한 최부 관련 특별 학술대회에 은사 조영록 선생과 초청을 받아 참가했을 때였다. 8월 4일부터 8일까지의 학술대회에서 「명대의 중국 절강지역의 해방체제와 최부의 표착」이라는 주제로 발표를 했다. 때마침 학회에 참가한 중국 사람으로 지방신문사에 근무하고 있는 한 기자가 최부의 표착지점인 우두산 뉴토우 산牛頭山을 촬영한 사진을 보여주었다. 개발로 인해 원형이 훼손되었는데 어찌 보면 코끼리 얼굴 같기도 하고 소머리 같기도 했다.

발표가 끝난 다음날인 8월 5일 학회에 참가한 일행은 최부의 상륙지점을 확인하러 버스에 올랐다. 최근 중국 지방정부도 지역 산업을 활성화하기 위해 관광자원 정비에 애쓰고 있었다. 역사유적지를 수리하고 지역 인프라를 다듬었다. 한국의 관광객이 항주 일대로 몰려들자 이들을 불러들일 묘안을 찾고 있던 절강 태주부 삼문현싼먼 현三門縣 정부가 우

최부가 무지개 문 같다고 묘사한 바위. 석벽으로 이루어진 특이한 산으로,
가운데 동그랗게 커다란 구멍이 나 있어 이채로웠다.

리 일행을 열렬히 맞이해주었다. 삼문현은 최부가 처음으로 표착한 지역이다. 현의 부현장副縣長이 직접 나와 식사를 대접하고 우두산까지 동행했다. 버스는 강을 가로지르는 대교의 중간 지점에서 멈추어 섰다. 왼쪽 저 멀리 바라다보이는 산과 마을이 바로 도저진타오주 진桃渚鎭이었다. 지난번 여행에서는 마을 안에서만 조사를 하다보니 마을 전체의 윤곽을 그려낼 수 없었다. 대교에서 도저진 전체를 조망하고 나니 비로소 도저소라는 군사도시가 형성된 이유를 좀더 명확히 그려낼 수 있었다.

대교에서 또 얼마나 달렸을까? 오른쪽으로 높은 산이 시야에 들어오자 기사는 버스를 세웠다. 석벽으로 이루어진 특이한 산으로, 가운데에 원형의 커다란 구멍이 나 있어서 이채로운 모습이었다. 최부는 이 기묘한 산의 동굴을 보고 기록에 남겼다.

새벽에 천암리穿岩里를 지나니 마을 서쪽에 산이 있는데 산 정상에 석벽이 높이 서 있었다. 큰 굴이 있어 바라보니, 홍문虹門: 무지개 문과 같아 마을 이름이 여기서 유래한다.

•『표해록』, 윤1월 24일


어느새 520여 년 전으로 되돌아가 최부의 눈으로 저 산을 물끄러미 응시하고 있었다. 부산하게 사진 촬영을 마치고 차에 올라 포장되지 않은 길을 달렸다. 심하게 버스는 요동쳤다. 큰 돌이 길을 막아서 치우느라 시간이 지체됐다. 길 옆으로 건물 한 채가 있었는데 이름에 사자獅子라는 말이 들어가 있어 놀랐다. 왜냐하면 최부가 처음 배를 정박한 곳이 사자채獅子寨가 관할하는 곳이었다고 했기 때문이다. 도저소에 도착한 최부는 중국인들을 통해 자신들이 위기일발의 상황에 처해 있다는 것을 알았다.


만약 왜적을 잡게 되면 먼저 죽인 후에 나중에 보고하오. 지금 그대가 처음 배를 정박한 곳은 사자채의 관할로, 수채관守寨官이 그대를 왜인이라 무고하여 머리를 베어 현상하여 공적을 세우려고 했소. 그래서 "왜선 14척이 변경을 침범하여 백성을 약탈한다"고 보고하여, 바로 군사를 거느리고 가서 그대들을 붙잡아 참수하고자 했소. 그런데 그때 그대가 먼저 배를 버리고 사람이 많은 마을로 들어왔기 때문에 그 계획을 행할 수 없었던 것이오.

•『표해록』, 윤1월 19일


바다로 향하는 왼쪽으로 야트막한 산이 연이어져 있었다. 우두산은 삼문현에서 버스로 한 시간 정도 걸렸다. 한창 개발 중인 듯 돌을 운반하는 트럭이 분주히 드나들었다. 버스에서 내려 300여 미터를 걸어가자 사진에서 본 우두산이었다. 소머리 부분에 해당하는 부분은 암석을 채취해 가 거의 남아 있지 않았다. 산 뒤로 섬들이 점점 다가왔다. 고요한 바다 저쪽에서 최부의 배가 지금이라도 돛대를 휘날리며 들어오는 듯한 착각에 사로잡혔다.

최부는 대양을 표류한 지 16일 만에 우두 외양에 도착했다. 마을 사람들이 "이 바다는 곧 우두 외양으로 지금은 중국 태주부 임해현린하이 현臨海縣의 경계에 속해 있소"라고 말을 건네왔다. 비로소 중국 땅에 도착한 것을 알고는 안도의 한숨을 내쉬었다. 그러나 그것도 순간, 다음날 중국의 배 6척이 최부 일행을 에워싸며 최부에게 후추와 진귀한 물건을 요구했다. 그들은 시끄럽게 떠들며 눈에 띄는 것은 작은 물건이라도 빼앗아갔다.

> 최부: 저들의 말과 행동거지를 보건대 매우 황당하다. 저 산이 이미 육로와 연결되어 있는 것으로 보아 반드시 사람 사는 곳과 통하고 있을 것이다. 이때에 잘 처신하지 못한다면 우리의 목숨은 그들의 수중에 놓여 끝내는 반드시 바닷속의 원귀가 될 것이다.
> • 『표해록』, 윤1월 17일

최부는 생사의 기로에 있다고 판단하고는 탈출을 계획한다. 행운이랄까? 때마침 비가 억수같이 퍼부어 중국인들은 배 안에 들어가 감시하는 자가 없었다. 비를 무릅쓰고 칠흑 같은 어둠 속에서 수풀을 헤치며 달아나 고개를 넘었다. 고개에서 해안이 내려다보였는데 바위가 마치 담장처럼 쌓여 있는 형상이었다. 6~7리약 2.5킬로미터쯤 쉬지 않고 발걸음을 재촉하자 마을이 나타났다. 남녀노소가 최부 일행을 빙 둘러싸고는 신기하다는 듯이 쳐다보았다. 마을 사람들이 불당으로 안내했다. 탈출에 성공한 일행은 이곳에서 비바람에 젖은 옷가지를 벗어 말렸다.

## 마을 사람들의 호의로 불당에 들어서다

학술발표회에 참가했던 우리 일행은 최부가 휴식을 취했던 불당을 찾아 나섰다. 『표해록』의 기록처럼 불당은 바닷가에서 그다지 멀지 않은 곳에 있었다. 불당으로 들어서자 마을 노인네들이 모여들었다. 그들에게 520여 년 전에 표류했던 최부라는 인물이 마을 사람들의 호의를 입어 이 불당에서 휴식을 취했다고 하자 모두가 놀라는 눈치였다. 당시 밥을 접대받은 최부가 "마을 사람 모두가 충성스럽고 후덕하다"라 말했다고 하자, 그들의 얼굴에 선조를 자랑스러워하는 모습이 역력했다. 촌로들은 우리에게도 친절히 대했다.

불당에서 쉬고 있던 최부에게 마을 사람들은 좀더 편안히 쉴 수 있는 서리당西里堂으로 보내주겠다고 했다. 우리 일행이 도저진에서 이곳으로 올 때 지나친 곳이다. 하지만 마을 사람들은 여전히 의구심의 눈초리를 내리지 않았다. 최부 일행이 왜구나 도적이 아닌가 의심했기 때문이다. 비가 심해 길이 질척이는데다가 날이 저물었는데 최부 일행을 거세게 몰아붙였다.

마을 사람들이 몇몇은 몽둥이와 검을 들고, 혹은 징과 북을 치며 앞에서 이끌었다. 징과 북소리를 듣고는 사람들이 구름처럼 모여들어

큰소리를 질러댔다. 사람들은 이리저리 날뛰며 전후좌우를 에워싸고 몰아붙였다. 50여 리약 20킬로미터를 지나니 이미 밤은 깊었다.

• 『표해록』, 윤1월 17일

마을 사람들이 매질을 가하고 몰아세워 최부 일행은 엎어지고 울부짖으며 두 개의 고개를 넘어 또 다른 마을로 이동했다. 육지에 오른 이래 길가에서 구경하는 사람들이 모두 팔을 휘두르며 목을 가리키면서 참수하는 시늉을 했지만, 무슨 뜻인지 이해하지 못했다. 최부는 이리 비틀 저리 절뚝거리다가 다리를 마음대로 움직이지 못하고 길 위에 쓰러졌다. 이렇듯이 고통을 당하며 밤길을 걷다 날이 샐 무렵에 큰 다리가 있는 선암리仙巖里라는 마을에 도착했다.

불당 앞에 모인 노인들의 입을 통해 이 선암리라는 마을이 아직 현존하고 있는 사실을 알아 너무나 가슴이 벅찼다. 사료와 그 현장이 일치할 때의 희열을 상상해보라!

# 왜구와 척계광

## 왜구로 오인받아 매질을 당하다

휴대폰의 모닝콜이 오전 6시를 알렸다. 세면을 끝내고 호텔 식당에서 간단히 아침을 해결했다. 중국으로 떠나오기 전에 위 상태가 좋지 않아 내시경 검사를 받았다. 그래서 될 수 있으면 밀가루 음식이나 기름기가 있는 요리를 피했다. 오이·찐 고구마·삶은 토란과 해산물을 넣은 죽 한 사발로 때웠다. 쌀로 끓여낸 죽보다도 맛이 정갈했다.

택시로 시내를 가로질러 최부가 격랑과 공포의 바다에서 처음 육지로 올라온 태주시로 가는 고속버스터미널로 향했다. 마침 출근으로 붐빌 때라 도로는 심한 정체현상이 벌어졌다. 태주행 버스는 대고따까오大高라고 불리는 형태였는데, 1층에는 운전기사석만 있고 그보다 높은 쪽에 승객 좌석을 꾸며놓았다. 장거리 버스라 중간 오른쪽에 화장실이 있어 냄새가 솔솔 풍겨왔다. 한 시간여를 달리니 꽤 높은 산들이 나타나기 시작했다. 비 내리는 11월의 날씨였지만 홍엽紅葉의 그림자가 드리운 계곡에 운무가 끼어 산수화처럼 보이는 신비한 풍경을 연출했다. 산 중턱 군데군데 화려한 꽃장식이 보여 의아해서 유심히 살펴보니 묘지였다. 산

태주 시내의 해문루가(海門樓街). 최부 일행은 해문위 천호를 만나 호송당했다.
나는 척계광 기념관을 가던 도중에 이곳을 지나쳤다.

비탈에 시멘트를 사용해 기단을 만들어 묘지를 조성한 것이다.

3년 전 실크로드를 여행했을 때 이슬람 사람들이 마을에서 조금 떨어진 사막에 모래로 약간은 뾰족한 형태의 묘지를 만들어놓았던 기억이 되살아났다. 곽뢰는 남방 사람이 북방 사람보다 묘지를 더 화려하게 꾸민다고 했다. 최근 상해상하이上海에서 묘지를 사는 데 최소 20만 위안한국 돈으로 약 3,400만 원이 든다는 신문기사를 읽은 적이 있다. 중국은 화장을 원칙으로 하는데 시골에서는 아직 토장을 하는 곳도 있다고 한다.

무려 네 시간이 걸려 태주 초강자오장椒江에 도착했다. 최부 일행이 육지로 올라와 마을 사람들에게 매질을 당하고는 몰아세워진 채 엎어지고 울부짖으며 고개 두 개를 넘어 포봉리蒲峯里라는 곳에 도착했다. 그때 한 관리가 군 장교를 데리고 나타났다.

그 관리는 나에게 먼저 죽을 대접하고 이어서 식사 도구를 주고는 나의 종자에게 밥을 지어 먹게 했다.

최부: 장교의 성명과 직무가 무엇이오.

왕괄: 해문위海門衞 천호千戶 허청許淸으로 당두채塘頭寨를 지키다 왜구가 국경을 침범했다는 말을 듣고, 오로지 그들을 체포하기 위해 온 것이오. 그러니 언행을 신중히 해야 할 것이오.

허청: 우리 중국의 법도는 엄격하여 그대들 같은 외지 사람들을 이 난동 속에 오래 두어 양민을 소란케 할 수 없소.

최부는 이리 비틀 저리 절뚝거리다가 다리를 마음대로 움직이지 못하고 길 위에 쓰러졌다.

최부: 내 근력이 다하여 곧 죽을 것 같소. 이럴 줄 알았다면 차라리 바다에서 죽는 것이 더 편했을 것이오.

허청: 이 지방 사람들 모두 당신들이 도적이 아닌가 의심하고 있어 머무는 것을 허락할 수 없으니, 그대들이 비록 걷기 어렵다 해도 걷지 않을 수 없소.

• 『표해록』, 윤1월 18일

최부 일행을 마을 사람으로부터 인계받아 첫 심문 장소인 도저소로 데리고 간 인물이 바로 왜구를 방비하는 도저소의 상급부대 해문위의 허청이었다.

왜구의 발단은 『고려사』에 "왜가 고성 · 죽림 · 거제 · 합포를 노략질했다"는 기록에서 유래한다. 왜구는 일찍이 원나라 말부터 나타났다. 당시 일본은 남북조시대1336~92로 막부幕府의 통제가 느슨해 규슈九州・시코쿠四國・주코쿠中國 지방의 무사들이 처음에는 조선의 남해안과 서해안을 침략해 양곡을 약탈했다. 1389년에 고려 수군이 왜구의 근거지인 쓰시마 섬對馬島을 공격했고, 조선이 건국되어 태조 이성계가 왜구를 진압하는 데 성공한 뒤부터 왜구는 중국 연안으로 방향을 틀었다. 이들 왜구가 빈번히 출현했던 지역이 바로 최부가 표착한 곳이었다. 최부가 왜구로 오인된 것도 어쩌면 당연한 일이었다.

명나라 때 태주부성 동쪽 90리약 35킬로미터 되는 높은 산봉우리에 위치한 해문위에는 전선戰船 29척이 배치되어 있었다. 수륙의 요지로 삼 면은 산으로 둘러싸여 있었고, 한 면만이 바다로 통해 있어 적의 배가 정박하거나 침입해 들어올 수 있었다. 거주민이 바다로 나아가는 경우에는 해문위의 숭서嵩嶼라는 곳에서 배를 띄웠다. 도적을 잡는 포도관捕盜館을 두었고, 바다로 항해해 100리약 39킬로미터 밖에서 물품을 매매하는 경우에도 반드시 이곳에 신고를 해야 했다. 포도관은 연령・호적 등을 대조한 후 상거래 증명서를 지급했다.

허청이 지키던 당두채의 채寨는 왜구의 배가 상륙하지 못하도록 목책을 설치한 방어시설을 가리킨다. 위衛 또는 소所는 명나라 병제의 부대편성 단위로, 소所는 가장 작은 부대이며 군사 112명으로 편성되어 있다. 10개의 소가 하나의 천호소千戶所를, 5개 천호소가 1개 위衛를 구성했다. 즉 1위衛는 군사 5,600명이 되는 셈이다. 현재 한국 군대 편제로 비교하면 대략 2개 연대급의 군사라고 할 수 있겠다.

초강 중심가에서 점심으로 국수와 만두를 시켰다. 국수는 끈기가 없

왜구를 물리친 척계광의 공적을 기리는 현판. 그는 자신이 절강에 부임했을 때
오합지졸이었던 병사들을 정예병으로 조련시켜 전투에 임했다.

어 입에 맞지 않았다. 실크로드의 넓적하고 길쭉한 국수에 전혀 미치지
못하는 맛이었다. 국수는 산동성山東 省山東省 이북지역으로 올라가야 제
격이었다. 면만 그런 게 아니라 만두도 그랬다.


## 왜구를 물리치는 데 혁혁한 공을 세운 척계광

거리의 풍경을 찍으면서 척계광戚繼光, 1528~88 기념관을 찾았다. 도중
에 해문루가海門樓街라는 곳을 지나쳤다. 기념관 위치를 몰라 지역 사람
들에게 묻고 또 물었다. 대로에서 골목길로 들어서니 고풍스런 저택 풍
경이 한눈에 들어왔다. 우연히도 대문이 있는 집을 보았는데 커다란 두
개의 문짝에 문지방이 있는 형태가 마치 옛적 우리나라 시골의 대문과

비슷해 추억에 잠겼다.

　기념관은 초강성구자오지앙청 구椒江城區 동산東山 서남 기슭에 자리 잡고
있었다. 척계광은 산동성산둥 성山東省 봉래펑라이蓬萊 출신으로 집은 가난했
지만 독서를 좋아해 경사經史의 대의에 통달했다. 명 가정嘉靖, 1522~66 연
간에 부친의 관직을 이어받았고, 서도지휘첨사署都指揮僉事에 천거되어
산동의 왜구를 방비했다. 후에 절강지역의 군사령관에 해당하는 절강
도사浙江都司에 임명되어 영파 · 소흥샤오싱紹興 · 태주부를 통괄했다. 일본
학자들은 원나라 말의 일본인이 중심이 된 왜구를 전기왜구로, 가정 연
간의 중국인이 중심이 되어 연안을 횡행하던 왜구를 후기왜구라고 구
분해서 부른다. 그렇다고 후기왜구에 일본인이 참가하지 않았다는 것
은 아니다. 왜구는 수십 명 규모의 소부대로 강소장쑤江蘇 · 절강 · 복건푸
젠福建 · 광동광둥廣東 등의 연해 각 지역에 깊숙이 침입해 해상과 연안지
역은 평안한 날이 없었다. 명나라는 두통거리인 이들을 진압하기 위해
주환朱紈, 1494~1549을 파견해 밀무역의 거점지인 복건 장주장저우漳州 월항
유에강月港을 공격했다. 그러나 밀무역으로 막대한 이익을 취하고 있던
지방 토착세력인 유력 신사紳士들의 반대로 도리어 주환은 실각당하고
자살한다.

　척계광이 절강에 부임했을 때 병사들은 오합지졸이었다. 훈련을 게을
리해 나태하기 그지없었다. 그는 기존의 군사제도로는 왜구를 토벌할 수
없다고 판단하고는 절강성 금화진화金華 · 의오이우義烏 출신 가운데 용감하
고 날쌘 자 3,000명을 모집해 격자법擊刺法을 가르쳤다. 이들을 도덕적인
설득과 고유의 종교 신앙으로 적절히 감화시켜 정예병으로 조련해 왜구
와의 전투에 임하게 했다. 그는 지형을 살펴 적을 공격하는 데 유리한 진
법陣法을 만들었다. 전함 · 화기 · 병기 일체를 미리 손질해두었다. 그의

호령은 엄격했고, 상벌이 공평해 명령에 따르지 않는 병사가 없었다.

이후 그가 거느리는 군대는 척가군戚家軍이라 불려 천하에 명성이 자자했다. 최부가 왜구로 오인받아 최초로 심문을 당했던 장소인 도저소桃渚所에 왜구가 약탈을 감행하자 구원에 나섰다. 이후 아홉 번의 전투에서 승리해 포로로 잡거나 머리를 벤 왜구의 수가 무려 1,000여 명에 달했다. 불에 타거나 물에 빠져 죽은 자는 이루 헤아릴 수 없었다. 명 가정 42년1563에 왜구가 대거 복건지방을 습격해 한때 흥화부싱화 부興化府를 점령당했지만, 곧 척계광의 교묘한 전략으로 왜구에 궤멸적인 타격을 입혔다. 광동 조주차오저우潮州지방을 침입한 왜구도 격퇴당하자 맹위를 떨치던 왜구도 거의 진압되기에 이르러 명나라는 한숨을 돌리게 된다.

이렇듯 척계광이 동남東南지방의 왜구 평정에 혁혁한 공로를 세우자, 융경隆慶, 1567~72 초에 급사중給事中 오시래吳時來가 북방 계주지저우薊州의 위급한 상황을 듣고는 척계광을 불러들였다. 그리고는 그로 하여금 변방의 군사를 훈련시킬 것을 주장하자 황제가 이를 허락했다. 계주는 북경에서 멀지 않은 곳으로 몽골이나 여진이 북경으로 침입해 올 경우 목구멍咽喉에 해당하는 전략적 요충지였다. 그는 15년간 이 지역에 머무르면서 군율을 엄격히 해 병사를 단련시켜 몽골에 대한 방비를 철저히 했다. 그 덕분에 백성들은 평온한 삶을 영위할 수 있었다. 후임자들도 그의 전법을 사용해 수십 년 동안 변방은 무사했다.

만력제萬曆帝, 재위 1573~1620의 신임을 받던 내각대학사 장거정張居正, 1525~82이 죽은 지 반년 만에 척계광을 북방지역에 두어서는 안 된다는 주장이 제기되어, 광동 총병관廣東總兵官으로 전임시켰다. 그러나 척계광은 자신의 뜻을 이루지 못할 것을 근심해 병을 핑계 대고는 부임하지 않았다. 이 일로 탄핵을 받아 고향으로 돌아가 3년 정도 생활하다 만력 16년

1588에 죽었다. 그는 남방에서는 왜구를 제압했고, 북방에서는 몽골 등의 침입을 방어하는 데 큰 공적을 쌓았다. 뿐만 아니라 병법서인『기효신서』紀效新書·『연병기실』練兵紀實 등을 남겼다.

척계광은 중국만이 아니라 우리나라에도 이름을 떨쳤다. 왜구의 피해로 고심하던 조선도 그 명성을 듣고 그의 진법을 배웠다. 조헌趙憲, 1544~92은 계주薊州를 지나는 길에 군량을 싣고 가는 군대와 조우했다. 그런데 병사들이 남의 물건을 노략질하지 않고, 수레를 끌고 가다 밭가에 쉬면서도 감히 볏단 하나를 가져다 노새에게 먹이지 않는 사실을 알게 되었다. 조헌은 병사의 규율이 이처럼 엄중했던 것이 척계광의 위신과 엄격한 명령 때문이었다며 그를 칭예한다.

임란이 발생한 이듬해 선조는 척계광이 절강·복건의 향병鄕兵을 모집해 여러 차례 왜구를 섬멸한 사실을 알게 됐다. 그리하여 척계광이 직접 군사를 훈련시켜 적을 제어한 방법 가운데 시험을 해보아 항상 승리를 거둔 것만 모아 만든 책인『기효신서』를 사오게 했을 정도였다. 현종 연간의 병조 판서 김좌명金佐明은, "이 책이야말로 오늘날 군사를 훈련시키고 적을 방비하는 요긴한 병법으로 중외의 대소 장령將領에게는 하루도 없어서는 안 될 책이다"라고 했다. 『기효신서』가 임란 이후에 조선에 들어와 군사를 훈련하는 데 유용하게 사용되었던 것이다.

척계광이 아니었다면 들끓던 왜구를 누가 잠재울 수 있었을까? 그의 좌상이 안치된 정면에는 '공소일월'功昭日月, 즉 "공이 해와 달처럼 밝다"는 뜻의 현판이 걸려 있었다. 하지만 햇살이 비춰야 할 기념관은 춥고 초라했다. 관광지로 탈바꿈시키기 위한 공사가 한창 진행 중이었다. 입구 현판에는 '민족혼'民族魂이라 씌어 있었고, 오른쪽에는 무릎을 꿇고 있는 매국노 왕범汪範의 부부상이 조영되어 있었다. 이들은 일제에 부역

했던 듯하다.

　건물 오른쪽으로 나 있는 계단을 통해 뒷산으로 올라가는 중턱에 사추정瀉秋亭이라는 정자가 한 채 있었다. 정상에 서니 태주만台州灣과 시내 전경이 한눈에 들어왔다. 항구에는 거대한 배들이 물건을 내리느라 분주했다. 항구 반대편으로 신시가지와는 달리 약간은 칙칙한 회색빛 옛 건물이 처마를 마주하고 늘어서 있었다. 저 멀리 바라다보이는 고층 빌딩과는 확연히 대조를 이루었다. 기념관 안에 전시된 지도에서 확인한 해문위가 있던 곳이었다. 왜구의 동태를 놓치지 않고 관찰할 수 있는 위치에 관아와 마을이 들어선 도시 구조였다. 번성했던 인적은 온데간데없이 사라져버렸다.

# 최부가 심문당했던 도저소

## 해문위 천호에게 끌려가다

척계광 기념관에서 나와 두 사람이 간신히 엉덩이를 맞댈 수 있는 인력거를 타고 시내로 돌아 나왔다. 도저소로 가려고 택시 기사와 흥정을 벌였다. 40대 여성으로 왕복요금 400위안을 달라는 것을 40위안 깎아 360위안으로 정했다. 처음에 기사는 방언을 사용해 곽뢰가 알아듣지 못했다. 절강지역 방언이 심해 표준어로 차근차근 말을 해야만 간신히 대화가 가능했다. 활달하고 친절한 아줌마였다.

위치를 정확히 알지 못해 도저소라고 생각되는 지점까지 달려가 지나가는 주민들에게 물었다. 앞으로 더 달려가라는 공허한 대답뿐이었다. 15분간 더 달려 박물관처럼 보이는 건물이 있는 마을 입구에 도착했다. 차를 멈춰 한 농부에게 도저소의 위치를 물으니 도로를 따라 산 쪽 방향으로 더 올라가라고 한다. 길을 따라 양쪽으로 집이 들어선 마을을 통과해 산골짜기로 접어들었다. 미심쩍어 마침 산 밑 왼쪽 마을로 향하는 사람들에게 물었더니 모른다고 한다. 아무래도 좀 전에 지나온 마을이 마음에 켕겼다.

참으로 어처구니가 없었다. 농부한테 길을 물었던 곳, 박물관에서 오른쪽으로 틀어 들어간 곳이 그토록 애타게 찾던 도저소였으니 말이다. 성터는 풍광이 매우 뛰어난 곳에 자리 잡고 있었다. 마을 앞쪽 저 멀리 떨어진 산에는 암석이 뾰족하게 늘어서 있어 장관을 이루었다. 산자락은 횡으로 나 있었는데, 마을 뒤쪽으로 마을을 호위하듯 뻗어 내려 있었다.

성벽 앞에 도저소라는 작은 돌 간판이 보였다. 최부가 마을 사람들에게 내몰리다 해문위 천호를 만나 처음으로 호송당했던 곳이다. 도저소는 현재 도저진桃渚鎮이라는 이름으로 바뀌어 있었고, 행정 구역상으로는 임해시 관할 아래 있었다. 지리적으로는 시의 남동부 해안에 위치한다. 명나라 초에 위소衛所를 설치하면서 마을이 형성되기 시작했다. 이 지역 사람들이 바다로 통하는 개천을 만들면서 그 양쪽에 복숭아를 많이 심어 '도저소'라는 이름이 붙여졌다고 한다. 제방을 설치해 조수를 막았으나, 세월이 오래 흐르자 제방은 허물어져 조수가 마을로 크게 밀려 들어왔다. 민가가 침수되어 거주할 수 없는 상황에서 왜구가 몰래 쳐들어와 방어할 수도 없었다. 이에 현재의 성터가 있는 곳에 새로이 성지城池를 축조하고 관군을 배치해 적을 방비했다. 이곳에는 관군만이 아니라 조운미를 운반하는 운군運軍 등을 포함한 군사 1,000명, 약간의 전선戰船이 배치되어 있었으며, 적의 침입을 알리는 봉후烽堠를 12군데나 설치했다.

흥미로운 점은 최부보다 먼저 도저소에 발을 내디딘 조선 사람이 있었다는 사실이다. 세종 25년1443에 해문위에서 왜구 일곱 명을 붙잡아 북경으로 보냈는데 이들 모두가 조선 출신이었다. 그들은 배를 타고 바다에 나가 고기를 잡던 중 비바람을 만나 표류한 끝에 해문위에 도착했다. 명나라의 정통제正統帝, 재위 1436~49는 이들이 과연 조선 사람이 맞는지를 조사해서 보고하라는 문서를 세종에게 보냈다. 이 일이 있고 난 지

최부가 처음으로 심문을 받은 도저소. 도저소란 지명은, 이 지역 사람들이
바다로 통하는 개천을 만들면서 그 양쪽에 복숭아를 많이 심어서 붙은 이름이다.

40여 년이 지난 후에 최부가 도저소에서 심문을 받게 되었던 것이다.

최부 일행이 태주에 표착했을 때 군사 복장을 한 무리들에게 왜구라
고 의심을 받아 죽음을 무릅쓰고 탈출을 감행하는 장면이 있다. 명나라
때 왜구의 화는 이루 말할 수 없이 심각했다.

명 태조 홍무 17년1384에서 정통 4년1439까지의 약 50년 동안 절강성
동부 연해지역의 피해가 일곱 차례나 있었다. 그중에서도 도저소의 피
해가 가장 컸다. 왜구들은 관아의 창고와 민가에 불을 지르고 장정들을
구타하고 묘소를 파헤쳤다. 어린이를 대나무에 매달아 뜨거운 물을 부
어 우는 모습을 보면서 손뼉 치며 즐거워했고, 내기로 임신한 부녀자들

을 끌어와 아들인가 딸인가를 알아맞히기 위해 배를 도려낼 정도였다.

섬뜩하고 잔혹한 왜구를 진압하기 위해 명나라 홍무제는 군대의 지휘
관급인 지휘指揮나 천호千戶·백호百戶가 왜선 1척과 적을 포획하는 경우
에는 1급 승진과 은 50냥쌀 200석, 약 14,360킬로그램을, 일반 군사가 왜적 1명
을 살해하거나 포로로 잡으면 은 50냥을 상으로 받았다. 명나라 군사의
월급이 쌀 1석약 71.8킬로그램이었으니 포상금이 얼마나 컸던지를 짐작할
수 있을 것이다. 당시 조선과 경계를 접하고 있던 요동랴오둥遼東지역의
여진이나 섬서산시陝西 등지의 몽골 족, 호광후광湖廣 등지의 묘족먀오 족苗族
이나 만적蠻賊을 살해하거나 포로로 잡을 경우에는 상의 규모가 이보다
훨씬 적었다. 당시 명나라가 어느 정도로 왜구 방비에 중점을 두었는지
와, 최부 일행을 왜 왜적으로 몰려고 했던가를 충분히 알 수 있다.
최부는 왜구로 몰릴 당시의 상황을 다음과 같이 적었다.

한 관인과 해문위 천호 허청은 군사를 정돈해 우리들을 위협해 내
몰았다. 3~4리약 1.5킬로미터쯤 가니 큰 집이 있었는데 성곽으로 둘러싸
여 관방關防 같았다. 물어본즉 두독장杜瀆場·도조소桃洮所·비험소批驗所
였다. 성 안에는 안성사安性寺란 절이 있었는데, 우리들이 절에서 유숙
하는 것을 허락했다.

최부: 저 관인이 누구요?
승려: 이곳 도저소의 천호인데 왜인이 국경을 침범했다 하여 이곳
에 무기를 가지고 왔습니다. 허許 천호의 보고에 의해 병졸을 거느리
고 가서 당신들을 내몰아왔소. 당신들의 마음이 진실인지 거짓인지

알지 못하여 내일 도저소에 도착하면 그대들을 심문할 것이오.

• 『표해록』, 윤1월 18일


여기서 두독장은 소금을 생산하는 곳이고, 비험소는 차나 소금 거래를 조사하는 곳이다. 도저소가 바다에 인접해 있어 소금을 생산해 외지로 출하했기에 검사소가 생겨났다. 명나라 때는 소금을 생산하는 염장鹽場으로부터 정해진 판매 지역까지 운반하는 도중에 교통 운수의 중요지역에서 상인들이 소금 판매허가증을 소지했는지, 소금의 중량은 적합한지를 검열했다. 이렇게 사염私鹽, 즉 정해진 지역 외에 다른 지역으로 소금을 밀반출하는 것을 막았던 것이다.

최부가 심문을 당했던 도저소의 모습이다.


성으로 가는 7~8리약 3킬로미터 사이에 군졸이 갑옷을 입고 창을 갖췄으며, 총통銃筒과 방패가 길 좌우에 가득 찼다. 성에 도착하니 성은 중문重門이었는데, 성문의 전면을 반원형으로 설치하고 양 측면에 문을 내었고, 그 밖에는 해자를 설치했다. 이와 같은 옹성 구조에서는 문을 성문과 같이 일자로 내지 않아서 문이 방어시설로서의 기능을 했다. 성문에는 철빗장이 있었으며, 성 위에는 망루望樓가 줄지어 있었다. 성중에 있는 물건을 사고파는 가게들이 연이어 이어져 있으며, 사람이 많고 물산이 풍부했다.

• 『표해록』, 윤1월 19일

도저소 성 앞에 있는 해자. 해자 건너편에는 성벽의 보호를 받지 못했을 주택들이
흰색 벽돌로 지어져 도로를 따라 길게 늘어서 있었다.

## 명대 군사도시로서의 모습 남아 있어

520여 년의 성상을 견디어왔듯이 우리가 방문한 11월의 싸늘한 날씨
속에서도 성벽은 의연한 모습으로 버티고 서 있었다. 성 앞의 해자는 최
근에 수리한 듯 정연하게 정리되어 있었다. 물길은 일직선이 아니라 약
간은 곡선을 그리며 흘러갔다. 폭도 넓지 않고 깊이도 그다지 깊지 않았
다. 성은 옹성 구조로 세워져 있어 그 안으로 들어가려면 이중의 문을
통과해야 했다. 최부가 심문을 당했던 관아의 자취는 성 안 어디에도 남
아 있지 않았다. 골목의 폭은 3미터로 동서로 뻗어 있었고, 북쪽으로 중
심가가 형성되어 있었다.

도저소에서 처음으로 사료로만 대했던 명나라 때의 군사도시의 면모를 확인할 수 있어 환희감에 들떴다. 해자 건너편에는 성벽의 보호를 받지 못했을 주택들이 흰색 벽돌로 지어져 도로를 따라 길게 늘어서 있었다. 소금이나 차를 거래하던 상인들이 이곳에서 검사를 받기 위해 체류했던 모습이 눈에 선했다. 또한 마을에서부터 바다가 멀지 않아 고기를 잡거나 해산물을 채취하는 어부들을 도저소의 군인들이 왜구나 도적으로부터 보호하는 모습이 떠올랐다.

곧이어 마을을 찬찬히 둘러보았다. 큰 상점도 눈에 띄지 않았고 차 정비소도 없었다. 다만 성을 중심으로 여기저기에 귤밭이 보였다. 막 따낸 귤을 도로에 놓고 파는 농촌의 모습이 한가롭게 보였다. 귤 재배로 가구당 한국 돈으로 연평균 300~400만 원 정도 수익을 올린다고 한다. 지방마다 어느 정도 차이는 있겠지만 후에 들른 산동성 농촌 한 가구의 수입이 대략 17만 원인 것과 비교하면 대단한 수입이었다.

# 건도소의 신사 장보와의 기싸움

## 건도소를 찾다 날이 저물어

도저소에서 건도소 지엔티아오소健跳所: 현재의 건도진로 호송당할 때 최부와 배리는 가마를 타고 갔다. 배를 탄 일행 중에 간교한 자가 있어 최부는 이 사실을 글로 남겼다.

> 나와 배리 등은 모두 가마를 타고 가는데, 양달해梁達海라는 간교한 자가 병을 핑계로 지팡이에 의지하여 제대로 걷지 못하자 파총관把總官이 가마를 타고 가도록 허락하니, 가마에 탄 자가 무릇 8명이었다.
> • 『표해록』, 윤1월 23일

인간성이 드러나는 대목이다. 누군들 가마를 타고 싶지 않았겠는가?
최부와 달리 우리는 문명의 혜택을 충분히 향유했다. 택시를 잡아타고 건도소를 찾아가다 타이어가 펑크 나는 가벼운 해프닝이 일어났다. 도저진에 타이어 정비소가 없는데다 트렁크 안에 넣어둔 예비 타이어마저 펑크가 나 있었던 것이다. 최대한 속도를 줄여가며 타이어 수리소가 있는 다음 마을로 차를 몰았다.

10여 분 달렸을까? 한 마을이 나타났다. 기사는 비를 맞아가며 타이어를 빼냈다. 희미한 전구 아래서 몇 명의 남자들이 잔돈을 놓고 카드를 돌리고 있었다. 굴이라도 살 요량으로 시장을 찾았으나 허름했다. 물건도 별로 없고 싱싱하지도 않았다. 적당한 크기로 잘라 늘어놓은 비곗덩어리, 구운 오리고기, 시들한 채소를 좌판에 벌여놓고 팔고 있었다. 저녁을 지을 시간인데도 붐비지 않았다. 민물 게를 파는 좌판이 서너 군데 보여 특이했다.

시간이 많이 지체되었다. 어둠이 내리기 시작해 라이트를 켜고 스피드를 냈다. 마주 오는 차들은 상대방을 무시한 채 쌍라이트를 켜고 클랙슨을 울리며 빠르게 지나갔다. 포장되지 않은 도로 여기저기서 공사를 하고 있어 길은 온통 진흙탕으로 변해 있었다. 세상은 점점 어둠 속으로 숨어들어 표지판조차 읽어낼 수 없었다. 간혹 지나가는 사람이 있으면 차를 멈춰 건도진지엔티아오 津健跳鎭으로 향하는 길을 물었다.

건도진에 도착했을 때는 이미 밤이 깊었다. 출발할 때는 건도소에 있는 장보張輔의 집을 확인하는 대로 태주로 발길을 되돌리려고 했으나 무리였다. 건도소 관청은 물론 장보의 저택을 확인하는 것이 불가능했다. 내심 초조해졌다. 판단을 내리지 않을 수 없었다. '이 먼 곳까지 와서 소득 없이 돌아갈 일이 아니지 않은가?'라고 반문하고는 하룻밤 묵기로 했다. 기사에게는 혼자 돌아가라고 했다. 너무 늦어 미안한 마음이 들어 대교大橋 통과비용으로 40위안을 더 손에 쥐어주었다. 건장하고 활달했던 아주머니 기사는 즐거웠다는 표정을 지으며 가속 페달을 밟았다.

인터넷이 되고 방에 잠금 장치가 있는 여관을 찾았다. 방값은 50위안이었다. 1층에 식당이 있어 볶음밥과 면에 감자와 배추볶음 요리를 주문했다. 곽뢰 군은 해산물을 좋아하지 않아 이번 여행 내내 입에 대지도 않았다. 술도 약해 설화雪花라는 상표의 미지근한 맥주 한 병을 시켜 혼자 들이켰다. 목을 축이는 시원한 느낌은 없었다. 중국 사람은 본래 차가운 음식을 먹지 않는 습성이 있어 맥주도 냉장고에 넣지 않고 미지근한 상태에서 마신다. 더구나 우리가 머무는 곳은 시골이 아닌가.

식사 중에 한쪽 테이블을 차지하고 있는 한 중년 남자와 이야기를 나누게 되었다. 그는 놀랍게도 최부를 알고 있었다. 어떻게 아느냐고 묻자 소주鑄저우蘇州에 있는 삼성전자에 취직한 적이 있어 그때 알았다는 것이다. 내가 건도소와 장보의 저택을 둘러보고 싶다고 하자 날이 밝으면 안내해주겠다고 했다. 식사 후 거리를 구경하러 나가니 큼지막한 슈퍼가 있었다. 우리나라의 슈퍼와 별 차이가 나지 않았다. 다양한 물건을 구비해놓고 있었다. 포도 · 귤 · 용안롱앤龍眼을 샀는데 매우 달았다.

새벽 3시경에 잠에서 깨어났다. 여관 옆 건물을 신축하느라 디딤대로 사용하고 있는 대나무에 비닐이 걸쳐 있어 여기에 바람이 스칠 때마다 스산한 소리를 냈다. 커튼을 걷고 밖을 내다보니 1층은 전등불로 환했다. 사람의 그림자는 어디에도 없었다. '최부는 건도소 어디에 있었을까? 잠은 제대로 잤을까? 고국을 생각하다 부친의 죽음을 생각하며 슬피 우는 어머님과 처자를 생각하느라 뒤척였겠지'라는 잡념이 밀려와 나 역시 잠을 이루지 못했다.

휴대폰의 모닝콜이 여지없이 오전 6시를 가리켰다. 저렴한 여관이라 온수가 잘 나오지 않았다. 3일 만에 면도를 하고 숙소 옆 식당으로 갔다. 젊은 처자가 야채만두를 파는 허름한 가게였다. 안에는 농사를 지으면서 겨울철에는 공사판에 뛰어드는 농민공農民工들이 만두와 순두부에 간장과 양파를 넣어 맛나게 먹고 있었다. 만두는 세 개에 1위안, 순두부

건도소의 전경. 삼면이 산으로 둘러싸인 오늘날의 모습을 통해
지금으로부터 약 520년 전 명대 군사도시로서의 면모를 상상해볼 수 있다.

는 3위안이었다. 문이 없어 찬기에 얼굴이 아렸으나 광주리에서 막 쪄
내 김이 모락모락 피어오르는 만두, 한국과 별반 다르지 않은 순두부로
속을 훈훈하게 달랬다.

　건도소는 홍무 2년1387에 설치되었으며, 해문위로부터는 동북쪽 110
리약 43킬로미터 되는 곳에 위치한다. 바다로부터 5리약 2킬로미터 떨어져 있
다. 성벽의 높이는 약 7미터, 둘레는 1.7킬로미터로 문은 두 개였다. 가
정 40년1561에 영파·소흥·태주 참장参将이었던 척계광이 왜구를 방비
하기 위해 성을 세웠다. 삼면이 산으로 둘러싸여 있어 새가 아니면 다닐
수 없을 정도로 험준했다. 다만 동남쪽 방향으로 바다에 나아갈 수 있는
지형적 특성을 지녔다.

　배낭을 추슬러 주인에게 맡기고 로비에서 어제 그 남자를 기다렸다.

3면이 산이라 입구만 방어하면 왜구의 침입을 막을 수 있는 형세라 이곳에
건도소를 설치한 것이다. 건도소 앞 삼문만(三門灣)으로 배들이 오가고 있다.

30여 분 정도 기다리니 숙소의 문이 열렸다. 통성명을 했는데, 마씨馬氏
라고 한다. 건도소로 안내하겠다며 발걸음을 재촉했다. 숙소 반대편 거
리로 들어서더니 이곳이 바로 건도소 터라고 했다. 말을 마치고는 다시
발걸음을 옮겨 골목길로 접어들었다. '건도소 관청이 있던 자리이거나
장보의 저택을 찾아가는 것이겠지'라 생각하며 뒤따라갔다. 그런데 예
상을 깨고 그가 산 쪽으로 방향을 트는 것이었다. 순간 산으로 데리고
가서는 협박하고 돈을 빼앗는 것은 아닌가 하는 마음에 불안해졌다. 산
중턱으로 올라가자 마을 전체가 윤곽을 드러내기 시작했다. 밭 한편에
서 구부정한 허리의 할머니가 큼지막한 고구마를 캐내고 있었다. 볼품
이 없는 못생긴 고구마였다. 어릴 적 쇠죽을 쑤고 난 뒤 불씨가 남은 아
궁이에 큼지막한 고구마 몇 개를 던져넣어 구워 먹던 생각이 떠올랐다.

지금은 자그마하고 모양이 예쁜 고구마를 선호하지만 예전에는 눈에도 두지 않았다.

정상에 거의 다다르자 자그마한 절 하나가 시야에 들어왔다. 스님과 노인이 보수작업을 하고 있어 사찰 이름이 무엇이냐고 물었더니 원통선사圓通禪寺라고 한다. 정상에 서서야 왜 이곳에 건도소를 설치했는지를 비로소 알 수 있었다. 마을을 산이 빙 둘러싸고 있었다. 3면이 산이라 입구만 방어하면 왜구의 침입을 막을 수 있는 형세였다. 저 멀리 전방으로 바닷물이 들어와 산 뒤쪽으로 흘러가 삼문만으로 연결되어 있었다. 왜구를 방어하려고 산등성 아래에 건도소를 세웠던 것이다. 마씨는 왜구가 마을 앞쪽 바다가 아니라 뒤쪽에서 약탈해 들어왔다고 설명했다. 배후에서 공격해 오는 형태인데 산 뒤쪽은 험난한 지형이라 접근하기가 쉽지 않은 듯이 보였다. 삼문만으로 향하는 바다에는 거대한 조선소가 들어서 있었고 서너 척의 배가 건조되는 중이었다.

최부는 건도소에 대해 다음과 같이 묘사했다.


비거도鼻居舠: 거룻배로 건너니 바로 이곳이 건도소였다. 성은 해안에 임해 있었는데 건도소의 천호 이앙李昻은 체구가 장대하고 용모가 아름다웠으며, 갑옷과 무기를 갖추었다. 이앙이 우리를 이끌고 성문으로 들어갔는데 문은 모두 겹성으로 되어 있었고 북과 뿔피리, 총과 화약 소리는 바다와 산을 진동시켰다. 그 크고 작은 피리는 끝이 모두 굽어서 부는 사람의 미간과 눈 사이를 향했다. 성 안의 사람과 물건, 저택은 도저소보다 더 풍성해 보였다.

• 『표해록』, 윤1월 24일

도저소가 성으로 둘러싸여 있던 데 반해 같은 군사도시인 건도소는 세월이 흘러 예전의 성벽 모습은 더 이상 존재하지 않았다. 도시는 남북으로 질서정연하게 구획되어 있었다. 마을 안에 돌로 지은 명나라 때 저택 한 채가 그나마 옛 역사를 말해주었다. 이곳의 인구는 40만 명으로 도저진보다 서너 배 많았다.

## 내가 정말 그대에게 미치지 못하오

건도소를 찾은 최대 목적 가운데 하나가 장보의 저택을 방문하는 일이 아니었던가? 용을 새긴 석주石柱로 2층 3칸의 문을 만든 집이었으며, 금색과 푸른빛이 눈부시도록 빛났고, 그 위에 크게 '병오과丙午科 장보의 집'이라는 문패가 달려 있었다. 조선 최고 유림 가운데 한 명으로 손꼽을 수 있는 최부는 이 지방의 향신鄕紳 장보와 기싸움을 한다. 그는 병오년1486에 등과한 소록小錄, 급제자의 씨명·향관鄕貫을 3대에 걸쳐 기록한 것을 가지고 와서는 최부에게 호기를 부린다.

장보: 이것은 내가 과거에 급제한 씨명을 기입한 방록榜錄이오.

방록 중에 장보張輔라는 두 자를 가리키면서 말했다.

장보: 이것이 내 이름이오. 그대의 나라 역시 등과한 자를 귀하게 여기오?
최부: 그렇소. 우리나라 제도는 초야의 선비로 등제한 자는 모두 관아에서 봉록俸祿을 지급하고, 문려門閭를 정표旌表하여 '진사급제 모과

<sup>某科</sup> 모등인<sub>某等人</sub>'이라는 글을 써서 내려주오.

장보는 자신이 과거에 합격한 것을 최부에게 과시했다. 최부도 이에 뒤질세라 조금은 경박하고 허황된 말로 그에게 자랑했다.

> 최부: 나는 거듭 과거에 급제하여 쌀 200석을 받았고, 정문<sub>旌門</sub>은 3층이니, 족하<sub>足下</sub>는 나에게 미치지 못할 것이오.
> 장보: 어찌 알겠소.
> 최부: 나의 정문<sub>旌門</sub>은 먼 곳에 있으니 그대에게 보일 수가 없으나, 여기에 문과<sub>文科</sub> 중시소록<sub>重試小錄</sub>이 있소.

> 곧 (소록을) 펼쳐 보이니 장보가 최부의 관직과 이름이 있음을 확인하고는 꿇어앉아 말했다.
> 장보: 내가 정말로 그대에게 미치지 못하오.
> • 『표해록』, 윤1월 24일

장보는 명나라 과거시험 중 성<sub>省</sub>에서 치르는 제1차 시험인 향시<sub>鄕試</sub>에 합격해 거인<sub>擧人</sub>이라는 칭호를 받았다고 최부에게 자랑을 늘어놓았다. 자신의 위대함을 보이려다 도리어 최부에게 굴복하는 모습이 선연하다. 장보는 이곳 건도소 출신으로 성화 22년<sub>1486</sub>에 향시에 합격한 인재였으며, 기주<sub>鄿州</sub>의 교유<sub>敎諭</sub>를 지냈다.

명나라 때 과거에 합격하는 것은 하늘의 별 따기였다. 명나라는 각 부<sub>府</sub>·주<sub>州</sub>·현<sub>縣</sub>에 학교를 세워 과거에 대비했다. 북경과 남경에는 국자감<sub>國子監</sub>이라는 국립학교를 세워 지방에서 실력이 우수한 자를 받아들여 공부시켰다. 이들을 감생監生이라고 하는데, 국가로부터 요역徭役 면제 등 특별 우대조치를 받았다. 혹 과거에 불합격해도 국자감에서 우수한 성적을 거두면 직은 지방의 상관으로 임명되기도 했다.

중국에서 과거에 합격하려면 다음과 같은 단계를 거쳐야 했다. 우선 동시童試라고 하여 학교에 들어갈 수 있는 자격을 부여받으면 각 성省에서 제학관提學官이라고 하는 시험관이 지방의 학생에게 시험을 치르게 한다. 이를 원시院試라고 하며 여기서 합격하면 비로소 생원生員이 되어 과거에 응시할 수 있다. 제1차 시험은 각 성省에서 치르며 이를 향시鄉試라고 한다. 합격하면 거인擧人이라는 칭호를 준다. 그다음 단계는 해시解試라 하여 북경에서 제2차 시험을 치른다. 제3차 시험은 전시殿試라 하여 황제 앞에서 치르며 불합격은 없고 단지 석차만을 가릴 뿐이다.

과거 준비를 위해 8세까지 천자문·소학 등을 익히는 소학단계, 15세까지 중국의 역사·문학, 그리고 문장 짓는 법, 세주細註가 있는 사서삼경四書三經을 전부 암기하는 대학大學단계를 마쳐야 했다. 이들 과정이 끝나는 22세 전후에 과거에 응시하기 시작하는데 50세가 넘는 고령 합격자도 있었다. 명나라의 인구는 1억 명 정도로 추산되고 있는데, 평균적으로 연 300~500명이 최종적으로 과거에 합격해 관료로 진출했다. 과거에 합격하는 일이 얼마나 어려운 일인가를 짐작할 수 있을 것이다. 그렇지만 과거에 합격하면 하루아침에 신분이 달라지니 그 누가 과거의 수험서인 경서經書를 게을리할 수 있었겠는가. 마치 우리가 살아가는 현재의 사법·외무·행정·임용고시에 목매다는 사람들처럼 말이다.

이러한 과정을 거치고 신분상의 특권을 부여받은 장보를 처음 대면한 최부가 한 치의 양보도 없이 기싸움을 했던 것이다. 최부 자신은 두 번이나 과거에 합격한 점과 쌀 200석을 지급받았다는 점을 전면에 내세웠다. 하지만 스스로도 이 말이 경박하고 허황되었다고 인정했듯이 스스로 중국 사람에게 지고 싶지 않은 마음이 있었음을 은연중에 나타냈다.

화려했던 장보의 저택은 어디일까? 나이가 지극한 노인들에게 물었지만 한결같이 모른다는 답변뿐이었다. 세월은 우리를 기다려주지 않았다. 멀지 않은 곳에 있는 건도진 청사를 찾아갔다. 마씨는 우리를 돕기 위해 안면이 있는 직원들에게 일일이 담배를 건네며 단서를 찾아내려고 무진 애를 썼으나 허사였다. 장보가 누구인지조차 모르는 직원이 허다했다. 그렇다면 자료를 모아둔 당안관檔案館에서 천호 이앙李昻의 기록이라도 찾을 수 있을까 하는 희망을 가졌으나 역시 성과는 없었다. 이앙은 최부를 건도소로 안내했던 체구가 장대하고 용모가 아름다운 장교였다. 그는 최부에게 다과를, 부하에게는 술과 고기를 대접하는 등 정성을 베풀었다. 장보와 이앙의 후손을 만나 입은 옷을 벗어 전하는 답례를 하지 못해 못내 안타까웠다.

# 고려사신관에서 최부를 만나다


## 바다가 안정되면 파도도 조용하다는 영파

아쉬운 마음 가득한 채 봉고차를 타고 삼문현으로 향했다. 정부로부터 정식으로 인가를 받지 않고 운행해 사고가 나도 보험금을 탈 수 없다는 흑차헤이처黑車였다. 삼문현 버스터미널에 도착해 영파행 버스에 올랐는데 작은 해프닝이 벌어졌다. 번호표대로 앉으려고 하자 이미 우리 좌석을 건장한 남자들이 차지하고 있어 비켜주지 않는 것이었다. 양보해달라고 했더니 막무가내로 다른 자리에 앉으라고 큰소리로 떠들어댔다. 매섭게 째려보는 눈초리가 두려워 한 마디 대꾸도 못하고 뒷자리로 얌전히 물러났다.

영파시에 도착하자마자 지도 한 장을 구입했다. 이번 여행 내내 이동하는 터미널이나 역에서 지도를 샀다. 일반적으로 강남지역은 유적지가 많고 문화적으로도 선진지역이라 지도에 명승지나 유적지의 사진과 간략한 설명이 잘 되어 있었다. 반면 강소성장쑤 성江蘇省을 넘어 산동성으로 들어간 이후에 산 지도부터는 유적지 사진과 설명을 찾을 수가 없었다.

터미널에서 시내로 향하자 마천루에 뒤지지 않는 고층 빌딩이 하늘을 찌르듯 솟아 있었다. 발전되고 부유한 도시라는 인상을 받았다.

영파시는 용강용 강甬江 · 봉화강평화 강奉化江 · 여요강위야오 강餘姚江의 세 강이 합류하는 하항河港으로 발전했다. 고대부터 중국 연해의 중앙부에 위치하는 항구도시로 성장해, 내륙 수운이나 해상 수송을 통해 대량의 물자가 중국 연해나 해외로 반출되거나 집적되었다.

당나라 때는 해상 실크로드의 기점으로 양주양저우揚州 · 광주광저우廣州와 더불어 중국의 3대 대외무역 항구로 주목을 받았다. 당나라 이후 명주밍저우明州라는 이름으로 교역항의 역할을 수행해 명성을 떨쳤다. 명나라에 들어서자 '명'明이라는 국호를 피하기 위해 '바다가 안정되면 파도도 조용하다'는 의미에서 이름을 따와 영파라고 고쳤다. 대략 기원전 7000~기원전 6500년 신석기시대 하모도허무두河姆渡 문화 유적지가 유명하다.

최부가 영파부를 묘사한 대목이다.

성 안의 대교 10여 곳 이상을 지났다. 높고 넓은 집들은 강 언덕에 줄지어 서 있었는데, 붉은 돌기둥이 거의 반 정도를 차지하고 있었다. 그 기묘함과 아름다움은 이루 말할 수 없었다. 노를 저어 북문으로 나오니 북문 역시 남문과 같았다. 성 둘레의 넓고 좁음은 알 수 없었다.

• 『표해록』, 윤1월 29일

명나라 때의 영파의 번영이 상상이 가고도 남는다. 최부는 영파부 성城에서부터 송나라 석수신石守信 장군 묘까지 이르는 10여 리약 4킬로미터 사이의 강 양 기슭에 시전市廛과 큰 배가 구름같이 모여 있었다고 서술했다. 석수신은 개봉開封 출신으로 송나라 건국을 도운 원훈이다. 남송 건염建炎 연간1127~30에 황제가 절강지역에 행차했을 때 금나라가 남침해 왕조의 운명은 풍진등화와 같은 상황에 처했다. 백성은 도탄에 빠졌고, 이 어려운 난국을 헤쳐나가지 않으면 안 되었다. 송나라 군사와 금나라 군대가 강소성 고교高橋라는 곳에서 전투를 벌였다. 짙은 안개가 한낮을 어둡게 만들었다. 그때 신병神兵이 들에 모습을 드러냈다. 큰 깃발이 길을 선도하는데 그가 바로 석 장군이었다. 갑자기 발생한 일로 금나라 군사는 놀라 달아났다. 석 장군의 영검이 음지에서 나라를 도왔던 것이다. 백성들은 그의 공을 생각하고 제사 지내면서, 묘의 이름을 장군이라 불렀다.

## 묵객이 머무르던 절경지, 월호月湖

고려사신관을 찾아 나섰다. 여행을 하다가 지리를 모르면 그 지역 사람에게 묻는 것이 최상의 방법이라는 점을 터득했다. 가능하면 학식이 있을 법한 노인들에게 물었다. 늦은 점심을 먹다 신문을 펼쳐보고 있는 노인에게 명나라 관아의 위치와 그 터가 지금도 남아 있는지를 물었다. 노인은 이곳이 바로 명나라의 거리라고 했다.

식당 앞 오른쪽에 월호유에후月湖가 보였다. 지도를 펼치니 월호 반대편에 일호日湖라는 이름도 보였다. 월호는 일명 서호西湖라고도 하며 영파시의 절경지 가운데 하나로 손꼽혔다. 당 정관貞觀 연간627~649에 개축된 이래 송나라 때는 절동학浙東學 학술의 중심지로 변모했다. 문인이나 묵객도 이곳을 찾아 휴식을 취하거나 모임을 가졌다. 당나라의 시인 하지장賀知章, 659~744, 송나라 때 신법을 실시한 왕안석王安石, 1021~86, 남송의

영파시 해서구 월호 동안 보규항 일대에 자리하고 있는 고려사신관.
고려사신관 옆을 흐르는 물길이 아름답다.

재상 사호史浩, 1106~94, 명말 청초의 사학자 만사동萬斯同, 1638~1702과 같은
저명한 인사들이 은거하거나 강학하며 저서를 낸 곳으로 알려져 있다.

식당 왼쪽으로 돌아 가로수로 정비된 작은 길로 방향을 잡아 얼마간
걸어가니 노인들이 장기를 두고 있었다. 고려사신관의 위치를 물으니
답변이 제각각이었다. 약간 헤맨 끝에 정자에서 더 안쪽으로 들어간 곳
에 위치한 고려사신관을 찾아낼 수 있었다.

고려사신관은 행정구역상으로 영파시 해서구하이수 구海曙區 월호 동안東
岸 보규항바오쿠이 항寶奎港 일대였다. 경비원에 따르면 이곳을 찾아오는 한
국인은 드물다고 했다. 혹시 팸플릿이 있냐고 문의했더니 「영파에서 받
은 감흥」이라는 작은 안내책자를 한 권 건네주었다. 책자에는 고려사관

고려사신관 안에 걸려 있는 최부의 모습.
『표해기』(漂海記)를 한 손에 쥐고 있다.

高麗使館이라고 표기했다. 영파시의 볼거리를 간단하게 중국어와 영어로
설명한 책자였다. 언제 지어졌는지, 어떠한 인물이 찾아왔는지에 대한
이야기는 전혀 없었다. 어둑해질 무렵이라 그런지 더 쓸쓸하고 적막하
게 느껴졌다. 사람들에게 보이기 위해 형식적으로 건물을 지어놓은 듯
한 느낌을 지울 수 없었다. 설명서도 제대로 갖추어져 있지 않은데다 전
시물도 허술했다.

　그나마 입가의 미소를 짓게 한 것은 최부의 인물상을 그려놓은 족자
였는데, 대략 40~50세 정도의 중년의 얼굴로 내가 상상으로 그리던 유
자의 모습과는 거리가 먼 강인한 모습이었다. 한 손에는 '표류'라고 씌

어진 책을 들고 있었다. 최부가 표류할 당시의 나이는 33세였다. 최부의 초상화가 남겨져 있지 않으니 그 모습을 정확히 그려낼 수는 없으나 이보다는 더 젊고 유자다운 면모가 풍기는 인상이 아니었을까?

기념관은 중앙을 기준으로 오른쪽 전시실에는 고려시대의 한중교류에 관련된 역사가 전시되어 있었고, 왼쪽은 장보고張保皐, ?~846의 상과 그 시대에 이루어진 교류의 역사가 서술되어 있었다.

송나라와 교류하던 고려 초기는 주로 황해도 연안의 옹진甕津항구에서 바다를 건너 산동성 등주떵저우登州나 밀주미저우密州: 현재의 제성(주청)諸城 등지로 상륙하는 항로를 이용했다. 그러다 고려 문종 28년1074에 사신 김양감金良鑑이 거란을 피해 명주로 들어가고 싶다고 송나라에 요청하자, 황제 신종神宗, 재위 1067~85이 이를 허락했다. 이후 명주는 송나라와 고려 무역의 중요한 항구로 떠올랐다. 북송 원풍元豊 2년1079에 황제는 명주와 정해현靜海縣의 고려공사관高麗貢使館 이름을 낙빈樂賓, 정후의 이름을 항제航濟라고 하사했다. 그다음 달에는 고려사정使亭과 고려사관을 수리했다. 북송 정화 7년1117에 명주明州 태수太守 루이樓異가 황제의 뜻을 받들어 고려사高麗司를 설치해 고려에 왕래하는 사람이나 배에 관한 정무를 맡기 시작했다. 그리고 고려사신을 접대할 목적으로 월호 동안 국화주쥐화 주菊花洲 위에 국가급의 영빈관 고려사행관高麗使行館을 창건했다. 그러나 남송 건염建炎 4년1130에 금나라가 명주를 공격한 후 퇴각할 때 성에 불을 질러 이 건물은 화를 입고 잿더미로 변해버렸다.

이 고려사신관을 관람하다 문득 당송팔대가唐宋八大家의 한 사람인 소식蘇軾, 1037~1101이 떠올랐다. 송나라가 건국된 초기만 해도 고려는 조공을 행했으나, 요遼나라의 2차에 걸친 고려 침공 이후 송나라와는 국교는 물론 사신의 왕래도 끊어졌다. 시간이 흘러 북송 희녕熙寧 3년1070이

돼서야 송나라와 관계가 회복되었다. 마침 이때 소식이 항주의 장관인 지항주知杭州에 임명되었다. 고려사신에 대한 접대비와 사여비가 지나치게 많이 들자 고려의 잦은 입공을 반대했다. 고려사절을 접대하는 비용이 자그마치 10만 관貫이니, 이 비용으로 절서浙西지역, 즉 절강 중서부의 금화진화金華, 구주취저우衢州, 엄주옌저우嚴州의 기민饑民 수만 명을 살릴 수 있다고 항변했다.

이처럼 명주는 우리나라와 깊은 인연을 맺고 있는 곳이다. 송나라가 고려와 교류할 적에 이곳으로부터 바다를 건넜다. 송나라의 사신 서긍徐兢은 고려 인종 1년1123에 고려로 들어와 개경開京에 1개월 동안 머물다 귀국한 뒤 『선화봉사고려도경』宣和奉使高麗圖經을 지어 고려의 실정을 송나라에 소개했다. 서긍이 명주에서 배에 오른 것처럼 북송 원풍 연간1078~85 이후부터 매번 송나라 조정에서 사신을 보내는 경우, 언제나 명주 정해定海에서 출항해 바다를 가로질러 북으로 항해했다. 배 운행은 모두 하지夏至 뒤에 남풍을 이용하는 데 5일이 못 되어 고려 해안에 닿았다. 공민왕 13년1364에는 원나라 말 군웅의 한 사람으로 이 지역을 점거하고 있던 방국진方國珍, 1319~74이 사신을 고려에 보내 침향沉香·궁시弓矢·옥해玉海 등을 바친 일도 있었다.

고려사신은 예성강에서 배를 출항해 명주로 들어갔다. 명확한 자료는 없지만 아마 이들도 고려사신관에 머물렀을 것이다. 고려 인종 4년1127에 『삼국사기』의 저자 김부식金富軾, 1075~1151 등이 송나라 흠종欽宗, 재위 1126~27의 즉위식을 축하하기 위해 명주로 들어갔으나 수도 변주汴州: 현재의 카이펑開封로 향하는 길이 금나라 군사에게 차단당했다. 그래서 어쩔 수 없이 명주에 머무르다 다음해 5월에 귀국한다. 김부식 일행도 필시 이곳 고려사신관에서 머무르며 임무를 완수하지 못한 허탈감 속에서 귀국할 날만을 손꼽아 기다리지 않았을까? 당시 고려사신이 입공하면서 접대비용이 만만치 않아 절강지역의 백성들의 삶이 피폐해졌고, 게다가 고려사신이 송나라의 허실을 엿보아 금나라에 통보할지 모른다는 우려에서 김부식을 명주에 머무르게 했다는 설도 있다.

지리와 역사에 밝아 중국 사람을 놀라게 했던 최부는 고려사신관에 대해서는 일절 언급하지 않았다. 『표해록』을 한 손에 쥐고 있는 최부는 과연 어디에 머물렀을까?

# 책으로 지은 세상, 천일각

## 책은 고금을 소장하고, 항구는 천하로 통한다

영파시 숙소에서 TV를 켜니 첫 화면에 '서장고금, 항통천하'書藏古今, 港通天下, 즉 "책은 고금을 소장하고, 항구는 천하로 통한다"는 문구가 보였다. 고금의 책을 소장하고 있다고 자랑하는 것은 다름 아닌 영파시 서남쪽 월호 서쪽에 위치한 천일각티엔이거우天一閣을 가리킨다. 현재 서적 30만 권을 소장하고 있고, 그중에서도 희귀본이 무려 8만 권에 달한다.

어제의 식당가를 다시 찾았다. 앞쪽으로 폭이 넓지 않은 하천이 월호로 흘러 들어가고 있다. 월호 반대 방향에 중국 최대의 민간 장서각인 천일각이 있었다. 명 가정 40년1561에서 45년1566 사이에 병부 우시랑兵部右侍郎을 지낸 범흠範欽, 1506~85이 건립했다. 그는 절강 은현鄞縣 출신으로, 자字는 요경堯卿, 호號는 동명東明이다. 가정 11년1532 과거에 합격해 진사가 되었다. 호북성후베이 성湖北省 수주쑤이저우隨州의 장관을 지냈을 때 백성을 잘 위무했으며, 공부 원외랑工部員外郎으로 옮겼을 때 나라에서 큰 공사를 자주 벌였다. 당시 실권을 쥐고 있던 무정후武定侯 곽훈郭勛, ?~1542에게 대항하다 미움을 샀다. 곽훈은 자신의 말에 순종하지 않는 범흠을 황제에게 참언해 하옥시켰다. 범흠은 장형杖刑을 당하고 강서성장시 성江西省 원주袁州로 좌천되었다.

당시 또 한 명의 권력자가 있었으니 바로 대학사 엄숭嚴嵩, 1480~1567이다. 그의 아들 엄세번嚴世蕃, ?~1565이 하북성허베이 성河北省 선화현宣化縣의 공관을 자신의 소유로 하고 싶었으나, 범흠이 이에 응하지 않았다. 엄세번은 화를 내고는 그를 쫓아내려고 마음먹었다. 그러자 부친이 아들을 타일렀다. 범흠은 자신에게 항거한 인물이므로 그를 꺾으려고 하면 반대로 그의 명성을 높여주는 꼴이 될 것이라 말했다. 그러자 엄세번은 공관 빼앗는 일을 단념했다.

그러다 28세 되던 해에 부모가 모두 세상을 떠났다. 가정 39년1560에 병부 우시랑으로 승진됐으나, 범흠은 이해 10월에 관직을 사임하고 고향으로 돌아와 월호 근처에 집을 짓고 살았다. 그는 독서와 책을 수집하는 일을 즐겨했다. 관료 시절에 여러 지역을 돌아다니면서 각종 전적典籍을 수집했다. 국내의 이본異本을 구매하고, 자신이 미처 읽지 못한 서적은 필사했다. 그 결과 지방지地方志, 과거 합격자 명부인 등과록登科錄・정치서・시문집 등의 희귀한 전적을 소장하게 되었다. 후에 은현지방에 있는 이씨李氏의 만권루萬卷樓에 남아 있던 장서까지 손에 넣었다.

청 건륭乾隆 37년1772에『사고전서』四庫全書를 편찬할 때 건륭제재위 1736~96는 전국 각지의 흩어진 저서를 수집했다. 이때 범흠의 8세손인 범무주範懋柱가 소장하고 있던 책 638종을 헌상하자 건륭제는 그 보답으로『고금도서집』1만 권을 하사했다. 이윽고『사고전서』편찬이 완료되자 건륭제는 천일각 건물의 형태를 본 따 문원文源・문진文津・문소文淵・문회文滙・문란文瀾・문종文宗・문연文淵 7각을 건립했다. 이때부터 천일각은 천하에 명성을 떨치게 되었다.

오랜 성상을 거친 고목과 정원이 천일각의 풍모를 더하고 있다.
천일각 주변에 위치한 연못 천일지(天一池).

　그 옛날 장서가의 서고는 100년도 채 지나지 않아 불타버리는 경향이 있었다. 이에 범흠은 그윽하고 조용한 택지를 골라 서고를 세우고 높은 담장으로 방화벽을 쳤다. 서고는 범씨範氏 옛 저택의 동쪽에 지어 장서처와 기거하는 곳을 격리시켰다. 또한 불이 장서에 최대의 적이었기에 물로 불을 이길 수 있다는 데서 '천일'天一이라는 이름을 붙였다. 이 말은 『주역』周易 정현鄭玄의 주注에, "하늘은 물을 생성하고, 땅은 6으로 이를 완성시켰다"天以一生水, 而地以六成之에서 따온 것이다. 그리고 누樓 앞에 '천일지'天一池를 조영했는데, 이는 원나라 때 용호산龍虎山의 오도사吳道士가 연못을 만들고 '천일지'天一池라고 한 데서 따왔다. 급한 경우에 못의 물을 길어다 불을 끌 목적으로 조성했던 것이다.

## 돈은 쓰는 대로 없어지지만 책은 영원히 남는다

범흠은 장서를 보호하고 유지하기 위해 가족에게 엄격한 규정을 만들어 목판에 써서 걸어두었다. 첫째, 술과 담배를 가지고 서고에 들어가서는 안 된다. 둘째, 자손 가운데 이유 없이 문을 열고 서고 안으로 들어간 자는 벌로 세 번의 제사에 참여할 수 없다. 셋째, 개인적으로 벗을 서고에 데리고 들어가거나 멋대로 책장을 여는 자는 1년간 제사를 지낼 수 없다. 이외에도 장서를 타 지역의 다른 성씨에게 빌려주지 못하도록 했다.

범흠과 그 자손들은 귀중한 서책을 분실하지 않으려고 노심초사했다. 희귀한 판본이 많다보니 이들을 열람하거나 필사하려는 인사들이 자주 왔을 것이다. 범씨 가족은 이들을 접대하는 데도 분주했을 뿐만 아니라 서적이 훼손되는 것을 막는 데 전전긍긍했을 것이다.

서적을 함부로 남에게 보여주지 말라는 규정이 있었음에도 예외는 있었다. 청 강희康熙 12년1673에 대사상가이자 역사가로 이름을 떨친『명이대방록』明夷待訪錄의 저자 황종희黃宗羲, 1610~95가 이 규율을 깨뜨리고 서고로 들어가는 초유의 사건이 벌어졌다. 그는 서목書目을 베껴 6년 뒤『천일각장서기』天一閣藏書記를 편찬했다. 황종희가 서고 출입이 가능했던 것은 고향이 영파시 여요현餘姚縣인데다, 절동학파의 비조鼻祖로 역사학을 시작해 경학經學·지리학·수학 등 다양한 분야에 명성이 드높았기 때문이다.

범흠이 죽은 뒤 큰아들 범대충範大沖이 부친의 장서를 계승하고 "대대로 책을 나누지 말고, 책을 천일각 밖으로 나가지 못하도록 한다"代不分書, 書不出閣는 규정을 정했다. 이후 장서는 자손들이 공유해 공동으로 관리했다. 청나라의 대학자 전조망全祖望, 1705~55은 "내가 듣기로 범흠의 두

아들이 재산을 나눌 때 책은 나눌 수 없기에 만 금을 제시하고는 책을 가지려고 하면 책을, 돈을 받으려 하면 돈을 주겠다고 하자 둘째 아들은 흔연히 금을 선택했다. 지금 돈은 다 없어졌지만 책은 아직도 남아 있다. 그 우열이 어떠한가"라면서, 돈은 사라지지만 책은 영원히 전해짐을 강조했다.

세월이 흐르자 장서는 흩어져서 일부가 없어졌다. 아편전쟁 때에는 영국이 『일통지』—統志 등 수십 종류의 고적을 약탈해 갔다. 청 함풍咸豊 연간1851~61에는 도적이 장서를 훔쳐가 프랑스 선교사와 종이 공장에 팔아버렸다. 1914년에도 도적이 1,000여 종의 전적을 훔쳐 상해로 빼돌려 매매하는 사건도 벌어졌다.

천일각 남쪽 출입문으로 들어서자 수염이 멋들어지게 늘어진 범흠의 초상화가 걸려 있었다. 그 뒤로 장원청壯元廳이라는 편액이 보였다. 함풍 원년1851에 과거에 장원, 즉 1등으로 합격한 장오章鏊를 기리는 편액이었다. 그는 국자감 좨주, 즉 지금으로 치면 국립서울대학교 총장을 지냈다. 앞에서 약간 언급했지만, 전근대 중국에서 최고의 영예로운 일은 과거에 합격하는 일이었다. 합격하는 즉시 자신이 꿈꾸어왔던 경세사상을 펼칠 수 있었을 뿐만 아니라 돈을 벌 수 있었기 때문이다. 중국에는 '승관발재'陞官發財라는 말이 있다. 관료가 되면 돈이 들어온다는 말이다. '설화은'雪花銀이라는 용어도 생겨났는데, 아무리 청렴한 관료라 해도 3년간 관직에 있으면 돈이 눈같이 흩날리듯이 품 안에 들어온다는 의미다. 당시 화폐가 은銀이었기에 하얀빛의 은이 떨어지는 모습을 이렇게 형상화한 것이다.

장원청 옆에는 1923년부터 3년간 공사를 거쳐 완성된 진씨지사秦氏支祀가 있다. 이 사당은 부유한 상인 진군안秦君安이 은 20여만 냥을 출자해

진씨지사(秦氏支祠)는 부유한 상인 진군안이 은 20여만 냥을 들여 건립한 사당이다.
그 뒤로 태호석으로 꾸며진 정원이 있다.

자신의 조상을 제사 지내기 위해 건립한 사당이다. 붉은색의 금과 나뭇
조각·돌조각 등을 재료로 건축한 멋진 건물이었다. 사당 뒤에 연못과
태호석太湖石으로 꾸민 정원이 어울렸다. 연못 뒤편에 천일각이, 그 왼쪽
으로 천일각을 짓기 전의 범흠의 장서 처인 동명초당東明草堂이 있었다.
이 각은 그의 호號를 따서 이름 지었다.

존경각尊經閣은 중국 역대 왕조가 유학을 숭상하게 되자 각 성·부·
주·현의 학교에 경전을 보관하기 위한 건물이다. 본래 이 존경각은 영
파부학寧波府學에 있던 것을 1935년에 천일각을 수리하면서 이곳으로 옮
겼다.

건물 맨 구석에는 비석 173개가 비치된 명주비림明州碑林이었다. 90개
는 영파부학·현학縣學 등지에 있던 것으로, 송·원·명·청 시대의 비

석이다. 부학府學의 중수重修, 격언이나 잠언箴言 등 역대 학교 교육, 경비 조달과 인재 배양 등의 내용을 적었다.

이 많은 도서를 구입한 자금은 어디서 나왔을까? 과연 병부 우시랑의 급여만으로 가능했을까? 오늘날 인문학을 연구하는 학자는 서적이나 사료를 구입하는 데 돈을 아까워하지 않는 경향이 있다. 그러나 생활비가 부족한 부인들 입장에서 보면 책은 증오의 대상이다. 내 주위에도 책 몇만 권을 소장한 분들이 있다. 새로 나온 책보다도 중고 서적을 파는 서점에서 원하던 책을 손에 넣으면 희열을 느낀다고 한다.

서울대 규장각을 제외하면 우리나라에는 중국처럼 대규모로 고서를 소장하고 있는 곳이 적다. 18세기 말의 실학자 이규경李圭景, 1788~1853은 『오주연문장전산고』五洲衍文長箋散稿에서 우리나라 책이 수난을 당한 요인으로 당나라의 침입, 병자호란이나 임란 등 외세의 침략이나 이괄李适의 난 등에 의해 서고가 불탄 사실 등의 열 가지를 들었다.

우리나라 풍속이 책을 귀중하게 여길 줄을 몰라 책을 뜯어 다시 종이를 만들거나 벽을 발라 차츰 없어진 것이 그 아홉째다. 장서가藏書家들이 현상금을 내걸어 구입하고는 소중하게 비밀리에 보관해놓고는 자신도 읽지 않고 남에게 빌려주지도 않아, 한번 넣어두면 내놓지 않아 흐트러지고 썩어 오랜 세월이 흘러 좀이 슬고 쥐가 갉아먹으며, 종들이 몰래 팔아 완질完帙이 없는 것이 그 열째다. ……책 수장하기를 중국 범씨의 천일각처럼 해 역대의 병화兵火에도 우환이 없이 견고하게 보존해 여러 저서가 국내에 전하게 된다면 어찌 경전을 수장하는 것을 서적의 재난 중 가장 심한 것이라 하겠는가.

조선시대의 서책은 중국에서 하사받거나 구입해 온 경우가 많은데, 어렵게 구해 온 중국에서 제본한 서적은 종이의 품질이 나빠 훼손되거나 좀이 슬고 쥐가 갉아먹기 쉬웠다. 한번 파손되면 다시 구입하기 어려웠기에 이러한 지적을 한 것이다. 이규경은 역대의 병화에도 탈 없이 깨끗하게 보존된 범흠의 천일각을 부러워했다

모순이었던 것은 기념관 오른편에 마장馬將기원지起源地라는 진열관을 만들어놓았다는 점이었다. 참으로 어울리지 않는 독서와 도박이라니. 학문하는 사람이 가장 멀리해야 할 것 가운데 하나가 도박이 아닌가.

진열관은 마장에 관한 다양한 자료를 수집해놓았다. 특히 눈을 끄는 것은 판板과 패牌였다. 중국은 물론 한국·일본·영국·미국 등 여러 나라 것을 수집했다. 마장은 중국 도박문화의 집대성이라 할 수 있다. 네명이 테이블을 둘러싸고 하는 놀이로 그 어원은 영파지역의 방언인 마작麻雀에서 유래한다. 명나라 때는 마적馬吊이라고 했는데, 작雀과 장將의 발음이 비슷해서 생긴 이름이라는 설이 있다. 또는 마장을 할 때 마치참새가 모여 지저귀는 소리와 흡사해 이러한 이름이 붙여졌다고 한다.

마장을 발명한 이는 청 도광道光, 1821~50 연간에 3품관의 고위직에 있던 진어문陳魚門, 1817~78이다. 영파 출신으로 어려서부터 재주와 지혜가 비상해 일찍부터 영문을 배우고 익혔다. 도광道光 29년1849에 북경 국자감에서 과거 응시를 준비하는 공생貢生으로 선발되었고, 공을 세워 내각 중서內閣中書에 임용되었다. 하지만 벗들과 교제의 폭이 넓어 거문고를 켜고 술을 마시지 않는 날이 없을 정도였다. 지패紙牌에도 정통하고 익숙했는데, 이를 가지고 놀이하기에 불편함이 많다 생각하고, 청 목종穆宗 동치同治 3년1864에 죽골竹骨을 만들어냈다. 새로운 패놀이, 즉 마장이 시작된 것이다.

1949년 중화인민공화국 정부가 성립되자 마장을 금지했으나, 문화대혁명1966~76 이후 큰 액수의 돈이 오가는 도박이 아닌 정도의 놀이는 허용하기 시작했다. 1985년에는 금지령이 완전히 해제되어 지금까지 중국인이 즐겨 하는 놀이 가운데 하나로 정착되었다.

여행을 다니다보면 촌구석에서도 남녀노소가 허름한 탁자를 둘러싸고 구겨진 푼돈을 걸고 마장을 즐기는 광경을 대할 수 있다. 그만큼 중국인에게 친숙한 놀이이자 노름이다. 도박은 둘이 모이면 가능한 놀이다. 아마도 최부가 수만 권을 장식하고 있는 천일각에 마장을 진열해놓고 있었다는 사실을 알았다면 부릅뜬 눈으로 호령했을 것이 틀림없다.

# 흙빛 바다를 건너 보타산으로

## 관세음보살이 중생을 교화하는 도량, 보타산

눈을 뜨자마자 부두에 전화를 했다. 너무 이른 아침이었을까? 응답이 없다. TV를 켜니 바람이 심하게 불 것이라는 일기예보가 흘러나왔다. 배가 운행이 될까 하는 불안감에 배낭을 챙겨 시장으로 가서 간단하게 요기를 때웠다. 따뜻하게 쪄낸 만두가 입맛을 당겼다. 택시를 타려고 서성거렸으나 좀처럼 잡히지 않았다. 이번 여행처럼 택시잡기가 어려웠던 적은 없었다. 그만큼 중국인의 생활 소득이 높아졌다는 뜻이리라. 꼬리를 이어 달리는 자전거 사이를 헤집고 다니는 인파들. 접촉 사고가 나지나 않을까 하고 노심초사했지만 중국인은 천연스럽게 그 사이를 느긋하게 가로지른다.

시간에 늦지 않을까 조마조마하며 영파 항구로 내달았다. 보타산<sup>바오</sup>투어 <sub>山寶陀山</sub>으로 가는 버스에 오른 일행은 우리 말고도 중국인 세 명이 더 있었다. 시내부터 부두 대사<sub>따시에大榭</sub>까지 가는 길 상태는 엉망이었다. 비포장도로를 달리는 중간에 고가도로를 설치하고 있어 우회도로를 만들어놓았는데 길이 움푹 패여 굴곡이 심했다. 몸은 좌우로 심하게 요동쳤다. 서로 앞서 가려는 차들로 엉켜 운행은 더욱더 늦어졌다. 짐을 가득 실은 트럭 앞으로 끼어드는 택시, 머리를 들이미는 차가 이기는 게 임이었다. 한 시간 20여 분을 달려 부둣가에 도착했다. 쪽빛이 아니라 온통 진흙빛이 출렁거리는 바다였다. 최부는 표류를 시작한 지 13일 정도 되는 날에 절강 앞바다를 항해했다. 그는 당시의 바다를 "붉고 검으며 그 속은 완전히 탁했다"고 표현한다.

승선해 창가를 응시하고 있는데 한국인이라고 생각되는 네 명이 들어와 우리 옆자리에 앉았다. 딸이 대학에 합격해 일가족이 관광차 놀러왔다고 한다. 강소성 곤산昆山에 있는 대우 관련 회사에서 일하고 있는 40대 중반의 박 차장이라는 분이었다. 보타산을 본 후 소주·항주를 둘러볼 예정이라고 한다. 바람이 너무 세차게 불어 뱃멀미를 하지 않을까 하고 몹시 신경이 곤두서 있었는데 그만 이야기에 몰두하다보니 멀미를 잊어버렸다.

부두에 내리자 박 차장 일행을 안내하려고 마중 나온 사람이 알고 보니 재작년 항주학술대회에서 만났던 영파대학교의 조선족 출신 교수였다. 잠깐의 만남이었지만 친구와 헤어지는 듯한 서운함이 밀려왔다. 민박집 아주머니가 우리를 마중하러 나와 있었다. 배낭을 자전거에 싣고 해안가 백사장을 걸어 민박집으로 갔다. 뒤에 안 사실인데 그 백사장이 명나라 때 절강성 은현 출신의 문학가이자 희곡가인 도륭屠隆, 1543~1605이 읊은 '보타普陀12경景' 가운데 한 곳인 '천보금사千步金沙'였다. 모래색깔이 금빛 같아 이러한 이름이 붙여졌다 한다. 발이 빠지지 않는 모래가 끝없이 펼쳐져 있었다. 길이는 1.4킬로미터, 폭은 400미터나 되는 모래사장이었다. 그 옆으로 소나무로 방풍림을 조성했고, 건너편에 고급스런 호텔이 들어서 있었다.

저 멀리 남해 관음불이 보타산 앞바다를 향해 우뚝 서 있는 모습이 선명하게 다가왔다. 민박집이 밀집해 있는 마을은 용만촌룡완 촌龍灣村이라고 했다. 아담한 집들이 바다를 바라보고 층층이 늘어서 있었다. 그리고 집집마다 번호가 매겨져 있었다. 숙소의 1층은 사무실이었고, 2층에 세 개의 방이 아담하게 꾸며져 있었다. 인터넷 설비도 마련되어 있었다. 짐을 내려놓고 주인 아주머니가 소개해준 식당으로 갔다. 민박도 하면서 식당을 겸하는 곳이었는데 조개류나 생선요리가 메인이었다. 활어요리 가격이 만만치 않았다. 생선을 먹지 못하는 곽뢰 덕분에 쌀 볶음밥과 야채 요리만 시켰는데도 104위안이나 나왔다. 육지에서 먹는 가격보다 두세 배나 비쌌다. 민박집 숙박료가 100위안──성수기에는 300위안──이었으니 요리가격이 어느 정도 비싼지 짐작할 수 있을 것이다. 주인은 난방기를 틀려면 전기료가 많이 나오니 별도로 20위안을 더 내라고 했다.

보타섬은 절강성 주산군도저우산 군도舟山群島 동쪽에 위치한 둘레가 30킬로미터 정도 되는 섬이다. 주산군도 1,300여 개나 되는 섬 중의 하나로 문수보살을 모신 산서성산시 성山西省의 오대산우타이 산五臺山, 보현보살을 모신 사천성쓰촨 성四川省의 아미산어메이 산峨眉山, 지장보살을 모신 안휘성안후이 성安徽省의 구화산주화 산九華山과 더불어 중국불교의 4대 명산이다. 특히 보타산은 관세음보살의 중생을 교화하는 도량지로 '해천불국'海天佛國 '남해성경'南海聖境이라고 불렸다.

한 성제成帝, 기원전 32~기원전 7 말년에 매복梅福이 보타산으로 피난 가서 단약을 구워 백성을 구한 것이 계기가 되어 후세 사람들이 봉우리란 뜻에서 매잠梅岑이라고 했다. 북송 태조 조광윤趙匡胤, 재위 960~976은 환관을 보타낙가산寶陀洛迦山에 보내 향을 피우고 기도하게 했는데, 이것이 조정

보타산 항구. 입장료가 무려 160위안이나 되었다.
보타산은 절강성 주산군도 동쪽에 위치해 있고, 둘레가 30킬로미터 정도 된다.

에서 향을 보내는 시초가 되었다. 남송 가정 7년1214에 황제가 금전을 하사해 보제사普濟寺 대전을 수리케 하면서, 원통보전圓通寶殿·대도량大道場이라는 편액을 하사했다. 보타산을 관세음보살을 받드는 도량으로 정해 중국 4대 불교 명산 가운데 하나로 떠받들게 된 것이다.

　그러나 명나라 때 널빤지 한 조각이라도 황제의 허락 없이는 바다로 나아갈 수 없다는 해금정책海禁政策을 펴 보타산에 있던 사찰 300여 곳을 전부 훼손했다. 관음보살의 성지는 여러 곳에 있으나 중국 민중의 마음을 끄는 곳은 바로 이곳 보타산이다. 송나라 때 관음보살이 조음동潮音洞에 현신했다는 전설이 있다. 지금은 범어인 보달락가補怛洛伽, Potalaka의 음사인 보타산으로 부르나, 명 만력萬曆 연간1573~1620 이전에는 보타寶陀·보타寶陀·보달補怛 등으로 불렀다. 토지는 비옥했지만 지형이 험해 해적들이 탐내는 장소였고, 한번 침입해 들어오면 토벌이 불가능한 곳이었다. 원 말 군웅의 한 사람인 방국진方國珍, 1319~74이 이곳을 거점으로 삼자 명 태조 주원장은 보타산의 사묘寺廟를 훼손케 했다. 이때 불상은 영파시 동쪽에 있는 서심사棲心寺로 옮겼다. 명 중기가 되자 금령이 완화되면서 참배자 수가 늘어났다. 재차 가정 연간1522~66에 왜구가 이곳을 거점으로 삼고 노략질을 계속하면서 보타산 진입이 금지되었다.

그러나 만력 연간에 황제의 모친인 자성황태후慈聖皇太後가 불교에 심취하면서 분위기는 일변했다. 황태후는 불교를 독실하게 신봉해 북경 주위에 많은 사찰을 세웠고, 대장경 15부를 간행해 전국 명산에 반포했다. 보타산에는 특별히 심복인 환관을 파견해 대장경을 운송케 했다. 또 자금을 지원해 보타관음사를 중건하면서 보타산은 불교의 융성기를 맞았다.

주산시조우샨 시舟山市 보타산 관리국에서 간행한 소책자에 따르면 청나라 때 보타산에는 3대 사찰을 위시해 88개의 사찰, 128개의 암자가 있었고, 승려도 수천 명에 달했다고 한다. 이 책자는 "산의 구불구불한 곳에 이르면 사찰이 숨어 있고, 길을 잃으면 승려를 만난다"며 보타산의 불교 융성을 말해주었다. 1916년 손문쑨원孫文, 1866~1925이 이곳을 방문했을 때 불정산佛頂山에서 영이한 현상을 목도하고는 『유보타산지기』遊普陀山志記를 짓기도 했다.

1966년 중국 현대사에서 폭풍처럼 몰아닥쳐 전 사회를 격동에 휘말리게 한 문화대혁명이 시작되자 모택동마오쩌둥毛澤東이 청소년으로 조직한 홍위병들이 산에 들어와 크고 작은 불상과 불교 경전을 불태웠고, 노약한 승니僧尼를 제외하고는 모두 고향으로 돌려보냈다. 1976년 문화대혁명이 끝나고 그 후 7년이 지난 1983년에 보타산 3대 사찰을 전국 중점 사원으로 지정하는 동시에 대외에 개방하게 되자 많은 신도와 관광객이 찾는 곳으로 변모했다.

## 하산길에서 만난 진정한 구도자들

친절한 민박집 아주머니는 섬을 운행하는 버스터미널까지 안내해주었다. 집 등성이를 200미터 거슬러 올라가니 사찰과 유적지를 순환하는 중형 버스가 대기하고 있었다. 버스는 보타산을 여러 구획으로 나누어 운행하고 있었다. 혜제사慧濟寺행 버스를 타고 커다란 광장 앞에 내려 케이블카를 타고 산 중턱에 있는 사찰로 올라갔다. 높이는 290미터가 조금 더 됨직 했다. 맞은편 산 쪽으로 거대하고 화려한 사찰을 한창 조성하고 있었다.

산 정상에 오르니 혜제사였다. 그다지 웅장하지 않은 사찰이었다. 명 만력 연간에 원혜화상圓慧和尙이 덤불 속에서 하나의 돌을 발견하고 그 위에 '혜제선림'慧濟禪林이라고 새긴 뒤, 돈을 모아 혜제암을 만든 것이 그 기원이다. 뒤에 청 건륭 58년1793에 암자를 확충해 사찰로 조성했다.

하산 길은 케이블카를 이용하지 않고 걸어서 내려왔다. 도중에 갈라진 바위틈에서 새어나오는 물을 받아 '선수'仙水라며 한 병에 3위안을 받고 파는 할머니가 있었다. 사진을 찍고 싶다고 했지만 할머니는 끝끝내 거절했다. 사진 찍을 입장이 안 된다는 이유였다. 계단을 올라오는 사람이 얼마나 더 가야 하냐며 묻는다. 중년쯤 되어 보이는 여성 두 사람이 검은 옷차림으로 3보 1배를 하며 올라오고 있었다. 편안히 걸어가 부처님 앞에서 복을 구해도 될 텐데 하는 애틋함이 일순 솟아났지만 진정한 구도자의 모습이 부러웠다. 아마 우리가 정상에 오르는 순간 희열을 맛

법우사 칠탑 꼭대기에 동전을 던져 넣으려는 청춘 남녀.
옆에 앉아 있던 할머니가 빗자루로 동전을 쓸어 담아 가져갔다.

보듯이 부처님을 만나는 기쁨이 배가 될 듯했다.

계단을 다 내려오자 왼쪽으로 법우사法雨寺가 보였다. 후사後寺라고도 불리며 보타산의 제2대 사찰이다. 명 만력 8년1580에 승려 대지진융大智眞融이 이곳에 와서 예불을 올리는데 샘물이 그윽하고 돌의 형상이 뛰어난 사실을 깨닫고는 바로 띠를 엮어 거주하고 법해조음法海潮音이라는 뜻에서 해조암海潮庵이라 이름 지었다. 만력 20년1594에 해조사海潮寺로 바뀌었으나 이후 불이 나서 중건했고, 황제가 호국진해선사護國鎭海禪寺라는 사찰명을 하사했다. 청 강희 38년1699에 조정에서 천화법우사天花法雨寺라는 편액을 하사했고, 재차 법우사로 바뀌었다.

산을 내려오느라 다리가 후들거려 천왕전 앞에 앉아 있으려니 젊은 처자들이 5층 철탑 꼭대기에 동전을 던져 넣으려고 애쓰고 있었나. 자신의 꿈이나 사랑이 이루어진다는 믿음 때문일까? 반드시 철탑 안으로 들여보내야 한다는 일념에서 몇 번인가 같은 동작을 반복했다. 더 웃음이 나왔던 것은 탑 주위에 떨어지거나 탑 밑으로 들어간 동전을 무심하게 빗자루로 쓸어 담는 할머니의 모습이었다. 쏠쏠한 수입이 되었으리라. 사찰 입구를 나오려니 할머니 한 분이 거북 새끼를 팔고 있었다. 왼쪽에 있는 방생지에 넣으라는 것이다. 10위안 정도 했던 것으로 기억이 된다.

보타산에 와서 불쾌했던 점은 사찰마다 입장료를 받고 있었다는 사실이다. 중국 여행을 하면서 우리를 곤혹스럽게 한 것이 입장료였다. 섬에 들어가는 뱃삯을 지불했고, 섬 안으로 들어가는 데 160위안을, 그리고 또 각 사찰마다 돈을 내야 했다. 우리도 입장료가 부담이 될 정도였으니 중국의 농촌 사람이나 일반 백성의 수입으로는 관광 한번 하기조차 어려운 것이 아닐까.

날씨도 흐리고 바람이 심하게 불어 몸이 몹시 피곤해졌다. 들어올 때 눈여겨봐둔 부둣가 가까이 있는 라면집으로 갔다. 이슬람 출신으로 수타면을 잘도 뽑아냈다. 연고니엔까오年糕라는 요리를 시켰는데 마치 한국의 떡국 같았다. 쇠고기 국에 간장과 배추를 넣어 색깔이 약간 탁하기는 했지만 입에 딱 맞았다.

# 남해관음과 신라초

## 관음을 받들고, 미타를 칭한다

새벽에 잠을 깨 커튼을 걷으니 비가 촉촉이 내리고 있었다. 이상기온이 계속되고 있다고 한다. 중국에 건너오기 전 북경에 폭설이 내렸다. 많은 양은 아니었지만 비는 그치지 않고 뿌렸고 바람이 한기를 더했다. 어제 모래사장에서 바라다본 남해관음상까지 걸어갔다. 세찬 바람이 우산의 속살을 드러냈다. 10위안 주고 산 우산인데 얼마나 견딜까 싶었지만 결국 바다 바람에 꺾이고 말았다.

쌍봉산雙峰山 남단에 위치한 거대한 남해관음상이 흙으로 뒤범벅이 된 바다를 응시하고 있었다. 1997년에 완성되었는데 대좌 등을 포함해 총 33미터에 달하는 거대한 입상이었다. 불상 자체만으로도 13미터라고 한다. 염화미소를 띠고 있는 관음상은 강원도 낙산 동해를 바라다보고 있는 관음상의 부드러움에는 미치지 못했다. 관음은 사람들이 고난에 처했을 때 어디서든지 기구祈求하면 응해주어 신앙의 대상이 되었다. 대해에서 배가 부서지고 침몰할 위기에 빠진 상인이나 선원들이 기도하면 안전하게 보호해주었다. 중국에서 남해관음을 믿게 된 시기는 동진東晋

세찬 비바람 속에서도 항해자들을 보호하려는 듯
먼 바다를 응시하고 있는 남해관음상.

시대317~418였다. 승려 법현法顯이 인도에서 바닷길로 동남아시아를 거쳐
귀국하는 도중에 폭풍우를 만나자 관음보살에 구원해줄 것을 기원해 궁
지에서 벗어났다고 한다. 이후 중국에서는 "집집마다 관음을 받들고,
사람들마다 미타를 칭한다"家家奉觀音, 人人稱彌陀는 속담이 있을 정도로 민
간에서 관음신앙이 뿌리 깊게 자리 잡았다.

앞에서도 언급했지만, 최부는 영파부에서 도적을 만난다. 횃불을 든
도적 20여 명이 배에 난입한 사건이었다. 도적 무리 중 일부는 창을 잡
고, 어떤 이는 작두를 메었는데, 두목 임대는 "나는 관음불로 최부 일행
의 마음을 꿰뚫어보고 있으니 소지한 금은을 내놓으라"며 위협했다. 도
적에게조차 관음이 신앙되고 있었음을 알 수 있다.

한편 조선 사람도 바다에서 이 관음불을 찾은 사례가 보인다. 영조 46년1770 12월에 제주를 떠나 육지로 항해하다 표류하게 된 장한철張漢喆 일행은 큰고래를 만나 혼비백산한다.

큰고래는 아랑곳없다는 듯이 몸을 뒤척이니 물결이 치솟으며, 내뿜는 물은 비처럼 쏟아져 내린다. 한번 훌쩍 몸을 날리더니 서쪽을 향해 뱃가를 스치듯 지나가니 물결은 덩달아 길길이 일어나고, 돛대는 꼭 자빠지는 것 같다. 뱃사람들은 모두 흙빛이 되어 뱃바닥에 꿇어 엎드리고는 관음보살만 부지런히 외우기를 그치지 않는다.

• 정병욱 옮김, 『표해록』

뱃사람들이 고난에 닥쳤을 때 관음을 찾고 있음을 알 수 있다. 중국에서나 한국에서나 관음이 항해의 안전을 보장해주었던 것이다.


## 보타산 관음도량은 신라상인이 세운 것

남해관음상에서 내려오니 바다 쪽으로 멀리 희미하게 암석이 솟아 있는 것이 보였다. 신라초新羅礁라 여기고는 연신 셔터를 눌러댔다. 혹시라도 잘못짚은 것은 아닐까 하고 매표원에게 물었더니 신라초는 관음도觀音跳 앞에 있다고 했다. 그러고는 우리가 오늘 제일 먼저 방문한 사람이라고 했다. 일본 임제종臨濟宗 승려 혜악惠萼·慧萼·慧鍔의 사료가 전시되어 있는 2층을 둘러보고 싶었으나 고위층의 허락이 있어야만 가능하다는 대답을 들었다.

건물에서 나와 비탈진 길을 내려가자 관음도라는 팻말이 보였다. 산에서 바닷가 쪽으로 뻗어나간 돌바위였다. 그 끝이 신라초였다. 표지판이 없어 정말로 이곳이 신라초인지는 알 길이 없었다. 높이가 약 11미터에 달하는 요철처럼 보이는 바윗덩어리였다. 서해를 건너온 신라상인이 이곳에 배를 대기가 쉽지는 않았으리라. 상인과 승려들이 내리고 떠나가는 모습이 선연했다.

신라초를 본 후 언덕을 거슬러 올라가다 오른쪽에 있는 불긍거관음원不肯去觀音院을 찾았다. 이곳 전설에 대해서는 보타산을 여행한 사람이라면 누구나 한번쯤은 들었을 법하다. 일본 승려 혜악은 당나라에 들어와 오대산을 방문했다. 당 함통咸通 4년863에 혜악이 오대산에서 관음불상을 얻어 배를 띄워 일본으로 돌아가려고 항해를 시작했다. 그러나 신라초 부근에 이르렀을 때 돌연 배가 움직이지 않았다. 혜악은 즉시 불상에게 이렇게 기도했다. "만약 우리나라 중생이 부처를 볼 수 없는 인연이라면 사찰을 짓고 싶습니다." 그러자 배는 조음동 근처로 다가갔다. 이 지역 사람들이 영검한 광경을 보고 사택에 불상을 모셔놓고는 불긍거관음원이라 했다.

그런데 조영록 선생은 불긍거관음원을 조영한 이는 혜악이 아니라 신라상인이라고 주장했다. 원나라 지반志磐이 지은 『불조통기』佛祖通紀에 "혜악이 오대산에서 가지고 온 관음상이 배가 좌초되자 해변에 초옥을 지어 모셨다"는 기록이 보인다. 그러나 이보다 143년이나 앞선 서긍의 『선화봉사고려도경』宣和奉使高麗圖經에 "신라상인들이 오대산에 갔다 관음상을 조각해 배에 싣고 본국으로 돌아가기 위해 바다로 나아갔다. 그러나 암초에 걸려 배가 나아가지 않아 보타산에 있는 보타원에 관음상을 모셨다"는 기록이 있다. 이를 근거로 보타산 관음도량의 기원이 신라상인에 의한 것이라고 주장했던 것이다. 불긍거관음원에서 가까운 곳에 신라초가 있다는 사실이야말로 무엇이 진실인지를 보다 명확하게 해주

일본 승려 혜악이 부처를 모셨다는 불긍거관음원.
국내 학자들은 이곳이 신라상인과 더 관계가 깊다고 한다.

는 것은 아닐까?

최근 일본학자 야마우치 신지山內晉次는 관음도량으로서의 보타산이
중국 국내 사람의 신앙만으로 생겨난 것이 아니라, 한국과 일본 사람
도 바다를 오가던 와중에 형성된 실로 국제적인 관음도량이었다고 단
정했다.

불긍거관음원 앞이 조음동차오인 동潮音洞이다. 말 그대로 파도가 바위를
때리면서 그 소리가 동굴에 반향되어 울리는 곳이다. 여기에 '금지사신
소지비'禁止捨身燒指碑가 있었다. 당 대중大中 연간847~859에 서역의 한 승려
가 이곳에서 열 손가락을 태우고 관음을 만나 신통한 설법을 듣고 칠색
보석을 받았다고 한다. 또 옛날 어떤 한 사람이 고통의 바다에서 벗어나
고자 이곳 절벽에서 몸을 바다로 내던져 서방 극락세계의 왕생을 기원

했다. 또 어떤 사람은 손가락을 태워 보살의 현현顯現을 구했다고 한다. 명 만력 연간에 참장參將 동영董永이 이곳에 '막사신정莫舍身亭'을 세웠다. 지신의 몸을 희생하지 말라는 의미에서 지은 정자였다. 도독都督 이분李分 등이 정자 안에 비석을 세웠다.

대학시절에 읽은 김성동의 소설 『만다라』에서 깨달음을 얻기 위해 손가락을 태우는 장면이 떠올랐다. 몸을 불사르고 손가락을 불태워가면서 득도하려는 처절함이 전해져 왔다.

보타산에서 다시 배를 타고 남쪽으로 6킬로미터 떨어진 곳에 낙가산洛迦山이라는 섬이 있었으나 일정이 여의치 않아 발길을 돌릴 수밖에 없어 아쉬웠다. 다음 여행의 재미를 남겨두고 떠나야 했다.

보타산에는 일본 불교의 영향이 대단히 깊게 드리워 있었다. 혜악이 활동하던 당나라 때는 장보고가 해상을 장악하던 시대였다. 일본 승려 엔닌圓仁, 794~864도 장보고의 도움을 얻어서야 구법활동이 가능했다. 신라시대에 우리 근거지였고 상인들은 항해의 안전을 기원하기 위해 이곳의 사찰에 들러 관음에게 기도했을 것은 자명한 일이다. 그러나 이러한 한국 역사의 숨결이 담겨져 있는 사실에 대해서는 잘 알려져 있지 않다. 역사적 사실을 기록하고 보존하고 그 유지를 살리는 작업에서 뒤처진 탓이라 생각하니 속이 쓰렸다.

여행을 마치고 북경외국어대학교에 교수로 있는 후배 구자원 선생이 교내 캠퍼스를 안내할 때 한국은 아시아 아프리카 학과에 속해 있는 데 반해, 일본은 정부에서 30억 원을 지원해 독자적인 건물을 갖고 있다는 말을 듣고 애써 마음을 진정시킨 적이 있다. 역사를 보전하려는 그 힘이 바로 국력인데 정부는 좀더 분발해야 할 것이다.

주응舟鷹, 즉 매라는 뜻을 지닌 쾌속선을 타고 부두를 빠져나오자 파도가 배를 할퀴듯 달려들었다. 흙탕물이 창문을 두드렸고 배는 심연으로 꺼지는 듯했다. 최부가 표류할 때의 광경이 떠올랐다.

 무섭게 밀려오는 큰 파도는 마치 산과 같아서 높을 때에는 푸른 하늘에 솟는 듯했고, 낮을 때는 깊은 연못에 들어가는 듯했다. 세차게 이는 충격으로 뛰어오르는 파도의 소리가 천지를 찢는 듯했고, 모두 바다에 빠져 썩어서 못쓰게 되는 것이 경각에 달려 있었다.

 •『표해록』, 윤1월 5일

최신 시설을 갖춘 배였고 부두에서 출발한 지 멀지 않은 곳에 있으니 '조난을 당해도 안전하겠지'라며 스스로를 안심시켰다. 풍파가 험악한 데다 파도를 따라 내려갈 때는 마치 잔뜩 흐린 하늘이 흙비를 내리고 있는 착각에 빠지게 해 시야가 더욱 흐려졌다. 속으로는 그래도 남해관음에게 이번 여행의 무사함을 기도하지 않았던가? 효험이 있었던지 파도는 서서히 잔잔해졌다. 출발했던 부둣가에 도착하니 날씨가 더 악화되어 배 운행이 중지됐다는 소식을 듣고는 가슴을 쓸어내렸다.

# 난정에서 왕희지의 풍류를 느끼다

## 「난정서」가 당 태종의 손에 들어간 과정

부두에서 영파시로 출발해야 했는데 우리를 내려준 버스가 보이지 않았다. 할 수 없이 봉고보다 약간 큰 차에 올라탔다. 자리가 차지 않아 오랫동안 손님을 기다렸다.

시내로 돌아와 오후 3시발 소흥행 버스에 올랐다. 한 시간 35분 정도 걸렸다. 해가 어둑어둑해질 무렵 숙소인 금강지성진지앙즈싱錦江之星에 도착했다. 이번 여행에서 가장 많이 이용한 숙박시설이었다. 호텔급은 아니었지만 체인점이라 웬만한 지방의 작은 도시에도 있었다. 트윈룸이 대략 140위안에서 180위안 사이의 저렴한 가격이었다. 곽뢰가 회원에 가입해 있어 10위안이나 할인받았다. 다만 아침식사 비용은 포함되어 있지 않는데 1인당 15위안을 내면 그런대로 아침을 때울 수 있어 편리했다.

저녁은 곽뢰가 미리 알아둔 저렴하면서도 이름난 식당을 찾아갔다. 요리 세 가지를 주문했는데 그중 한 요리는 여러 명이 먹어도 남을 정도로 커다란 접시에 그득 나왔다. 완자·작은 새우·목이버섯에 계란이 들어 있는 음식이었다. 계란에 노른자위가 없어 이상하다고 생각해 물어보니 생선을 갈아 정교하게 계란으로 만든 것이란다. 숙소로 돌아오는 길에 야자수·귤·곶감을 샀다. 야자수는 미지근했고 맛도 달지 않았다.

월나라의 도읍지였고, 명나라 때는 절강성 동부지방에서 경치가 뛰어난 대도회지였던 소흥을 최부는 다음과 같이 기록했다.

성은 수구水口에 해당하는 홍문虹門이 있었는데 대개 4중으로 되어 있고, 모두 철문이 설치되어 있었다. ……10여 리쯤에 관아가 있었는데, 천호千戶 적용翟龍이 신 등을 강기슭으로 인도했다. 그 거리의 도로 또는 시정市井의 번성함과 사람·물자의 풍성함은 영파부보다 세 배나 되는 듯했다.

• 『표해록』, 2월 4일

소흥은 바다와 강으로 둘러싸인 도시로 영파부보다 세 배나 더 발전했다고 묘사했으나, 내가 본 바로는 영파가 소흥보다 고층 빌딩이 더 많고 거리의 인파도 분주했다.

숙소 옆으로 하천이 흘러갔다. 비가 흩뿌리는데 늘어진 버드나무 가지 사이로 배 한 척이 지나가는 모습이 한 폭의 수채화 같았다. 버스를 30분 정도 타고 외곽으로 달려 난정蘭亭에서 내렸다. 시내에서 서남쪽으로 12.5킬로미터 떨어진 난저산蘭渚山 아래 자리 잡고 있었다. 와신상담臥薪嘗膽의 고사로 유명한 월왕越王 구천句踐, ?~기원전 465이 이 일대에 난을 심었다고 하여 난정이라는 이름이 생겼다고 한다. 또 한대에 역정驛亭을 세워 이러한 이름이 유래했다고도 한다.

최부도 난정에 대해서 언급했다.

소흥 시내를 흐르는 안개 낀 운하와 아치형 다리.
비가 흩뿌리는데 늘어진 버드나무 가지 사이로 배 한 척이 지나가고 있다.

> 난정은 누공부<sub>婁公埠</sub> 위쪽 천장사<sub>天章寺</sub> 앞에 있는데 곧 왕희지가 모
> 꼬지를 행한 곳이다.
>
> •『표해록』, 2월 5일

　수많은 묵객이 이곳을 들러 각자의 소회를 남겼다. 서울대 박한제 교
수도『강남의 낭만과 비극』이라는 책 속에「소흥에는 여전히 겨울비가
내리고 있을까──왕희지와 난정서의 배경」이라는 테마로 글을 썼는데,
모꼬지재액을 떨쳐버리기 위해 냇물에서 몸을 깨끗이 하는 일 행사의 모임을 주재한 왕
희지<sub>王羲之, 303~361</sub>가 명사들과 나눈 대화에서 느낀 감상을 적은「난정서」
<sub>蘭亭序</sub>가 승려 변재<sub>辨才</sub>에서 당 태종<sub>太宗, 재위 627~649</sub>의 손으로 넘어가는 정
황을 자세히 다루었다.

모꼬지를 주도한 왕희지가 서법의 대가임은 널리 알려진 사실이다. 그는 부친이 지방 장관을 지낸 훌륭한 가문에서 태어났다. 어렸을 때는 말이 어눌해 사람들이 특이하다고 여기지 않았다. 13세 되던 해에 진晉 원제元帝, 재위 317~322를 모셨던 주의周顗, 269~322를 알현했는데, 그는 왕희지를 보자 특이한 인물이라 생각했다. 당시 소 염통의 기름기 있는 부분을 소중히 여겼는데, 좌객들 모르게 주의는 그것을 갈라 왕희지에게 먹였다. 이로부터 왕희지의 이름이 알려지기 시작했다. 그는 성장하면서 학식이 풍부해졌고 말솜씨도 늘어났다. 특히 예서隸書에 뛰어나 붓의 힘참은 뜬구름처럼 자유롭고, 굳건함은 준마나 용 같다고 전해진다.

진晉 영화永和 9년353 만춘晩春: 음력 3월 초에 회계會稽 산음山陰의 난정에 진晉나라의 우군장군右軍將軍이며 회계내사會稽內史인 왕희지가 이곳에서 모꼬지를 행했다. 여기에 참여했던 인물의 면모를 보면, 동지인 태원太原의 손작孫綽, 314~371·진류鎭留·사안謝安, 320~385과 그 아들 헌지獻之, 344~386 등 42명으로, 청담 명사·재상·서법가·문학가 등 사회 명류층이었다. 왕희지의 일곱 아들 가운데 여섯 명이 참가했으며, 그중에서도 막내아들 헌지는 서법이 뛰어나 부친과 더불어 이왕二王으로 불린다.

왕희지가 모임을 열었던 음력 3월 3일을 중국에서는 상사절上巳節이라고 한다. 옛날 모계씨족사회 시절에 아직 혼인하지 않은 남녀가 있으면한 씨족과 다른 씨족이 배우자를 찾는 풍속이 있었다. 긴 추운 겨울이 지나고 따뜻한 봄이 찾아오면 파종에 분주할 때 청춘남녀가 서로 배우자를 찾았다. 사람들은 천신·지신·춘신春神에게 제사를 지내 풍부한 수확을 희망하는 동시에 여성의 생육신에게도 제사를 지내 자손의 번성을 바랐다. 남녀가 서로 배우자를 선택하고 가무를 즐기며 회합을 즐긴 후 결혼하는 날이 바로 상사절이다.

상사절에 모꼬지를 행하는 것은 춘추시대春秋時代, 기원전 770~기원전 403 정鄭나라에서 시작되었다. 정나라 사람은 이날이 오면 진수溱水: 하남성 밀현와 유수洧水가에 가서 모꼬지 행사를 했다. 하천에서 목욕재계해 재난을 없애고 좋은 일이 있기를 갈구했다. 그러고는 물가에서 청년남녀가 연회를 즐기며 놀았다. 그러나 점차 놀이가 방탕해져 음탕한 색채가 농후해지자 나라에서 이를 금지시켰다. 그러다 왕희지가 살았던 시대에 이르러 곡수유상曲水流觴, 즉 굽이굽이 흐르는 물에 술잔을 띄우고 시를 짓는 행사로 변했다.

「난정서」는 28행 324자로 이루어졌고, 중복된 글자 중에서 '지之'자는 20개로 글자체가 모두 다르다고 한다. 이 「난정서」를 더없이 애호했던 당나라 태종의 이야기는 자주 인구에 회자되고 있다. 「난정서」는 본래 왕씨의 가보로 대대로 전해지다 7세손인 왕지영王智永의 수중에서 그의 제자인 승려 변재의 손으로 넘어가게 되었다. 황제는 왕희지의 친필을 널리 구하고 있던 중에, 변재가 보물을 간직하고 있다는 말을 들었다. 곧 그를 장안에 불러 글씨를 넘길 것을 요구했으나 실패로 돌아갔다. 변재는 병을 핑계 삼아 소흥으로 돌아갔다. 황제는 미련을 버리지 못하고 「난정서」의 행적을 탐문토록 했다. 당시 양 원제元帝, 재위 552~554의 증손인 어사 소익蕭翼이 「밀지」密旨를 받고 그가 있는 영흔사永欣寺로 찾아가자, 변재가 반갑게 맞아들여 담소를 즐겼다. 달포가 지나자 서로 친해져 글과 글씨로 담론하다 「난정서」를 거론하게 되었다. 이때 변재는 「난정서」를 꺼내어 보여주었다. 어느 날 변재가 출타한 틈을 타 소익은 「난정서」를 꺼내 역마驛馬를 이용해 황제에게 바쳤다. 「난정서」를 잃은 변재는 식음을 전폐하다 1년 뒤에 죽었다.

그토록 원하던 「난정서」를 손에 넣은 태종은 서법가 저수량褚遂良,

'아지'(鵝池)라는 글자를 왕희지 부자가 함께 쓴 것으로 알려진 비석.
왕희지가 '아'(鵝)자를, 아들 왕헌지가 '지'(池)자를 썼다고 한다.

596~658 · 우세남慮世南, 558~638 · 풍승소馮承素 등에게 모사시켜 제왕諸王과
근신에게 하사했다. 이로써 「난정서」는 세상에 널리 전파되었다. 황제
는 죽을 때 이 작품을 다른 사람에게 넘기고 싶지 않아 자신의 무덤인
소릉昭陵에 묻었다. 생전에 태종은 "고금을 살펴보아도 극히 선하고 아
름다운 글씨는 오직 왕희지뿐이다"라고 칭찬했다.

왕희지가 사랑했던 거위들이 비가 내리는 연못에서
지금도 한가롭게 노닐고 있다.

　당나라 태종만이 아니라 청 건륭제도 왕희지의 글씨에 매료되어 '신'
神이라는 글자를 직접 써넣기도 했다. 그러고는 내부에 소장되어 있던
저수량의 「난정서」 모방본을 8개의 돌기둥에 새겨 넣도록 명했다.

　입구로 들어서 오솔길을 따라가자 처음으로 모습을 드러낸 곳이 아지
鵝池였다. 아지라는 비명의 글자는 왕희지 부자가 함께 썼다고 한다. 어
느 날 왕희지가 묵을 갈아 '아'鵝자를 썼을 때 황제의 조서가 내려왔다는
이야기를 듣고는 즉시 나아가 받들었다. 이때 8세의 어린 아들 헌지가
붓을 들어 '지'池자를 썼다고 한다. 글자를 자세히 들여다보면 '아'자는
홀쭉하고 '지'자는 크고 넉넉한 편이다.

　연못에 흰 거위 몇 마리가 유유히 노닐고 있었다. 왕희지는 거위를 대
단히 좋아했기에 연못을 조성하고 거위를 풀어놓은 듯했다. 거위에 관

한 그의 사랑은 끝이 없었다. 그와 거위에 얽힌 이야기는 웃음과 애정을 우리에게 희사한다.

회계현會稽縣에 홀로 살고 있는 늙은 노파가 거위 한 마리를 기르고 있었다. 거위가 잘 울기에 왕희지가 이 거위를 사들이려고 애썼으나 손에 넣지 못했다. 이에 친구를 데리고 가마에 타고 거위를 보러 갔다. 노파는 왕희지가 온다는 소식을 듣고 거위를 잡아 삶아 대접했다. 왕희지는 몇 날 며칠을 탄식했다.

노파는 귀한 손님 왕희지가 방문한다는 말에 그만 거위를 죽여 요리로 만들어 접대한 것이다. 또 하나는 산음현山陰縣의 한 도사와 관련된 이야기다. 도사는 거위 키우기를 좋아했다. 왕희지가 가서 이를 보고 매우 기뻐하고는 사겠다고 하자 도사는 『도덕경』道德經을 써주면 그냥 주겠다고 했다. 왕희지는 흔연히 써주고는 거위를 초롱에 넣어 돌아와 즐겼다.
또 다른 일화도 있다. 소흥시 서쪽 즙산戢山 남쪽 산록에 왕희지 고거故居가 있는데 바로 지금의 계주사戒珠寺가 있는 자리다. 혹은 왕희지의 별장이었다는 설도 전해 내려오는데 그 이야기가 현판에 기록되어 있었다.

왕희지는 집 앞 연못에 커다랗고 흰 거위 몇 마리를 길렀다. 하루는 서재에서 명주明珠를 관상하고 있는데 한 승려가 찾아왔다. 이때 거위 한 마리가 뒤따라 들어왔다. 왕희지는 명주를 책상 위에 놓고 차를 마시며 승려와 대화를 나누었다. 한참 후에야 노승이 돌아갔는데 명주가 없어진 사실을 알았다. 왕희지는 노승에게 명주의 행방을 물었지만 노승은 이를 해명하지 못하고 대들보에 목을 매어 죽었다. 후에 가

동家僕이 거위를 잡으니 뱃속에서 명주가 나왔다. 왕희지는 노승의 억울한 죽음을 후회하고는 사택을 절로 만들어 노승을 기렸다. 사찰의 처음 이름은 창안崇安이었으니 당 대중 6년852에 계주戒珠로 개칭했다.

진주를 완상玩賞하는 버릇을 끊어버리려는 의지에서 사찰 이름을 계주라고 한 것이다. 우리나라 속담에 '의심은 생사람을 잡는다'는 말이 있다. 의심을 경계해야 할 것이다.

아지에서 안쪽으로 더 들어가니 가로로 '난정'이라고 씌어진 비문이 보였다. 청 강희제康熙帝, 재위 1662~1722의 어제御製라고 하는데 '난'자와 '정'자 사이가 갈라져 보수한 흔적 때문에 글씨가 확연히 드러나지 않았다. 비문을 보고 안쪽으로 들어가니 커다란 냇물이 흘러갔다. 서법박물관書法博物館으로 통하는 길목에 하천이 가로놓여 있었다. 냇가에는 돌을 엇비스듬히 설치해 건너가게 만들었다. 물이 흘러가는 아래쪽 방향으로 높은 산이 운무에 감싸여 있어 운치가 있었다.

「난정서」에 "모꼬지를 하던 장소에는 높은 산과 준령이 있었고 무성한 수풀과 긴 대나무가 자라났다. 게다가 맑은 물이 세차게 흘러가면서 좌우의 경치를 비추고 있었다. 이 물을 끌어들여 굽이굽이 흐르는 물에 술잔을 돌렸다"고 한 부분이 있는데, 시원스럽게 흘러가는 냇물을 보면 그 말이 연상이 되고도 남음 직했다. 본래 회계현에는 아름다운 산과 물이 있어 명사들이 이곳에 많이 거주했다. 도시에 사는 것을 싫어해 절강을 건너 이곳에 뿌리박고 살았다. 재상을 지낸 사안謝安도 관직에 나아가기 전에 회계에 살았고, 문명文名으로 세상에 이름을 떨친 손작도 이곳에 집을 짓고 왕희지와 교유했다.

난정에는 왕희지의 성품을 반영하듯 다양한 종류의 대나무가 심겨 있었다.
대나무 정원 사이로 난 작은 오솔길.

## 하루라도 대나무 없이 지낼 수는 없다

박물관 입구로 들어서자 대나무가 울창했고 그 사이로 작은 오솔길이 나 있었다. 각양각색 대나무로 정원을 꾸몄듯이 박물관 앞에도 이름 모를 대나무가 심겨 있었다. 난정에는 다양한 종류의 대나무가 있었는데, 과연 왕희지의 성품을 말해주고 있었다.

왕희지가 주인이 없는 빈집에 잠시 거처할 적에 대나무를 빨리 심도록 사람들을 다그치자, 사람들이 의아해서 그 이유를 물었다. 그러자 그는 "어떻게 하루라도 대나무 없이 지낼 수가 있겠는가"라고 대답했다는 것이다. 그가 어느 정도 대나무를 사랑했는지 또 다른 일화가 있다.

어느 날 왕희지가 한 사대부의 집에 멋있는 자태의 대나무가 있는 것을 알고는 그 집을 방문했다. 집주인은 술자리를 마련해놓고 그가 오기만을 학수고대하고 있었는데 오지 않는 것이었다. 알고 보니 왕희지는 곧장 대숲으로 가서 감상하고는 바로 집을 나서려는 참이었다. 주인은 몹시 당황했고, 그를 만류해 술자리를 함께 했다고 한다.

서법박물관에는 모꼬지 행사를 하던 당시의 모습이 그림으로 그려져 비치되어 있었다. 그림 속에는 남자들만이 아니라 아리따운 여성들이 참가해 흥을 돋우고 있었다. 당시 초대받은 42명의 사회 저명인사가 곡수曲水의 양쪽에 앉으면 서동書童이 술이 가득 찬 잔을 띄웠다. 술잔이 자신 앞에 오면 들어 마시고 시를 지었다. 만약 시를 짓지 못하면 벌주를 받아야 했다. 마치 신라시대의 포석정에서 시를 짓고 마시는 풍속과 비슷하다.

난정을 다 둘러본 후 소흥의 썩은 냄새 나는 두부를 먹으면서 연못을 바라보며 상념에 젖었다. 모꼬지 행사에 참가했던 인사들의 성품이 저 난정의 맑은 물과 대나무의 절개를 대변하고 있겠지, 라고.

# 노신의 옛집에서

## 미래가 과거를 이기고 청년이 노인을 이긴다

난정 관람을 마친 후 도로로 나와 버스를 기다렸다. 외곽이라 좀처럼 버스는 오지 않았다. 한 무리의 일본인 관광객을 실은 버스가 스쳐 지나 갔다. 다음 행선지는 노신루쉰魯迅, 1881~1936이 소년일 때 생활하고 공부하던 노신고리魯迅古里 였다.

노신고리의 입구 오른쪽 화강암 담벼락에 거리의 모습과 노신이 담배를 피우고 있는 모습을 그려 넣었다. 입구에서 남북으로 길게 도로가 나 있고 좌우측으로 건물이 들어서 있고, 길 남쪽 건물 뒤로 작은 하천이 흐르고 있는 마을 구조였다.

노신의 선조는 대대로 소흥부 성내 동창방구둥창팡커우東昌坊口에 살았다. 조부는 과거에 합격한 진사로 한림편수翰林編修를 지냈다. 부친은 향시鄕試에 합격하지 못한 수재였고, 모친의 성은 노魯로 소흥의 농촌 출신이었지만 고상한 품격을 지녔다. 대문학가이자 사상가이며 혁명가로 추앙받는 노신은 1881년 9월 25일 이곳에서 태어났다. 본래의 이름은 주수인저우수런周樹人이다. 노신은 예교禮敎로서의 유교로 대표되는 구도덕舊

노신 기념관 앞에 있는 노신의 동상. 기념관에 들어서면 그가 소흥에 있던 시기부터 상해에 정주해서 죽을 때까지의 유품을 볼 수 있다.

道德, 구문화舊文化를 타파하고 인도적으로 진보적인 신문화의 수립을 제창한 신문화운동에 참여하면서 사용하기 시작한 필명이다.

그는 12세 되던 해에 삼미서옥三味書屋에 들어가 5년간 공부했다. 당시 소흥성 안에서 가장 이름난 사숙私塾이었다. 1893년 2월에 증조모가 죽자, 조부는 관직에서 물러나 3년간 복상服喪했다. 이후 조부와 부친은 한 사건에 휘말려 곤란을 겪게 된다. 주씨 집안의 한 친구가 절강성에서 거행하는 향시鄕試에 응시하면서 벌어진 일이었다. 당시 시험관은 조부와 같은 해에 과거에 합격한 은여장殷如璋이라는 인물이었다. 그 친구는 은 1만 냥을 모아 시험관에게 뇌물로 주고 시험에 합격하고자 했다. 조부는 처음에는 내키지 않았으나 여러 번 시험에 떨어진 아이를 관료의 길에 나가게 해주고 싶어 서신 한 통을 시험관에 보내면서 봉투 안에 1만

냥짜리 수표를 집어넣어 보냈다. 그러나 그만 이 사건이 발각되어 조부는 옥에 갇혀 때를 살펴 참형斬刑을 당하는 신세로 전락했다. 3년의 세월이 흐르자 참형에서 무기감옥형으로 감형되었다. 부친도 이 사건에 연좌되어 수재 신분을 박탈당했다.

이렇게 집안이 분란에 휩싸이게 되던 해 노신은 18세의 나이로 강남수사학당江南水師學堂에 들어갔으나 아편에 염증을 내어 다음해 강남육로학당江南陸路學堂 부설 광무철로학당礦務鐵路學堂에 들어갔다. 이곳에서 서양의 진화론적 사상과 새로운 사조를 받아들였다. 여기서 미래가 과거를 이기고 청년이 노인을 이긴다는 사회진화론의 영향을 받았다.

20세1901에 우수한 성적으로 학당을 졸업하고 정부에서 파견하는 일본 유학생에 선발되었다. 당시 도쿄에는 손문 등 혁명인사가 활동하고 있어 그 운동에 참여했다. 도쿄에서 일본어를 습득한 그는 1904년에 일본 미야기 현宮城縣 센다이 시에 있는 센다이 의학전문학교에 입학한다. 현재의 도호쿠東北 대학교다. 필자가 도호쿠 대학교에서 석·박사과정을 마친 가와우치河內 캠퍼스 문학부 건물 왼쪽에 을씨년스런 고택이 한 채 있었는데 바로 노신이 살던 곳이다.

노신이 1년 반 정도 생활하던 센다이 시절에서 잊지 못할 인물이 후지노 겐구로藤野嚴九郎 선생이다. 얼굴은 검고 야윈 몸매에 팔자수염을 기르고 안경을 걸친 모습의 선생이었다. 노신은 1926년도에 쓴 『후지노 선생』藤野先生이라는 소설에서 다음과 같은 일화를 소개했다.


후지노 선생: 내 강의 내용을 필기할 수 있겠는가?

노신: 그럭저럭하고 있습니다.

내가 필기한 노트를 내밀자 선생은 받아들고는 하루이틀 뒤에 돌려주었다. 그리고 앞으로는 매주 가지고 와서 보여주도록 하라고 말했다. 노트를 가지고 돌아와 펴 보고는 놀랐다. 동시에 모종의 곤혹과 감격에 휩싸였다. 노트는 처음부터 끝까지 전부 붉은 글씨로 첨삭되어 있었고, 누락된 부분이 빼곡 채워져 있을 뿐만 아니라 잘못된 문법까지 모두 정정되어 있었다. ······왠지 모르게 나는 지금도 선생을 생각한다. 그는 내가 스승이라고 공경하는 사람 중에 가장 나를 감격시킨 분이자, 격려해준 사람이다. 나는 자주 생각한다. 선생이 나에 대한 열렬한 기대를 가지고, 인내하면서 가르쳐준 것은, 작게 말하면 중국을 위해서였다.

후지노 선생과의 이러한 친밀한 관계로 인해 노신은 시험지를 누설했다는 누명을 쓴다. 일본 학생들에 따르면, 중국은 약한 나라이고 중국인은 저능아인데 노신이 60점 이상을 받았으니 자기 능력이 아니라는 것이었다.

이 일이 있고 난 후 노신은 중국인이 총살당하는 장면을 대하게 된다. 일본이 러시아에 이기는 슬라이드 장면 가운데 중국인이 러시아군의 스파이로 몰려 일본군에 체포되어 총살당하는 장면이 있었던 것이다. 총살당하는 사람을 둘러싸고 구경하고 있는 사람도 중국인이었다. 그런데 지금 자신도 그 장면을 목도하고 있는 것이었다. 노신은 중국인이 총살당하는 것을 태평스레 구경하는 사람들의 모습에서 허탈감을 느낀 뒤 중국인의 우매함을 깨우치기 위해 의학 공부를 단념하고 문학의 길로 들어선다.

1906년 유학에서 돌아온 노신은 모친의 뜻을 좇아 고향 출신의 주안朱

安이라는 여성과 결혼한다. 1918년 5월에 『신청년』이라는 잡지에 노신이라는 필명으로 중국 현대 문화사상 최고로 꼽히는 백화소설인 『광인일기』狂人日記를 발표한다. 이후 『아큐정전』阿Q正傳 등의 저명한 소설을 세상에 내놓았다. 1927년 10월 이후 상해에 거주지를 정하고 9년간 활동하다 1936년 56세의 나이로 세상을 떠났다.

중국만이 아니라 한국 등 전 세계인이 그의 작품에 매료되었다. 모택동은 "노신은 중국문화혁명의 주장이다. 위대한 문학가였을 뿐만 아니라 위대한 사상가, 위대한 혁명가였다"고 평했다.

동창방구에는 그의 조부가 살던 고택과 친척집 70여 호가 살고 있다고 한다. 저택은 회색 건물이었다. 도로를 사이에 두고 건물이 늘어서 있었다. 입구에서 오른쪽으로 가까운 집이 주가로태문周家老台門, 즉 노신의 조부의 저택으로 노신이 독서하던 삼미서옥과 하천을 마주하고 있었다. 청 고종 건륭 연간1736~95에 지어진 전형적인 사대부의 저택이다. 입구에서부터 안채까지는 3~4단계로 나뉘어 있었다.

전체적인 구조는 왼쪽에 작은주인, 아이들 방, 서고 창고를 배치했고, 중앙은 응접실, 주인부부가 거주하는 안채 등으로 배치했다. 저택은 누가 보아도 부유했음을 알 수 있다. 논이 45무畝: 청대의 1무는 6.14아르나 되어 먹고 생활하는 데 그리 지장이 없었을 것이다.

대문에 '한림'翰林이라는 편액이 걸려 있다. 조부 주복청周福淸이 청 동치同治, 1862~74 연간에 과거에 합격해 이러한 문패가 걸려 있었던 것이다. 한림은 과거에 합격한 인물들로 황제의 문서를 작성하는 일을 맡았는데 문재가 뛰어난 수재들로 구성되어 있어 대단히 명예로운 관직이었다. 문을 들어서자 대당大堂이 나타났다. 속칭 대당전大堂前이라고 한다. 덕수당德壽堂이라는 편액이 걸려 있었다. 이곳은 주씨 일족의 공공활동

노신의 조부가 거주하던 저택의 대문.
이 저택은 노신이 독서하던 삼미서옥과 하천을 마주하고 있다.

장소로, 방문해 온 관원이나 중요한 손님을 접대하거나 혼인·장례·축
연 등을 하는 곳이다.

그 뒤편은 향화당香火堂으로 왼편에 거실·서화실·법당·식당순으로
배치된 구조였다. 조상의 제사를 지내거나 상례喪禮를 처리하는 곳이다.
또 그 안으로 들어가면 누방樓房, 혹은 좌루座樓라는 곳으로 주인이 거주
하는 안채였다. 목욕탕, 여성들이 수를 놓는 거실과 안방 등으로 구성되
었다. 안채에 놓여 있는 좌석은 꽤나 값비싸 보였다. 노신과 그의 조부
모가 사용했던 의자의 등 부분과 좌석 부분은 문양이 있는 대리석으로
꾸며져 있었다. 거실에는 조부모가 길복吉服을 입고 있는 모습의 초상화
가 걸려 있었다.

주씨 일족이 번성해 더 이상 조부의 집에서 같이 살 수 없게 되자 청

가경嘉慶 연간1796~1820에 남쪽과 서쪽의 건물을 사들였다. 이곳을 주가신태문周家新台門이라고 불렀다. 이곳에도 덕수당이 있었고, 저택은 크고 작은 방 80여 간으로 이루어졌다.

노신의 옛 저택은 신태문 서쪽에 위치해 있었다. 저택은 조부의 집 구조와 별다른 차이가 없었다. 노신은 18세 때까지 이곳에서 생활했다. 대문에서 앞으로 들어가면 계화명당桂花明堂이라 하여 긴 회랑과 우물이 조성되어 있는 공간이 나타난다. 명당을 속칭 천정天井이라고도 하는데 계화나무가 심겨 있어 계화명당이라는 이름이 붙여졌다. 더 안으로 발길을 옮기면 노신의 와실臥室이 있다. 1909년 일본에서 귀국한 노신이 항주에서 교사로 근무할 때 신해혁명이 발생하자 고향으로 돌아왔다. 그가 소흥부중학당紹興府中學堂 교사로 근무할 때 사용했던 서재 겸 와실이다.

와실의 후면에 천장이 있고, 그 북쪽에 소당전小堂前이 있다. 노신 가족이 식사를 하고 손님을 맞아들여 연회를 벌이던 곳이다. 소당 전후에 노신의 모친 방과 계조모 장씨蔣氏의 방이, 그 뒤로 부인 주안의 방이 배치되어 있었다. 고택 서쪽으로는 주방이 보였다. 백초원百草園은 주씨 공동 소유의 채소밭이다. 땅이 황폐하고 잡초가 무성해 사람들이 좋게 백초원이라 불렀다고 한다.


## 경서의 맛은 곡물 같고, 사서의 맛은 안주 같다

고택을 구경한 후 노신 기념관을 둘러봤다. 탁자에 앉아 있는 노신의 동상이 우리를 맞이해주었다. 기념관은 5파트로 구분해 진열되어 있는데, 제1부는 그가 소흥에 있던 시기1881~97를, 제2부는 남경과 일본유학을 마치고 소홍에 돌아와 있던 시기1898~1912를, 제3부는 북경·하문씨아먼廈門·광주광저우廣州에서 교육에 종사하던 시기1912~27를, 제4부는 상해에 정주해서 죽을 때까지의 시기1927~36를, 제5부는 노신 이후의 시기로 나누어 진열했다. 기념관 담벼락에 '종백초원도삼미서옥'從百草園到三味書屋이라는 친필원고가 새겨져 있었다. 이 글은 초등학교 교과서에도 실려 있어 중국인에게는 대단히 친숙하다고 한다.

조부 저택 건너편에 노신이 12세부터 17세까지 수학한 삼미서옥이 있다. 편액의 글씨는 청나라의 유명한 서법가 양동서梁同書, 1723~1815가 썼다. 본래의 이름은 삼여서옥三餘書屋으로, 노신을 가르친 수경오壽鏡吾, 1849~1930 선생 후손들의 기억에 따르면 수경오의 조부 수봉람壽峰嵐이 '여'餘를 '미'味로 고쳤다고 한다.

'삼여'三餘의 유래는 다음과 같다. 삼국시대 위魏나라220~265에 대사농大司農을 지낸 동우董遇에게 어떤 이가 배움을 청하자 그는 "독서를 백 번 하면 저절로 뜻을 알게 될 것이다"라고 했다. 이에 질문한 사람이 '고갈무일'苦渴無日, 즉 "고통과 기갈이 끝이 없네"라 답했다고 한다. 그러자 동우는 세 가지만 있으면 된다고 했다. '동자세지여, 야자일지여, 음우자시시여야'冬者歲之餘, 夜者日之餘, 陰雨者時之餘也, 즉 "한 해의 마지막인 겨울, 하루의 마지막인 밤, 날씨가 흐리고 비오는 날"이 그것이다. 쉽게 이야기하자면 남는 시간에 독서하면 된다는 뜻이다.

삼미의 뜻은 '담경미여도량, 독사미여효찬, 제자백가미여혜해'談經味如稻粱, 讀史味如肴饌, 諸子百家味如醯醢, 즉 "경서를 읽는 맛은 곡물밥과 같고, 사서를 읽는 맛은 안주와 같고, 제자백가의 맛은 식초나 장과 같다"는 의미다. 경서와 역사서, 그리고 제자백가를 읽는 재미를 우리가 살아가는 데 제일 중요한 식사에 비유한 것이다. 곡물로 만든 밥에, 곡물 이외의 재료로 만든 반찬에, 양념을 넣어 먹는 그 맛을 생각해보라.

노신이 독서하면서 사용하던 탁자에 '조早'라는 글자가 새겨져 있다. 노신이 지각을 하자 스승의 불호령이 떨어졌고, 이후 지각하지 않겠다는 마음가짐을 새겨놓은 것이다. 중국이 성립된 후 삼미서옥의 주인 수적명壽積明이 국가에 건물을 증여했다.

이 책을 쓰면서 얻은 느낌을 보충하기 위해 연구실에서 역사 사료를 뒤집는 재미가 쏠쏠하다. 눈은 침침하지만 미소가 사그라지지 않는다.

# 육유, 당완의 애틋한 사랑이 어린 심원

## 산같이 한 굳은 맹세 아직 남아 있으나

노신고리를 둘러보느라 어느덧 시계는 오후 3시를 가리키고 있었다. 허기가 진 탓에 거리를 샅샅이 구경하지 못했다. 도로를 건너자 뷔페식으로 꾸며놓은 식당이 있었다. 관광객이 많이 찾는 곳이었지만 대중식당이라 그런지 가격은 저렴했다. 간단하게 계란찜과 밥으로 허기를 때웠다. 손님도 없고 점원들이 휴식을 취할 시간인 듯 자꾸 우리를 흘깃흘깃 곁눈질했다. 식사를 빨리 마치고 나갔으면 하는 눈치였다. 아니나 다를까, 문을 나가자 곧바로 문을 걸어 잠갔다.

육유陸遊, 1125~1210와 이종사촌 여동생 당완唐琬의 애틋한 사랑이 담겨 있는 심원은 식당에서 노신고리 반대편 방향으로 걸어 조금 떨어진 곳에 있었다. 심원 앞으로 물길이 지나가고 있었고, 이따금씩 손님을 태운 작은 배가 유유히 노를 저어갔다. 입장료에 배를 타는 가격이 포함되어 있어 작은 물길의 풍취를 즐길 수 있다.

심원은 본래 남송1127~1279시대에 심씨沈氏 성을 가진 부유한 상인의 화원花園이었다. 심씨원沈氏園이라 불리다가 후에 심원으로 바뀌었다. 연

육유와 당완이 거닐며 사랑을 속삭였을 교각과 정원. 그들의 금실은 더없이 좋았으나,
결혼 후 육유가 학문을 게을리하는 등의 이유로 시어머니가 이들 사이를 갈라놓았다.

못과 누대가 화려하고 물이 흘러가는 곳에 자그마한 다리를 놓았다. 돌
과 흙으로 조영한 작은 산에 수풀 그늘도 조성한 강남의 저명한 원림園林
가운데 하나였으나, 세월의 격심한 변화 속에서 황폐해졌다.

　육유는 월주越州 산음山陰, 즉 현재의 소흥 사람으로 이미 12세 때에 시
문에 재주를 보였다. 그는 성省에서 실시하는 제1차 과거시험에서 1등
으로 합격했다. 그런데 마침 하필이면 한족의 영웅 악비岳飛, 1103~42를
살해하고 금나라와 화의를 맺어 매국노라고 불리는 진회秦檜, 1090~1155의
손자 진훈秦壎도 같은 시험에 응시해 2등이었다. 그러자 진회는 화를 버
럭 내고는 시험관을 벌했다. 다음해 중앙의 예부禮部에서 실시하는 제2
차 시험에서도 시험관이 육유를 진훈보다 앞선 것으로 평가하자 진회는
시험관을 쫓아냈다. 육유는 질시를 받게 되었고, 진회가 죽어서야 비로

소 관직에 나아가게 되었다.

그의 나이 20세 되던 해에 시재가 넘쳐 흘러나고 아름답고 다정한 성품의 당완과 결혼했다. 그녀는 시사詩詞에도 출중한 실력을 보여 육유와 취미가 서로 맞았다. 금실도 대단히 좋아 결혼생활에 만족했다. 가정에서도 시어머니를 잘 봉양했다. 그럼에도 시어머니는 며느리를 못마땅하게 여겼다. 그 이유는 첫째, 남편의 방임한 생활을 잘 관리하지 못했다는 것이고, 둘째는 학문을 게을리하게 했으며, 셋째는 육유 부친의 병사였다. 시어머니는 시시비비를 따지지도 않고 두 사람 사이를 갈라놓으려고 애썼다. 어쩔 수 없이 육유는 당완을 친정집에 돌려보낸다 하고는 암암리에 방을 빌려 몰래 왕래했다. 그러나 오래지 않아 이러한 관계가 들통 나고 말았다. 둘의 관계는 더 이상 지속될 수 없어 헤어지게 되었다. 시어머니는 며느리를 육유의 이종동생 조사정趙士程과 재혼시켰다.

27세가 되던 남송 소흥紹興 21년1151에 육유는 심원을 찾았다. 그때 누가 먼저였는지는 모르지만 당완과 그의 남편 조사정도 이곳을 방문해 정원의 풍광을 즐기고 있었다. 재혼한 지도 벌써 수년이 지났건만 육유에 대한 그녀의 옛정은 사무쳤다. 전남편이 배회하고 있는 모습을 본 그녀의 마음은 기쁨과 원망이 교차했다. 그녀는 남편에게 자신의 심정을 토로했다. 남편 조사정은 우아하고 깨끗한 성품을 지닌 인물이었다. 그는 아내의 심적 고통을 받아주었다. 그녀의 심정을 헤아린 남편은 하인편에 술과 안주를 딸려 보냈다. 당완을 만난 육유는 그녀의 애틋한 정을 느낄 수 있었다. 육유는 그녀와 만나고 이별한 후의 수년간의 삶이 머릿속을 어지럽게 맴돌았다. 만감이 교차하자 쓴잔을 들이키며 붓을 들어 벽에 비통한 서정시 한 수를 써 내려갔다. 저 유명한 「차두봉」釵頭鳳이 그것이다.

붉고 고운 손으로 황등주를 내놓던 땐

성은 봄빛 가득하고 버들가지 늘어졌었지.

봄바람이 사나워져 즐거움이 엷어지고

온갖 수심 한결같이 가슴에 품고설랑

이리저리 헤매이며 몇 년을 보냈던가.

돌아보니 지난날이 잘못이고 잘못이네!

봄은 예와 같건마는 사람은 수척하여

눈물자국 붉게 젖어 손수건에 배어드네.

복사꽃 떨어지는 한적한 못 누각에서

산같이 한 굳은 맹세 아직 남아 있으나

비단폭에 적은 편지 누구에게 부탁하랴.

전할 수 없음이여, 막막하고 막막하네!

紅酥手, 黃藤酒, 滿城春色宮牆柳.

東風惡, 歡情薄, 一懷愁緒, 幾年離索.

錯, 錯, 錯!

春如舊, 人空瘦, 淚痕紅浥鮫綃透.

桃花落, 閑池閣, 山盟雖在, 錦書難託.

莫, 莫, 莫!


당완은 이에 다음과 같이 화답하여 그 슬픈 마음을 드러냈다.


세상일 나빠지고 인정도 엷어져가

황혼녘 빗줄기에 꽃도 쉬이 집니다.

새벽바람 불어와 눈물자국 마르는데

이 마음 글로 적어 보내고 싶지마는
난간에 기대어서 혼잣말만 합니다.
이 마음 전하기 어렵고 어렵네요!
사람은 각자 되고 오늘 어제 아닌 것을
병든 마음 언제나 시름이 끝이 없소.
뿔피리 소리 차갑고 패옥소릴 막는 밤
남들이 이 속내를 물어볼까 두려워
눈물을 삼키면서 즐거운 척합니다.
흐르는 눈물을 감추고 감춥니다!

世情惡, 人情薄, 雨送黃昏花易落.
曉風乾, 淚痕殘, 欲箋心事, 獨語斜欄.
難, 難, 難!
人成個, 今非昨, 病魂常似秋千索.
角聲寒, 夜闌珊, 怕人詢問, 咽淚裝歡.
瞞, 瞞, 瞞!


## 오직 그녀의 남은 자취 위로하겠네

　전남편을 만나고 헤어진 뒤 당완은 병이 들어 죽었다. 이 소식을 들은
육유는 슬픔으로 그득해 평생을 회한으로 살아갔다. 그는 몇 차례에 걸
쳐 심원을 그리는 시를 읊었다. 남송 경원慶元 5년1199의 75세에 지은 시
의 한 구절에 '유조유종일현연'猶弔遺蹤一泫然, "오직 그녀의 남은 자취 위
로하겠네"라고 읊어 당완을 회상했다. 79세 때에 고향으로 돌아가, 85
세의 나이로 죽었다.

심원을 나와 정원 밖을 흐르고 있는 물길의 작은 배에 올라타
옛 정취를 만끽할 수 있는 물길 근처의 주택가.

「차두봉」시로 유명해져 수많은 연인과 문인이 발길을 찾게 했던 심원은 천고의 명원이 되었지만 우리가 찾았을 때는 공사 중이라 더 을씨년스럽게 보였다. 심원의 연못과 누대도 후세 사람들이 보수한 흔적이 역력해 자연미를 잃고 말았다. 두 사람의 애틋한 정과 사랑의 흔적이 남아 있는 비는 입구 북쪽에 있었다. 사대부를 접대하던 곳인 쌍계당雙桂堂을 지나 오른쪽 고학헌孤鶴軒 뒤쪽이었다. 쌍계당 옆으로 육유와 당완이 만난 곳인 호로지葫蘆池가 고즈넉하게 자리 잡고 있었다. 원내 동쪽에 있는 쌍계당 한 부분을 육유기념관으로 개조했다.

심원을 나와 정원 밖을 흐르고 있는 물길의 작은 배에 올라탔다. 발로 노를 저어 가는 노련한 뱃사공은 반대편에서 거슬러 오는 배를 잘도 피해 삼미서옥 앞까지 나아갔다.

노신고리와 심원을 둘러본 우리는 인력거를 타고 시내를 흘러가는 운하에 세워진 팔자교八字橋를 찾아갔다. 이름 그대로 팔자 형태로 사람들이 여러 방향에서 오르내리도록 만든 아치형의 다리였다. 돌로 만들어 오랜 세월을 견디어냈다. 물길 주위에는 우리나라의 연탄보다 3분의 1에서 4분의 1 정도의 크기의 작은 연탄을 피우는 냄새로 코가 매캐했다. 옛 정취를 만끽할 수 있는 곳이었다. 물길을 따라 걸어서 중심지로 나왔다.

소흥시는 대단히 시끄럽고 불안정한 도시라는 인상을 받았다. 아침과 저녁의 시내 중심도로는 정체된 버스로 움직일 줄 몰랐고, 조금이라도 틈을 주면 끼어들기 일쑤였다. 사거리에 교통경찰이 있어도 이를 무시하고 파고들었다. 기차역에는 뜨거운 물을 공급해주는 통이 있었는데, 컵라면을 끓여 먹은 흔적과 뱉어놓은 해바라기 씨로 어수선하기 이를 데 없었다.

제2부

# 역사 속 지상낙원을 찾아서

최부가 항주에 머물렀을 때 환관 장경이 권력을
무소불위로 행사하고 있었다.
그는 명 성화제의 위세를 빌려 관리를 학대했다.
그 와중에도 안찰제조학교부사 정기와 같은
훌륭한 인격을 지닌 이도 있어 교류를 갖는다.
그는 최부에게 조선의 과거제도에 대해 물었다.
이에 막힘없이 대답하자 그는
"당신은 참으로 독서를 많이 한 선비요.
이 지방 사람들은 정말로 아직 깨닫지 못했소"
하고 감탄했다.

## 항주에서 진강까지의 경로

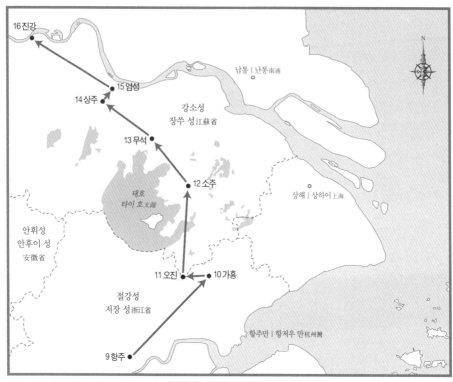

16진강

15 엄성

14 상주

13 무석

12 소주

강소성
장쑤 성江蘇省

남통 | 난통南通

상해 | 상하이上海

태호
타이 호太湖

안휘성
안후이 성
安徽省

11 오진        10 가흥

절강성
저장 성浙江省

항주만 | 항저우 만杭州灣

9항주

## 항주에서 북경까지 전체 경로

1 항주 | 항저우杭州

2 태주 | 타이저우台州

3 도저진 | 타오주 진桃渚鎭

4 건도진 | 지엔티아오 진健跳鎭

5 삼문현 | 싼먼 현三門縣

6 영파 | 닝보寧波

7 보타 섬 | 바오투어 섬普陀島

8 소흥 | 샤오싱紹興

9 항주 | 항저우杭州

10 가흥 | 자싱嘉興

11 오진 | 우전鳥鎭

12 소주 | 쑤저우蘇州

13 무석 | 우시無錫

14 상주 | 창저우常州

15 엄성 | 옌청淹城

16 진강 | 전장鎭江

17 양주 | 양저우楊州

18 회안 | 화이안淮安

19 서주 | 쉬저우徐州

20 제녕 | 지닝濟寧

21 요성 | 랴오청聊城

22 임청 | 린칭臨淸

23 덕주 | 더저우德州

24 창주 | 창저우滄州

25 천진 | 톈진天津

26 통주 | 퉁저우通州

27 북경 | 베이징北京

# 하늘엔 천국, 지상엔 소주·항주

## 소주와 호주에 풍년이 들면 천하가 풍족하다

소흥에서 항주까지 특급열차를 이용했는데 차비는 20위안이었다. 열차 안에서 파는 원두커피는 한 잔에 15위안이었다. 처음 도착한 항주로 되돌아간다는 사실에 안도감이 몰려와 몸이 노곤해졌다. 아메리카노보다 더 쓰고 텁텁한 커피 맛이 이때만은 달콤하게 느껴졌다.

중국에서는 정치의 중심지로 북경을, 경제의 중심지로 남경을 들고 있다. 송나라 때 '소호숙 천하족'蘇湖熟 天下足, 즉 "강남지역인 소주와 호주후저우湖州에 풍년이 들면 천하가 풍족하다"는 속담이 있다. 명나라 때는 천하의 세금의 절반가량을 남경을 비롯한 항주·소주 등지에서 부담했다. 본래 항주는 바다 가까이에 있어 땅과 물이 짰다. 그리하여 백성이 고통을 받아 거주하기에 힘들었다. 당나라 때 자사剌史 이필李泌, 722~789이 처음 서호의 물을 끌어들여 6정井을 만들어 백성이 물을 사용하는 데 불편함이 없게 했다. 대시인 백거이白居易, 772~846가 또 서호를 준설해 1,000경頃: 1경은 580아르에 이르는 땅에 물을 대 백성의 삶을 풍요롭게 만들었다. 그러나 송나라 이후 이를 폐하자 마름이 무성한 밭으로 변해버렸다. 이러할 즈음 소주 장관에 부임한 소식蘇軾이 둑방堤을 쌓아 바다의 피해도 막고 물을 확보했다.

항주는 우리나라와도 깊은 인연을 맺고 있는 곳이다. 당나라 때까지는 한국과 중국의 교류가 북방을 중심으로 행해졌다면, 이민족인 요나라·금나라 등의 정복왕조가 득세하는 송나라 때가 되면 이곳 항주를 중심으로 하는 남방 루트가 중시된다. 북송 때 고려의 대각국사 의천義天, 1055~1101이 구법을 위해 머무른 고려사가 항주 서호에서 그다지 멀리 떨어지지 않은 곳에 있다. 근현대에 들어서도 일제에 의해 상해로부터 쫓겨난 임시정부가 유주류저우柳州로 가기 전 이곳에 자리를 잡았다. 선인들이 겪은 고난의 현장과 그 숨결을 맛볼 수 있는 곳이다.

중국 속담에 '상유천당 하유소항'上有天堂, 下有蘇杭, 즉 "하늘에는 천당이, 지상에는 소주·항주가 있다"는 말이 있다. 13세기 이탈리아 베네치아 출신인 마르코 폴로1254~1324는 북경에 들어와 원 세조 쿠빌라이재위 1260~94를 섬기다 17년 동안의 생활을 청산하고 고국으로 돌아가던 중 항주에 들른다.


상고商賈가 다른 지방으로부터 견포絹布를 수입해 오는 외에 항주 소속의 토지에서도 견포를 산출하는 양은 막대하다. 많은 백성은 항상 견포를 동여매고 있다. 이것은 지방에서 행하는 수공업 중에 다른 지방보다 뛰어나고 교묘해 널리 세상에 수급되는 것에 12종류가 있다. 한 종류마다 공장 수가 1,000곳이나 된다. 한 공장마다 직공을 10인, 15인 혹은 20인, 드물게는 40인을 사용한다. 모두 고용주에게 복속된다.

• 김호동 옮김, 『동방견문록』

항주 성벽 밖의 호안湖岸과 남쪽 교외에는 공원이나 정원이 있어 거주민은 자유롭게 드나들고 축제일에는 진귀한 꽃이나 수목을 감상할 수 있는 세계 최고의 도시였다. 그곳에는 너무나도 다양한 즐거움이 있어 천국에 있는 것이 아닌가 하는 환상조차 들었다고 한다.

남송 덕우德祐 원년1275에 항주의 인구는 이미 100만 명을 넘어섰다고 한다. 프랑스 학자 자크 제르네의 저서『중국 근세의 백만 도시』에 마르코 폴로보다 몇 년 후에 항주를 방문한 오도리크가 항주를 가리켜 "세계 최대의 도시로 한 건물 안에 열 가족 이상이 거주하고 있다"고 말한 사실을 기록했다. 남송대에는 조정에서 주택 증축비를 부담해 아름다운 이층 저택을 짓도록 했을 정도다.

수업 시간에 학생들에게 자주 소개하는 남송시대의 화가 장택단張擇端, 1085~1145이 북송의 도시——수도인 개봉 혹은 개봉 부근인지 아직 정설은 없다——를 묘사한「청명상하도」淸明上河圖라는 그림이 있다. 그 화폭을 들여다보면 화물을 운송하는 배들, 분주하게 움직이는 상인, 여행자가 식사를 하거나 유흥을 즐길 수 있는 장소, 즉 다관茶館이나 호화 주루酒樓의 모습도 보인다. 당시의 주루는 금색 등이나 꽃·분재·우아한 의자 등 화려한 색채로 장식했다. 회랑에서 정장을 한 기녀나 미녀가 손님에게 술을 권하는 모습을 멀리서 보면 마치 선녀와 같았다고 한다.

500~600명을 태울 수 있는 정크 선이 건조되자 동아프리카 해안인 마다가스카르까지 항해가 가능했다. 중국에 들어오는 배에 실린 물건은 고가품이었다. 벵골에서는 물소 뼈, 인도·아프리카에서는 상아·산호·진주·수정·향료·장뇌 등이 들어왔다.

## 수려한 산천에 악기소리 가득한 항주

최부는 2월 6일에 항주로 들어온다. 그는 비 때문에 하루 쉰 것을 제외하고는 밤길도 계속 걸어 천여 리의 땅을 지나왔다고 감회를 읊었다. 그의 눈에 비친 항주의 모습이다.

항주는 곧 동남의 한 도회지로 집들이 이어져 있어 행랑을 이루고, 옷깃이 이어져 휘장을 이루었다. 저잣거리에는 금은이 쌓였고 사람들은 수가 놓인 비단옷을 입었으며, 외국배와 큰 선박이 빗살처럼 늘어섰고, 시가는 주막과 기루가 지척으로 서로 마주보고 있었다. 사계절 내내 꽃이 시들지 않고 8절기가 항상 봄의 경치이니 참으로 별천지였다.

• 『표해록』, 2월 12일

최부의 눈에 비친 항주는 낙원이었다. 그는 "서호는 성의 서쪽 2리<sub>약 0.8킬로미터</sub>에 있으며 남북의 길이와 동서의 지름이 10리<sub>약 4킬로미터</sub>이며, 산천이 수려하고 노래와 악기소리가 가득한 곳이다"라고 서술했다. 당시 호수에는 사시<sub>四時</sub>가 있고, 사녀<sub>士女</sub>들의 즐겁게 놀고 노래하며 북 치는 소리가 그치질 않았다.

최부가 항주에 머물렀을 때 환관 장경<sub>張慶</sub>이 권력을 무소불위로 행사하고 있었다. 그는 명 성화제<sub>재위 1465~87</sub>의 위세를 빌려 관리를 학대했다. 그러나 항주에는 장경 같은 포악한 자만이 있었던 것은 아니다. 안찰제조학교부사<sub>按察提調學校副使</sub> 정기<sub>鄭紀</sub>와 같은 훌륭한 인격을 지닌 이도 있어 교류를 갖는다. 정기는 최부에게 조선의 과거제도에 대해 물었다.

서호의 절경 가운데 하나인 단교(돤치아오斷橋)의 원경.
때마침 늦가을이라 연꽃이 지고 있었다.

최부가 막힘없이 답변하자 정기는 "당신은 참으로 독서를 많이 한 선비요. 이 지방 사람들은 정말로 아직 깨닫지 못했소"라며 감탄했다.

최부는 이 아름다운 항주에서 2주 동안 머물렀을 때 형벌이나 관료를 탄핵하는 임무를 맡은 순안절강감찰어사巡按浙江監察禦史 창형暢亨으로부터 심문을 당한다. 따라서 경승지를 둘러볼 여유는 없었던 것으로 생각된다.

중종반정의 공신으로 성종 19년1488 성절사의 정사로 북경으로 향하던 채수蔡壽는 요동에서 중국 절강성에 표류하다 강남과 북경·요동을 거쳐 귀국 중이던 최부를 만나 대화를 나눈다.

우리나라 사람으로서는 양자강 이남을 친히 본 사람이 근래에 없었는데, 그대만이 두루 보았으니 어찌 다행한 일이 아니겠소?

• 『표해록』, 5월 16일


압록강을 건너 요동으로 들어간 사신 일행들로서는 요동지역과 북경을 보는 것만으로도 가슴 벅찬 일이었을 것이다. 하물며 최부가 문화의 선진지역을 구경했으니 얼마나 부러웠을까?

그 시절이나 지금이나 항주는 여전히 아름답고 활기 넘치는 도시였다. 조운로 탐방을 계속하면서 느낀 점은 산동성 이북부터 북경에 이르는 지역은 드넓은 평원이 펼쳐져 있어 황량하다는 인상을 지워버릴 수 없었다는 점이다. 최부는 북경에는 숲이 없고 지저분하다고 서술했다. 반면 항주는 마치 조선의 시골 풍경과도 흡사해 너무나 평온한 곳이었다. 버스로 조금만 교외로 달리면 세계인의 입맛을 사로잡는 저 유명한 용정차롱징차龍井茶 생산지가 있다. 단층을 이루는 차밭이 운무와 어울려 한편의 비경처럼 신비감을 더했다.

시내 도로 옆에 플라타너스와 버드나무가 운치를 더하고 서호에는 화장을 옅게 한 아가씨들이 미소를 날리며 단교斷橋를 넘고 있었다. 용머리에 금장식을 한 배들이 여행객을 태우고 소식蘇軾이 쌓은 제방 옆으로 유유히 나아갈 때 연인을 태운 작은 나무배가 물빛 잔잔한 서호를 춤추며 지나가는 모습이 정겨웠다. 이 발동선에서 내려 소매를 나풀거리는 서시西施의 살짝 찌푸린 얼굴을 엿보다 고량주에 취해 서호를 이리저리 날아가고 싶은 망상에 젖었다. 뇌봉탑의 낙조와 도시의 빌딩이 서호에 투영되어왔다.

배에서 내려 서호의 뛰어난 경치 10경景 가운데 하나인 삼담인월三潭印月이라는 섬에 내렸다. 호수 안에 섬이 있고, 섬 안에 호수가 있는 것이다. 돌다리에 청 강희제재위 1662~1722가 쓴 비가 있었다. 사람들은 호수를 배경으로 나무에 기대어 셔터를 눌러댔다. 소식蘇軾이 항주를 떠날 때 아쉬워했듯이 나도 서호 근처에 원두막을 한 채 짓고는 용정차를 음미하고 싶어졌다.

# 석양에 깃든 항주 운하길

## 강남의 물자를 북경으로 운반하던 조운로

전날 황산黃山에서 고속버스로 늦게 도착해 오랜만에 늦잠을 잤다. 사실 소흥에서 항주에 도착한 다음날 일정을 변경해 안휘성 경덕진징더전景德鎭과 휘주후이저우徽州, 그리고 세계자연문화유산에 등재된 정감청간모坎 · 굉촌홍춘宏村 등지를 둘러보고 항주로 들어왔다.

배낭에서 역류성 식도염 약을 한 알 꺼내 먹은 뒤 겔포스도 입에 털어넣었다. 여행을 떠나기 전에 내시경까지 받고 출발해 걱정을 많이 했으나 여행 내내 술을 피하고 야채 위주로 소식을 해서 그런지 잘 버텨왔다. 그러나 그만 항주에 들어와 휘궈에 신주辛酒를 몇 잔 들이켰더니 그게 탈이 났다.

절강대학교 한국유학생 회장인 이행철 군과 대학원생 이성식 군이 시티은행에 계좌를 개설하면 중국 여행 중에 큰 도시에서 바로 돈을 인출할 수 있어 편리하다고 조언해주었다. 그래서 집 가까이에 있는 시티은행에 입금을 하고 캐시카드를 발급받았다. 직원은 행여나 중국에서 카드를 사용하다 전자 칩에 불량이 날 가능성이 있다며 한 장을 더 발급해주었다. 2주 정도 쓸 돈을 학교 은행에서 특별 우대를 받아 한국 돈 173원에 인민폐 1위안으로 환전해 갔기에 여행을 차질 없이 진행할 수 있었다. 항주로 다시 돌아왔을 때 손에 쥔 돈이 다 떨어져 숙소 근처의 시티은행에서 돈을 인출했다. 그런데 한국에서 우대받은 금액보다도 더 싼 것이었다. 환율이 171원이었다. 기본 환율에서 1원 정도의 수수료만 받고 있어 놀랐다. 남대문 환전상에게 바꾸면 더 싸겠지만 중국을 여행할 경우 이러한 방법으로 은행을 이용하는 것이 편리하다는 사실을 그때 처음 알았다. 거금을 몸에 지니고 다니자니 위험해 바로 곽뢰가 거래하는 중국 은행인 초상<sup>자오상招商</sup>은행에 입금했다.

숙소에서 10분 정도 떨어진 곳에 절강대학교 서계<sup>시시西溪</sup> 캠퍼스가 있었다. 본래 이곳은 항주대학교 캠퍼스 자리였는데 통합되면서 서계 캠퍼스로 명칭이 바뀌었다. 좁디좁은 우리 대학 캠퍼스와는 달리 광대한 캠퍼스에 건물들이 여기저기 들어서 있었다. 그런데 학생들이 보이지 않아 이상하다 싶었다. 곽뢰에 따르면, 중국은 수업이 시작되면 모두가 수업에 참가하기 때문에 학생들 모습을 보기가 힘들다는 것이었다.

정문에서 5분쯤 걸어가자 한국학연구소가 있었다. 아직 진지엔런 소장은 출근하지 않았다. 생각한 것만큼 연구소의 규모는 크지 않았고, 연구원도 적었다. 한참을 기다린 끝에 선생이 모습을 드러냈다. 선생에게 내가 번역한 최부의 『표해록』을 선물하자, 진 소장은 최근 자신이 관심을 가지고 추진하려던 일을 문서로 출력해서 우리에게 보여주었다. 중국과 한국 간에 자매결연 도시를 정리한 표로, 최부가 거쳐 간 도시는 물론, 앞으로 우리가 거쳐 갈 곳을 연결한 학술계획안이었다. 항주만이 아니라 신라의 최치원<sup>崔致遠, 857~?</sup>과 관련이 깊은 양주<sup>양저우揚州</sup> 등 한국의 숨결이 배어 있는 도시를 위주로 두 나라가 공동으로 학술대회 등을 개

최하자는 것이었다. 계획안을 살펴보니 절강지역과 자매결연을 한 도시 가운데 유독 전라도 지역이 많은 점이 눈에 띄었다.

신 소장은 좀더 일찍 자신에게 최부의 길을 따라가는 여행일정에 대해 말해주었다면 더 많은 편리를 도모해줄 수 있었다며 아쉬워했다. 『표해록』을 화제로 꽃을 피우다 점심을 먹으러 나갔다. 식당은 숙소에 딸려 있었는데 늘 여행 중에 먹던 요리와는 질적으로 너무나도 차이가 났다. 경비를 아끼느라 제대로 된 요리를 시킨 적이 없었는데, 이곳 식당의 요리는 맛도 뛰어날 뿐만 아니라 가격이 비쌌다. 코스 요리의 마지막은 우리나라의 쑥떡과 흡사한 떡이 나와 잠시나마 고향을 생각했다.

항주에서 이틀간 머문 숙소는 학교 교직원이 회원으로 가입해 이용하는 호텔이었다. 진 소장이 비용을 전부 대주었다. 사실 진 소장과 만난 것은 두 번 정도밖에 안 된다. 그러나 그는 조영록 선생과의 돈독한 인연으로 우리를 융숭하게 대접해주었다.

최부가 호송을 당하면서도 지방의 지식인들과 대화를 나누며 피곤함을 달랬듯이 나 역시 이번 여행에서 진 소장은 물론 우연히 만난 중국인들의 호의로 뜻깊은 여행을 했다.

식사를 마치고 걸어서 항주 시내를 흐르는 운하를 찾아 나섰다. 도중에 대로 양옆으로 '구물성'꺼우청購物城이라는 으리으리한 건물이 있어 들어갔다. 내부는 한국의 백화점에 뒤지지 않을 정도로 깨끗하고 화려하게 단장되어 있었다. 입점한 매장은 거의가 외국산 브랜드 상품을 팔고 있었다. 곽뢰의 바지를 한 벌 사기 위해 등산장비를 파는 곳으로 갔는데 할인해서 473위안이나 했다. 배낭을 한번 살펴봤는데 한국보다도 비싼 가격이었다.

선착장이 있는 곳은 무림문우린먼武林門이었다. 최부는 "항주 성문에서

10여 리약 4킬로미터 떨어진 무림역武林驛에 이르렀다"고 기록했는데, 필시 이 근처였을 것이다. 선착장 오른쪽에 강을 가로지르는 다리 교각에 "북경에 도착해 장성창청長城에 오른다"고 씌어 있었다. 이곳에서 운하를 거슬러 올라가 북경에 도착해서 만리장성에 오른다는 뜻이다.

현재 항주에서 북경까지의 전체 길이 1,800킬로미터에 달하는 물길을 경항징항京杭 대운하라고 한다. 지도에는 이 운하 외에 고운하古運河라 표기된 곳이 있는데 이것이 바로 명나라 때의 조운로다. 중국의 지도를 펼치고 유심히 살펴보면 황하황허黃河 · 회수화이슈에이淮水 · 양자강 · 주강 주지앙珠江은 서쪽에서 동쪽으로 흘러가고 있는 사실을 알 수 있다. 하천에 의지하는 동서교통로를 인공적으로 남북으로 연결한 것이 조운로다. 589년에 수나라가 중국을 통일하면서 황하와 양자강을 연결해 정치와 경제를 하나로 묶을 필요가 생기자 대운하를 파기 시작했다.

특히 큰 세력을 형성하고 있던 고구려를 정벌하기 위해 운하가 필요했다. 운하의 개통으로 장안長安: 현재의 서안(시안西安)으로부터 항주에 이르는 길고도 먼 수로가 완성되어 강남의 경제권과 강북의 정치권을 연결하고 남북을 유기적으로 통일하는 대동맥이 완성되었다. 당나라는 대운하를 활용해 해마다 강남의 세량稅糧 200~300만 석을 수송했다. 송대에 들어서자 회수를 경계로 남송과 금나라가 대립해 대운하는 남북연락의 사명을 잃어버렸다. 그 후 몽골 족이 원나라를 세우고 수도를 대도大都: 현재의 베이징로 정하자 강남의 경제권과 연락이 힘들어졌다. 이에 10년에 걸쳐 큰 공사를 벌여 지금의 대운하가 완성되었다.

원나라에 이어 명나라 · 청나라도 북경을 수도로 정했다. 북경이 정치의 중심도시라면, 남경 · 항주를 중심으로 하는 강남은 경제의 중심지역이었다. 북경에 도읍을 정한 왕조들은 이 두 지역을 유기적으로 밀접하게

물품을 가득 실은 배들이 조운로의 운하길을 따라
전당강 쪽으로 향하고 있다.

연결시키지 않으면 정권의 안정을 유지할 수 없었다. 강남의 풍부한 물자를 북경으로 운반하기 위해서는 대운하를 이용해야 했다. 즉 북평현재의 북경에 거점을 두고 정권을 장악하고 황제위에 오른 명 영락제재위 1402~24는 남경에서 북경으로 천도하기로 계획했다. 영락 9년1411에 산동 동평東平에서 임청臨清에 이르는 운하인 회통하會通河를 만들고 갑문閘門을 설치해 수심을 충분히 확보해서 대운하의 기능을 회복시켰다. 그 결과 연 400만 석의 세량이 대운하를 통해 북경으로 운송되었다.

청나라도 북경에 도읍을 정하고 명나라의 방식을 계승했다. 그러나 상업이 발달하여 명대의 관영방식은 현저하게 쇠퇴하고 민간 자본에 의지해 운영되었다. 또한 황하의 범람으로 대운하 길이 막히는 일이 적지 않았다. 게다가 객가客家 출신 홍수전홍슈취안洪秀全, 1814~64이 일으킨 반청운동인 태평천국운동1851~64의 영향으로 상선을 이용한 해운에 의지하게 된다. 더욱이 청 광서光緒 14년1888에 철도가 등장하자 대운하는 버려지는 운명에 놓였다. 선통宣統 2년1910에 조운제도가 정식으로 폐지된 후부터는, 통행할 수 있는 부분만 지방의 교통로로 이용되었다.

무림역에서 일을 처리하고 있던 고벽顧璧이 북경까지 이르는 길에 대해 최부에게 알려주었다.


당신은 북경으로 가는데 앞으로 가야 할 길을 모르면 안 되오. 우리나라의 소주·항주와 복건·광동 등의 지역에서는 바다를 다니며 장사하는 사선私船이 점성국占城國: 베트남 중남부, 회회국回回國: 중앙아시아의 투르키스탄 지역에 이르러 홍목紅木·후추胡椒·번향蕃香을 수매하느라 배가 끊이지 않소. 하지만 열이 가면 다섯이 돌아오게 되니, 그 길은 결코 좋지 않소. 오직 경사로 가는 물길은 아주 좋소. 그 때문에 유구琉球·

일본·섬라暹羅: 타이·만랄가滿剌加: 말래카 등의 나라에서 공물을 진상할 때 모두 복건포정사福建布政司에서 배를 정박한 뒤 이 항주부에 이르게 되고 가흥嘉興을 지나 소주에 도착하오. 천하의 사紗와 나羅·단필段匹과 여러 가지 보화는 모두 소주로부터 나오게 되오. 소주로부터 상주常州를 지나면 진강부鎭江府에 이르러 양자강을 지나게 되는데, 강은 항주부로부터 1,000여 리나 떨어져 있소. 그 강은 물결이 매우 세차고 험악해 풍랑이 없어야 비로소 건널 수 있을 것이오. 이 강을 지나면 바로 북경의 하천에 다다르게 되는데 운하로 거의 40일 정도 걸리오.

• 『표해록』, 2월 10일

유구·일본·타이·말라카 등의 나라가 명조에 조공하기 위해 복건으로 들어온 후 항주에서 운하를 이용해 가흥·소주·진강전지앙鎭江을 지나 산동으로 올라가, 최종 목적지인 북경을 향해 거슬러 올라가고 있는 모습이 연상된다.

## 조운로의 역사가 그려진 교각

열 명도 채 못 되는 관광객을 태우고 배는 천천히 전당강치엔탕 강錢塘江 방향으로 키를 틀었다. 마주치는 다리의 교각에는 조운에 관한 역사가 그려져 있었다. 운하 양옆으로는 버드나무가 길게 늘어져 있었다. 왼쪽으로는 청 강희제재위 1662~1722가 남순南巡하던 시절에 탔던 배가 웅장한 모습을 드러냈다. 종점에는 출입구가 세 개나 있는 아치형의 공신교拱宸橋가 위용을 떨치고 있었다. 동쪽으로는 여수로麗水路·태주로台州路와, 서쪽으로는 교롱가橋弄街·소하로小河路와 연결되어 있다. 이 공신교는 항주

세 개의 아치형 통로가 있는 공신교.
공신교에 이르기 전의 다리 교각에는 조운에 관한 역사가 그려져 있었다.

의 옛 다리 중에서 최고로 긴 돌다리로, 길이는 98미터, 높이는 16미터, 다리 위 중간 폭은 5.9미터에 달했다.

옛날부터 전해오는 말에 따르면 공신교라는 명칭에서 '신'宸은 제왕이 거주하는 지방을, '공'拱은 공수拱手, 즉 양손을 마주 잡아 경의를 표하는 모습을 의미한다. 다시 말하면 황제가 남순할 때 이 높은 '공'拱자 형태의 다리가 황제를 맞이해 경의를 표했다는 것이다. 표지판에는 명 의종 숭정崇禎 4년1631에 건립되었으나 청나라 때 심히 훼손되어 청 덕종 광서 11년1885에 중수했다고 기록했다.

항주를 기록한 연구서를 들춰 보니, 명 말에 상인 하목강夏木江——또는 거인 축화봉祝華封——이 공신교를 창건했으나 청 순치順治 8년1669에 교각이 무너지자 그 후 강희 53년1714에 절강포정사浙江布政使 단지희段志熙가

기부금을 모아 건축하기로 계획하고, 운림사雲林寺의 혜로慧輅가 힘써 모금을 해 도왔다고 한다. 옹정雍正 4년1726에도 우부도어사右副都御史 이위李衛가 기부금을 모아 중수했다. 동치同治 2년1863 가을 좌종당左宗棠, 1812~85이 상군湘軍과 영국인 고든이 지휘하는 상승군常勝軍을 이끌고 항주의 태평군太平軍에 맹공을 퍼부었다. 당시 공신교에 태평군이 보루를 설치하면서 전장으로 변해 또다시 붕괴되는 비운을 맛보았다. 광서 11년1885에 항주 출신인 정병丁丙의 책임 아래 손질하고 고쳤다.

마르코 폴로는『동방견문록』에서 항주의 다리에 대해서도 서술했다.


1만 2,000개의 돌다리가 있고, 이 다리들 모두, 아니 대부분의 경우 아치 아래로 배들이 쉽게 통과할 수 있도록 되어 있고, 나머지 다리들도 작은 배들은 지나다닐 수 있다.

• 김호동 옮김,『동방견문록』


옛날에 군대를 움직일 때 산을 만나면 길을 내고, 물을 만나면 다리를 만든다는 말도 있지만, 물과 다리는 떼려야 뗄 수 없는 관계였다. 마르코 폴로는 도시가 물 한가운데 있기 때문에 시내를 돌아다니려면 많은 다리가 필요했을 거라고 설명을 더했다. 헤아릴 수 없는 다리 중에 공신교는 특별히 위용을 갖췄다.

생각해보니 흥미를 끄는 것은 이곳이 운하의 종점이라는 사실이다. 물론 북경에서 항주로 들어오는 배야 이곳이 종점이었겠지만 반대로 북경으로 향하는 배의 입장에서는 시발점이었다. 다리 위 난간에 걸터앉아 무림문 쪽을 바라보았다. 석양이 물드는 운하는 고즈넉했다. 꼬리를 무는 배들이 석탄을 싣고 전당강에서 항주 방면으로 쉴 새 없이 운항하고 있었다.

전당강은 해조海潮로 유명한 곳이다. 바다에서 항주로 들어오는 강 입구 왼쪽에 산이 있어 조수가 이 산에 부딪혀 열 번이나 꺾이고 굽이돌아 절강이라고 이름 붙였던 것이다. 일본에서 유학할 때 거대한 물길이 폭넓은 강을 세차게 물결을 일으키며 거슬러 올라가는 장관을 TV로 시청한 적이 있다. 바로 역류하는 현상이 벌어졌던 장소가 전당강이다. 분노한 물길이 뚝방에 모여 이를 관람하던 군중을 휩쓸고 물속으로 사라지는 장면을 반복해서 방영했다. 이 역류현상은 해마다 음력 8월 18일 조수가 발생하면 나타나는 현상이다.

이 전당강의 조수를 진압하기 위해 북송 개보開寶 3년970 지각선사智覺禪師가 항주부성 남쪽 13리약 5킬로미터 되는 곳에 위치한 개화사開化寺 앞에 육화탑六和塔을 세웠다. 후량後梁 개평開平 5년911 전왕錢王이 인왕폐원仁王廢院의 땅을 파다 대전大錢을 얻었다. 좋은 조짐이라고 생각해 사찰 대전사大錢寺를 건립했으나, 송나라 때 사찰이 피폐해지자 지각선사가 전씨錢氏의 남과원南果園에 탑을 세웠다. 탑은 9층이었으나 훼손되어 남송 소흥紹興 연간1131~62에 7층으로 건설하다가 공사를 그쳤다. 지금은 피사의 사탑처럼 기울어져 보는 이로 하여금 언제 쓰러질지 모르는 불안감을 더해준다.

공신교 가까이에 운하박물관이 있었지만 마침 쉬는 날이라 들어가보지 못했다. 아쉬움을 뒤로 한 채 숙소로 되돌아왔다.

# 대각국사 의천과 고려사

## 백천의 등이 무궁토록 이어지기 바란다

항주는 '동남 불국'東南佛國이라는 칭호를 가졌다. 사찰이 북송시대960~
1126에는 360여 곳, 남송시대1127~1279에는 480여 곳으로 더 늘어났다. 항
주를 찾는 우리나라 사람이 대략 1년에 30만 명에 달한다고 한다. 이들
의 대부분이 찾아가는 영은사령인 寺靈隱寺도 항주를 대표하는 사찰 가운
데 하나다.

서호를 지나 옥잠산玉岑山 서북쪽에 자리 잡은 고려사로 향했다. 수많
은 한국의 관광객들이 항주의 명승지를 찾지만 고려사를 알고 찾는 이
는 매우 적다. 고려사는 너무나도 여유롭고 한가한 곳에 자리하고 있다.
건물에 들어서니 법당 앞 방생지는 이끼가 잔뜩 끼어 있어 금붕어가 숨
을 세차게 몰아쉬고 있었다.

최부는 무림역의 고벽이라는 인물과 대화를 나누었다.

고벽: 우리 항주 서산西山 팔반령八般嶺에는 오래된 절이 있는데, 그
이름이 고려사요. 그 절 앞에는 고적 옛 사적을 기록한 비문이 두 개

서호를 지나 옥잠산 서북쪽에 자리 잡은 고려사의 전경.
여유롭고 한가한 곳에 자리하고 있었다.

있고, 이곳에서 15리약 6킬로미터쯤 떨어져 있소. 조광윤趙匡胤이 세운 송
나라 때에 고려사신이 조공을 바치러 와서 (절을) 세웠다 하오. 당신
나라 사람이 남의 나라에 와서 게다가 절을 세웠다고 하니, 불교를 숭
상하는 뜻을 알 만하오.

　　•『표해록』, 2월 10일

고벽이 말하는 고려사의 본래 명칭 혜인사慧因寺, 혹은 혜인선원다. 후당
명종 천성天成 2년927에 오월 충무숙왕忠武肅王 전류錢鏐, 852~932가 창건했
다. 이 사찰이 관심을 끄는 것은 고려 문종의 넷째 아들로 왕자라는 지
위를 박차고 11세에 출가한 대각국사 의천과 깊은 관련을 맺고 있기 때
문이다.

혜인사 안에 있는
대각국사 의천의 가부좌상.

　그는 고려 선종 2년1085에 개성을 출발해 산동성 밀주를 걸쳐 북송의
수도인 변경卞京: 현재의 개봉開封으로 들어갔다. 의천이 철종哲宗, 재위 1086~
1100 황제를 알현하는 자리에서 불교의 스승을 만나 가르침을 얻고 싶다
고 말하자, 황제는 화엄의 종법사인 유성有誠을 추천해주었다. 1개월 정
도 배운 의천은 재차 항주 정원법사淨源法師에게서 화엄학華嚴學을 배우고
싶다고 청했다. 항주로 내려가는 것을 허락받은 의천은 주객원외랑主客員
外郞 양걸楊傑과 동행해 소주를 거쳐 항주에 도착했다. 정원법사와 만날
날을 약속한 뒤 의천은 먼저 대중상부사大中祥符寺로 가서 고려왕자전高麗
王子殿을 참배해 향을 피웠다. 양걸의 접촉으로 법사는 의천을 위해 강론
을 시작하는 규율과 의식을 대중상부에서 거행하기로 했다.

원우元祐 원년1086에 항주 지부 포종맹蒲宗盟이 정원법사에게 혜인원으로 들어가 당 측천무후則天武后, 624~705 때에 번역한 『화엄경』을 강의해달라고 청했다. 의천도 법사를 따라 혜인서원으로 옮겼다. 그사이에 법사가 이 사찰에 교장敎藏을 두자, 의천도 소지하고 있던 은으로 교장 7,500여 권을 사서 기부했다. 이뿐만 아니라 의천은 금으로 쓴 한역본漢譯本 『화엄경』華嚴經 300부를 사찰에 기부하고, 금을 시주해 화엄대각華嚴大閣과 화엄장탑華嚴藏塔을 건립케 했다.

당시 항주 지주知州 소식蘇軾은 "외이外夷가 자주 중국에 들어오니 변방을 소홀히 해서는 안 됩니다. 금탑을 받아서는 안 됩니다"라고 반대했다. 앞에서도 언급했듯이, 송나라가 고려사신을 접대하는 데 막대한 비용이 든다는 사실 때문에 부정적인 입장을 취한 것이었다.

이러한 반대가 있었는데도 혜인사는 조세를 면제받는 등의 혜택을 받았다. 후에 의천이 귀국할 때 법사는 "승통僧統: 즉 의천이 귀국하면 불사를 널리 일으켜 하나의 등燈을 전해 백천의 등이 무궁토록 이어지기를 바란다"고 말했다 한다.

남송이 임안臨安, 즉 항주에 도읍을 정하자 혜인사는 시험장으로 이용되었다. 원나라 말 명나라 초에는 전란으로 인해 파괴되어 몇 차례에 걸쳐 중수가 이루어졌다. 청나라 중기까지는 사찰이 존재했으나, 태평천국운동으로 인해 사찰은 본래의 형태를 잃어버렸다. 오랜 세월이 지난 1930년 초반에 한국 출신의 옥혜관玉慧觀이라는 승려가 중건하려고 노력했으나 뜻을 이루지 못했다. 고려사가 재창건된 것은 중국 내 한국 문화유적 복원사업을 벌이고 있는 고인이 된 김준엽 전 고려대 총장이 2004년 말 중국을 방문해, 왕국평王國平 항주 공산당 서기와 회담 후 서호 인근 고려사 터에 사찰을 중건키로 확정하면서부터였다. 마침내

2007년 5월에 정식으로 개관하기에 이르렀다.

## 불교를 숭상하지 않고 유학만을 신봉한다

이러한 유구한 역사를 지닌 혜인사이건만 최부는 불교를 이단으로 여기고 배척하는 태도를 견지했다.

> 최부: 이것은 고려인이 세운 것이오. 지금 우리 조선에서는 이단을 물리치고, 유교를 존숭하여, 사람들이 모두 (집에) 들어가서는 효도하며, (밖에) 나가서는 공경하며, 임금께 충성하고, 벗을 믿는 것을 본분으로 삼고 있소. 만약 머리를 자른 사람이 있다면 모두 군사로 만드오.
> 고벽: 무릇 사람이 불교를 믿지 않으면 반드시 귀신에게 제사를 지내게 되는데, 그렇다고 한다면 당신의 나라에서는 귀신을 섬기오?
> 최부: 우리나라 사람들은 모두 사당을 만들어서 조상에게 제사를 올리니, 마땅히 섬겨야 할 귀신을 섬기고, 부정한 귀신에게 제사 지내는 것淫祀은 숭상하지 않소.
> • 『표해록』, 2월 10일

최부는 『맹자』에 나오는 "집에 들어가면 어버이를 효성으로 섬기고, 밖에 나가면 어른들을 공경하며 선왕의 도를 지켜서 뒤에 배울 자를 기다린다"는 말을 인용해 조선은 불교를 숭상하지 않고 유교를 신봉하고 있음을 강하게 역설했다.

최부의 불교 인식과 불교를 배척하는 데 관한 일화가 『표해록』의 여러 곳에서 보인다. 다리를 절룩거리며 고난의 길을 가는 최부에게 따뜻한 차를 대접해준 이가 승려였지만, 최부는 유학자의 정신을 굳게 지켜 극도로 불교를 경계했다. 최부가 도저소로 가는 도중에 은둔생활을 하며 선비를 자칭하던 왕을원王乙源이라는 사람과 나눈 대화 속에서도 확연하게 드러난다.

> 왕을원: 그대 나라에서도 불교를 신봉하오?
> 최부: 우리나라는 불교를 숭상하지 않고 오로지 유학만을 숭상하오. 집집마다 효孝 · 제悌 · 충忠 · 신信을 본분으로 삼고 있소.
> • 『표해록』, 윤1월 18일

또 최부가 요양遼陽에서 머무르고 있을 때 조선 출신의 계면戒勉이라는 승려가 찾아와 대화를 나누었다.

> 최부: 그대는 청정淸淨의 무리로 속세를 떠나 있는 자로 마땅히 산중에 있어야 하는데, 어찌 승관僧冠을 쓰고 속인의 행동을 하면서 여염閭閻 속을 출입하는가?
> 계면: 붕어하신 성화제재위 1465~87가 불법을 존경하고 숭배하여 큰 사찰이 천하의 반이고 승려가 일반 민호보다 많았습니다. 승려들은 편안하게 누워 음식을 먹고 석가의 가르침을 닦았습니다. 신황제즉 홍치제가 보위에 오르기 전인 황태자 시절부터 평소 승려 무리들을 싫어해서 황제로 즉위하자마자 제거하려고 하는 뜻이 있었습니다. 지금 황제가 조칙詔勅을 천하에 내려 새로이 지은 사찰이나 암자를 모두 철거하도록 하고, 자격증이 없는 승려는 조사하여 환속하게 하는 명령이 성화보다 급했습니다. 그래서 요동의 대인들이 관리로 하여금 소

승을 불러서는 오늘부터 절을 부숴버리고 머리를 기르게 하니, 승려들은 어느 곳에서 이 한 몸을 쉴 수 있겠습니까?

최부: 붕어하신 황제가 생전에 불교를 숭상하여 사찰과 승려기 번성했고, 승려들이 황제의 장수를 축원했음에도 황제는 41세의 나이로 죽었으니, 그대들이 힘써 축원한 보람이 어디에 있는가?

• 『표해록』, 5월 24일

최부는 승려들이 황제의 장수를 위해 축원했는데 어찌해 오래 살지 못하고 41세의 젊은 나이에 죽었느냐며 불교를 신랄하게 비판했다. 그러자 승려 계면은 어처구니없다는 듯이 자리를 박차고 일어서 등을 돌려 가버렸다. 최부가 누구였던가. 성리학의 태두라 일컬어지는 김종직의 제자 아니었던가.

법당 뒤로 거대한 탑 모양의 대장경판이 서서히 돌아가도록 장치를 해두었다. 법당 오른쪽 건물로 들어가려니 자물쇠가 굳게 잠겨 있어 경비를 불렀다. 한국에서 온 이유를 설명하자 문을 따주었다. 왼쪽 건물에는 대각국사 의천의 상이 있었고, 오른쪽 건물에는 우리나라 출신 구법승려들의 부조가 진열되어 있었다. 팸플릿도 너무나 간략하고 이곳을 아는 사람도 적어 찾아오는 관광객이 거의 없다고 한다. 만일 항주를 관광할 기회가 생긴다면 서호나 명승유적지에 심취하는 것도 좋지만, 불법을 찾아 인연을 맺었던 고려사를 찾아보는 일도 의의가 있지 않을까.

# 김구 선생의 피난처를 찾아서

## 산은 없으나 호수가 낙지발같이 통해 있어

안개 낀 이른 아침에 택시를 잡아타고 가흥역자싱잔嘉興站으로 가서 화해호를 탔다. 화해호는 평균 시속 140킬로미터에서 170킬로미터로 주파했으나, 북경과 천진톈진天津을 왕복하는 화해호의 경우는 시속 340킬로미터의 대단히 빠른 속도로 내달렸다. 다만 내릴 때 좌석에 달린 선반에 먹다 만 음식물을 그대로 두고 내리는 사람들이 간혹 있었던 점이 눈에 거슬렸다. 아직 시민들의 의식이 특급열차의 스피드를 따라가지는 못했다.

항주에서 열차에 오르는 인파가 너무도 많아 목적지에 무려 6분이나 늦게 도착했다. 한국이나 일본에서는 열차시각이 이렇게 늦어지는 일 없이 거의 정시에 출발하고 도착하는데, 중국에서는 열차에 오르고 내리는 승객이 너무나 많아 이러한 일이 종종 발생한다.

가흥 시내에 들어설 무렵에야 비로소 해가 얼굴을 내밀었다.

바로 이곳은 옛날 취리성欈李城으로 월나라가 오나라를 물리친 곳이다. 성에는 부치府治와 수수秀水·가흥 두 현의 치소治所: 행정 중심지가 있다. 강은 성을 휘감고 동남쪽에서 남쪽으로, 서쪽으로, 북쪽으로 흘러갔다. 그 성의 집들의 규모가 크고 넓음과, 풍경과 산물의 변화함은 영파부와 같다.

• 『표해록』, 2월 15일

최부는 가흥의 저택이나 경치가 뛰어나고 번화하다고 했으나, 내가 받은 첫인상은 왠지 시골 같다는 느낌이 강했다. 오히려 내 눈에는 가흥이 영파에 훨씬 못 미쳐 보였다. 물론 가흥의 전모를 보지 않고 일부만 보고 평한 것이기는 하다. 나중에 알아보니 인구도 영파가 훨씬 더 많았다.

최부보다 대략 450년 정도 늦게 가흥과 인연을 맺은 인물이 있다. 임시정부를 이끌던 김구金九, 1876~1949 선생도 가흥에 대한 소회를 읊었다.

산은 없으나 호수가 낙지발같이 사통으로 통해 7~8세 어린아이라도 다 노를 저을 줄 알았다. 토지는 극히 비옥해 각종 물산이 풍부하며 인심과 풍속이 상해와는 딴 세상이었다. 상점에 에누리가 없었고, 가게에 고객이 무슨 물건을 놓고 잊어버린 채 갔다가 며칠 후 찾으러 오면 잘 보관했다가 공손히 내주는 것은 상해에서 보기 힘든 아름다운 풍습이었다.

• 도진순 주해, 『백범일지』

가흥은 춘추시대에 월왕 구천과 오왕 합려闔閭, ?~기원전 496가 싸웠고, 패한 오왕이 부상을 당하고 죽은 곳이기도 하다.

숙소 금강지성錦江之星은 역 바로 옆에 있었다. 기온이 20도까지 상승

매만촌에서 원앙호 쪽으로 연결되는 물길에 투영된 옛 저택들.
예전의 모습 그대로 전해지고 있다.

한 탓에 두툼한 잠바가 무겁게 느껴졌다. 짐을 방 안에 옮겨놓고 곧바로 남호南湖, 또는 원앙호 매만가메이완지에梅灣街에 있는 김구 선생의 피난처를 찾아 나섰다. 점심이 늦어 피난처에서 멀지 않은 자그마한 식당에 들어갔다. 노인 부부와 아들일 성싶은 건장한 남자가 친절하게 맞아주었다. 쇠고기와 파를 넣어 볶은 요리가 일품이었다. 김구 선생 피난처 위치를 묻자 친절하게도 아들은 식당 밖까지 나와 자세하게 설명해주었다.

절강성에는 대한민국 임시정부 유적지가 두 곳이나 있다. 한 곳은 항주이고, 또 한 곳은 가흥이다. 1932년 4월 29일 상해 홍구공원홍커우 공원虹口公園에서 윤봉길1908~32 의사가 폭탄을 터뜨려 일본 시라카와 대장 등을 죽인 이른바 홍구공원 의거가 일어났다. 일본군의 감시와 체포를 피한 임정 요인들은 중국국민당의 도움을 받아 이해 5월 항주에 청사를 마련하고 활동을 개시했다. 임시정부는 항주시 장생로창성로長生路 호변촌후비엔춘湖邊村에 있으며, 2007년도에 항주기념관으로 꾸며놓았다. 호변촌은 벽돌로 지은 2층 연립주택 단지가 있는 곳에 자리하고 있었는데 원형을 잘 보존해놓았다. 항주의 임시정부는 1935년 11월에 진강전지앙鎭江으로 옮길 때까지 요인들의 주 활동무대였다.

## 최부가 다녀간 지 450년 뒤에 가흥에 온 김구

또 한 곳이 가흥의 김구 선생 피난처인데, 홍구공원 사건 이후 일제는 임정 요인 체포에 혈안이 되어 있었다. 윤봉길 의거의 배후에 백범이 있다고 판단한 일제는 경찰·헌병·첩자를 동원해 소재를 파악하는 데 총력을 기울이며, 거액의 현상금을 내걸고 뒤를 쫓았다. 백범은 의거 직후 상해에서 활동하고 있던 미국인 목사 피치F.A. Fitch의 집에 피신해 있다 일제의 손길이 닥쳐오는 것을 감지하고 가흥으로 피신했다. 장개석장제스蔣介石의 지시를 받은 중국국민당의 진과부천궈푸陳果夫, 1892~1951는 가흥의 저보성추푸청褚輔成, 1873~1948에게 김구의 보호를 의뢰했다. 가흥 출신의 사회활동가로 저명한 그는 백범의 피난을 도와주기 위해 아들 저봉장추펑장褚鳳章이 경영하던 면사공장인 수륜사창秀綸沙廠으로 피신시켰다.

피난처는 남호난후南湖 가까이에 있었다. 백범은 부친의 외가 성을 따서 장진구張震球 혹은 장진張震이라 이름을 바꾸고 광동 출신의 중국인으로 행세했다. 저보성은 수륜사창과 마주 볼 정도로 가깝고 풍경이 매우 아름다운 수양아들 진동손천둥순陳棟蓀의 정자 한 곳을 백범의 침실로 이용케 했다. 진동손 내외는 백범을 인도해 남호 연우루煙雨樓와 서문 밖 삼탑三塔을 구경시켜주었다.

삼탑에는 핏자국이 밴 돌기둥이 있었다. 임진왜란 때 왜구가 침입해 인근 부녀자를 잡아 사원에 가두고는 한 승려로 하여금 이를 지키게 했다. 승려가 밤중에 부녀자들을 몰래 풀어주자, 왜구가 승려를 때려 죽여 생긴 자국이다. 백범은 악랄한 일제의 급습을 피하기 위해 낮에는 주애보<sub>주아이바오</sub>朱愛寶라는 처녀 뱃사공과 함께 배를 타고 호수에서 지냈다.

김구 선생의 피난처를 찾은 것은 나 스스로 역사학자의 당연한 의무로서 경의를 표하기 위해서였지만, 최부의 배가 지나간 운하가 있기 때문이기도 했다. 최부는 소주로 가기 전에 원앙호鴛鴦湖: 일명 남호南湖를 지났다는 기록을 남겼다. 원앙호는 호수 안에 원앙이 많아서 혹은 그 동서 양쪽 호수가 서로 접해 있어 이렇게 불렸다고 한다. 절강성 3대 호수 가운데 하나였으며 강남의 '수수복지'秀水福地, 즉 "수려한 물, 복 받은 땅"으로 사람들에게 회자되었다. 저 멀리까지 드넓게 호수가 펼쳐 있었다. 호수 안에 자그마한 섬도 조성해놓았다.

왼쪽으로 남호를 끼고 한참을 걷자 매만가에 도착했다. 벽돌과 회로 단장된 깨끗한 거리였다. 옛날 대운하 선상에 위치하고 있어 번성한 마을로, 어깨를 스칠 정도로 상인들이 북적댔을 것이다. 돌로 깐 거리 안쪽으로 들어가자 저보성 기념관이 나왔다. 입구로 들어서자 저보성의 흉상이 손님을 맞이했다. 자료관에는 그에 관한 사진과 이력이 자세하게 진열되어 있었다. 한국 정부는 1996년에 저보성에게 건국훈장을 추서했다.

저보성 기념관 가까이에 김구 선생 피난처가 있었다. 입구로 들어가니 '독립정신'이라는 편액을 배경으로 선생의 반신 동상을 조영해두었다. 그 좌우로 임시정부의 역사가 전시되어 있고, 2층에는 침실 등이 보존되어 있었다. 피난처도 1996년도에 복원한 것이라 당시 임시정부 요

김구 선생이 피난처로 삼았던 매만촌의 고성. 이곳에는 부유한 상인들이 거주하고 있어
외지 사람들이 출입해도 의심을 받지 않았기 때문에 이곳에 머물렀다.

인들이 남긴 사료나 유품은 적었다. 이전에 세 번 정도 찾은 상해나 항
주 등지와 비슷한 자료가 진열되어 있어 아쉬웠다. 앞으로 자료의 발굴
작업이 착실하게 진행되어야 하지 않을까. 이곳에 근무하고 있는 중국
인 아주머니는 김구 선생과 임시정부 요인들이 이곳을 피난처로 삼은
이유는 이곳에 부유한 상인들이 거주하고 있어 외지 사람들이 출입해도
의심을 받지 않아 숨기에 편리했기 때문이라고 설명해주었다.

　일제의 수색을 대비해 2층 한쪽 구석에 호수로 연결되는 비상탈출구
가 있었는데, 당시의 위급 상황을 그대로 전달하는 것 같아 마음이 격하
게 흔들렸다. 백범은 호수에 떠 있는 유람선에 몸을 피하고 임시정부의
국무회의를 열어 항일운동에 대한 계획을 세웠다고 한다.

　김구 선생의 피난처로부터 약 300미터 떨어진 일휘교르후이치아오日暉橋

17번지에 임시정부 요인들의 거처가 보존되어 있었다. 피난처가 언제든지 일제의 눈을 피할 수 있는 남호 가까이에 있었던 반면에, 일휘교는 가흥시 입구의 큰 도로에 인접해 있었다. 1995년에 보수공사를 해서 전시관으로 꾸며 임시정부와 관련된 사진을 전시했다. 2층에는 백범의 모친 곽낙원1859~1940 여사와 아들 김신이 거처했으며, 백범의 정신적 지주인 석오 이동녕1869~1940도 함께 거주하던 공간이었다.

가흥에서 농촌을 시찰하던 김구 선생의 질책이 『백범일지』에 보인다.

우리나라에서 한·당·송·원·명·청 각 시대에 관개사절冠蓋使節이 중국을 왕래했다. 북쪽 지방보다 남쪽 지방 명조明朝시대에 우리의 선인들은 대부분 눈먼 사람이었던가. 필시 환상으로 국가의 계책이나 민생이 무엇인지를 생각지도 못했던 것이니, 어찌 통탄스런 일이 아니리오.

• 도진순 주해, 『백범일지』

백범은 우리 민족의 비운은 사대사상의 산물이라고 단언했다. 사색당파가 생겨 수백 년 동안 다투기만 하다 민족적 원기는 다 소진하고 발달된 것은 오직 남에게 의뢰하는 것뿐이라고 폐부를 찌르는 지적을 했다. 더 나아가 우리나라의 특성과 백성들 수준에 맞는 주의主義와 제도를 연구해서 실현시키기 위해 머리를 써야 한다고 역설했다.

# 아름다운 물의 고향, 오진

## 2성省, 3부府, 7현縣이 교차해 상업중심지가 되다

가흥에서 김구 선생 피난처를 방문한 후 발걸음을 월하촌月河村으로 옮겼다. 물길이 처마를 겹치듯 죽 늘어선 옛 저택을 둘러싸고 굽은 형태로 흘러가는 것이 마치 반달과 같아 이러한 이름이 붙여진 것 같다. 시내에서 유일하게 운하의 자취를 맛볼 수 있는 곳이었다. 폭은 그리 넓지 않고, 수심도 대략 3미터 정도였다. 물은 이끼가 끼어 있었다. 저마다 집에 배를 댈 수 있는 마두마터우碼頭: 선착장가 마련되어 있었다. 고급스런 다관茶館들이 물가를 따라 탁자를 내놓고 향기를 선사하고 하고 있었다. 48위안이나 하는 국화차를 마시며 물길 한쪽에 놓여 있는 자그마한 배를 응시하고는 그 옛날의 영화를 떠올렸다.

우연히 다관 옆에 작은 비석 하나를 발견하고 자세히 들여다보니, 청 광서 연간1875~1908에 세운 비로 '운하를 준설한 후 만약 진흙이 축적되면 벌을 준다'는 내용이었다. 배가 항시 통과할 수 있도록 정부에서 엄격하게 관리하고 있었던 것이다. 중국에 들어와 처음으로 운하 옆쪽에서 갑문閘門을 확인하게 되어 더없이 기뻤다. 다시 한 번 느끼지만 강남은 역시 택국澤國, 즉 못과 늪이 많은 지역이었다.

다음날 일찍 조운로를 찾아 또 길을 나섰다. 최부는 가흥에서 소주 방향의 운하를 탔기에 수향水鄉으로 절경인 오진우전烏鎭을 들르지 못했다. 가흥에서 호주 방면으로 가는 곳에 위치해 있기 때문이다. 아마도 이곳에 들렀다면 수향의 아름다움을 기록했을 텐데 아쉬운 마음이 내내 진하게 다가왔다.

숙소에서 짐을 찾아 택시를 잡아타고 오진으로 가는 버스터미널로 향했다. 기사는 중년 여성이었다. 가흥의 인구가 얼마냐고 하니 모른다고 했다. 그녀는 그렇잖아도 손님들이 가끔 인구 수를 묻는데 조사해보지 않아 모른다며 계면쩍어했다. 운전할 때 좌우는 물론 앞에서 차나 사람이 끼어들어 신경이 날카롭지 않느냐고 물었다. 그녀는 피곤하지만 먹고살려면 어쩔 수 없지 않느냐고 대답했다. 그녀는 두 딸의 학비를 벌기 위해 운전대를 잡고 있었다. 삶의 고단함이 밀물처럼 전해져왔다. 소흥지방은 아들보다 딸을 더 선호한다며 자식이 잘살았으면 좋겠다는 부모로서의 애정을 표현했다. 이후에도 여러 지방의 택시 기사와 대화를 나누면서 자식의 성공을 위해 교육에 투자하고 있는 모습을 볼 수 있었다. 어느 한 기사는 자식이 영어 회화를 배우고 있어 돈이 많이 든다며 한숨을 쉬기도 했다. 성공이라는 천공의 옥좌를 잡으려고 애쓰는 중국 부모의 모습에서 교육비로 등이 굽는 한국의 부모 모습이 잔상처럼 겹쳐졌다.

오진은 절강성 동향시통샹 시桐鄉市 북단에 위치하고 있다. 아마도 이번 여행에서 가장 형편없는 버스를 탔던 것 같다. 버스 값은 9위안밖에 안 했는데 완전히 고철덩어리 버스였다. 스프링 장치가 제대로 설치되어 있지 않은 탓인지 차는 좌우로 상하로 요동쳤다. 기사 머리 위에 낡은 선풍기가 달려 있었고, 의자는 딱딱한 플라스틱이었다. 통로에 긴 나무 의자를 놓아두어 좌석이 꽉 찼을 때를 대비했다. 전면의 전자시계는 덜컹거릴 때마다 시간이 바뀌었다. 창문은 파란색 선탠지로 발라놓아 밖을 내다볼 수도 없어 답답하기 짝이 없었다.

기사는 50대 초반에 머리를 짧게 깎았고, 표를 받는 안내원은 몸집이 비대한 40대가량의 남성이었다. 직행이 아니어서 조금이라도 인적이 있는 곳이거나 번잡한 마을이 나오면 안내원은 여지없이 문을 열고는 "오진"이라고 큰소리로 외쳐댔다. 어렸을 적에 비포장의 빨래판 길을 주행하던 고향의 완행버스가 떠올랐다. 의자와 의자 사이 폭이 좁아서 무릎이 부딪혀 아팠다. 동행했던 중국인이 오진행 버스 중에서 가장 고물이라며 웃어댔다.

한 시간을 채 못 달려 오진에 도착했다. 터미널 밖에 오진의 서책시자西柵까지 데려다 주는 작은 버스가 승객을 기다리고 있었다. 청나라의 민간 건축을 완전하게 보존하고 있는 오진은 서책과 동책동자東柵으로 나뉘어 있다. 버스에 같이 탔던 중국인이 서책이 더 아름답다고 하여 그쪽을 관람하기로 했다. 그래도 마음 한구석에는 동책을 가보지 못하는 아쉬움이 남아 있었다. 터미널에서 서책까지 드는 버스 요금은 1위안이었다. 10분 정도나 걸렸을까? 이른 시간인데도 여러 대의 관광버스가 관광객을 연신 토해내고 있었다.

오진은 두 개의 성省과 세 개의 부府, 일곱 개의 현縣이 교차하는 곳에 위치하고 있어 상업중심도시로 발전했다. 강우량이 풍부해 물산이 풍부하며, 물고기와 쌀의 고향, 실크의 고장으로 유명하다. 2003년도에 중국 10대 역사문화의 이름난 진鎭으로 선정되었다.

춘추시기기원전 770~기원전 403에는 오월吳越의 변경지대로 오나라가 이곳에 병사를 주둔시켜 월나라를 방어하여 '오수'烏戌라고 불렀다. 진秦나라 때의 이름은 '오돈'烏墩이었다. '돈'墩은 '땅이 솟아올라 주위보다 높다'는 의미로 해석할 수 있다. 어쨌든 '돈'墩은 높은 곳에 적을 방비하기 위해 지은 작은 진지라고 봐도 무방할 것이다. 실제로 이곳의 지형은 지세가 평탄하고 고산 구릉이 없다. 하류는 충적 평원으로 못에 흙이 축적되어 땅이 다른 곳보다 높이 솟아 있었다. 또 다른 해석은 '오'烏가 토지신 오장군烏將軍의 이름이라는 설, 물가에 저택을 지어 벽을 오랫동안 보존할 목적으로 흑색의 기름油漆을 칠해 그렇게 불렀다는 설도 있다.

서책만 구경하는 데 입장료가 자그마치 120위안이었다. 입구로 들어서자 나룻배가 다가왔다. 세 명의 선부가 배를 젓고 있었고, 정원은 50명이었다. 100미터 정도 배를 저어가자 마을이 나타났다.

마을의 주택은 물가에 연해 지었다. 안쪽으로 들어가니 염색을 하는 초목본색염방草木本色染坊이라는 곳이 나왔다. 이곳의 명산품인 '남인화포'藍印花布 또는 '석회고화포'石灰拷花布 '고화람포'拷花藍布라는 남색 포布를 생산하는 곳인데, 여기에는 전설이 전해져 내려오고 있다. 갈홍葛洪이라는 농부가 사랑하는 아내를 위해 포를 만들었는데 가격이 저렴하고 품질이 뛰어나 곧바로 민간에 유행했다는 것이다. 그런데 그 갈홍284~343, 363년경이 신선사상과 연단술煉丹術 이론서인 『포박자』抱樸子를 저술한 갈홍과 동일 인물인지는 알 수 없었다.

높이 추켜세운 대나무 장대에 몇 미터나 됨 직한 포단이 걸쳐 있었다. 민간인이 전통 포인 '남인화포'를 만들고 전시하는 곳이었다. 문득 무협영화에서 염색한 직물 위로 자유자재로 넘나들며 권법을 겨루는 장면이 떠올랐다. 건물 안에는 남색으로 물들이고 꽃무늬로 수놓은 손수건 등을 보여주고 있었으며, 남색의 손수건 한 장을 10위안에 팔고 있었다.

높이 추켜세운 대나무 장대에 포단이 걸쳐져 있다.
여러 색깔로 염색한 포단을 장대에 매달아 건조하는 모습.

　마을 중간중간에 흐르고 있는 물은 수심이 3미터였다. 갈수기라 물은
더러웠다. 계절 탓일까. 강남 고운하의 물은 전반적으로 깨끗하지 못했
다. 관광객이 그토록 많이 찾는 오진도 수질을 개선하면 이름 그대로 아
름다운 수향, 즉 물의 도시로 탈바꿈될 수 있을 텐데 하는 생각이 절실
했다.

　마을은 좁은 도로를 끼고 명청시대에 건축된 2층의 저택이 늘어서 있
었다. 네 개의 문, 8거리, 10개의 골목弄으로 이루어진 서책은 이름 그
대로 사방팔방으로 통해 있었다. 집들은 수각水閣이라는 독특한 형태를
띠었다. 목재나 석재를 사용해 하천 가까이 조성된 건물이었다. 집들 사
이에 종횡으로 뻗친 도로는 푸른 돌을 깔았고 폭은 3미터, 길이는 대략
1킬로미터에서 2킬로미터 정도에 달했다. 물길을 가로지르는 다리는 돌

목재나 석재를 이용해 하천 가까이 지어진 주택들.
저택의 반은 허공에 그 나머지 반은 물속에 잠겨 있다.

로 축조되어 홍문虹門의 형태를 띠어었다. 서책에만 돌다리가 72개나 있으며, 그 모습도 평탄한 것, 아치 형태 등 각양각색이었다. 그중에서도 교리교橋裏橋 부근이 제일 마음에 와 닿았다. 남북 방향으로 설치된 통제교通濟橋와 동서 방향으로 조성된 인제교仁濟橋가 직각으로 잘 어우러져 있었다. 오진을 소개하는 책자에도 이곳의 풍경이 가장 아름답다고 소개되어 있다. 멀리서 바라보면 반원은 물 위 허공에 나머지 반원은 물속에 있어 이 둘이 합쳐지면서 만월을 이룬 형상을 연출했다. 정월 대보름날에 다리를 걷는 풍속이 있는데, 새해를 맞아 건강을 빌고 병치레를 막으려는 민간 풍속이 주로 이들 다리에서 열렸다고 한다.

왜 이곳이 이토록 발전했을까? 그 의문은 곧 풀렸다. 도로를 따라 마을 끝까지 가자 물길이 마을 뒤쪽으로 흘러가는 운하와 통하고 있었던 것이다. 지형적으로 보면 육로와 수로가 교차하는 지점이라 자연스럽게 도시가 형성되는 조건을 가지고 있었다. 운하를 왕래하던 관료나 상품을 싣고 북경으로 향하는 상인, 강남을 찾아가는 묵객들이 잠시 이곳에 들러 휴식을 취하거나 생필품을 찾으려다보니 마을이 형성되고 발전했던 것이다.

경항대운하의 한 지류가 지나고 있는 곳인 오진의 서쪽에 오진우국烏鎭郵局이 있었다. 보통의 우체국이겠거니 하고 여겼다. 그런데 그 역사의 유구함을 듣고는 매우 놀랐다. 오진은 당나라 때부터 상업이 발달했고, 운하가 지나가는 곳이라 외부와 부단히 연락을 취하고 무역을 행할 필요가 있었다. 원나라 때 오진 경내에 수역水驛을 설치해 배로 공문을 전달했다. 또 역참 내에 정규적인 선호船戶를 두어 관아의 문서를 전달하는 책임을 지게 했다. 청 광서 17년1891에 민간우체국이 설립되어 국내의 서신만이 아니라 해외 화교 가족의 소식도 전하는 업무를 맡게 되었다. 그로부터 5년 후 청나라는 역驛을 폐지하고 우체국을 설립키로 결정했고, 마침내 광서 29년1903에 오진우체국이 창립되기에 이르렀다. 우체국은 벽돌로 만들었고 대문은 서양식 철문이었다. 입구 왼쪽에는 이미 한국에서는 사라진 둥근 형태의 우체통이 보였다.


## 소명태자가 심약을 스승으로 모시게 된 사연

통제교는 소주·항주로부터 양곡을 실은 배들이 출입하는 곳이었다고 한다. 운하 선상에 발달한 도시에 걸맞게 곳곳에 민박집과 주점 등이 자주 눈에 띄었다. 고급스런 민박집도 여러 채 보였다. 길모퉁이에 자리 잡은 작은 상점에 들어가 만두와 술 한 잔을 시켜 마셨다. 마을 중간쯤

경항대운하의 한 지류가 지나고
있는 곳인 오진은, 당나라 때부터
상업이 발달했던 곳이다.
오랜 역사를 지닌 오진의 우체국.

에 소명서원昭明書院이 있었다. 서원의 이름인 소명은 소명태자를 가리키며, 그는 남조 양 무제재위 502~549의 장자 소통蕭統, 501~531이다. 그는 어려서부터 총명했으며 고금의 학문에 정통했다. 일곱 걸음을 내딛기 전에 시 한 편을 지을 수 있는 능력을 지녔다. 그는 진대秦代, 기원전 221~기원전 206로부터 양대梁代, 502~557에 이르는 800년 동안 130여 명이 지은 문장과 시부詩賦 754편을 수록한 『문선』文選을 편찬했다. 과거에 응시하거나 문장을 익히는 수험생이 필독해야 할 문학책이었다. 당나라 시성 두보杜甫, 712~770는 아들에게 "색상이 아름다운 비단옷을 찾지 말고 『문선』의 이치에 정통하라"고 가르쳤다. 시를 짓는 데 『문선』은 반드시 펼쳐 봐야

할 서적이었다. 당시 『문선』을 너덜너덜해질 정도로 숙독하면 과거에 응시하는 수험생인 수재秀才가 진사에 합격하기까지의 여정 중 절반 정도는 달성되었다는 말도 있었다.

소명태자는 양 천감天監 2년503에 스승으로 『송서』宋書를 편찬한 심약沈約, 441~513을 따라 오진에 와서 책을 읽었고, 나중에 서원을 건립했다. 그가 심약을 스승으로 모시게 된 일화가 있다.

소통이 막 태어났을 때 오른손을 꼭 쥐고 있어 펴지지 않았다. 동궁의 모친과 궁녀들 모두가 그의 손을 펼 수 없었다. 부친인 무제武帝가 이를 걱정해 대신의 의견을 듣기로 하고 방榜을 내걸어 현자를 초빙하기로 했다. 태자의 손을 펼 수 있으면 태자로 하여금 그를 스승으로 삼게 하겠다는 것이었다. 그때 상서령尚書令 심약이 방문榜文을 보고 와서는 자신이 한번 펴 보이겠다고 했다. 태자의 손가락을 들어 올리자 곧바로 펴졌다. 무제는 대단히 기뻐하고는 심약을 소부小傅, 즉 태자의 스승으로 모셨다.

스승과 제자의 학문을 떠올리게 하는 서원도 세월이 흘러 무너졌다. 명 만력 연간1573~1620에 오진 동지同知 전정훈全廷訓이 소명태자의 재주와 학문을 사모해 서원 옛터에 석방石坊을 만들었다.

붉은 간판에 황금색으로 쓰인 '소명서원'이라는 편액 안으로 들어서자 시야가 탁 트인 공간이 눈에 들어왔다. 돌로 지어진 마당에 연못이 네 개나 있었고, 그 옆으로 고목들이 하늘을 찌르듯 솟아나 있었다. 주 건물 앞에 높이, 폭이 4미터가 약간 안 되는 돌 패방牌坊이 서 있었다. 패방에는 마을 사람 심사무沈士武가 '육조유승'六朝遺勝, 즉 "육조시대에 남

소명태자가 스승 심약과 함께 책을 읽은 소명서원.
패방에는 "육조시대에 남겨진 빼어난 유적지"라는 뜻의 '육조유승'(六朝遺勝)이 씌어져 있다.

겨진 빼어난 유적지" '양소명태자동심상서독서처'梁昭明太子同沈向書讀書處,
곧 "양 소명태자와 스승인 심약이 함께 책을 읽은 곳"이라는 글자가 씌
어 있었다. 서원 건물은 도서관으로 문학·예술서적 등을 보관하고 있
었다. 그 뒤 건물은 작가이자 사회활동가로 중국의 제1대 문화부장을
지낸 모순마오둔茅盾, 1896~1981의 기념관이었다.

　오진이라는 이름의 유래가 되었다는 당나라 오찬烏贊의 묘인 오 장군
묘도 둘러봤다. 전해 내려오는 말로는 당 헌종 원화元和 연간806~820에
오진에 용감한 장군이 있었는데, 이름은 오찬으로 사람들은 그를 오烏
장군將軍이라고 불렀다. 그는 나라와 백성을 사랑하고 무예가 뛰어났으
며 잘 싸웠다고 한다. 당나라 때 안사安史의 난 이후 지방 세력이 발호해
종종 스스로를 왕이라 일컬었다. 당시 절강자사浙江刺史 이기李琦가 패권

을 쥐고 반란을 일으키자 현종재위 712~756은 오찬에게 토벌을 명했다. 승승장구하던 오 장군이 이기의 꾐에 빠져 죽자 부장이 그를 오진 차계하車溪河 서쪽에 매징하고 비를 세웠다. 그날 밤 묘지에서 한 그루의 은행이 싹을 틔우더니 하늘을 가릴 정도의 큰 나무로 자라났다. 사람들은 이 은행나무가 오 장군의 화신이라 여기고 사당을 건립해 추모했다. 이후 오 장군은 이 지방의 백성을 보호하는 신이 되었다는 것이다.

오진을 소개하는 책자에 "하나 같은 오진, 하나 같지 않은 오진"이라며 오진의 풍경이 뛰어남을 서술했으나, 우리의 눈에는 독특한 구조의 건물도, 역사적인 의미를 주는 유적지도 없어 실망했다. 아마 겨울에 들었기 때문에 이렇게 생각한 것일지도 모르겠다. 하지만 개인적으로는 이번에 찾아갔던 세계자연유산 안휘성의 굉촌이나 이곳을 다 합쳐도 풍수에 입각하여 마을을 꾸민 아름다운 정감청간뭋坎만 못하다는 생각이 들었다. 약간은 실망감을 안고 버스터미널로 가서 가흥 터미널 티켓을 끊고 버스를 기다렸다.

아! 아침에 탄 그 버스다.

# 실크의 도시, 소주

## 마르코 폴로와 최부의 눈에 비친 화려한 도시

가흥에서 버스를 타고 소주로 향했다. 안개가 비로 변하고 있었다. 가흥의 택시 기본요금은 8위안이었는데 소주는 10위안이었다. 택시비의 차이에서 지방도시 간의 빈부격차를 가늠할 수 있었다. 숙소는 중국 4대 명원 중의 하나인 유원留園에서 가까운 금강지성錦江之星으로 잡았다. 저녁에 시내에 있는 신화서점신화수띠엔新華書店에서 책을 구입하고 숙소로 돌아오는 길에 과일가게에 들러 해남하이난海南에서 생산되는 화룡과휘룽궈火龍菓라는 독특한 과일을 샀다. 손바닥만 한 크기의 과일로 붉은색을 띠고 있었다. 반으로 잘라 보니 흰 어묵에 깨가 꽉 들어찬 형상이었다. 맛은 약간 맹맹했다.

본래 소주는 성 서남쪽에 있는 고소산姑蘇山이라는 명칭에서 유래한다. 옛날 오나라 합려가 오자서伍子胥, ?~기원전 484로 하여금 성을 쌓아 도읍으로 삼았던 곳이다. 와신상담臥薪嘗膽, 오월동주吳越同舟라는 고사로 이름난 도시인 소주는 늪과 못이 많은 곳으로 성의 안팎을 감싸 도는 것이 모두 물길이었다. 주변에 호수와 강이 널려 있었다. 정원이 아름답게 가꾸어져

"소주는 번성해 사방 교외에 빈 땅이 없고 바다와 육지의 풍요로움이 있어 상인이 모여들고 의복이 곱고 저택은 화려하다." 옛 운하 옆에 세워진 저택들.

있었고, 옛 운하의 자취가 지금도 관광객의 눈을 유혹할 정도로 잘 정돈되어 있었다. 버드나무가 즐비한 운하 옆으로 저택들이 늘어서 있었다. 소주 산당가산탕지에山塘街의 기와집은 홍등紅燈으로 수놓아 지붕 있는 배들이 관광객을 기다리고 있었다. 교량이 운하에 걸쳐 있어 운치를 더했다. 최부에 따르면 명나라 때 강남지역은 대부분 기와집이고 벽돌을 깔았으며 계단은 돌을 다듬어서 깔았다고 한다. 혹은 돌기둥을 세운 저택도 보였는데 모두 크고 화려했다. 부유한 집은 대개가 정자를 만들었고 그 주위를 꽃과 나무로 장식해 경치가 더없이 아름다웠다.

옛날 중국 사람들은 "소주는 번성해 사방 교외에 빈 땅이 없고 그 풍속은 사치스러우며 검소함이 적다. 바다와 육지의 풍요로움이 있어 상인이 모여들고 의복이 곱고 저택은 화려하다"고 소주의 번영과 화려함을 칭찬했다. 이방인 마르코 폴로의 눈에 비친 소주도 특별했다.

비단이 대단히 많이 생산되며, 사람들은 교역과 수공업으로 살아간다. 비단으로 된 옷감을 많이 만들어 옷을 해 입는다. 대상인들이 있고, 도시가 얼마나 큰지 둘레가 40마일약 64킬로미터에 이른다. ……이 도시에는 돌로 만든 다리가 거의 6,000여 개나 있으며, 그 아래로는 한두 척의 갤리선이 충분히 지나갈 정도다.

소주에서는 여러 무늬를 넣어 짠 얇고 가벼운 비단이 생산되었다. 우리나라 사람이 소주를 구경할 때 반드시 한번쯤은 들르는 곳이 실크 공장이다. 최근에는 공장 안에 설치된 무대에서 빼어난 미인들이 패션쇼를 하며 실크 제품을 홍보하고 있다. 시내의 상점에는 각양각색의 실크로 만든 수건이나 옷 등의 물품이 진열되어 있어 황홀감조차 드는 게 사실이다.

마르코 폴로보다 약 200년 후에 소주를 지나간 최부도 이 소주에 도취되었다.

밤 삼경三更: 밤 11시~새벽 1시이 되어 소주성 가까이 가서 남쪽으로 갔다 서쪽으로 향해 고소역姑蘇驛 앞에 도착했다. 보대교寶帶橋로부터 이 역에 이르기까지 양쪽 호안湖岸에 시가와 상점이 서로 이어져 있고 상선商船이 성시를 이루고 있어서, 진실로 이른바 동남 제일의 도회지였다. ……소주는 옛날 오회吳會라고 불렸는데, 동쪽은 바다에 연해 있으며, 삼강三江을 끌어당기며 오호五湖, 또는 태호에 둘러싸여 있었다. 기름진 땅은 천 리나 되고 사대부가 많이 배출되었다. 바다와 육지의 진귀한 보물, 즉 사紗·나羅·능단綾段 등의 비단, 금·은·주옥, 그리고 많은 장인과 예술인, 부상대고 들이 모두 이곳에 모여들었다. 예로부터 천하에서 강남을 가장 아름다운 곳이라 했고, 강남 중에서도 소주와 항주가 제일이었는데, 이 성소주이 더 뛰어났다.

소주부성 중앙에 위치한 악교樂橋에는 상점이 별처럼 펼쳐져 있었으며, 여러 강과 호수가 많이 흐르고 있어 그 사이로 배가 관통해 드나들었다. 사람들과 물자는 사치스럽고, 누대樓臺는 서로 연결되어 있었다. 또 창문閶門과 마두선착장 사이에는 호남성과 복건성의 상선들이 핍주輻輳하여 운집해 있었다. 또 호수와 산은 맑고 아름다웠는데 그 경치는 형형색색의 자태를 뽐내고 있었다.

• 『표해록』, 2월 16일, 17일


## 온화한 성품에 독서를 즐기는 강남인

최부는 항주보다 소주의 경치가 더 뛰어나다고 평했다. 그는 여행을 마치면서 강남과 강북을 문화 등 여러 측면에서 차이를 비교해 서술해 놓았다. 명대의 "소주를 포함한 강남 사람들은 넓고 큰 검은색 속옷과 바지를 입었는데, 비단·명주로 만들었다. 또한 모자는 금과 옥으로 장식해 사람의 눈을 현란하게 했고 비록 백발의 할머니일지라도 모두 귀고리를 늘어뜨렸다"고 한다.

인심과 풍속에서도 최부는 "강남은 온화하고 순하여, 혹은 형제, 혹은 사촌형제와 육촌형제가 한집에 함께 살고 있는 대가족제도를 옹호했다. 또한 사람들은 책 읽는 것을 생업으로 삼고 있어, 어린아이나 뱃사공, 어부들조차 모두 글을 알아 놀랐다. 글자를 써서 물어보니, 산천·고적·토지·연혁에 대해 알고 있어 자세하게 일러주었다"고 쓰며, 강남

실크의 고장으로 유명한 소주의 밤거리. 당나라 때부터 청나라 말까지
소주 출신 가운데 과거에서 장원으로 합격한 자가 50여 명이나 되었다.

인의 학식과 풍속에 감동했다.

당경지唐景之는 소주를 "집에는 불효자가 없고, 조정에는 충성스럽지
않은 신하가 없다. 문文으로는 유자의 중심인물이 되고, 무武로는 장수
가 된다. 아름답구나"라고 찬탄할 정도였다. 당나라 때부터 청나라 말까
지 이곳 출신으로 과거에 1등으로 합격한 장원이 무려 50여 명이나 나
왔고, 저명 화가만 해도 1,200여 명에 달했다.

소주와 우리나라 제주가 관련된 흥미 있는 일화를 소개하기로 한다.

최부: 송나라 시대에 너희 제주 사람이 표류해 소주부 경계에 이르
렀는데 그 배 안에는 마자麻子: 삼씨가 있었다. 그 크기가 연꽃의 씨앗같
이 컸는데 소주부 사람이 이를 얻어 심었다. 후에 조금 차이는 났지만

일반적인 삼씨와 비슷했다. 지금 너희 제주 땅에 이른바 삼씨라는 것이 있는가?

안의: 그것은 옛날 일입니다. 일반적인 삼씨 역시 희귀합니다.

•『표해록』, 4월 7일


이 이야기를 좀더 구체적으로 살펴보면 이렇다. 북송 가우嘉祐 연간 1056~63에 폭풍으로 돛이 부러진 배 한 척이 강소성 소주부 곤산현崑山縣 해안에 정박했다. 30여 명이 타고 있었는데 말이 통하지 않아 필답으로 말을 통한 결과 고려에 속한 둔라도屯羅島: 현재의 제주도 사람이라는 사실을 알았다. 배 안에는 각종 곡물이 있었는데 그중에 삼씨가 마치 연蓮 같았다. 소주 사람들이 이를 심으니 첫해는 연 크기였으나, 다음해는 조금 작아졌다. 수년이 지나자 중국의 삼씨 품종으로 변했다. 마자는 경기 지역에서도 산출되어 약재로 쓰였는데 땅과 물과 기후가 다르다보니 삼씨가 중국 풍토에 맞게 자신의 몸을 변형시켰던 것이다.

아쉽게도 최부는 밤중에 배를 타고 고소역에 도착했다. 다음날도 역시 멀리서 바라만 보고 지나갔다. 더군다나 밤에 배를 타고 성 옆을 지났기 때문에 '7언堰, 60방坊, 390교橋', 즉 "옛것을 없애고 새롭게 꾸며서 뛰어난 경치와 기이한 유적 들을 모두 상세히 기록할 수 없다"는 당나라 시인 백거이의 시를 인용하며 안타까움을 토로했다.

여기서 언堰은 물이 들어오면 가두어 비가 내리지 않을 때 갑문을 열고 물을 방출하는 시설을 가리킨다. 소주는 물의 나라이다보니 이러한 시설이 필요했다. 또한 운하와 시내를 흘러가는 하천에 다리가 수없이 건설되어 있어 390교橋라는 표현을 썼다. 도시가 발전하다보니 상업 거리도 생겨났고 거주지도 번성했다는 의미에서 60방坊이라 읊었다.

# 중국 4대 명원 중 으뜸인 유원

## 천지간에 오래 머물러 있다

문화가 꽃핀 소주는 시와 그림 같은 정원도 다수 만들어냈다. "강남의 원림園林은 천하 제일이요, 소주의 원림은 강남에서 최고다"라는 말이 있다. 명청 시기 소주에 200여 곳의 정원이 있었으나, 현재 보존 상태가 양호한 곳은 수십 곳에 지나지 않는다. 중국의 4대 명원으로 소주의 졸정원쥐정위안拙政園·유원·북경의 이화원頤和園·승덕承德의 피서산장避暑山莊을, 소주의 4대 명원으로 졸정원·유원·창랑정滄浪亭·사자림獅子林을 손꼽는다. 유원은 1997년에 졸정원 등과 함께 세계자연문화유산에 등재되었다.

한국 관광객이 반드시 들르는 코스 중 한 군데인 졸정원은 명 가정 연간1522~66에 어사 왕헌신王憲臣이 '뜻을 얻지 못한 정치가의 정원'이라는 의미에서 조성한 정원이다. 2009년에 학과 60주년을 기념해 항주·소주 일대를 탐방했을 때 그곳을 방문했기에 이번에는 유원으로 발걸음을 옮겼다. 색다른 정취를 느낄 수 있으리라 생각했기 때문이다. 숙소를 유원에서 가까운 곳에 예약한 터라 찾아가기는 쉬웠다. 유원은 창문창먼閶門

門 밖에 있었고, 가는 길은 가로수로 잘 정비되어 있었다. '유원세가'留園 勢家라는 팻말이 보여 이곳인가 싶었는데 일반 아파트로 고풍스럽고 고급스럽게 지어진 건물이었다. 오전 9시를 약간 지났는데 벌써 관광버스가 진을 치고 있었다.

소주대학교 출판부에서 간행한 유원의 역사와 내부를 소개하는 책자를 한 권 구입했다. 정원을 조성한 인물은 서태시徐泰時, 1540~98였다. 강소성 장주長洲 무구향武丘鄉 사람으로 명 만력 8년1580에 진사가 되었고, 만력제의 능묘인 정릉定陵을 건설하는 데 큰 공적을 세웠다. 만력 21년 1593에 태복소경太僕少卿이라는 관직에서 파직되어 고향으로 돌아와 창문밖 1킬로미터 되는 곳 주택 옆에 원림을 확대해 조성했다. 그는 친구를 불러 시를 지으며 술을 마시고 동자童子로 하여금 『시경』 상풍商風 응평應 苹의 노래를 부르게 했다. 후세 사람이 이를 동원東園이라고 했는데 정원에 꽃과 대나무를 심었고, 연못이 푸르고 잔잔해 사람들로 하여금 편안한 마음을 갖게 했다.

명나라 말에 이르러 원림이 쇠퇴하자, 청 건륭 59년1794에 소주 동산 출신 유서劉恕라는 사람의 손에 넘어갔다. 그는 광서廣西지방의 관리를 지냈으나 풍토가 맞지 않아 병을 이유로 고향으로 돌아가 원림을 사들인 뒤 5년간에 걸쳐 수리하고 확장해 겉모습을 새로이 했다. 정원을 내원과 외원으로 구분했는데, 내원은 그의 저택이고 외원은 원림이다. 동치 12년1873에 안찰사按察使를 지낸 성강盛康, 1814~1902이 다시 정원을 구입한 후 대규모 수리를 행하여 이전보다도 더 웅장하고 화려해졌다. 애초에 유원은 '죽색청한 파광징벽'竹色清寒 波光澄碧, 즉 "대나무색 맑고도 차갑고, 물빛은 맑고 푸르네"라는 의미에서 '한벽산장'寒碧山莊이라고 불렸다. 그러나 옛 소유주의 성이 '유'劉였던 관계로 백성들이 유원이라 칭

버드나무와 단풍나무가 화려하게 조화를 이룬 유원.
'유원'이라는 이름은 '천지 간에 오래 머물러 있다'(長留天地間)는 뜻에서 온 것이다.

하자, 정원에 이름을 붙이는 사례를 참조하여, 유원留園으로 개명했다. '유'劉와 '류'留의 발음이 같았기 때문이다. 유원은 '천지 간에 오래 머물러 있다'長留天地間는 의미에서 이름을 따왔다.

청 말의 저명한 고증학자 유월俞樾, 1821~1906은 그의 저서 『유원기』留園記에서 "샘과 돌의 뛰어남, 꽃과 나무의 아름다움, 정자의 그윽하고 깊은 맛은 진실로 소주 지방 정원의 으뜸이다"라고 읊었다.

유원은 동·중·서·북의 네 구획으로 나뉘어 있다. 동부는 저택으로 연극·연회·독서·바둑 등을 즐기는 장소이고, 중부는 산수, 서부는 산림, 북부는 전원으로 되어 있다. 입구에서 회랑을 따라 걸어 들어가면 현판에 '장류천지간'長留天地間이라 씌어진 문을 지나 원림으로 들어가게 된다. 작은 정원이 나타나는데 소박한 돌로 만든 대臺 위에 고목이 두 갈래로 갈라진 나무를 볼 수 있다. 그 나무 벽 위에 '고목교하'古木交柯, 즉 "고목의 얽힌 가지"라고 씌어 있다. 이 정원의 18경景 가운데 하나라고 하는데, 거대한 고목들이 기지가 무성해 서로서로 얽혀 하늘로 치솟아 이러한 말이 붙은 듯하다.

회랑은 다양한 무늬로 장식된 창으로 이루어져 특색이 있었다. 회랑을 나서는 순간 눈이 휘둥그레졌다. 아아! 그 얼마나 멋지고 아름다운 정원인가. 겨울임에도 몇백 년의 세월을 견뎌낸 듯한 은행나무는 연못에 비쳐 고고한 자태를 드러내고 있었다. 연못 주위로 각양각색의 나무가 심겨 있었다. 정원 중앙에 연못이 있고 그 뒤로 고목들이 서 있었으며, 산을 만들어 그 위에 노란 돌을 쌓았다. 구불구불 이어지는 길 위에 가정可亭이라는 정자가 있었다. 정亭은 정停을 뜻하며, 이곳에 머무르면서 경치를 관상한다는 것이다.

가정에서 내려다보니 소봉래小蓬萊라고 명명한 작은 섬이 눈에 들어온다. 바다에 세 개의 신산神山, 즉 봉래·방장方丈·영주瀛州가 있는데 모두 선인이 살고 있는 곳이다. 나 자신도 이곳에 있자니 속세를 잊고 마치 신선이 된 듯한 착각에 빠져들었다. 모르기는 해도 이곳을 찾은 다른 객들도 경치에 취해 정신을 놓았을 것이다.


## 세상사람이 즐거워한 뒤에야 즐거워한다

가정을 보고 오른쪽으로 들어가자 오봉선관五峯仙館이 나왔다. 본래 이곳은 서씨의 후락당後樂堂이었다. 이름에서 짐작할 수 있듯이 송나라 범중엄範仲淹, 989~1052의 '선우후락'先憂後樂, 즉 "사대부는 세상사람이 근심하기 전에 먼저 근심하고, 세상사람이 즐거워한 뒤에야 즐거워한다"는 말에서 따온 것이다. 유서가 정원을 확충하면서 전경당傳經堂으로 개명했고, 성강이 지금 이름으로 또다시 바꾸었다. 호화롭고 넓은 거실 앞에 태호석으로 장식된 정원을 바라보며 주인과 손님들이 향기 어린 찻잔을 들며 담화를 즐기는 환상에 젖었다.

이곳의 동북 방향에 2층짜리 작은 누樓가 있는데 그 이름이 '환독아서재'還讀我書齋였다. 이 서재의 이름은 대시인 도연명陶淵明, 365~427의 "이미 밭을 갈고 또 씨를 뿌렸으니, 집에 돌아가 나의 책을 읽네"旣耕亦已種, 時還讀我書라는 시에서 따온 것이다. 관직에서 물러나 고향에 돌아와 농사에 종사하면서 시간이 나는 대로 독서하는 유자의 풍모가 느껴진다. 지금은 도자기 등을 전시하고 있었다.

청 가경 7년1802에 유서는 12개의 돌을 수집해 봉우리를 만들어 옥녀봉·일월봉 등으로 일컬었다. 돌을 사랑한 유서가 정원 여기저기에 아름다운 봉우리를 만들었던 것이다. 유원을 홍보하는 책자의 표지를 장식하고 있는 관운봉冠雲峰인 태호석太湖石이 유명한데, 크기가 자그마치 6.5미터나 되었다. 바로 옆에 서운봉瑞雲峯·수운봉岫雲峯이 있어, 자매3봉'이라고 불렀다.

태호석은 강소성 무석우시無錫의 태호타이후太湖 주변에서 가져온 석회암으로, 상해의 예원위위안豫園 등 저명한 정원은 반드시 이 돌로 아름다움을 경쟁했다. 태호석은 구멍이 많고 홀쭉하며 굴곡이 지고 미끈하게 생긴 것이 상등품이라고 한다. 태호에서 건져냈을 당시의 붉은빛은 사라지고 잿빛으로 변한 자태여서, 반란의 원인이 되었다는 이유로 잠시 송나라로 되돌아갔다. 북송 말 문화를 사랑한 황제 휘종徽宗, 재위 1101~26이 강남 지역의 태호석 등 진귀한 보화를 선단船團으로 운반한 이른바 화석강花石綱 사건으로 인해 방랍方臘, ?~1121의 반란이 일어나 나라가 멸망하

길이가 6.5미터에 달하는 태호석이 우뚝 솟아 있다.
그 바로 옆에 서운봉, 수운봉이 있어서 자매3봉이라 불린다.

는 요인을 제공하기도 했다.

졸정원이 더 거대하고 건물도 많았지만 유원은 아기자기하면서도 풍
광이 뛰어난 곳이었다. 은행잎이 붉고 노랗게 유원을 꾸미는 가을에 다
시 한 번 찾고 싶다.

# 한산사를 흐르는 장계의 시

## 호주 · 가흥 · 항주로 가는 길목

유원을 본 후 풍교평치아오楓橋로 발길을 재촉했다.

자정 무렵에 달빛을 받으며 노를 저어 북쪽으로 가 창문閶門을 지나
니 창문 밖에는 통파정通波亭이 호수를 굽어보고 있었는데, 옛 이름은
고려정高麗亭이었다. 송 원풍 연간1075~85에 세워진 것으로 고려의 조
공 사신을 접대하던 곳이다. 정자 앞에는 가옥과 담장이 연이어져 있
었고, 배가 빗살과 같이 줄지어 있었다. 접관정接官亭에 이르러 배를
머물렀다. 정자의 서쪽을 바라보니 큰 탑이 있었는데, 즉 한산선사寒
山禪寺로 이른바 '고소성 밖 한산사'라고 하는 것이다. 그 지명을 물으
니 풍교楓橋라 했고, 그 강 이름을 물으니 사독하射瀆河라고 했다.

•『표해록』, 2월 17일

조운로 선상에 있는 저 유명한 풍교와 한산사寒山寺를 찾기 전에 우리
나라의 유적지인 고려정을 보러 가기로 했다. 영파에 고려사신관이 있

었다는 것은 앞에서 서술했지만, 소주의 옛 성 서문인 창문闾門 가까이에도 고려정이 있었다. 북송 원풍 2년1079에 고려사정관高麗使亭館을 수리했고, 5년 후인 원풍 7년1084에 황제는 「조서」詔書를 내려 동경東京 · 회남淮南에 고려정을 지으라고 명했다. 남송 가희嘉熙 연간1237~40에 조여근趙與懃이 새로 세웠고, 명청시대에는 중국 최대의 상업지역으로 번성했다. 창문을 찾아 나섰으나 그 흔적을 찾는 데 실패했다. 할 수 없이 창문 서쪽 7리약 2.7킬로미터 되는 곳에 있는 풍교로 발길을 돌렸다.

한산사 옆길을 따라 얼마간을 걸어가니 풍교가 나왔다. 2007년 12월 말에 학생들을 인솔해서 왔을 때는 입장료를 내지 않았던 것 같은데 25위안을 내라고 한다. 풍교로 연결되는 입구에 철령관鐵玲關이 도도하게 버티고 서 있었다. 그 뒤로 풍교가 운하를 가로질러 있었다. 다리에는 홈이 파여 있었는데 물품을 나르는 상인들의 수레로 인해 생긴 흔적이었다. 다리를 내려가자 왼쪽으로 「풍교야박」楓橋夜泊 시를 쓴 비석이 있었고, 장계가 도도한 모습으로 앉아 있었다. 더 안쪽으로 들어가니 운하 끝 편에 수마역水馬驛이 보였다. 최근에 관광객을 유치하기 위해 복원한 듯 정돈되어 있었다. 표지에 따르면 이곳이 호주 · 가흥 · 항주로 가는 길목이라고 한다.

최부는 중국에 표착한 이후 거쳐 가는 지역의 지식인들이 시를 지어달라는 요구에 일절 응하지 않았다. 최부가 천신만고 끝에 도저소에 도착하자 마을 사람들이 이방인의 몰골이 신기한 듯 모여들었다. 스스로 서생인 노부용盧夫容과 필담을 나눈다.

노부용: 당신은 시를 짓는가?

최부: 시사詩詞는 곧 경박한 자가 풍월을 조롱하는 밑천으로, 도道를

배우는 독실한 군자가 할 바가 아니오. 우리는 격물格物 · 치지致知 · 성의誠意 · 정심正心으로 학문을 삼고 있으며, 그 시사를 배우는 것에 뜻을 두지 않소. 혹시 어떤 사람이 먼저 시를 읊으면 화답하지 않을 수 없을 뿐이오.

• 『표해록』, 윤1월 19일


시를 경박한 자들이 풍월을 조롱하는 밑천 정도로 깎아내리고 있다. 최근 전남문화연구원의 임준성 선생이 최부의 「탐라시耽羅詩 35절」을 발표했다. 이 작품은 제주의 역사와 풍물을 압축한 대서사시다. 이 점으로 보아도 최부가 전혀 시를 짓지 않았다는 설은 확실히 틀리다. 항주에 머물렀을 때 그곳의 재정을 담당하는 포정사布政司의 대인 서규徐圭와 관료들의 비행을 감찰하는 안찰사부사按察使副使 위복魏福에게는 답례로 시를 지어주기도 했다.

한번은 북경 사람 이절李節의 친구가 최부를 찾아와 절을 하고는 소매에서 『소학』小學 1부를 꺼내며 시를 써줄 것을 청했으나 매정하게 이를 거절했다.


최부: 그 사람은 책을 기꺼이 주는 것이 아니라, 시를 얻는 데 뜻이 있다. 즉 사람을 사귀는 데 도道로써 하지 않고, 사람을 접대하는 데 예禮로써 하지 않았다. 그러니 내가 만약 한번 받는다면, 시를 팔아서 값을 취하게 되는 것이므로 이를 물리쳤다.

• 『표해록』, 2월 9일

## 시 한 편으로 이름을 남긴 장계

그런데 시 한 편으로 중국 역사상에 뚜렷이 이름을 각인시킨 이가 있으니 바로 장계라는 인물이다. 연구실에서 사마천司馬遷, 기원전 145~기원전 87년경의 『사기』史記의 목록을 천천히 훑어보았다. 어떠한 인물이 역사에 이름을 남겼을까? 맨 먼저 「본기」本紀에 등장하는 인물이 황제들이다. 다음으로 「세가」世家편에는 왕이나 제후들을, 「열전」列傳에는 관료나 인민을 서술하고 있다. 관료는 유가적인 입장을 취해 백성을 다스린 순리循吏와 법가적인 입장을 취한 혹리酷吏로 구분하고 있다.

흥미로운 점은 관료만이 아니라 기개와 절개로 위세를 떨치며 다른 사람을 위해 용기와 힘을 발휘해 강함을 세상에 자랑하는 유협俠客, 군주에 아첨하는 자, 재치가 있어 언변이 유창한 자, 길흉을 점치는 자 들도 역사의 한 페이지를 장식하고 있다는 것이다. 시대의 정치상황 등과 깊은 연관이 있겠지만 이후 중국 정사正史인 25사史를 보면 과거에 합격해 관료로서 업적을 남긴 자들이 열전의 한 페이지를 차지하고 있다.

왕조가 변천하면서 사서 편찬자의 의도에 따라 등재되는 인물도 다양하게 변했다. 유림, 문예가 출중한 자, 충성스럽고 의로운 자, 효성스러운 자, 방술에 뛰어난 자, 열녀·환관·간신·유적流賊 등이 총망라되어 있다. 기본적으로 어느 시대건 과거에 응시해 관료의 길을 걸어 공적을 세운 인물이 열전의 대부분을 차지하고 있는 점은 변하지 않았다.

과거에 합격해 고위 관료를 지냈다고 해서 반드시 열전에 실리는 것도 아니다. 전시殿試에 1등으로 합격한 장원의 이름은 실록實錄에 처음 나오는 경우도 있지만, 그렇다고 그의 이름이 정사正史에 나온다는 보장은 없다.

시 한 편으로 세상에 이름을 남긴 장계의 동상.
뒤편에 장계의 시 「풍교야박」을 새긴 비석과 풍교가 보인다.

특이하게도 관료로서보다는 시 한 편으로 역사에 회자되는 인물이 바로 장계였다. 그는 호북성 양주 출신으로 당 천보天寶 연간742~756에 과거에 합격해 진사가 되었고, 대종 대력大曆 연간766~779에 검교사부 원외랑檢校祠部員外郎이 되어 홍주洪州: 현 강서성 남창에서 재정을 담당했다.

그렇다고 장계의 시가 문학사상 중요한 위치를 점하는 것도 아니다. 사료가 부족해서 그에 대한 자세한 관력官歷이 알려져 있지 않은데다, 그가 지은 시도 47수순수하게는 38수로 많지 않기 때문이다. 그럼에도 그의 「풍교야박」은 당나라 때는 물론 그 이후의 역대 왕조에서도 회자되고 있다. 풍교 옆의 한산사가 유명해진 것은 오로지 장계의 이 시 덕분이다.

달 지고 까마귀 울며 하늘 가득 서리 오는 밤

강가 단풍 어선등불 시름에 졸며 바라볼 제

고소성 너머로 한산사에서

한밤중 종소리가 객선에 들려오네.

月落烏啼霜滿天　江楓漁火對愁眠

姑蘇城外寒山寺　夜半鐘聲到客船

나에게 시를 문학적으로 해석하는 능력은 부족하다. 까마귀가 달밤에 정말로 우는지, 한밤중에 사찰에서 종을 울리는지에 대해 학자들의 설명이 분분하다. 특히 제2구의 해석을 둘러싸고는 사람마마 제각각이다. 중문학자들이 편찬한 전문 저서를 살펴보아도 서로 다르다. 다만 강풍江楓의 의미는 강가의 단풍나무가 아니라 운하에 걸쳐 있는 풍교를 가리키는 것은 아닐까라고 생각해보았다.

이전에는 풍교를 봉교封橋라고 불렀는데 장계가 시에서 언급한 것을 사람들이 이를 받아들여 '풍'楓으로 되었다고 한다. 산과 하천에 임해 있어 놀고 쉴 수 있는 곳으로 남북으로 왕래할 때 반드시 이곳을 지나게 된다. 교통의 요지로 옛날부터 명성이 자자한 남북의 묵객들이 지나가다 이곳을 들러 쉬지 않은 적이 없다고 할 정도로 풍교는 시인과 묵객들에게 정취를 느끼게 하는 곳이었다. 이들은 이곳을 지나칠 때면 반드시 시 한 구절을 읊었는데 그 시가 한산사에 걸려 있다.

장계는 당나라의 수도 장안長安에서 과거를 보았으나 낙방하고 고향으로 향하던 중에 이 풍교에서 밤을 보내면서 자신의 마음을 시로 표현했던 것 같다. 장계에게는 풍교를 지나가는 배 모습이나 풍류를 즐기는 묵객과 기녀들의 애교 소리가 처절하게 느껴졌을지도 모른다. 달도 기운 야밤에 까마귀는 누구를 위해 슬퍼하고 있었을까. 차가운 서리를 배 안에서 느끼며 운하를 왕래하는 고깃배들의 등불이 조금이나 자신의 처지를 위로해주리라는 상념에 젖었을까. 고즈넉한 정경 속에 몰두하고 있는 장계를 깨운 것은 한산사에서 들려오는 종소리였다. 애절한 아픔이라는 몽환 속에서 문득 깨어나 현실로 되돌아왔을 것이다.

과거에 급제해 집안의 번영을 구가하고 자신의 이상을 세상에 펼치려고 마음먹었을 장계에게 낙방은 견디기 힘든 일이었을 것이다. 하지만 그는 안타까움과 처절함을 많은 사람들에게 전달하는 데 성공했다. 관료로서 빛을 보지는 못했지만 시공을 초월해 현재를 살아가는 우리에게도 한산사의 종소리를 전해주고 있다. 이렇게 해서 장계라는 이름을 역사의 한 페이지에 뚜렷하게 각인시켰다.

조선 세종 9년1427에 대과에 급제한 최수崔脩는 여주 강가의 청심루淸心樓에서 지은 시에서 장계와 한산사를 거론했다.


벽사의 종소리 한밤중에 울리나니
광릉 땅 가는 길손 꿈을 꾸자 놀라 깨네.
장계가 일찍이 여길 지나갔더라면
한산사만 후세에 이름나지 않았으리.
甓寺鐘聲半夜鳴　廣陵歸客夢初驚
若敎張繼曾過此　不獨寒山擅後名


여주 신륵사의 종소리가 소주 한산사의 종소리보다 더 낫다는 것이다. 신륵사 뒤에는 야산이, 앞에는 강이 유유히 흘러가고 있다. 뱃놀이하거나 흰 두건을 동여맨 사공들이 뗏목을 타고 애잔한 노래를 부르며 남한강을 떠내려가는 배들의 모습이 그려졌다.

# 황금빛 별천지, 영산대불과 범궁

## 물류의 중심지 무석에 가다

곽뢰의 친구를 찾아 다음 여정의 목적지 무석시우시 시無錫市로 가는 기차에 올랐다. 짐을 양손에 쥐고 어깨에 멘 두 부부가 열차 안으로 들어왔다. 선반 위에 올리기에는 너무 부피가 큰 짐이라 그 부부는 짐을 맨 뒤칸으로 옮겨놓았다. 조금 뒤 웅성웅성하는 소리가 들려 그쪽을 쳐다보니 제복을 입은 차장이 큰 소리로 짐 주인을 찾는 것이었다. 부부가 앞으로 나아가자 차장은 얼굴을 부라리며 나무랐다. 험한 인상에 주눅이 든 부부는 아무 말도 하지 못하고 짐을 자신들 좌석으로 옮겼다. 너무나 어처구니없고 불쾌했다. 승객의 편의를 위한 조치였겠지만 완장을 찬 차장은 주위 사람의 시선을 무시한 채 불같이 화를 내며 호통을 쳐댔다. 완장이 가진 힘은 너무 셌다. 한바탕의 소동이 지나간 열차 안은 조용해졌다.

우리가 향하고 있는 무석시는 그 이름 그 자체에 재미있는 고사가 깃들어 있다. 주周나라와 진秦나라 때에는 이 지방의 산에서 주석이 산출되어 유석현有錫縣이라 불렀으나, 한나라 초에 이르자 고갈되어 이름을 무석현無錫縣으로 고쳤다. 한나라 평제平帝, 기원전 1~5를 독살하고 신新왕조를 세운 왕망王莽, 기원전 45~23이 유석有錫이라 고쳤으나, 동한東漢, 25~219에 이르러 다시 무석으로 바꾸었다.

무석은 남으로 태호, 북으로 양자강에 접해 있으며, 서로는 상주창저우常州로 연결된다. 최부는 소주에서 상주로 향하던 중에 이곳을 지나쳤다. 그는 무석현에 도착했을 때 지현知縣이 나와 음식물을 대접해주었다고 간략하게 기록했다. 운하가 성을 통과하자 상인과 여행객을 태운 배들이 끊이지 않았고, 성에는 금·은·비단·술을 만드는 시설이 설치되어 시장은 번성했다.

무석역 주위에 대한 첫인상은 약간은 시골티를 벗어나지 못한 느낌이었다. 아마도 강남 제1의 도시인 항주·소주를 보았기 때문일 것이다. 곽뢰의 친구가 보낸 연구원이 우리를 마중하러 나왔다. 연구원은 시장에서 물건을 찾아야 한다며 양해를 구하고는 대형 트럭들이 줄지어 드나드는 물류차고로 갔다. 넓디넓은 차고에 각지에서 밤새 달려온 대형 트럭이 각종 물품을 쏟아냈다. 과연 무석이 물류의 중심지임을 알 수 있었다.

우리 일행은 영산대불링산 대불靈山大佛로 가기 전 친구가 예약한 호텔에 짐을 풀었다. 호텔에서 영산대불로 가는 도로는 태호를 옆에 끼고 있었다. 운하가 시 외곽을 관통하고 흐르고 있었다. 물건을 실은 배들이 꼬리를 물고 상주로, 소주로 향하고 있었다.

연구원이 동승했음에도 정문에서 경비원들이 일일이 통과 여부를 지시받고 있었다. 입장료가 자그마치 150위안이나 했다. 4년 전에 불교문화원 연구원으로 이곳을 방문한 적이 있는데 그때보다도 건물도 더 들어서 있었다. 저녁노을에 비치는 황금색이 별천지에 온 느낌을 주었다. 마침 구룡관욕九龍灌浴이라 하여 아기 부처가 세상에 나오는 장엄한 광경이 펼쳐졌

앞에 있는 대불이 저 멀리 뒤에 있는 영산대불(靈山大佛)과
묘한 대조를 이루고 있다.

다. 수미좌須彌座에는 금강역사 네 명이 눈을 부라리고 있었고, 커다란 연
꽃 속에서 아기 부처가 서서히 몸을 드러내자 아홉 마리의 용이 일제히 아
기 부처를 향해 물을 뿜어댔다. 아기 부처가 동서남북으로 돌아보며 세상
을 비춘 후 연꽃 속으로 사라지자 세상은 다시 현실로 돌아왔다.

　안으로 더 직진하니 불수佛手광장에 이르렀는데 '유천하제일불장'有天
下第一佛掌이라는 거대한 손 모양 조각상이 관광객의 호기심을 자극했다.
높이가 11.7미터, 넓이 5.5미터, 손가락의 지름 1미터, 중량 13톤에 달
하는 대불의 오른손이었다. 인상印相은 '시무외인'施無畏印으로 중생의 고
통을 없애주고 중생의 마음을 쓰다듬고 위로해주는 형상이라고 한다.

　산 중턱 계단을 오르면 당나라 현장법사玄奘法師, 602~664가 명명한 소영

산小靈山에 88미터에 달하는 동으로 만든 거대한 대불大佛이 태호를 내려다보고 우뚝 서 있었다. 700톤의 동이 사용되었다고 한다. 이곳에 사찰을 연 유래가 있다. 즉 현장법사가 인도에서『불경』을 가지고 온 후 동남지방을 돌아다니다 이곳에 이르렀다. 영산의 산이 중첩되고 녹음이 푸르러 경치가 대단히 뛰어나자 '인도 영취산靈鷲山의 승경지와 다름이 없다'고 판단하고는, 이 산을 '소영산'이라 불렀다고 한다. 불교에서 인도의 영취산은 석가모니가 득도하고 성불한 곳으로 불교 탄생지라 말할 수 있다.

영산대불을 건립하는 데 주도적인 역할을 담당한 이는 중국불교협회 회장을 지낸 조박초자오푸추趙樸初, 1907~2000였다. 대불을 모신 건물 안의 '불佛'이라는 글자도 그가 쓴 것이다. 그는 중국 공산당 지도자 모택동·주은래저우언라이周恩來·등소평덩샤오핑鄧小平과도 끈끈한 관계를 맺어 불교계에서 막강한 권력을 발휘했다. 본래 그의 고향은 안휘성 안경안칭安慶인데, 대불 왼쪽에 '무진의재'無盡意齋라고 하여 고인이 된 그를 위해 동상과 기념관을 지어주었다. 아마 중국의 사찰을 여행하다 약간의 주의를 기울이면 사찰 편액에서 쉽게 그의 이름을 찾을 수 있다.

조박초는 5방5불五方五佛의 이념을 가지고 영산대불을 건립했다고 한다. 남방의 천단대불天壇大佛, 서방의 낙산대불樂山大佛, 북방의 운강대불雲岡大佛, 중원의 용문대불龍門大佛과 함께 영산대불을 조성해 동방의 불佛로 삼고자 했다. 계단을 내려오자 왼쪽에 수명을 다한 듯이 보이는 거대한 은행나무가 한 그루 심겨 있었다. 표지판에는 당 태종 정관 연간627~649의 고목으로 1,400여 년의 성상을 견뎌냈다고 한다. 아마도 영산대불의 유구한 역사를 증명시키기 위해 그에 걸맞은 나무를 상징으로 내세운 것은 아닌가.

## 현란한 극락세계를 표현한 범상행궁

폐관 시간이 임박하자 연구원은 우리를 범상행궁으로 안내했다. 이전에는 없던 건물이다. 범궁梵宮은 '영산승회'靈山勝會, 즉 "영산의 좋은 모임"이라고 씌어 있었다. 돈황敦煌 양식의 금색으로 채색된 탑이 다섯 개 우뚝 서 있었다. 네 개 문의 이름은 오른쪽부터 대비大悲·대지大智·대행大行·대원大願이었다. 문을 들어서면 흰 코끼리가 양옆으로 문을 수호하고 있었다. 입이 다물어지지 않았다. 한마디로 현란한 극락세계였다.

문 중앙에는 영산범궁, 오른쪽에는 청정淸淨, 왼쪽에는 장엄莊嚴이라 씌어 있었다. 내부로 들어가는 입구에서 발에 신발주머니를 신어야 했다. 왜 이렇게 성가시게 구는가 하고 귀찮아했으나 조금 뒤에 그 이유를 깨달았다. 바닥은 온통 문양이 있는 대리석이었고, 기둥은 독일·이탈리아에서 수입해온 대리석이었다. 기둥은 대리석 이외에도 굵고 곧은 녹나무楠木를 사용했다. 벽에는 불교 관련 내용이 조각되어 있었고, 부처에 관한 그림도 그려져 있었다. 정면에는 묘응무궁妙應無窮이라 씌어진 부처가 모셔져 있었는데 황금이 무려 50킬로그램이나 사용되었다고 한다. 황금 외에도 마노 등 갖가지 보석으로 장식했으며 다양한 스펙트럼을 발산하는 유리를 사용했다.

본존을 나오면 회랑을 따라 이동하게 되어 있는데 벽면과 천장은 돈황에서 온 화공들이 문양을 그려놓아 별천지였다. 2,000여 명을 수용할 수 있는 회장의 천장은 원형 형태로 설계해 연꽃으로 장식했다. 흰색·파란색·분홍색 조명을 비춰 관광객들의 눈이 휘둥그레졌다. 소회의실은 티베트·태국식으로 지어졌다. 다만 한국식의 고즈넉한 가람 형식을

자주색과 코발트색으로 빛나는
범궁의 내부와 기둥.

띤 회의실이 보이지 않아 서운했다.

연구원은 범궁을 짓는 데 5~6억 위안850억~1000억 원 이상이 들었으며, 입장료와 무석현 정부에서 보조한 기금으로 건립했다고 했다. 작년 이곳을 찾은 관광객이 무려 200만 명이었고, 2009년에는 300만 명이 넘었다고 한다. 여행사를 통해 단체로 오는 관광객의 입장료는 약간 저렴하다 해도 언뜻 계산해보니, 한 해 입장료 수입만으로 765억 원인 셈이다.

범궁을 나오면서 부처의 부드러운 미소와 자비가 온 누리에 가득해 모든 사람이 행복해지길 기원했다. 다만 범궁이 너무나 화려하고 사치스러워 만에 하나라도 불토佛土에 들어가려는 일반 백성이 비싼 입장료로 인해 발길을 돌려야 하는 것은 아닌지 하는 점이 아쉬웠다.

범궁을 보는 동안 날이 어둑어둑해졌다. 문화부 부총리를 맡고 있는 조일평 자오이핑趙一平 씨가 만찬을 열었다. 조 부총리는 선하면서도 동시에 예리한 면모로 일을 빈틈없이 추진하는 인물로 비쳐졌다. 만찬에는 서예와 그림에 능한 구화산 천화봉天華峯의 처사 묘허妙虛도 참석했다. 사찰에 딸린 식당이라 주로 채소요리가 테이블을 가득 채웠다. 술 대신에 차와 두부 요리로 시작했다. 소박하면서도 맛이 정갈했다. 나는 "최부가 북경으로 올라갈 때 많은 지식인이나 백성, 승려 들의 환대를 받았는데, 520여 년이 지난 오늘 또다시 한국인에게 따뜻하고 성대한 접대를 해줘서 고맙게 생각한다"고 답사를 했다. 최부가 도저소에서 건도소로 향하던 중에 전령田嶺이라는 고개를 지날 때 승려로부터 심신을 녹이는 향기나는 차 한 잔을 대접받는 장면이 떠올랐다.

고개 위에는 승려가 사찰을 짓느라 도로를 가로막아서 행인들이 절 가운데로 지나갔다. 신 등은 평지에서는 혹 가마를 탔으나 고개가 높고 길이 험해 가마에서 내려 도보로 가는 길이 많았는데, 이 사찰에 이르러 여러 가지 모습으로 절룩거리며 가니 사찰의 승려가 불쌍히 여겨 차를 끓여 공양하므로 잠시 머물렀다.

• 『표해록』, 윤1월 24일

다음날 아침 영산대불을 한 차례 더 구경한 뒤 태호를 옆에 끼고 차를 달려 무석역으로 나왔다. 어제와 마찬가지로 호수는 여전히 안개에 묻혀 있어 전모를 드러내지 않았다. '저 태호에 역사를 뒤흔들었던 명주明珠와 태호석太湖石이 잠들어 있겠구나'라고 생각하니 만감이 교차했다.

# 바람 소리, 책 읽는 소리 하나되는 동림서원

## 3안사건의 전말, 환관의 폐혜를 비판하다

무석역에서 택시를 타고 경항대운하가 흘러가는 곳 가운데 볼만한 장소가 있다고 하여 찾아갔다. 허나 기사가 타지인 안휘성 휘주 출신이라 지리에 밝지 못해 뒷골목을 배회하다 헛고생만 하고는 동림서원東林書院을 찾지 못했다. 어이가 없는 일은 한참을 달리던 택시가 어느 한적한 골목길로 들어서서는 목적지를 모른다며 막무가내로 내리라는 것이었다. 불평 한마디 제대로 못 하고 다른 택시로 갈아탔다. 옛 운하 옆 인근에 위치한 남선사南禪寺라는 으리으리한 사찰을 지나쳤다. 남조南朝, 420~589 시대에 건립된 사찰로 자그마치 높이 43미터에 달하는 탑이 볼만했다.

동림서원은 시내 해방동로지에팡둥루解放東路 대로변에 있었다. 구산서원龜山書院이라고도 불렸던 서원은 북송 정화 원년1111에 창건되었다. 당시 이학가理學家 정호程顥, 1032~85 · 정이程頤, 1033~1107 형제는 양시楊時, 1053~1135를 대단히 신임했다. 서원의 명칭은 양시가 강서성 여산廬山을 유람할 때 경치가 매우 빼어나자 '동림도상한보'東林道上閑步, 즉 "동림의 길을 한가롭게 거닌다"고 지은 시구절에서 따왔다.

동림서원에서는 토론회를 통해 현실정치를 비판했다.
해방동로 대로변에 자리한 동림서원의 돌패방.

세월이 오래 지내자 서원은 황폐해졌다. 원 지정至正 10년1350에 승려 추담秋潭이 동림암東林庵을 세운 이후 승려들의 거주지로 변해버렸다. 명 만력 32년1604에 이부吏部 문선사文選司 낭중郎中을 지내다 파직되어 고향 무석으로 돌아온 고헌성顧憲成, 1550~1612이 동생 고윤성顧允成과 조남성趙南星·추원표鄒元標·고반룡高攀龍 등과 양시의 유지를 받들어 서원을 중건했다. 그러고는 강학講學이라 일컫는 토론회를 열어 현실정치를 비판하기 시작했다.

명 만력 말 이후 궁중 내에서 3안三案이라고 하는 기괴한 사건이 발생했다. 만력제에게는 장자 상락常洛이 있었지만 자신이 총애하는 정귀비鄭貴妃와의 사이에서 태어난 상순常洵을 귀여워하여 황태자를 정하는 일을 미적거리고 있었다. 그러나 황제위 계승의 문제는 국가의 대사였기에 조정의 대신들은 황태자를 빠른 시일 내에 결정할 것을 상주했다. 마침내 황제는 장자인 상락을 황태자로, 상순을 복왕福王에 책봉했다. 그런데 그 뒤 세 차례에 걸쳐 궁중에서 괴이한 사건이 연이어 발생한다.

첫 번째는 정격안挺擊案이라는 사건으로, 만력 43년1615에 장차張差라고 하는 한 남자가 돌연 몽둥이를 들고 황태자가 거주하는 동궁東宮에 침입해 상락을 암살하려다 미수에 그쳤다. 황태자 옹립과 연관된 문제로 궁중 내 암투의 결과로 발생한 사건이다.

두 번째는 홍환안紅丸案이다. 정격안이 일어나고 5년 뒤 만력제가 죽고 장자인 상락이 황제위즉 광종 태창제에 등극했다. 상락은 어려서부터 병약했는데 즉위 후 병에 걸리고 만다. 그러자 측근이 붉은 환약丸藥을 올렸는데, 이를 먹은 황제가 곧 사망한 것이다. 등극한 지 불과 1개월밖에 지나지 않은 시점에서 발생한 사건이었다.

세 번째는 이궁안移宮案이다. 태창제泰昌帝, 재위 1620의 아들이 16세의 젊은 나이로 황제위에 올랐다. 그가 바로 천계제天啓帝, 재위 1620~27로, 유모이자 양육을 맡고 있던 이선시李選侍라는 여인을 귀비貴妃로 승격시켜 함께 기거했다. 그러나 대신들은 그녀가 정치에 간여할지 모른다고 우려해 그녀를 별궁으로 쫓아냈다. 당시 조정의 권력을 한 손에 쥐고 있던 이는 환관 위충현魏忠賢, ?~1627이었다. 그는 명나라에서 가장 악명 높았던 환관으로, 이선시에게 아첨해 천계제의 신임을 얻었다. 위충현은 실권을 장악하자 곧 특무경찰인 '동창'東廠을 지배하고는 동림당東林黨에 대대

적인 탄압을 가했다. 하지만 천계 7년1627 숭정제崇禎帝, 재위 1628~44가 즉
위하자 위충현은 체포되어 동림당 인사에 대한 박해는 마침내 마침표를
찍었다.

최부도 산동 연주시옌저우 시兖州市에서 제녕시지닝 시濟寧市로 향하는 곳에
위치한 노교역魯橋驛에서 환관의 폐해를 직접 목도한다.

성이 유태감劉太監이란 자가 왕을 봉하고 북경으로 돌아가는 길에
있었다. 깃발과 갑옷과 투구는 성대했고, 종·북과 관·현악기의 소
리가 강과 하천을 뒤흔들었다. 노교갑魯橋閘에 이르러 유태감이 탄환으
로 뱃사람을 함부로 쏘아대니 그 난폭함이 이와 같았다.

•『표해록』, 3월 8일

최부를 북경까지 호송하는 책임을 맡은 장교 부영傅榮은 성화제재위
1465~87가 환관을 신임하고 그들에게 중요한 권한을 부여하자 문무관이
환관에게 아첨하고 추종하게 되었다며 그 폐해를 지적했다. 우리나라
의 내관內官들은 다만 궁중의 청소와 왕명을 전달하는 일을 담당할 뿐이
지 공적인 일은 맡지 않는다며 최부는 중국의 환관제도를 은연중에 비
판했다.

## 동림당, 사회의 현실적 요구에 답을 하다

서원은 크게 세 부분으로 나뉘어 있었다. 즉 강학·장서·제사다. 서
원의 배치는 동·중·서 세 방향으로 구성되었다. 입구로 들어서면 서
원의 상징으로 높이가 7미터가 넘는 돌로 만든 패방牌坊이 위용을 자랑

'벗끼리 서로 도와 학문과 덕을 닦는다'는 뜻을 가진 '여택당.'
편액 밑에 「강학도」(講學圖)가 그려져 있다.

했다. 패방은 명 천계 6년1626에 엄당閹黨, 즉 환관에 아부하는 자들에 의
해 훼손되었으나, 청 건륭 5년1740에 다시 건립되었다. 패방의 전면에는
'동림구적'東林舊跡, 후면에는 '후학진량'後學津梁, 즉 "후학을 이끄는 다리
역할을 하는 곳"이라는 뜻의 글이 씌어 있었다. 겨울이 시작되었음에도
패방 양옆으로 꾸며진 정원에 꽃이 피어 있었고 연못에서는 잉어들이
한가롭게 노닐고 있었다.

연못을 지나면 동림정사東林精舍가 나온다. 정사는 학사學舍라는 뜻으로
명 숭정 2년1629에 무석 출신의 저명한 동림학자 오계삼吳桂森이 중수했
다. 정중앙의 편액은 여택당麗澤堂이라고 씌어 있었다. 여택은 '학우들이
서로를 독려해가며 학문과 덕을 닦는 일에 노력한다'는 뜻이다. 편액 밑
으로 강학하는 그림이 걸려 있었다.

'공자의 상을 모셨다는 뜻'에서 '성역'(聖域)이라는 편액이 걸려 있다.
공자의 위패를 모셔놓아 연거묘(燕居廟)라고도 불린다.

　그 뒤는 의용당依庸堂으로 안내판에 따르면 '용'庸은 두 가지 뜻을 의미
한다고 했다. 하나는 '항야'恒也로 오랫동안 변하지 않는다는 의미이며,
또 다른 하나는 '평야'平也라고 하는데 적중適中의 의미였다. 사서四書 중
에서『중용』中庸의 사상을 종지로 삼고 있다는 것이다. 각지의 동림학자
들이 대회 개강 전에 이곳에 모여 서로가 예의를 표시하던 장소였다. 의
용당 왼쪽 기둥에는 고헌성이 쓴 '가사국사천하사사사관심'家事國事天下事
事事關心이, 오른쪽 기둥에는 '풍성우성독서성성성입이'風聲雨聲讀書聲聲聲入耳
라는 글귀가 씌어 있었다. 동림서원은 강학하는 곳이었기에 바람과 빗
소리가 독서하는 소리와 하나되어 귀에 들어오고, 집일이나 나랏일, 천
하일에 관한 일 모두를 마음에 두고 있다는 뜻이다. 세상 사람이 살아가
는 소리가 귀에 들어오니, 그에 대해 마음을 쏟지 않을 수 없다는 의지

를 내포하고 있다. 실제적으로도 고헌성은 조정의 정치에 대해서도 활발하게 논의하고 참여했다.

다시 뒤로 발걸음을 옮기면 '성역'聖域이라는 편액이 눈에 들어온다. 건물 앞 좌우로 거대한 아름드리나무가 쌍을 이루어 서 있었다. 성역은 다름 아닌 연거묘燕居廟로 공자의 위패를 모셔놓은 곳이다. 연거는『논어』「술이述而편」에 "공자께서 한가하게 계실 때에는 마음이 온화하고, 기색이 즐거우신 듯이 보였다"子之燕居 申申如也 夭夭如也에서 따온 말이다. 연거燕居는 연거宴居, 즉 한거閑居: 한가하게 지냄의 의미다. 부·주·현의 학궁學宮은 대성전大成殿이라 이름 붙였고, 이곳은 개인이 강학하는 곳이라 연거燕居라 한 것이다. 빨간 바탕에 '중화'라고 씌어진 편액 아래 공자 상이 모셔져 있었다. 사당 중앙에는 공자의 위패를, 오른쪽에는 자사子思와 안자顔子의 신위가, 왼쪽에는 맹자孟子와 증자曾子의 신위가 모셔져 있었다.

동쪽에 위치한 도남사道南祠는 명 만력 32년1604에 건립된 양시와 그 제자를 모신 사당이다. 양시가 학문을 일으키고 고향인 복건 장락현長樂縣으로 돌아가려 하자 스승인 정호가 친히 그를 배웅하면서 "내 도道가 남쪽으로 가는구나吾道南矣"라고 한 데서 사당 이름을 지어 그를 기렸던 것이다. 대문·전당前堂·향당享堂으로 구분되어 있었다. 중앙에 양시의 상이, 좌우에 송·원·명나라 제현의 신위가 모셔져 있었다.

서쪽 건물들은 명 숭정 2년1629에 건립되었다. 여기에는 오계삼의 서재로 1994년에 중건된 내복재來復齋와 명 말에 서원을 짓는 데 공을 세운 세 사람, 즉 상주 지부常州知府를 지낸 구양동봉歐陽東鳳, 역시 호부 주사戶部主事·상주 지부를 지낸 증앵曾櫻. ?~1648, 무석 지현 임재林宰를 제사지내기 위해 청 순치 2년1655에 건립한 삼공사三公祠가 있었다.

또 청나라 때 건립해 1947년에 중수한 만취산방晚翠山房이 있다. 이곳은 강학하는 서재 가운데 하나였다. 만취는 수목이 겨울을 보내고 맑고 농염한 녹색을 유지하고 있는 모습, 혹은 해가 져서 서쪽 하늘에 걸려 있을 때의 짙은 에메랄드 빛 경치를 가리키는 말이다. 여기서는 두 뜻을 전부 포함하고 있다. 산방은 본래 산속의 집을 가리키는데, 그윽하고 조용히 독서하는 곳을 말한다. 기둥에 "차를 따르고 술 향기가 가득할 때 손님이 오니, 달은 밝고 미세한 바람이 불고 꽃이 피네"茶熟酒香客到 月明風細 花開라는 팻말이 걸려 있었다.

환관 위충현이 전권을 쥐고 동림당 인사를 박해했으나, 환관들의 세력이 꺾인 명 숭정 연간1628~44 이후에야 강학 금지가 해제되어 울분을 씻는다. 당시 동림당 일파의 학문적 성격은 사회의 현실적 요구에 응하는 것이었다.

# 세 개의 성과 세 개의 하천, 엄성

## 천하에 명사名士를 배출한 상주

무석시에서 하얼빈으로 가는 특급열차를 탔다. 농촌에서 태어나 농한기에 도시에서 건축업 등에 종사하는 농민공農民工들로 발 디딜 틈도 없이 붐벼 좌석을 하나밖에 확보하지 못했다. 통로는 사람으로 꽉 차 몸을 추스르기조차 어려웠다. 옆에 앉은 중년의 두 남자가 농촌 현실에 대한 문제로 대화를 나누다 급기야 언쟁을 벌이기 시작했다. 그들 사이에 고함이 오가기 시작했는데, 주위 사람의 시선은 안중에도 없었다.

다음 목적지 상주창저우常州는 인물이 많이 배출된 지역으로 유명하다. 황제 15명, 과거에 1등으로 합격한 장원壯元 9명, 진사進士 1,333명 등의 위인을 배출했다. 청 말의 사상가 공자진龔自珍, 1792~1841은 "천하 명사를 배출한 지역으로 동남지역에서는 상주만한 도시가 없다"고 찬탄할 정도였다.

상주부는 곧 연릉군延陵郡으로 구오句吳 계자季子의 채읍采邑이었다. 호수와 산의 아름다움, 정亭과 대臺의 설치는 예로부터 인구에 회자되었다. 또 체운소遞運所·패하교沛河橋를 지나 우분대패牛犇大壩에 이르러 배를 언덕 위로 끌어올렸다. 제방의 끝을 겨우 건너니 날이 밝았다.

• 『표해록』, 2월 19일

상주는 인물만이 아니라 최부의 지적처럼 산수와 정자, 누대로도 명성이 자자한 곳이다. 실제 상주의 땅은 넓고 물이 맑았다. 상주 관할 아래 강음현지양인 현江陰縣의 희춘루熙春樓에 오르면 전망이 뛰어나 사방을 내려다볼 수 있다고 한다. 또한 파란 빛깔이 물 위에 떠오른다는 부취정 푸취팅浮翠亭, 무진현우진 현武進縣의 금우대진뉴타이金牛臺, 의흥현이싱 현宜興縣의 조대釣臺 등은 경승지로 유명하다.

최부가 언급한 계자, 즉 계찰季扎은 춘추시대 오나라 왕 수몽壽夢, 기원전 620~기원전 561의 넷째 아들이다. 수몽은 현명한 계찰季褚에게 왕위를 물려주려고 했으나 그는 형을 제치고 왕위에 오를 수 없다며 거절했다. 왕은 죽음을 앞두고도 자신의 뜻을 굽히지 못하고 계찰에게 왕위를 전해줄 것을 유언으로 남겼다. 큰아들은 동생을 찾아가 왕위를 이을 것을 권했으나 계찰이 끝끝내 응하지 않았다. 할 수 없이 다른 형제들이 왕위를 이으면서, 계찰에게는 연릉延陵을 봉지로 주고는 세금을 받아 생활비로 쓰도록 했다. 그래서 연릉의 계자라고 불린다.

상주역에 도착하자 근처에 있는 금강지성에 숙박 수속을 밟았는데 작은 문제가 생겼다. 갑자기 호텔 측에서 곽뢰의 중국 신분증을 요구한 것이다. 이번 여행 내내 숙소에서 한번도 신분증을 요구한 적이 없어 이것이 문제가 되리라고는 생각도 못 했던 터였다. 게다가 곽뢰가 중국에 오면서 여권만 지참하고는 중국 신분증을 가져오지 않다. 호텔 프런트 직원은 역 근처에 있는 공안公安: 경찰에 가서 신분 확인증을 발급해 오라고

중국에서 춘추시대를 알려면 엄성에 가보라는 말이 있다.
적의 침입을 방어하는 구조로 지어진 엄성.

했다. 일단 짐을 방에 풀고 공안을 찾아갔는데, 참 어이가 없었다. 곽뢰가
저간의 사정을 공안에 이야기하자 특별한 조치도 취하지 않은 채 다시 가
라고 했다는 것이다. 호텔 측은 행여 사소한 문제라도 발생하면 자신들이
곤란해질 것을 우려해 공안에 신분을 확인하라고 한 것이라며 변명했다.
이후에도 곽뢰의 중국 신분증을 제시하라는 숙소는 없었다.


## 3하천, 3성城으로 이루어진 중국 유일의 도시

시내에 있는 일본 라멘집에서 요기를 때우고 버스로 30분 정도 달려
시내 남쪽 무진구武進區에 위치한 춘추전국시대 유적 엄성옌청淹城에 도착
했다. 중국에는 춘추시대를 알려면 엄성을, 수당시대를 알려면 서안西安

새로 단장된 엄성의 앞을 흐르는 물길과 아치형 다리.
엄성은 적이 침입해 들어오려 해도 하천의 폭이 넓기 때문에 힘들었을 것이다.

을, 명청시대를 알려면 북경을 찾아가라는 말이 있다.

고풍스럽고 깨끗하게 단장된 마을 정중앙에 장대한 박물관이 건립되어 있었다. 건물 안으로 들어가자 엄성의 모형을 입체적으로 만들어 전시해놓았다. 2층으로 올라가니 성의 구조가 한눈에 들어왔다. 도시가 적의 침입을 방어하는 구조로 되어 있음을 알 수 있었다. 당시 일반적인 도시 구조는 하나의 성과 하나의 하천 형태로 이루어졌다. 두 개의 성이나 하나의 하천, 또는 두 개의 성과 두 개의 하천이 있는 도시는 적었다. 세 개의 하천과 세 개의 성으로 이루어진 독특한 구조로 형성된 도시는 이 도시가 중국에서 유일하다고 한다.

마을로부터 밖을 향해 자성子城 · 자성하子城河 · 내성內城 · 내성하內城河 · 외성外城 · 외성하外城河의 형태였다. 자성은 속칭 왕성王城, 혹은 자라성紫羅

城이라고 부른다. 정사각형으로 주위의 길이는 500미터이고, 내성은 '이 라성'裏羅城이라고 하며, 정사각형으로 주위의 길이는 1,500미터다. 외성 은 '외라성'外羅城이라고 하며, 불규칙한 타원형으로 주위의 길이는 2,500 미터다. 이 밖에 바깥 성곽이 있는데 길이는 3,500미터다. 세 성의 담장 넓이는 30미터, 높이는 3~10미터다. 자성하의 넓이는 30미터, 내성하는 40미터, 외성하는 50~60미터다. 적이 침입해 와도 이 폭이 넓은 하천을 건너야 하기 때문에 대단히 곤란을 겪었을 것이다. 성에는 단 한 개의 출 입구만 있고, 외성 주위에는 높이가 대략 8~9미터에 달하는 적의 침입을 알리는 전초기지 봉화돈烽火墩이 10여 개 설치되어 있었다.

이 엄성의 내력과 주인이 누구인가에 대해서는 학계의 설이 분분하 다. 지금까지 정론이 없었는데, 일설에 따르면 은殷나라 말 주周나라 초 엄국奄國의 수도였다는 것이다. 산동성 곡부曲阜의 동쪽에 있던 엄국의 군주는, 주나라 성왕成王, 기원전 1055~기원전 1021 시절에 상나라 주왕紂王, ?~ 기원전 1046의 아들 무경武庚, ?~기원전 1039과 결탁해 반란을 일으켰다. 그는 성왕에 패한 후 잔존 세력을 이끌고 강남으로 도망해 들어갔다. 마침내 이 부근에 이르러 하천을 뚫고 참호를 만들고 흙을 쌓아 성을 만들었다. 그러고는 '엄'奄이라 일컬었다.

또 하나의 설은 다음과 같다. 춘추시대 말에 오왕 합려가 관리를 죽이 고 왕위를 탈취해 횡포한 정치를 펼치자 계찰季紮은 죽을 때까지 오나라 에 들어가지 않았다. 그는 봉지인 연릉延陵에 성을 쌓고 하천을 뚫고 이 곳에 머물렀는데, 엄성이 바로 여기서 유래했다는 것이다.

엄성의 유지遺址는 남쪽으로는 태호에, 북쪽으로는 양자강에 연해 있었 다. 동서로 길이가 850미터, 남북으로 넓이가 750미터에 달했다. 성을 관 람하러 갔으나 공사 중이라 2010년이 되어야 관람이 가능하다고 한다.

# 형천 당순지 선생 묘와 비릉역

## 왜구를 막는 공적을 세운 당순지

엄성 유지를 뒤로 한 채 아쉬움을 달래며 찾은 곳이 상주시 남쪽 교외에 위치한 형천공원荊川公園이었다. 공원은 명 가정 연간1522~66에 왜구를 막는 데 공적을 세운 형천荊川 당순지唐順之, 1507~60를 기리기 위해 만들었다. 공원 한쪽에 선생의 묘가 있다. 그는 강소성 무진武進 출신으로 비범한 품성을 지니고 태어났다. 23세 되던 해 북경에서 실시한 회시會試에 1등으로 합격해 거인擧人 자격을 획득했다. 당시 시험관 장총張璁, 1475~1539이 한림翰林 출신을 질시해 과거 합격자들을 다른 부서로 전근시킬 때조차 그만은 남겨두려고 했다. 당순지는 한림원 편수가 되어서 『명실록』을 교정하는 일에 참여했다. 이때 병이 들어 고향으로 돌아가고 싶다는 상소를 올렸으나, 장총은 이를 황제에게 보고하지 않았다. 이 와중에 당순지가 그를 멀리한다는 말이 떠돌자 장총은 노했다. 그 뒤로 장총은 황제의 뜻이라며 그를 영원히 관직에 등용하지 못하도록 조치했다. 이 일과 더불어 당순지가 새해 첫날 황제에게 올리는 축하 의식이 끝날 때 황태자도 문화전文華殿에 나와 문무백관의 하례를 받게 하자는 청을 했다가 황제의 역린逆鱗을 건드려 관직을 박탈당하고 일반 백성 신분으로 강등되었다.

후에 왜구가 강남·강북지역을 유린하자 다시 천거되었으나, 부친상이 끝나지 않아 관직에 나아가지 않았다. 후에 남직예南直隸·절강지역에서 군사를 거느리고 총독 호종헌胡宗憲, 1512~65과 함께 왜구를 토벌하게 되었다. 그는 적을 방비하는 방책 가운데 최선책은 나라 밖에서 적을 차단하는 것이라고 제안했다. 만약 왜구가 마음대로 육지로 올라오게 되면 내지內地가 화를 당한다고 판단하고는 직접 배를 띄워 바다로 나아가 숭명崇明: 현재는 상해시 소속 삼사三沙의 왜구를 토벌하는 데 혁혁한 공적을 세웠다. 이후 왜구가 또다시 삼사를 쳐들어오자 2개월 이상 배에 머물다 그만 병을 얻고 말았다. 봉양순무鳳陽巡撫라는 직위로 승진했으나 병세가 더욱 악화되었다. 그러나 전투가 계속되어 사퇴할 수도 없었다. 통주통저우通州에 이르러 죽으니 그의 나이 54세였다. 황제는 왜구를 토벌한 공적을 인정하고는 신하들에게 장례를 치러주라는 특별 조치를 내렸다.

형천도 최부도 50대 초반에 죽음을 당했다는 사실이 마음을 아프게 했다. 조선에 귀국해 부친상 중에 친구를 만나고 『표해록』을 지어 성종 임금에게 바친 일로 탄핵을 당한 그였지만, 그의 뇌리 속은 언제나 임금에 대한 충성과 부모에 대한 효도로 가득했다. 후에 최부가 계주라는 곳에서 사은사謝恩使 지중추知中樞 성건成健, 1439~96 일행을 만난다.


성건: 성상聖上께서는 그대가 바다에 표류되어 어디에 있는지 모른다는 말을 들으시고 예조에 문서를 내려 보내 각 도의 관찰사에게 통고하기를 각 연해의 관원들이 수색하는 것을 소홀히 하지 말고 재빨리 결과를 보고하도록 했소. 또한 대마도쓰시마對馬島와 일본 여러 섬에

형천 당순지 선생이 독서하던 곳인 진도초당.
그는 왜구를 막는 데 혁혁한 공을 세운 인물이다.

대해서도 사람을 보내어서, 서계書契로 회답할 때에 위의 사연을 함께
써서 통고하도록 했소.

• 『표해록』, 4월 27일

최부는 성종이 표류된 자신을 구출하기 위해 국내의 연안은 물론 대
마도와 일본의 섬에도 문서를 보내 도움을 요청했다는 사실을 알고는
부하들에게 다음과 같이 이야기했다.

최부: 성상의 염려 덕분으로 우리가 매번 죽을 뻔한 상황에서 간신
히 구사일생으로 살아날 수 있었다.

병든 몸에도 멸사봉공의 정신으로 왜구를 토벌하던 당순지처럼, 포악한 연산군에게 죽임을 당할 때에도 불평 한마디 내뱉지 않던 최부였다.


## 『홍루몽』의 무대가 된 비릉역

공원은 깔끔하게 정돈되어 있었다. 형천의 묘도墓道 옆으로 그가 독서하던 건물 진도초당陳渡草堂이 있는데 입장료가 10위안이라고 해서 그냥 지나쳤다. 100여 미터에 이르는 묘도 양쪽으로 말 형상의 석상을 배치했다. 묘는 3기로 되어 있었는데 설명이 없어 양옆의 2기는 누구의 것인지 알 수 없었다.

공원에서 나와 택시 기사에게 상주시를 흐르는 운하를 안내해달라고 했다. 운이 좋았던지 기사는 시내에 있는 명청시대 성곽 터로 안내해주었다. 성곽은 운하 옆에 있었는데 최근에 개·보수한 흔적이 뚜렷했다. 운하가 두 갈래로 갈리는 곳에 건물이 있어 혹시나 저곳이 수마역水馬驛이 아닐까 하는 기대감을 갖고 내처 달려갔는데 인적도 표지판도 없었다. 건물 밑으로 갑문을 설치해 물의 흐름을 차단했다.

옛 성벽을 따라 운하의 본류에서 시내 방향으로 갈라지는 곳에 고풍스런 다리가 걸쳐 있었다. 그 이름은 문형교文亨橋로 통로가 세 개나 되는 아치형 다리였다. 다리 저편으로 옛 저택들이 들어서 있고, 거리 끝 운하 가까이에 비석이 세워져 있었다. 자세히 들여다보니 비릉역毘陵驛이라고 새겨져 있는 것이 아닌가.


큰 홍교虹橋 세 개를 지나 상주부常州府에 이르러 동수관東水關을 따라 성으로 들어갔다. 부府의 치소治所와 무진현武進縣의 치소가 모두

성 안에 있었다. 지나온 홍교 또한 일고여덟 개나 되었다. 10여 리약 4킬로미터를 가서 비릉역에 이르러 잠시 머물렀다. 또 서수관西水關으로부터 나왔다.

•『표해록』, 2월 19일

황화정皇華亭이라는 정자에 서법가 무중기우중치武中耆가 힘찬 글씨로 비릉역이라 써내려갔다. 비석 오른편에 대마두大碼頭라고 씌어 있는 것으로 보아 이곳이 수운 교통의 요지였음을 확인할 수 있었다. 시간이 오래 흘러 옛날 번성했던 자취는 사라졌지만, 비석 주위에 음식과 공예품을 파는 상점들이 있는 것으로 보아 이곳이 수마역이었음을 추측할 수 있었다.

송나라 이전에는 비릉역이라고 일컬었으나 후에 형계관荊溪館으로 이름을 고쳤다. 원나라의 만호부萬戶府로 수마참水馬站을 설치하고 제령提領 1명을 두어 관리했다. 명 홍무洪武 원년1368에 무진참武進站으로 고쳤으나, 곧 참站을 역驛으로 바꿨다. 이곳은 『삼국지연의』三國志演義 ·『수호전』水滸傳 ·『서유기』西遊記와 함께 중국의 명작 가운데 하나로 손꼽는 청나라 중기의 작품인 『홍루몽』紅樓夢의 무대이기도 했다. 이 작품은 상류계급인 가씨賈氏 일족 출신의 귀공자 가보옥賈寶玉을 주인공으로, 섬세하고 자만심 높은 미소녀 임대옥林黛玉, 현모양처 타입의 설보채薛寶釵가 벌이는 삼각관계를 축으로 전개된다. 주인공 가보옥이 근엄한 부친 가정賈政과 결별한 무대가 바로 비릉역이었다.

어둠이 내리기 시작해 홍매紅梅공원 남쪽에 있는 1,300여 년의 역사를 지닌 고찰 천녕사톈닝 사天寧寺로 향했으나 이미 문은 굳게 닫혀 있었다.

입장료는 20위안이었고, 153미터가 넘는 불탑에 오르는 관람료는 60위안이었다. 천녕사는 양주의 고민사가오민 寺高旻寺, 진강의 금산사진산 사金山寺, 영파寧波의 천동사톈퉁 사天童寺와 함께 중국 선종禪宗 4대 사찰의 하나다. 당 영휘永徽 연간650~655에 건립되었다. 처음 이름은 광복사廣福寺였으나, 북송 휘종 정화 원년1111에 지금의 이름인 천녕사로 고쳤다. '동남제일의 사찰' '시에 소재한 사찰 중에서 제일'이라고 할 정도로 저명한 사찰이었다. 청 건륭제는 선향을 피우기 위해 세 번이나 이 절을 방문했고, '용성상교'龍城象敎라는 편액을 하사했다. 그래서 상주는 '용성'龍城이라고도 불리게 되었다.

# 양자강의 나루터, 서진도

## 서진도, 군사적 요충지이자 무역의 중심지

진강시전장 시鎭江市에서 잡은 숙소도 역에서 그리 멀지 않은 곳에 있는 금강지성錦江之星으로 택했다. 최부는 큰비가 내리고 있는데도 밤새도록 걸어서 진강부의 신문新門에 이르렀다.

진강부는 즉 윤주성閏州城이니, 손권孫權, 181~251이 단도丹徒로 옮겨 철옹성을 쌓고 경성京城이라 불렀다. 부府 치소와 단도현丹徒縣의 치소는 성 안에 있다. 성城의 동쪽에 철옹지鐵甕地가 있었으나 그 성은 없어졌다. 향오정向吳亭은 성 서남쪽에 있고, 북고산北固山은 서북쪽에 있으니 곧 양梁 무제502~549가 명명한 곳이다. 대공산戴公山은 서남쪽에 있는데 곧 송 무제483~493가 놀던 곳이다. 감로사甘露寺·다경루多景樓는 성의 동북쪽에 있고, 초산焦山·은산銀山에는 모두 거찰을 세웠는데 성의 북쪽에 있다. 금산金山은 대강大江, 즉 양자강의 가운데 있어서 은산과 더불어 마주 보고 있다. 위쪽에는 용연사龍延寺가 있는데, 곧 송 진종997~1022이 꿈속에서 놀던 곳이다. 부성府城의 동북쪽 모퉁이는 강의 언덕을 내려다보고 있다.

- 『표해록』, 2월 21일


손권은 『삼국지』본래는 『삼국지연의』라는 작품을 통해 익히 우리에게 알려진 오나라의 건국자다. 그는 오군吳郡 부춘富春: 현재의 절강성 항주시 부양현 출신으로, 부친은 손견孫堅, 155~191, 형은 손책孫策, 175~200이다. 손권은 형의 대업을 이어받아 양자강 하류에 세력을 쌓고 건업建業: 현재의 남경에 도읍했다. 유비를 도와 조조를 적벽赤壁에서 물리친 고사는 너무나도 잘 알려진 사실이다.

손권이 행정관청을 옮긴 단도丹徒: 현재의 절강성 진강 관할라는 지명에는 유래가 있다. 즉 진秦나라 때 운기雲氣를 보고는 길흉을 점치는 자가 "그 땅에 왕의 기운이 있다"고 말했다. 이 말을 전해들은 시황제始皇帝는 죄인 3,000명을 보내 경현산京峴山을 뚫고 긴 터널을 만들어 그 기운을 꺾어 없앴다. 그런 까닭으로 단도丹徒라고 했다.

철옹성은 그 견고함이 금성金城과 같다고 해 이러한 이름이 붙여졌다는 설과 형태가 마치 항아리를 세워놓은 것 같다는 데서 유래한다는 설이 있다. 둘레는 약 1킬로미터, 남쪽과 서쪽으로 문을 냈고, 내외 성벽은 모두 벽돌로 쌓아 견고하게 만들었다. 철옹성을 찾느라 많은 시간을 허비했으나 인연이 닿지 않았던지 끝내 모습을 보이지 않았다. 지나가는 사람들에게 몇 번이나 물었으나 관심도 없었고 알지도 못했다. 여행을 마치고 돌아와 중국 인터넷 사이트에 접속하니 북고산北固山에 성이 있었고, 세월이 오래 흘러 옛 흔적을 찾기가 쉽지 않다고 소개되어 있었다.

양자강가에서 지도를 펼쳐놓고 『표해록』에 등장하는 산천을 확인했다. 금산과 은산의 위치도 찾을 수 있었다. 금산은 진강부성 서북쪽 7리약 2.8킬로미터 되는 강가에 있는데, 송나라의 주필대周必大, 1126~1204는 "이 산을 양자강이 휘감고 돌아가고 큰바람이 사방에서 일어나면 그 기운이 마치 벼서 움직이는 것 같아 부옥산浮玉山이라고도 한다"고 기록했다. 당나라의 배두타裴頭陀가 이 산을 파서 금을 얻어 금산이라고 한다는 기록도 있다. 그래서일까? 마르코 폴로는 진강부를 다음과 같이 서술했다.

비단이 많이 나서 금실과 비단으로 만든 각종 옷감이 풍부하다. 부유한 대상인들이 있고, 짐승이나 새와 같은 사냥감들도 많다. 곡식이 대단히 풍부하며 생활에 필요한 물품도 많다.
 • 김호동 옮김, 『동방견문록』

이번 여행에서 『표해록』에 등장하는 양자강의 세 수신水神을 제사지내는 수부신사水府神社를 반드시 찾아가리라고 마음먹었으나, 진강시의 홍보 사이트 어느 곳에도 설명이 나와 있지 않아 찾을 길이 묘연했다. 할 수 없이 위진남북조220~589 시대에 만들어진 서진도시진두西津渡라는 곳으로 갔다.

서진도의 마두석제馬頭石堤에 도착하니 나무 장대를 물 가운데 세워 긴 다리를 만들었다. 왕래하는 사람들이 모두 배의 닻줄을 다리 밑에 매달고 다리를 따라 제방의 언덕에 오르니 강회승개루江淮勝概樓는 가파른 지역에 서 있어, 신 등은 걸어서 누각 아래를 경유해, 과주진瓜洲鎭을 지나 시례하是禮河, 일명 진상하鎭上河에 이르렀다.
 • 『표해록』, 2월 22일

서진도는 시내 서쪽 운대산운타이 산雲臺山 기슭에 위치해 있다. 옛 운하가 흐르는 곳에서 양자강을 바라보고 왼쪽에 형성된 도시였다. 이름에서 알 수 있듯이 나루터에서 발전한 도시로, 이곳에서 양자강을 건너면 양주에 도착한다.

삼국220~280시대에는 산산도蒜山渡, 당나라 때는 금릉도金陵渡라 했으나, 송나라 이후 지금의 이름으로 불렀다. 명나라 때는 산산도 혹은 경구도京口渡라 불렸으며, 속명은 서마두西碼頭였다. 먼 옛날 동쪽의 상산象山이 덮치듯이 밀려오는 해조海潮를 막아내는 병풍 역할을 해냈다. 북쪽은 옛 한구邗溝와 서로 마주 보고 있고, 강에 연해 있으며 바위로 된 절벽이다. 이 만灣은 잔잔한 곳이어서 위진남북조시대에는 도강하는 배의 항로로 이용되었다. 서진西晉, 265~316 말에 유총劉聰, 재위 310~318이 난을 일으켜 회제懷帝, 307~311를 포로로 삼은 사건인 이른바 영가永嘉의 난 때 북방 유민의 반이 이곳으로부터 상륙했다고 한다. 동진 융안隆安 5년401에 농민기의군 영수 손은孫恩, ?~402이 군사 10만 명, 배 1,000척을 이끌고 바다에서 양자강으로 들어가 진강에 도달했다. 그는 산산에서 기세를 올린 후 서진도의 입구를 장악해 남북이 연계하는 것을 차단했다. 그다음 진晉나라 수도 건업을 포위해 공격했으나, 송 무제 유유劉裕, 363~422가 통솔하던 군사에게 패하고 만다. 송나라 때는 금金, 1115~1234나라에 대항하는 전선기지이기도 했다. 명장 한세충韓世忠, 1089~1151이 일찍이 산산에 주둔해 금나라의 남침을 막았다. 이처럼 서진도는 군사적 요충지이기도 했다.

강을 오가는 사람들의 역사가 담긴 서진도고가西津渡古街라는 팻말을 통해 이곳이 양자강을 건너기 위해 머물던 곳이라는 것을 직감으로 느꼈다. 명청시대의 고풍스런 건물이 산을 배경으로 1킬로미터 정도나 늘

명청시대에 만들어진 서진도의 고풍스러운 건물들.
거리에는 푸른 돌이 깔려 있었으며 고서적을 파는 곳도 눈에 띄었다.

어서 있었다. 거리는 2층으로 된 건물이 빗살처럼 늘어서 있었다. 거리
를 푸른 돌로 깔았으며, 고서적을 파는 곳이 눈에 띄었다. 티베트 불교
양식의 석탑이나 기독교 교회당도 있고, 유명한 검은색 식초黑酢, 혹은
향초香酢를 파는 전문점도 있었다. 흑초黑酢는 본래 산서성산시 성山西省이
유명한데 이곳에도 양조장이 40여 곳이나 된다고 한다. 색은 짙고 맛있
고, 향기가 나고 단맛이 있으며, 신맛이 나면서도 떫은맛이 나지 않는
특징을 지닌 식초라고 한다.

　서진도의 향산서원香山書院은 드라마의 무대가 되기도 했다. 명 의종 숭
정 14년1641에 진강지현鎭江知縣 정일악鄭一嶽이 자신의 봉급을 내어 수구
산壽丘山에 땅 200무畝: 약 660제곱미터를 사들여 서원을 건립했다. 청 세조
순치 5년1648에 삼산三山서원으로 고쳤고, 후에 일본군의 비행기 폭격을

서진도의 정상에 세워져 있는 영국공사관.
지금은 진강박물관 건물로 사용되고 있다.

받아 손실된 것을 2006년도에 다시 지었다.

푸른 돌로 깐 완만하게 경사진 도로를 따라가는데 길에 홈이 파여 있었다. 그 옛날 배에 싣고 온 짐을 나르던 외바퀴 수레의 하중으로 인해 생긴 홈이었다. 운대산 정상 부근에는 원대의 라마 형식을 띤 소관석탑자오관스타昭關石塔이 양자강을 내려다보고 서 있었다. 그 앞으로 관음동관인둥觀音洞이 있었다. 양자강을 항해하거나 양주로 건너가려는 객들이 무사를 기원하기 위해 세워졌을 터다.

## 제2차 아편전쟁, 양자강의 요충지 진강 개방시켜

관음동에서 더 안쪽으로 들어가자 오른쪽으로 진강영국영사관구지鎭

江英國領事館舊址라는 팻말이 보였다. 지금은 진강박물관으로 사용되고 있었다. 잘 알다시피 영국은 아프리카를 식민지로 삼은 뒤 중국으로 눈을 돌렸다. 영국은 사신을 파견해 중국과 통상을 요구했으나 중국은 그들에게도 아시아 조공국과 같은 체제에 편입할 것을 요구했다. 청 건륭제는 중국에는 없는 물품이 없어 외국산 물품을 조달할 필요가 없다는 칙서를 영국 국왕에게 내렸다.

반면 중국에서 생산하는 차, 도자기, 생사는 영국은 물론 서양 여러 나라의 필수품이라 보고 마카오에 서양과 교역을 전담케 하는 양행洋行을 개설해 일용품을 공급케 해주겠다는 투로 영국 사신에게 답변했다. 황제의 은혜를 영국에 베풀어주겠다는 것이었다.

근대화에 성공한 영국은 중국의 차를 수입하면서 막대한 은을 지출해 재정 적자라는 상황에 처했다. 이에 영국은 동인도회사를 통해 중국에 아편을 수출했다. 청 조정은 임칙서林則徐, 1785~1850를 광동에 파견해 아편거래를 금지시켰다. 이 정책에 반발한 영국은 1840년 아편전쟁을 일으키고 여기서 승리하자 조약을 통해 상해·영파 등의 5개 항구를 개방시켰다. 하지만 이들 항구가 열렸음에도 자신들이 기대한 만큼의 상품 판매가 이루어지지 않자, 서방 국가들은 1856년에 제2차 아편전쟁을 일으켜 2년 후인 1858년에 마침내 양자강의 요충지인 진강을 개방시키는 조약을 맺었다. 양자강 내지로 영국산 제품 판로를 확대하려는 야욕이 결실을 맺게 된 것이다. 그 과정에서 탄생한 것이 영국영사관이다. 양자강을 통제하려는 의도가 깔려 있던 것은 아니었을까 하고 머리를 굴려보았다.

길을 내려오다 우연히 정년퇴임 후 산책을 즐기러 나선 한 현지 노인을 만났다. 그는 서진도 앞쪽에 마두선착장가 있으니 가보자고 했다. 옛

거리에서 강 쪽으로 걸어 나오자 유리로 덮인 옛 나루터 유적이 보였다. 지금의 땅 높이보다 4.5미터 아래에 선착장이 있었고, 마을로 들어오는 통로는 1미터에서 1.5미터 정도 낮았다는 사실을 알았다. 청나라 이후 진흙이 쌓여 해안가가 점점 북쪽으로 올라왔던 것이다. 양자강 가까이에 조성한 광장으로 갔으나 차를 파는 곳도 없어 을씨년스러웠다. 양자강을 배경으로 사진 몇 컷을 찍고 양주행 버스터미널로 향했다.

　　신 등은 남수관南水關에서 전성하甎城河를 거슬러 올라가 부성府城을 끼고 남쪽으로, 다시 서쪽으로 가서 신패新壩를 지나 경구역京口驛에 이르러 배를 대고 머물렀다. 저녁에는 걸어서 경구갑京口閘을 지나 통진체운소通津遞運所에 다다르니 통진은 물이 얕아서 반드시 조수가 들어오는 것을 기다려야 비로소 양자강으로 통할 수 있어, 배를 갈아타고 조수가 이르기를 기다려 강을 건널 준비를 했다.

　　•『표해록』, 2월 21일

최부는 진강의 통진체운소通津遞運所에서 조수를 기다려 양자강을 건널 준비를 했는데, 통진이 이 서진도 근방은 아니었을까.

　　진강은 규모가 작은 도시라는 인상을 받았다. 식당도 눈에 띄지 않았으나 택시 잡기가 다른 어느 도시보다도 쉬웠다. 시내를 흐르는 고운하古運河는 정비하지 않은 탓인지 지저분했다. 북쪽으로 올라올수록 도시의 규모는 물론 문화에서도 낙후된 느낌을 지울 수 없었다.

　　진강과 양주는 윤양장강대교룬양창장따차오潤揚長江大橋로 연결되어 있다. 현수교 형태로 운무에 쌓여 신비감마저 주는 대교를 건너며 과거시험에

4등으로 합격한 송나라 신법新法의 창안자 왕안석을 떠올렸다. 그는 황제의 부름을 받고 경사 개봉으로 향할 때 이곳에서 양주로 건너갔다. 배기 과주瓜洲: 현재는 양주의 한강구. 윤앙내교 북난에 정박했을 때 그는 경치의 아름다움을 시로 적었다.

「과주에 배를 대고」泊船瓜洲


경구와 과주는 강 하나 사이인데
종산은 다만 몇 겹 산 너머 있네.
봄바람에 또다시 강남 언덕 푸르나니
밝은 달은 어느 때나 돌아가는 날 비추려나.
京口瓜洲一水間　鍾山只隔數重山
春風又綠江南岸　明月何時照我還


　왕안석이 배를 타고 과주를 지나다 옛 고향인 남경을 그리워하며 지은 시다. 경구는 진강에 있고, 과주진은 양주 남쪽에 있는 양자강의 모래벌판으로, 모래가 마치 오이 형상을 띠고 있어 이렇게 불렸다. 상인들이 모여드는 곳이었다.

# 제3부

# 물길을 따라 북경으로

『서유기』에는 명나라의 시대적 · 역사적 상황이 잘 반영되어 있다.
『불경』을 구하러 인도로 가는 도중에 만나는 수많은 요괴들은
당시 온갖 유린과 수탈을 자행하던
도적과 탐관오리 들을 상징하는 것이다.
운하를 따라가는 우리에게 근두운과 여의봉이 있다면
최부의 길을 한치라도 놓치지 않고 따라가고 싶다는 상념과,
권세와 허세를 부리는 자들에게 냅다 한번
휘둘러보고 싶다는 생각이 불끈 솟아올랐다.

## 진강에서 서주까지의 경로

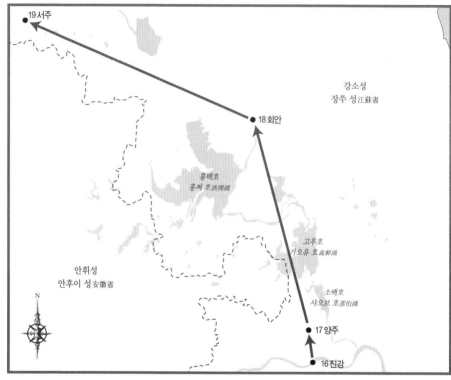

19 서주

강소성
장쑤 성江蘇省

홍택호
홍쩌 호洪澤湖

18 회안

고우호
가오유 호高郵湖

안휘성
안후이 성安徽省

소백호
샤오보 호邵伯湖

N

17 양주

16 진강

랴오닝성
(랴오닝 성遼寧省)

27

26

하북성
(허베이 성河北省)

25

산서성
(산시 성山西省)

24

23

22

21

산동성
(산둥 성山東省)

하남성
(허난 성河南省)

19

18

강소성
(장쑤 성江蘇省)

17

16  15

14  13

12

안휘성
(안후이 성安徽省)

11

10

호북성
(후베이 성湖北省)

1, 9  8

7

6

5

4

3

2

호남성
(후난 성湖南省)

강서성
(장시 성江西省)

절강성
(저장 성浙江省)

### 항주에서 북경까지 전체 경로

| 1 항주 \| 항저우杭州 | 15 엄성 \| 옌청淹城 |
|---|---|
| 2 태주 \| 타이저우台州 | 16 진강 \| 전장鎭江 |
| 3 도저진 \| 타오저우 진桃渚鎭 | 17 양주 \| 양저우楊州 |
| 4 건도진 \| 지엔타이아오 진健跳鎭 | 18 회안 \| 화이안淮安 |
| 5 삼문현 \| 싼먼 현三門縣 | 19 서주 \| 쉬저우徐州 |
| 6 영파 \| 닝보寧波 | 20 제녕 \| 지닝濟寧 |
| 7 보타 섬 \| 바오투어 섬寶陀島 | 21 요성 \| 랴오청聊城 |
| 8 소흥 \| 샤오싱紹興 | 22 임청 \| 린칭臨淸 |
| 9 항주 \| 항저우杭州 | 23 덕주 \| 더저우德州 |
| 10 가흥 \| 자싱嘉興 | 24 창주 \| 창저우滄州 |
| 11 오진 \| 우전烏鎭 | 25 천진 \| 톈진天津 |
| 12 소주 \| 쑤저우蘇州 | 26 통주 \| 퉁저우通州 |
| 13 무석 \| 우시無錫 | 27 북경 \| 베이징北京 |
| 14 상주 \| 창저우常州 | |

# 양자강을 건너 우성역으로

## 사신이 머물고, 공문서를 전달하던 우성역

중국에 들어온 지도 벌써 2주가 지나가고 있었다. TV에서 12월 1일이라고 날짜를 알려준다. 그간 해가 얼굴을 내민 날이 이틀 정도였고 나머지는 비바람이 몹시 불어닥쳤다. 언 몸을 안고 호텔로 들어오면 노곤해지기 일쑤였다. 오늘도 어김없이 휴대폰 알람 소리는 새날이 시작됨을 알린다.

양자강을 건너는 날은 안개가 가득해 50미터 전방도 분간할 수 없었다. 진강과 양주를 잇는 윤양장강대교는 좀처럼 웅장한 모습을 드러내지 않았다. 저 멀리 희미한 형체가 보이긴 했으나 그것이 배의 돛대인지 건물인지도 분간하기 힘들었다. 일순 안개가 걷히자 고가도로 밑 농가의 이끼 낀 웅덩이에 어미의 꽁지를 일렬로 뒤따르는 오리 새끼들이 그려내는 풍광이 마치 한 폭의 수채화 같았다. 양자강의 거센 물살을 두려워해 관음觀音의 보호를 빌며 쪽배로 강을 건너던 시대가 끝났음을 웅변하는 장대한 대교였다.

완행버스로 진강에서 양주까지 한 시간이나 걸렸다. 짐은 늘 묵는 그 숙소인 금강지성에 맡기고 고우가오유高郵로 가는 터미널로 갔다. 다음 일정이 회안화이안淮安: 현재의 추저우이었기에 먼저 고우의 우성역孟城驛을 찾아나섰다. 숙소에서 택시를 타고 양주 번화가에 자리 잡은 학문의 신을 모신 건물인 문창각文昌閣을 지나자 운하가 흘러가는 왼쪽으로 고급스런 저택들이 눈에 들어왔다. 전 주석 강택민장쩌민江澤民 가족이 운영하는 상점이라고 한다. 30분가량 외곽도로를 달리니 새로 건축한 버스터미널 동참둥잔東站에 도착했다. 고우행 버스 배차는 10분에 한 대꼴이었다. 중형 버스로 여성 차장이 표를 받고 있었다. 기사는 조금이라도 자신이 달려가는 길에 방해가 된다 싶으면 경적을 울려댔다. 하도 빈번히 눌러대는 바람에 귀가 따가웠고 머리도 우지끈 아파왔다. 특히 소백진샤오보전邵伯鎭이라는 도시를 지날 때 경운기들이 차로를 점거해 비켜주질 않자 기사의 짜증은 더 심해졌다. 소백호邵伯湖를 지날 때에는 안개가 자욱했다. 최부도 이곳을 지나면서 간단하게 지명을 소개했다.

양주를 출발하여 강도현江都縣에서 북쪽으로 45리약 18킬로미터 떨어진 소백역邵伯驛에 이르니 역의 북쪽에 소백태호邵伯太湖가 있었고, 노를 저어 호수 주변 2~3리약 1킬로미터 정도 가니 소백체운소邵伯遞運所에 이르렀다.

• 『표해록』, 2월 23일

소백태호는 동쪽으로 애릉호艾陵湖와, 서쪽으로 백묘호白茆湖와 접해 있고, 남쪽으로는 신성호新城湖와 통해 있다. 근처에 소백태邵伯埭가 있는데, 동진 효무제 태원太元 11년386 사안謝安이 새로이 성을 세우면서 성 북쪽 20리약 8킬로미터 되는 곳에 언堰을 쌓아 민전民田에 물을 대기 쉽도록 했다.

232

우성역의 전경. 우성역은 시내 외곽, 행정구역상으로는
고우시 남문대가(南門大街) 동쪽에 자리하고 있었다.

그러자 백성들이 그 덕을 연燕나라 소백召伯에 견주어 이러한 이름을 붙
였다.

　고우시에 도착하자 자전거 대열이 시야에 들어왔다. 차보다도 자전
거와 오토바이가 거리를 메우고 있는 풍광이 재미있었다. 양주시 기본
택시 요금이 10위안인 데 반해, 고우시는 그 절반인 5위안이었다. 택시
비를 통해 다른 도시보다 부유하지 않은 곳이라는 사실을 짐작할 수 있
었다.

　우성역은 시내 외곽, 행정구역상으로는 고우시 남문대가南門大街 동쪽
에 위치했다. 제방에서 바라다보니 멀지 않은 곳에 운하가 그 모습을 드
러내고 있었다. 역은 왕래하는 사신이 투숙하거나, 공문서를 전달하는
역할을 동시에 수행했다.

신개호新開湖를 따라 밤 2경更에 우성역에 도착했다. 역은 고우주성高郵州城 남쪽 3리에 있었다. ……닭이 울 무렵 우성역을 떠나 고우주, 즉 옛 한주邢州를 지났다. 한구邢溝는 일명 한강寒江이라고 하는데, 남북의 수로를 둘러싸고 있는 요충지였다. 고우주 성城은 큰 호수를 둘러싸고 있는데, 바로 고우호高郵湖다. 강호의 승경지이며 사람과 물산이 번성한 곳으로, 또한 강북 제일의 택국澤國, 못과 늪이 많은 곳이다.

• 『표해록』, 2월 24일, 25일

최부는 고우주 서북쪽 3리약 1.2킬로미터 되는 곳에 있는 신개호를 따라 밤 1시부터 3시 사이에 이곳에 도착해서 닭이 울 무렵에 떠나 고우주를 지났다. 최부가 뱃길에 지친 몸을 이끌고 잠시나마 우성역 안에 설치된 접관실에 머물렀는지는 알 수 없다. 오후 10시 전후에 우성역에 도착해 닭이 우는 새벽에 출발한 것으로 보아 배에서 내리지 않고 그대로 출발했을 가능성이 더 크다. 만약 그가 내렸다면 역에 대한 기록이 남아 있지 않을 리 없기 때문이다.


## 말의 출산과 양육은 사람에게 달려 있다

고우역은 진시황 때 이곳에 높은 대臺를 쌓고 우정郵亭을 설치하면서 그 역사가 시작되었다. 명 홍무 8년1375에 고우 지주高郵知州 황극명黃克明이 건립했으나, 가정 36년1557에 왜구의 화를 입어 손실되었다가 다시 건립되었다. 우성은 고우의 별칭으로 이곳 출신인 사인詞人 진소유陳少遊, 724~784가 '오향여복우, 지처양초척'吾鄉如覆盂, 地處揚楚脊, 즉 "내 고향은 엎어놓은 사발과 같고, 양주와 초주의 허리에 자리하고 있네"라는 시에서

234

역승이 업무를 보았던 황화청 내부. 기둥에 "소식은 서로 마음이 통해 알 일이 머지않네. 파발마 두고 황제의 영(令) 전하니, 성덕은 머무르고 나아가네"라 씌어 있다.

유래한다. 우盂는 고대에 음식과 물 등을 담는 사발을 가리킨다.

역은 제방 안쪽에서 약간 떨어진 곳에 위치하고 있었는데, 운하가 멀리 떨어져 있지 않아 물이 안쪽으로 넘쳐 흘러내리는 것을 막기 위한 조치였다. 황화黃華라고 씌어진 돌 패방을 지나 왼쪽에 건물이 배치되어 있었다. 역의 구조는 정청正廳 · 후청後廳 · 송예방送禮房 · 고방庫房 · 주방廚房 · 낭방廊房 · 마신묘馬神廟 · 마방전고루馬房前鼓樓 · 조벽패루照壁牌樓 등으로 구성되었다.

입구 위의 고우성역古盂城驛이라는 편액은 전 전국인민대표 상임위원회 부위원장 주학범주슈에판朱學範이 썼다. 입구로 들어가면 공무를 집행하는 관청인 황화청皇華廳이 나온다. 양 기둥에 '소식통령회심불원, 치우전령성덕류행'消息通靈會心不遠, 置郵傳令盛德留行, 즉 "소식은 서로 마음이 통해

우성역 옆으로 난 거리. 돌사자 두 마리가 우뚝 서 있는
남문대가에는 명청시대의 건물이 들어서 있다.

알 일이 머지않았네, 파발마 두고 황제의 영슈 전하니 성덕은 머무르고
나아가네"라고 씌어 있었다. 정청에는 역·말·배의 통계표·근무표·
파발 시의 규율을 적은 『우역률』郵驛律 등이 벽에 걸려 있었다. 중앙은 접
대장소였고, 동쪽의 방은 공문을 다루는 곳이었다.

　정청 뒤의 건물은 후청으로 빈객을 접대하는 주절당駐節堂이다. 건물
좌우측으로 역졸이 휴식을 취하는 숙사가 있었다. 건물 옆쪽으로 마신
묘馬神廟라고 해 말 동상이 세워져 있었다. 역에 씌어진 안내문에는 마신
묘는 마왕묘馬王廟·마조묘馬祖廟라고도 불리며, 말을 제사지내는 풍습은
진秦나라 때부터라는 설명이 있었다. 명청시대에는 많은 지방에서 말을
제사지냈는데 역참마다 반드시 마신묘를 세웠다. 그리고 해마다 현령縣
슈이 직접 참여해 제사지내는 대제大祭와 매월 1일, 15일에 역 내에서 거

행하는 소제小祭로 구분했다. 그리고 마신馬神, 또는 마왕부馬王斧의 생일인 6월 23일에도 제사를 지냈다. 이때 제물로 양을 바친다. 돼지는 사용하지 않는데 이는 양과 말이 같은 초식성 동물이기 때문이라고 한다.

명 정덕 연간1506~21에 내각수보內閣首輔를 지낸 왕오王鏊, 1450~1524는 『중건마신묘기략』重建馬神廟記略에서 말 양육이 중요한 까닭을 설파했다.

국가의 큰일은 오랑캐를 막는 일이다. 오랑캐를 막는 정치는 말에 있다. 말의 출산과 양육은 사람에게 달려 있다. 그런데 사람의 힘으로만 온전히 다 할 수 있는 일이 아니기에 마신馬神에 대한 제사는 본래 당연한 것이다.

명나라 때 국방의 최대 관심사는 북변의 몽골이었다. 그들을 방어하는 데 기병이 필요하자 말의 중요성을 강조한 것이리라. 물론 역에서도 공문서를 전달하는 관료를 위해 말을 최적의 상태로 관리하지 않으면 안 되었다. 이 때문에 마신을 모셔두고 제사를 지냈던 것이다.

명나라 때 이 역에 편성된 인원은 자그마치 490명에 달했다. 소백역에는 참선站船, 또는 역선 16척, 하선河船 1척, 말 14필, 포진鋪陳 70개, 수부水夫 170명, 마부馬夫 14명이 편성되었다. 우성역은 이보다도 규모가 더 훨씬 더 컸다는 사실을 단적으로 알 수 있다.

역을 바라보고 왼쪽으로 230여 미터나 되는 거리가 형성되어 있었다. 두 마리의 돌사자가 우뚝 서 있는 남문대가에 명청시대의 건물이 들어서 있었다. 대략 역에서 근무하는 관리의 가족과 운하를 따라 북경이나 항주로 향하는 사람들이 물건을 실어 나르기 위해 머물거나 묵객들이 휴식을 취해 들렀다고 상상하면 인파로 번성했을 당시의 모습이 상상이

가고도 남는다.

건물은 옛 정취를 어느 정도 간직하고 있었다. 다양한 물건을 진열하고 있었지만 한가한 외곽도시라 그런지 찾는 손님은 별로 없었다. 아마도 명나라 때는 이곳을 이용하는 사람들이 많았을 것이다. 청 고종 건륭제는 순행巡幸, 즉 절강성 등 장강 방면으로 남순南巡을 6회 실시했는데 이곳 우성역에도 들렀다고 한다.

역에 택시가 거의 들어오지 않아 옛 거리를 구경하면서 천천히 시내 방향으로 발걸음을 내디뎠다. 골목골목을 누비다 2위안을 주고 군고구마 두 개를 샀다. 도중에 자전거 차를 타고 시내 버스터미널로 갔다. 양주로 돌아가는 버스는 시골 장터의 모든 사람을 태울 요량인지 천천히 달렸다. 두 시간 만에야 아침에 출발했던 동참 버스터미널로 돌아왔다.

# 양주 최고의 맛집 부춘차사

## 양주가 제일이요 그다음은 익주

당나라 시인 서응徐凝은 「억양주」憶揚州라는 시에서 '천하삼분명월야, 이분무뢰시양주'天下三分明月夜, 二分無賴是揚州, 즉 "천하를 통틀어 3분의 밝은 달밤에, 사랑스럽기도 해라, 2분이 바로 양주라네"라고 읊었다. 달빛이 양주를 비추어 그토록 아름답다는 표현이다.

> 양주부성揚州府城을 지났는데 부府는 곧 옛날 수나라 강도江都의 땅으로 강좌江左의 대진大鎭이었다. 번화가가 10리약 4킬로미터에 걸쳐 있고 10리의 주렴珠簾과 24교橋, 36피陂의 경치는 여러 군郡 가운데 으뜸이었고 이른바 봄바람이 성곽을 어루만지고 생황의 노랫가락이 귀에 가득한 곳이었다.
> • 『표해록』, 2월 23일

수 문제 개황開皇 9년589에 수나라가 진陳나라557~589를 평정하자 양주는 건강建康: 현재의 난징을 대신해 강남지역 경영의 중심지도 떠올랐다. 곧 수 양제煬帝, 재위 605~617가 대운하를 만들자 강남·양자강 유역의 물자가 반드시 거쳐 가는 요충지로 변했다. 달리 말하자면 신흥도시인 셈이었다. 나중에 들른 양주팔괴기념관揚州八怪記念館에서 눈길을 끈 것은 오랜 성상을 견디어낸 거대한 은행나무였다. 양주시의 시화가 경화瓊花라고 한다. 이 꽃의 모양은 팔선화八仙花: 우리나라의 수국와 비슷하고 밤에 꽃이 핀다고 한다. 은행나무 앞쪽에 경수瓊樹 한 그루가 심겨 있었는데 전설에 따르면 양제가 이 꽃을 보기 위해 양주로 왔다고 한다.

본격적으로 양주가 발전하기 시작한 것은 운하가 남북의 동맥으로 기능하기 시작하는 당나라 이후였다. 7세기 말에는 대상인이 몰려드는 상업도시로 변모했다. 당 헌종憲宗 연간806~820에는 국내만이 아니라 멀리는 페르시아, 가까이는 신라, 일본의 배도 들어왔다. 전성기에는 인구가 50~60만에 달했고, 성 안을 지나는 운하 주변에는 시장이 생겨나, 쌀·소금·금은 도구·비단·목재 등의 다양한 물품이 거래되었다. 이 당시 양주가 번영하다는 점을 단적으로 보여주는 '양일익이'揚一益二, 즉 "양주가 제일이요 익주益州: 오늘날의 사천성 성도가 두 번째"라는 말이 생겨났다. 그 이전에도 일반에서는 허리에 10만 냥을 꿰차고 학을 타고 양주로 가서 자사刺史가 되고 싶다는 말이 있을 정도였다고 한다. 양주의 여성은 아름답고 성품이 온화해 행동거지가 순수하고 총명했다. 양주 사람들은 이러한 여인들을 진귀한 보배로 여겨 각지에 동녀童女로 팔았다. 진하게 화장을 시켜 서예·주산·거문고·바둑 등을 가르쳐 몸값을 높였다고 한다.

시인으로 명성을 떨친 송나라 황정견黃庭堅, 1045~1105은 「양주희제」揚州戲題라는 시에서 양주의 아름다움을 노래했다.

십 리에 봄바람 불어 주렴을 걷으니

삼생은 두목지와 방불하네.

붉은 작약 가지 끝에 처음 고치 슬고

양주의 풍물에 귀밑머리 실 같아라.

春風十里珠簾捲　鬢髮三生杜牧之

紅藥梢頭初繭栗　揚州風物鬢成絲


　온 성 안에 봄바람이 흐드러지고 설레는 풍악의 물결소리로 유명한 양주를 아쉽게도 최부는 배를 타고 지나갔기에 화장 짙은 여인들의 미소를 볼 수는 없었다.

　양주는 우리에게 역사의 또 다른 의미를 생각케 한다. 즉 명나라가 멸망하는 1644년에 북경을 점령한 청군清軍은 북경에서 섬서산시陝西로 도망친 농민반란군의 영수 이자성李自成, 1606~44을 추격하는 동시에, 남방에서 옹립한 명나라의 제왕諸王을 토벌하기 위해 쉬지 않고 군대를 진군시켰다. 이 당시 남경에는 신종 만력제의 손자인 복왕福王, 1607~46이 옹립되어 남명南明 정권을 수립했지만 부패정권으로 군사의 이반과 약탈은 계속되었다. 다만 남경 병부 상서를 지낸 사가법史可法, 1601~45만이 양주에서 청나라 예친왕睿親王: 즉 도르곤, 1612~50의 군대에 대항해 맹렬하게 저항했다. 사가법의 인물됨은 청군도 잘 알고 있어 세 번에 걸쳐 투항을 권고했지만 그는 단호히 거절했다. 저항을 받지 않고 노도같이 진군하던 청군은 사가법의 완강한 저항에 증오심을 불태웠다. 이어 그들이 80만에 이르는 백성을 도살해 양주는 생지옥으로 변했다. 이 양주를 공격했을 때 눈뜨고는 볼 수 없는 잔학함을 왕수초王秀楚는 『양주십일기』揚州十日記에 자세하게 묘사했다. 명월이 그믐으로 바뀐 경험을 지닌 역사의 현

양주 지역 최고의 맛집 부춘차사.
이 식당에는 아침부터 각지에서 사람들이 몰려와 진을 치고 있었다.

장이기도 했다.


## 부춘차사의 요리를 먹어야 양주에 다녀온 것이다

곽뢰가 사전에 조사해둔 양주의 대표적인 맛집 부춘차사푸춘차서富春茶社를 찾았다. 식당은 캐나다산 포플러가 심겨 있는 대로에서 옆으로 빠져

부춘차사의 대표 음식 삼정포.
한 겹 한 겹 뜯어지는 떡과 밀가루피 안에 밥이 들어가 있는 음식이다.

든 작은 골목길로 100미터를 더 들어간 곳에 있었다. 골목길 상점에서
는 주로 요리도구인 나무로 만든 통과 칼 면이 넓적한 부엌칼을 진열해
놓고 팔고 있었다.

식당에 도착한 시간은 점심을 지난 시간이라 또다시 손님을 맞을 준
비로 분주한 모습이었다. 하도 배가 고파 길거리에서 팔고 있는 구운 빵
을 샀는데 아주 담백했다. 30분을 기다려 다시 부춘차사로 갔더니 벌써
많은 사람들이 몰려와 소파에 자리를 잡고 앉아 있거나 줄을 서 있었다.
곽뢰도 줄 뒤에 서서 10위안을 주고 만두와 빵을 사왔다. 체면 불구하고
아직 문도 열지 않은 식당에 들어가 중국식 만두인 포자바오쯔包子를 먹기
시작했다. 다행히 우리 말고도 테이블 세 개에 손님들이 자리를 꿰차고
앉아 있었다. 종업원들이 서비스를 개시하자 우리는 포자包子를 주문했

다. 서로 다른 세 종류의 재료로 만들어진 포자소를 정육면체로 썰어서 만든 요리라 이러한 이름이 붙었다. 포는 얇은 껍질로 소를 싼 것을 일 컫는다. 포자소는 돼지고기·닭고기·무·야채·죽순 등을 넣어 만들 었다. 우리나라의 눌린 돼지고기와 형태가 거의 같은 요리가 나왔고, 황탕포黃湯包라고 하여 만두피에 빨대를 집어넣어 고깃국물을 들이마시는 요리도 나왔다. 너무나도 뜨거워 입천장이 데일 정도여서 천천히, 조금씩 빨아들여야 했다.

돼지고기·닭고기·죽순으로만 만든 삼정포와, 한 겹 한 겹 뜯어지는 떡인 천층유고千層油糕, 밀가루피 안에 밥이 들어가 있는 음식인 비취소 매翡翠燒賣는 이곳 양주의 대표 음식으로 소개되어 있다. 소매燒賣는 소롱 세점小籠細點의 특별요리 가운데 하나다. 이러한 종류의 점심은 양주에서 시작되었는데, 발효시키지 않은 얇은 껍질에 소를 쌓아 쪄 먹는 음식을 말한다. 소매는 원래 북방 음식이며 일종의 입구를 봉하지 않은 포자로, 애초에는 소에 돼지고기와 쌀을 넣지 않았다. 본래 북방에서는 벼를 재배하지 않았기에 소에 쌀을 쓰지 않았던 것이다.

그런데 송나라가 항주로 천도하면서 남방에서 산출된 쌀을 소로 이용하게 되면서 약간 변형되었다. 형태가 여름에 쓰는 사모紗帽: 모자와 같은데다 소매와 사모의 음이 비슷해 이러한 이름이 붙었다고 한다. 식당 액자에 모택동·주은래·강택민 등이 이 음식점의 포자를 높게 평가했다고 자랑스럽게 써놓았다.

식당에 걸린 편액을 보니 "양주에 와서 부춘차사의 요리를 먹지 않으면 양주에 온 것이 아니다"라는 속설이 있다고 씌어 있다. 부춘차사는 본래 다관茶館이 아니라 꽃집이었다. 청나라 말 양주의 많은 집에서 어린 여아를 양육할 때 제일 먼저 곡조를 가르치고, 꽃을 재배하는 풍조가 있었다. 청 광서 11년1885에 이곳 출신 진애정陳靄亭이 득승교得勝橋 거리에서 개인 소유의 주택과 공지를 세내어 부춘화국富春花局을 열었다. 그는 사계절의 꽃을 재배하고 여러 종류의 분재를 만들어 시장에 내다 팔았다. 청 선통宣統 2년1910에 그가 죽자 자손이 부업을 이어받아 경영했다고 한다.

이 음식점에서 처음으로 시작한 괴룡주차魁龍珠茶는 유명한데, 안휘성의 괴차魁茶, 절강성의 용정차龍井茶, 양주의 자신의 집에서 기른 주란珠蘭을 모두 넣어 만든 혼합차였다. 이른바 부춘괴룡주차富春魁龍珠茶라는 새로운 차가 세상에 태어난 것이다. 양자강의 뜨거운 물을 사용하고, 용정의 맛, 괴침魁針의 색, 주란의 향기를 한곳에 모아 향기가 짙고 깔끔하다. 차를 우려낸 빛깔은 맑고 투명해 향기가 사람을 유혹할 정도라고 한다. 한 잔에 세 개 성의 차를 마시는 셈인데, 실제로 입과 코에 퍼지는 차의 향이 감미롭고도 은은했다.

# 양주 염상과 노씨 고택, 그리고 개원

## 소금상인으로 이름난 양주

양주는 염상, 즉 소금 상인으로도 이름을 떨친 도시다. 양주에서 바다 쪽으로 염성옌청鹽城이라는 도시가 있는데 소금 생산지로 유명하다. 이 도시의 8경 가운데 하나가 '염령적설'鹽嶺積雪이라는 것이다. 연안의 염전에서 생산된 대량의 소금이 노천에 산처럼 쌓여 밝은 달빛을 받고 눈부시게 빛나는 모습이 마치 눈 덮인 산과 같은 광경을 연출해 이러한 이름이 붙었다.

명나라 때 산서山西상인은 몽골과 접경하는 근처 군사지대에 곡물을 운반하며 성장하게 되는데, 15세기 후반부터 신안新安상인이 등장하자, 산서상인은 염상鹽商으로 많이 전환했다. 이들은 소금의 도시인 양주로 이주해 염업계鹽業界의 지도세력으로 성장했다. 앞에서 서술했듯이 양주의 대도륙 사건으로 양주의 상인도 큰 타격을 입었다. 명청시대사를 연구하는 홍익대 조영헌 선생의 연구에 따르면 양주상인 가운데 망해서 떠나거나 실업을 한 자가 과반수에 달했다고 한다. 청나라가 확고한 통치체제를 구축하면서 양주의 상업도 회복되었는데, 산서성과 안휘성 휘주 출신이 다수를 차지했다. 휘주상인은 양회兩淮: 현재의 화이허 남북 일대 지역에서 나오는 소금으로 번성했다. 이들은 은 100만 냥을 축적했고, 관작官爵이나 토지를 소유하지 않은 상태에서 부를 이루었다. 명나라 염상들의 자본은 은 3,000만 냥, 청나라 때는 무려 은 7,000~8,000만 냥에 달했다. 청 건륭 연간1736~96 당시 국고의 은이 7,000~8,000만 냥 정도였다고 하니 소금 상인들이 얼마만큼의 부를 소유했는지를 짐작할 수 있다. 명나라 때는 은 100만 냥이면 대상인, 20~30만 냥이면 중간급 상인이었으나, 청나라 때는 1,000만 냥을 자랑하는 부유한 상인도 출현해, 100만 냥 이하는 소상인小商人이라고 하여 거부 축에도 들지 못했다.

청 강희제재위 1662~1722는 남순南巡이라고 해서 여섯 차례에 걸쳐 강남 지역을 순시했다. 제1차 남순 때는 청나라에 반항이 심했던 양주와 항주는 제외했다. 강희 28년1689의 제2차 남순 때는 양주에 머물면서 관료와 대상인 등의 지방 유력자와 접촉했다. 이 당시 염상들에게 수십만 냥의 하천 수리비용을 부담케 하자, 염상들은 황제에게 자신들의 고충을 아뢰어 비용을 낮추게 되었다. 그 보답으로 염상들은 강희제에게 양주에 들를 것을 간청한다. 황제가 양주에 오자 그들은 서화와 공신들의 사적을 새겨 넣은 정이鼎彝 등을 바쳤다. 정이는 종묘에 갖추어놓은 솥으로 공적이 뛰어난 사람의 사적을 새겨 넣는 것이다. 강희제의 업적이 그만큼 뛰어나다는 의미로 상인들이 바친 선물이었다. 이후 제5차 남순 때에는 염상들이 직접 나서 황제를 영접했다. 황제는 매일 염상들이 준비한 연회에 참석해 연극을 관람했다. 부춘차사도 이곳에서 소금거래가 이루어졌기 때문에 번성할 수 있었던 것이다.

식당을 나와 강산가강산지에康山街에 위치한 노씨 고택盧氏古宅을 찾아갔

노씨 고택은 청나라 말의 염상 노소서가 7만 냥을 들여 지었다.
지금은 식당으로 바뀐 노씨 고택의 안쪽 정원.

다. 입장료 20위안을 지불하고 입구로 들어서는 순간 그 광대한 규모에 눈이 휘둥그레졌다. 청나라 말의 염상 노소서盧紹緖, 1843~1905가 광서 20년1894에 은 7만 냥을 들여 지었다고 한다. 그는 강서江西 상요上饒 출신으로 양주에 온 뒤 염장과대사鹽場課大使 일을 맡았다. 나중에 관직에서 물러나 상업에 종사해 청나라 말 무렵에는 염상 가운데 두각을 나타냈다.

양주 최대의 호화저택으로 '염상제일루'鹽商第一樓라고 씌어 있었다. 면적이 6,157제곱미터약 2,000평, 건축면적이 1,284제곱미터약 420여 평에 달했다. 방 수가 130여 간에 달하고 청당廳堂이 가장 크며, 건축기간이 가장 길고 건축 자금이 최고 액수라는 점에서 양주에 현존하는 최대 규모의 염상 저택으로 손꼽힌다. 어림짐작으로 입구에서 저택 맨 끝까지 길이가 100여 미터, 폭은 30~35미터 정도로 보였다. 저택은 2층 구조로 방은 수십 개에 달했다.

이곳은 음식점으로 바뀌었는데 양주의 음식은 화려하고 사치스러웠다. 청 건륭제가 여섯 차례나 강남을 순시할 때 양주 염상의 저택에 들렀다. 두 번이나 이곳 강산康山을 찾았고, 그때마다 앞다투어 음식을 바쳤다고 한다. 음식문화가 발달할 수밖에 없었던 까닭을 충분히 짐작할 수 있었다.

숙소에서 기본요금이 7위안인 택시를 타고 개원수園으로 갔다. 양주시 동쪽에 위치했는데, 남쪽은 양주의 유명한 옛 거리인 동관가등관지에東關街에 연해 있고, 북쪽은 양주 내하內河인 염부동로鹽阜東路에 면해 있다.

명나라 중기 이후부터 청 도광道光 연간1821~50까지 양주의 정원은 동남지방의 최고였다. 하원허위안何園을 관람한 적이 있어 이번에는 개원을 택했다. 또 다른 이유는 이곳이 중국 4대 정원 가운데 하나라는 점이었기 때문이다. 항주의 졸정원, 유원과 비교해보고 싶었다. 염상들은 벌어들인 자금으로 사치스런 생활을 보냈는데, 정원을 조성하는 데도 힘을 들였다. 본래 개원도 소금을 총괄하는 임무를 맡은 양회염총兩淮鹽總을 지낸 황지균黃至筠, 1770~1838의 가택이었다. 그의 원적은 절강 하북河北 조주趙州다. 자는 개원수園으로 14세 되던 해에 조주 지주였던 부친이 죽자 가산은 다른 사람 손에 넘어갔다. 19세에 부친 친구의 편지를 받고 북경으로 갔다. 그는 양회 지방의 소금업을 주관하는 양회염정兩淮鹽政이었다. 그 밑에서 일 처리에 기민함을 보여 신임을 얻었고, 뒤에 양회상총兩淮商總이 되어 양주에서 소금업을 하게 되었다. 50여 년간 이 일에 종사하자 많은 돈을 축적했다.

"달이 대나무를 비춰 천 개의 글자를 만드네. 서리가 내려 매화는 꽃을 피웠네."
각양각색의 대나무가 서로 부딪쳐 청아한 소리를 낸다.

## 달이 대나무를 비춰 천 개의 글자를 만드네

입구로 들어서자 대나무가 눈에 들어왔다. 고서에 따르면 "대나무는 개ⵑ라 하고, 나무는 매杪라고 한다"고 되어 있는데, 개ⵑ는 대나무 형상이 아닌가. 청나라의 시인 원매袁枚, 1716~97는 자신의 별장에 인분을 짊어진 한 남자가 매화나무 밑에서 "온몸이 꽃입니다"라고 기쁘게 대답하자마자 다음과 같은 시를 지었다.

달이 대나무를 비춰 천 개의 글자를 만드네.
서리가 내려 매화는 꽃을 피웠네.

月映竹成千個字　霜高梅孕一身花

250

기이한 형상으로 눈길을 사로잡는 태호석.
태호석으로 미로를 만든 돌산이 단풍나무와 조화를 이루고 있다.

    소식蘇軾은 "음식에 고기는 없어도 좋지만 집에 대나무가 없어서는 안
된다. 고기가 없으면 사람은 야위지만, 대나무가 없으면 사람을 속되게
만든다"고 말했다. 개원 역시 이름을 알 수 없는 다양한 종류의 대나무
로 조성되어 있었다. 대나무가 길 양옆으로 심겨 있어 대나무가 주는 강
직함과 기백을 흠뻑 느꼈다. 특별히 표면 무늬가 거북이 등과 같이 갈라
진 노란색의 귀갑죽龜甲竹이 눈에 들어왔다. 정원의 3분의 1이 대나무이
고, 3분의 1이 돌, 3분의 1이 사람이라는 말이 있듯이, 다음 구역으로
들어가자 조경은 확연히 달라졌다. 태호석으로 미로를 만든 돌산과 단
풍나무가 조화를 이루며 멋진 경치를 연출했다. 태호석은 세월의 무게
를 견디지 못하고 본연의 붉은색을 잃었다. 사계절을 나타내기 위해 태
호석을 못과 정자 주위에 배치해 기막힌 조화를 이루었다. 특히 하산夏山

꼭대기에 학이 날아가는 모습을 형상하는 학정鶴亭이 세워져 있었다. 학이 하산에 내려와 춤을 추는 것이 진실로 신선이 거주하는 곳이었다.

정원 맨 뒤는 저택이었는데 동서로 나뉘어 있었다. 동쪽 길에 있는 주택에는 일반 손님을 접대하고 일상 사무를 처리하는 청미당淸美堂이 자리 잡고 있었다. 붉은 현판에 노란 글씨체로 "관료가 되어서 맑고 바르고 청렴하고 명민하라"고 씌어 있었다.

중로中路에 이르는 길에 화항火巷이라는 독특한 구조의 통로를 볼 수 있다. 화항은 옛날 대부호들이 대문 안에 모여 생활하기 위해 만들어놓은 좁고 긴 통로를 가리킨다. 이는 방화나 방범을 위해, 혹은 노복이나 여종의 출입에 이용하거나 빈객들이 화원에 들어오는 경우에 통과하는 길이었다. 함부로 내실로 들어오는 것을 피하기 위해 만들어진 통로로 벽돌을 이용해 높게 설치했다.

어느 시대이건 관료의 제일 덕목은 청렴하고 민첩하게 정치를 행하는 것임을 알 수 있었다. 성벽처럼 둘러쳐진 세계에 살고 있는 관료와 정치인, 아니 우리 마음속에도 위풍 당당한 대나무는 자라나고 있는지.

# 양주의 운하와 최치원

## 고려사관 유지에 세워진 정자

노씨 고택을 관람하고 나니 이미 날은 어둑어둑해졌다. 저택 가까이
에 청 광서 연간1875~1908에 조영한 하원何園이 있었으나 시간이 늦어 관
람할 수 없었다. 숙소로 그대로 돌아가기 아쉬워 양주의 옛 운하를 찾았
다. 운하 양옆 제방에 설치된 푸른색·노란색·붉은색의 전구가 운하를
은은하게 비춰 눈을 현란케 했다. 제방에는 운하를 따라 버드나무가 끝
없이 이어져 있었다. 2킬로미터 정도를 걷다 반대편에 고적古跡인 듯한
건물이 어스름하게 보였다. 카메라의 렌즈를 확대시켜 글자를 확인하니
장생사각창성스거長生寺閣과 보합정묘푸하딩 묘普哈丁墓였다.

장생사는 청 가경 연간1796~1820에 건립된 사찰로 원래의 명칭은 미륵
각彌勒閣이며, 좌불사座佛寺라고도 한다. 2002년도에 대화재로 손실되었
다가 다시 건립되었다. 보합정묘는 회회당回回堂 또는 파파요巴巴窯라고
일컫는다. 보합정푸하딘Puhaddin은 이슬람교의 선지자 무함마드의 16대
후손으로 남송 함순咸淳 연간1265~74 양주에 와서 포교활동을 했다. 선학
사仙鶴寺를 창건했는데 동남 연해 지역 4대 청진사칭전 사淸眞寺 가운데 한

양주의 옛 운하 제방 옆에 있는 보합정묘.
여기서 보합정이란, 이슬람교의 선지자 무함마드의 16대 후손 푸하딘을 말한다.

곳이다. 10년간 이곳에서 생활했고, 산동성 제녕지닝濟寧 등지에서도 포교활동을 하다 원 덕우德祐 원년1275에 운하를 이용해 남하하던 중에 양주에 이르러 죽었다.

보합정묘에서 얼마나 걸었을까? 동관고도東關古道라는 곳에 다다랐다. 옛 자취는 온데간데없고 새로이 세워진 패방만이 이곳이 대운하의 나루터였음을 알려주고 있다. 현재는 여행객이 즐겨 찾는 경치가 뛰어난 곳으로 변했다.

양주 지도에 고려사관유지高麗使館遺址라는 표시가 있어 택시 기사에게 안내해달라고 했으나 잘 모르겠다는 공허한 답변만 들려왔다. 지도의 위치를 짚으며 근처까지만이라도 가자고 부탁했다. 내린 곳은 고급스런 저택 단지였다. 그 앞으로 조하차오허漕河가 흘러가고 있었다. 산책을 하고 있는 노인들에게 물었으나 위치를 아는 이가 없었다. 옛 건물이 나오면 혹시나 하고 달려갔으나 허사였다. 초조한 마음으로 조하 곁을 걷다 보니 중국 전통식 정자 한 채가 시야에 들어왔다. '송宋 고려사관 유지'라는 팻말이 덩그러니 놓여 있었다. 나중에 들른 최치원 기념관에 전시된 사진 중에 이 터를 촬영한 것을 볼 기회가 있었다. 처음에는 정자의 모습이 없었던 것으로 볼 때 후에 추가로 정자를 세웠던 것 같다. 영파의 고려사신관을 서술할 때 약간 언급했지만, 고려 사절이 지나가는 지역에 이들을 접대하기 위해 정관亭館을 지었다. 송 원풍 7년1084에 동경東京: 현재의 카이펑·회남에 고려정을 지으라는 조서가 내려지자, 산동성 밀주·강소성 해주海州지역은 소란스러웠고 도망하는 자마저 출현했다. 양주에도 이때 고려정이 지어졌을 것이다.

양주는 우리나라와도 인연이 깊은 도시다. 조운로 여행을 시작할 때 항주 운하박물관에서 우연히 펼쳐 본 『양주부지』揚州府志에 우리나라 출신 군인이 이곳에 와서 생활한 흔적을 찾았다. 양주위揚州衛에 소속된 정천호正千戶: 정4품라는 무관으로 고려인이었다. 최씨·나씨·김씨 성을 가진 고위 장교였다.


## 외국인으로서 최초로 장원급제를 한 최치원

이들과 함께 잊을 수 없는 인물이 바로 최치원이다. 그를 기념하는 건물이 이곳 양주에 있다. 그는 경주 사량부沙梁部 출신으로 경문왕 8년868 12세 때 상선을 타고 당나라로 유학을 떠났다. 신라의 엄격한 골품제 사회에서 탈피하기 위한 바람의 결과였다. 부친은 아들 최치원에게 "10년이 되도록 급제하지 못하면 내 아들이라고 생각하지 말아라. 나 또한 아들이 있다고 생각지 않겠다"며 엄격한 훈계를 했다. 그는 부친의 얼굴을 떠올리며 학문에 열중했다. 정진하던 모습이 그가 저술한 시문집인『계원필경』桂苑筆耕「서문」에 잘 나타나 있다.

부친의 엄격한 훈계를 마음에 새겨 조금도 잊지 않고 쉴 새 없이 자신을 질책하면서 오로지 학업에 정진했다. 부친의 뜻을 받들기 위해 각고의 노력을 다한 끝에 당나라에 건너온 지 6년 만인 18세의 나이에 예부시랑禮部侍郎 배찬裴瓚이 주관한 빈공과賓貢科, 즉 당에 유학 온 외국인을 대상으로 치르는 시험에 장원으로 급제했다. 외국인으로서 과거에 합격하는 것은 상상을 초월하는 일이었다. 당나라 말까지 이 빈공과에 합격한 신라인의 수는 98명에 지나지 않았다. 그것도 신라 통일 후 250년에 걸친 숫자로 대단한 영예가 아닐 수 없다.

최치원은 과거에 합격한 후 28세에 귀국할 때까지 11년간 당나라에서 관료 생활을 했다. 당 건부乾符 6년879에 회남절도사淮南節度使 고변高騈, 821~887이 농민반란군의 우두머리 황소黃巢의 토벌에 나설 때 그의 종사관從事官이 되어 문서 작성의 책임을 맡았다. 그중에서도 광명廣明 2년881에 지은 「격 황소서」檄黃巢書는 명문으로 손꼽힌다.

황소에게 고하노라……. 너는 본래 궁벽한 시골의 백성으로 갑자기 사나운 도적이 되어 우연히 기회를 틈타 감히 강상綱常을 어지럽혔다. 드디어 불측한 마음을 품고 왕권을 우롱했으며, 도성을 침략하고 궁궐을 더럽힘으로써 이미 그 죄는 하늘에 닿을 만큼 가득 찼으니 반드시 패망할 것이니라.

황소의 간담을 서늘하게 하는 사자후를 토해냈다.

최치원 기념관이라고 씌어진 표지판.
최치원 기념관은 당성유지박물관의 정문 오른쪽에 자리 잡고 있었다.

28세 되던 당 중화中和 4년884에 당나라의 어지러운 정세와 자신이 모시던 고변에 대한 실망, 그리고 외국에서 보내는 고독한 삶, 고국에 대한 그리움 등이 복잡하게 얽혀 당나라를 떠난다. 풍랑을 만나 이듬해 신라로 귀국한 그는 신라 조정에 나아가 관직을 맡기도 했으나, 후에 가야산으로 들어가 은거하다 병고에 시달린 끝에 세상을 떠났다.

몇 년 전인가 불교문화원에서 중국의 불교유적지를 답사할 때 이곳에 들른 적이 있었다. 당시 버스를 대로변에 세우고 동료들은 가파른 계단을 올라 당성유지박물관唐城遺址博物館으로 향했다. 피곤하다는 핑계를 대고 차에 남아 휴식을 취하다 그만 역사의 현장을 놓치고 말았던 기억이 되살아났다. 이번에는 반드시 찾아가겠다고 마음을 다지고는 택시를 탔다. 몇 번인가 주위를 헤매다 겨우 도착했다. 큰 도로에서 옆으로 빠지는 작은 길을 달렸는데 우리가 이용한 길은 이전의 불교문화원에서 이용했던 길의 반대편이었다. 마을을 지나니 왼쪽에 유적지가 있었다. 산 정상에 성을 쌓아 위용을 자랑했다. 바람에 휘날리는 깃발이 이곳이 수나라 양제煬帝, 재위 605~617의 행궁이었음을 알려준다.

최치원 기념관은 박물관 정문 오른쪽에 자리 잡고 있었다. 2001년에 진열관을 새로 열었다고 한다. 1층에는 최치원의 동상이, 2층에는 한중 교류에 관련된 사진과 자료를 비치했다. 사진을 유심히 들여다보니 부산 해운대구와 자매결연한 모양이다. 그리고 경주 최씨 문중이 선조를 찾아 이곳을 방문한 사진도 진열되어 있었다.

# 『서유기』의 저자 오승은을 만나다

## 우임금이 수신인 원숭이를 잡다

양주 동참東站 터미널에서 회안으로 가는 버스를 기다렸다. 10분 늦게 버스가 터미널로 들어왔다. 시내의 다른 터미널에서 출발한 탓에 자리는 조금밖에 여유가 없었다. 우리 좌석에 벌써 다른 사람이 앉아 있었다. 저번의 쓸쓸한 기억이 되살아나 비켜주지 않을까 조바심을 냈으나 투덜거리며 일어섰다. 회안화이안淮安으로 가는 길은 짐을 빼곡히 실은 트럭들이 점거하고 있었다. 버스는 1차선에서 갓길까지를 오가며 주행했다. 두 시간 30분 만에 목적지 회안에 도착했다. 숙소는 터미널에서 200여 미터 떨어진 곳에 있었는데 도매 가게가 늘어서 있어 인파와 짐꾼들로 몹시 붐볐다.

호텔에 도착하면 제일 먼저 하는 일이 노트북을 설치하는 것이다. 방문 도시의 유적지를 검색하고, 다음 숙박지에 행여나 인터넷 시설이 없을 것을 예상하고 미리 조사 작업을 해둔다.

회안은 강소성 중서부에 위치해, 동남쪽은 양주에, 북쪽은 연운항시롄윈강 시連雲港市에, 동쪽은 염성시옌청 시鹽城市에 인접했다. 이 지역 대부분은 회하淮河 유역의 평야지대로, 하천이나 호수가 산재해 있다. 회하 서쪽에 홍택호洪澤湖라는 광활한 호수가 있는데, 그 옛날 황하가 범람해 남쪽으로 수로를 바꾸어 회하로 흘러 들어갔다. 회하에 물이 넘쳐흘러 양자강으로 수로를 틀게 되는데, 그 당시 넘친 물이 만들어낸 것이 바로 이 호수였다. 중국에서 네 번째로 큰 담수호 가운데 하나다.

회안은 항주·양주·소주와 더불어 조운로 상에 발전한 4대 도시 가운데 하나였다. 명나라 중기 이후 황하가 회하로 흘러 들어간 이후 물난리가 더욱 심해져 중앙에서 고위 관료를 파견해 이곳에 머물면서 회하를 다스리게 했다. 최부는 양자강과 회하의 사이 400~500리약 157~197킬로미터의 땅에 큰 못과 큰 호수가 많았는데, 소백호사오보후邵伯湖·고우호가오유후高郵湖·계수호지에셔우후界首湖·백마호바이마후白馬湖 등과 같은 큰 호수는 사방이 끝없이 펼쳐져 있었다고 술회했다.


회하의 넓이는 거의 10여 리약 4킬로미터 정도이며 깊이는 알 수 없고 물살이 매우 빠르며, 하변河邊에는 경칠공신사耿七公神祠가 있다. 또 구산龜山이 회하에 임해 있다.

조감趙鑑이 신에게 말하기를, "이 산록에는 신령한 동물이 있는데, 모습이 마치 원숭이와 같으오. 주름진 코, 높은 이마, 몸은 푸른색이며 머리는 흰색이며, 눈빛은 마치 번개와 같소. 민간에 전해지기를 우禹임금이 치수할 때에 큰 밧줄로 이 동물을 묶어 이곳에 살게 하여 회수가 잔잔하게 흐르도록 했소. 지금 사람들이 이 동물의 형상을 그려 회수의 거친 물결과 바람의 험난함을 면하고 있소.

• 『표해록』, 2월 27일

같은 이야기가 북송 초 악사樂史가 편찬한 지리서『태평환우기』太平寰宇記에 좀더 자세하게 기록되어 있다.

당 영태永泰765 초 한 어부가 밤에 구산 아래서 낚시를 했다. 낚시에 걸린 물건을 통제할 수 없어 끌어올릴 수 없었다. 어부가 50여 장丈 대략 150미터되는 바닥까지 내려가자 귀산의 밑둥에 쇠사슬로 묶여 있는데 그 끝을 알 수 없었다. 어부는 이 사실을 자사刺史 이탕李湯에게 고했다. 곧바로 이탕은 어부와 물에 익숙한 자 수십 명에게 그 쇠사슬을 찾도록 했다. 힘으로 제어할 수 없자 큰 소 50마리로 끌어올렸다. 조금씩 움직여 물가에 올라올 무렵 갑자기 하늘에 바람이 없는데 거세게 물결이 일었다. 보는 사람들이 놀랐다. 쇠사슬 끝에 푸른 원숭이 같은 모습의 짐승이 한 마리 있었다. 흰 머리, 긴 머리카락, 눈부신 치아, 금색의 발톱이었다. 갑자기 머리를 물가 위로 내밀었는데 크기가 5장丈: 약 15미터 정도로, 쭈그리고 앉았다 일어섰다 엎드렸다 하는 것이 마치 원숭이와 같았다. 이 원숭이는 무지無支라는 회하의 수신水神이었다. 전설에 따르면 우임금이 치수를 할 때 동백산桐栢山에서 이 수신을 잡아 귀산의 밑둥에 묶어두었다는 것이었다.

그러나 미신 같은 이야기를 귀에 담을 최부가 아니었다. 그는 조감에게 "이것은 정말로 괴이한 말로 도리에 맞지 않아 믿을 수 없다"고 말한다. 그러자 조감은 묵묵히 입을 닫았다.

# 명나라의 시대적 배경이 반영된 『서유기』

큰길에서 마을로 접어드는 길을 따라 한참을 걸어가자 왼편에 『금병매』金瓶梅·『삼국지연의』·『수호전』과 함께 중국 4대 기서奇書 가운데 한 작품으로 꼽히는 『서유기』의 작자 오승은吳承恩, 1504~82의 기념관이 보였다.

그는 이곳 출신으로 하급 관리를 지내다 소상인으로 전락한 가정에서 태어났다. 명 가정 8년1529에 지부知府 갈목葛木이 세운 용계서원龍溪書院에서 독서했는데, 갈목이 그의 재능을 한눈에 알아보고 중히 여겼다. 그리고 시에 뛰어난 주응등朱應登, 1477~1526도 오승은을 범상치 않은 인물로 보았다. 그리하여 그가 능히 '천하의 서적을 모두 읽을 수 있다'고 생각하고는 집에 소장하고 있던 도서와 사적史籍 가운데 절반을 그에게 넘겨주었다. 40세 무렵에 공생貢生이라는 신분으로 북경에 갔으나 관직을 얻지 못했다. 모친은 늙고 집안이 가난해 절강성 장흥長興 현승縣丞의 직책에 취임했다. 주응등의 아들로 문장에 발군인 친구 주일번朱日藩과 편지 등을 주고받으며 술과 시문에 취했고, 가정 20년1541에 전시殿試에 1등으로 합격한 심곤沈坤, 1507~60, 시인 서중행徐中行, 1517~78과 왕래하며 교유했다. 그러나 무고를 당해 소맷자락을 훌훌 털고 고향으로 돌아왔다. 만년에는 글을 파는 일을 생업으로 삼아 80세까지 살았다고 한다. 그는 성품이 명민하고 슬기로웠으며 많은 서적에 박식해 붓을 들면 곧바로 시문을 지었다. 그가 지은 작품은 청아하고 유려했다. 해학에 뛰어나고 저술은 여러 분야에 걸쳐 있어 그 명성은 한 시대를 풍미했다.

『서유기』는 7세기 초 당나라 시대에 인도에 건너가 불교경전을 가지고 돌아온 현장법사가 17년간 50여 나라를 순방한 기록인 『대당서역기』

『서유기』는 현장법사가 쓴 『대당서역기』를 기초로 씌어진 전기(傳奇)소설이다.
『서유기』의 작가 오승은을 기념하기 위해 지어진 기념관.

大唐西域記를 기초로, 불교·도교의 선계仙界, 신이나 용·요괴·선인仙人 등의 요소가 섞여 만들어진 일대 전기傳奇소설이다. 최근 어린아이들에게 인기가 있는 해리포터 시리즈보다도 무궁무진한 상상력이 담겨 있어 그 모험을 대신 체험할 수 있는 작품이다.

3년 전 투루판吐魯番을 여행한 적이 있다. 점심식사를 마치자 가이드가 호텔에서 두 시간 정도 휴식을 취하라고 했다. 열기가 너무나도 심해 밖에 나돌아다니기 고통스러웠기 때문이다. 낮잠을 즐긴 후에 옛 실크로드 길 저쪽으로 마치 용틀임하는 모양의 거대하고 위협적인 산에 맞닥뜨렸다. 붉은색과 회색빛이 어우러진 호랑이의 굴곡진 얼굴처럼 보이고, 열기가 하늘로 올라 희미하게 보이는 산, 화염산火焰山이었다. 자그마치 남북으로 60킬로미터, 동서로 120킬로미터나 뻗어 있으며, 표고가 800미터나 되는 거대한 산이었다. 산 남쪽은 20킬로미터에 걸쳐 수직으로 깎아지른 암벽으로 형성된 붉은 바위산으로 지표면의 온도가 섭씨 60도에 달한다고 한다. 메마른 대지에 돋아난 풀도 그 열기에 녹아내렸으며, 붉은빛도 세월을 감내하지 못하고 회색으로 변해버렸다. 삼장법사가 이곳 화염산을 지날 때 손오공이 불구대천의 원수 나찰녀羅刹女로부터 파초선芭蕉扇을 빼앗아 49번 부채질을 한 후에야 겨우 산의 불길을 껐다는 장면이 떠올랐다.

새삼 내가 일본 도호쿠 대학교에서 유학할 당시 홋카이도北海道 출신의 한 여성 학자가 학회에서 『서유기』에 관한 강연을 한 기억이 되살아났다. 세세하게는 기억이 나지 않지만 그는 『서유기』에서 가장 흥미 있는 장면으로 손오공에 가장 강력한 적이 나타나는 대목이 7의 배수가 되는 곳이라고 했다. 아마도 금각대왕·은각대왕이 등장하는 곳이 소설의 7의 배수에 해당하는 횟수에 등장할 것이다. 여행을 마치고 글을 정리하면서 임홍빈이 옮긴 『서유기』를 꺼내 보니 32회에 금각대왕이 등장하고, 35회에 이들 요괴를 평정하는 장면이 나오는 것을 확인할 수 있었다. 중국인이 좋아하는 기수인 3·7·9에 대한 관념을 엿볼 수 있었다.

최근 중국도 지방 정부에서 유적지를 관광지화하려는 움직임이 활발하게 진행되고 있다. 기념관을 새롭게 단장하느라 인부들이 칠하는 페인트 냄새가 코를 찔렀다. 팸플릿이 있냐고 묻자 1위안이라고 해서 한 장 구입했더니 너무 내용이 없어 속은 기분이었다. 입구 왼쪽이 오승은 기념관, 오른쪽이 『서유기』에 관한 자료관으로 『서유기』에 등장한 인물들을 전시해놓았다.

『서유기』의 작품에는 명나라의 시대적·역사적 상황이 반영되어 있

『서유기』의 내용에는 명나라의 시대적·역사적인 상황이 고스란히 반영되어 있다.
『서유기』에 나오는 삼장법사와 손오공 등의 조각상.

다. 『불경』을 구하러 인도로 가는 도중에 만나는 수많은 요괴들은 당시 사회의 부패와 추악한 현실과 연계되어 있는 것이다. 온갖 종류의 도적·탐관오리 들이 곳곳마다 횡행하면서 유린과 수탈을 자행하고 있다. 어렸을 적 손오공이 한번 여의봉을 휘두르자 잔혹하고 악랄한 행위를 저지르는 세력들이 여지없이 머리를 조아리는 모습에 환호를 외치곤 했다.

　운하를 따라가는 우리에게 근두운과 여의봉이 있다면 최부의 길을 한 치라도 놓치지 않고 따라가고 싶다는 상념과, 권세와 허세를 부리는 자들에게 냅다 한번 휘둘러보고 싶다는 생각이 불끈 솟아올랐다.

# 한신의 어머니를 모신 표모사

## 중국의 위대한 세 어머니—맹모, 악모, 표모

오승은 기념관을 둘러보고 나왔으나 버스나 택시를 잡기 어려운 촌구석이라 10위안을 주고 오토바이를 개조해 만든 인력거를 탔다. 표모사漂母祠로 가자고 하자 우리가 들어온 대로와는 반대 방향인 마을 뒤쪽으로 핸들을 꺾었다. 트럭이 다녀 푹 파인 도로에 먼지가 풀풀 날리는 제방길이었다. 오른쪽으로 운하가 지나가고 있었다. 옛 건물이 보이기에 무심결에 눈을 돌리니 조어대釣魚臺라는 팻말이 언뜻 보였다. 인력거를 세우려고 했으나 기사에게 말을 거는 타이밍이 늦었다. 제방이 끝나 큰길과 교차하는 다리가 있는 곳에서 왼쪽으로 접어들었다. 인파의 왕래가 빈번하고 최근에 새롭게 지은 듯한 건물 앞에 우리를 내려주었다. 표모사의 위치를 물었으나 언제나 그렇듯이 모른다는 무심한 답변만 돌아왔다. 건물 뒤로 호수가 있었고 그 가운데에 자그마한 섬이 보였다. 아무래도 조금 전에 지나쳐 온 조어대가 마음에 걸렸다. 걸어서 길을 되돌아가기로 했다.

조금 전 다리 부근의 운하가에서 두 여인이 대걸레를 빨고 있었다. 이

끼가 잔뜩 끼어 있는 탁한 물이었다. 저 멀리서 자그마한 배 한 척이 미끄러져 들어왔다. 무엇이 그리 바쁜지 오토바이 · 트럭 · 인력거가 먼지를 날리며 분주하게 오가고 있었다. 사고를 당하지 않도록 주의하며 걸었다. 둑방 한쪽에 '고운하'古運河라는 돌 팻말이 세워져 있었다. 10여 분쯤 더 걸어가자 둑방 아래에 건물이 나타났다. 마침내 표모사라는 편액이 눈에 들어왔다.

옛날부터 중국에는 세 사람의 위대한 어머니상이 있는데, 맹모孟母 · 표모漂母와 악모岳母가 그들이다. 맹모는 맹자의 어머니로 자식의 성공을 위해 세 번 이사했고, 악모는 악비岳飛. 1103~41의 어머니로 자식의 등에 먹물로 '정충보국'精忠報國, 즉 "진심을 다해 나라에 충성한다"는 네 글자를 새겼고, 표모는 한신韓信. 기원전 231~기원전 196에게 밥을 먹여준 빨래하던 어머니였다. 그녀는 의지할 곳이 없어 굶어죽을지도 모르는 아이에게 끝없는 사랑을 베풀어준 어머니였다. 은혜를 베풀면서도 보답을 바라지 않는 한없이 자애로운 어머니상으로 중국인에게 인식되었다.

표모사의 현재 행정구역상 위치는 회안시 초주구楚저우 구楚州區다. 본래는 회안 동문 밖에 있었으나, 명나라 초에 건물이 무너져내려 회안위淮安衛 지휘사指揮使 정유丁裕가 새로이 초주楚州 서문 밖에 건립했고, 홍치 연간1488~1505에 지부 양손楊遜이 소호蕭湖 변으로 옮겨 건립했다. 청 강희 연간1662~1722에 유구琉球 사신이 이곳을 지나다 100전錢을 신위神位에 바쳤고, 건륭제재위 1736~96도 이곳을 참배하면서 '일반천고'一飯千古, 즉 "밥 한 그릇의 귀감이 영원토록 전해지다"라는 뜻을 지닌 편액을 직접 써주었다고 한다.

배고픈 한신에게 밥을 먹여준 표모의 사당. 그는 의지할 곳이 없어
굶어죽을지도 모르는 아이에게 끝없는 사랑을 베풀어준 어머니였다.

## 한신이 식객 노릇을 하며 수모를 당했던 표모사

마침 공사 중이라 문은 굳게 닫혀 있었다. 아무도 없는 곳에 입장료 5
위안이라는 표지판이 쓸쓸함을 더했다. 문틈으로라도 안을 보려고 애썼
으나 아무것도 보이지 않았다.

회음역淮陰驛의 건너편에는 마두성馬頭城이 있었고, 문 밖에는 표모사
漂母祠가 있는데, 그 북쪽에는 또 과하교胯下橋, 즉 한신이 식객 노릇을
하며 수모를 당했던 곳이 있다.

• 『표해록』, 2월 27일

회음역은 회안부성 망운문왕원먼望雲門 밖 운하 서안에 위치해 있다. 이 회음역 건너편에 한신의 배고픔을 알아준 표모의 사당이 있었다.

한나라를 세운 고조 유방劉邦, 재위 기원전 206~기원전 195의 참모인 소하蕭何·장양張良과 함께 3걸이라고 칭해지는 한신은 회음淮陰: 현재의 회안시 출신이다. 그는 처음에 항우項羽, 기원전 232~기원전 202를 찾아갔으나 등용되지 못했다. 그러자 한나라에 귀부해 공을 세워 한왕漢王이 되었고, 후에 모반죄로 살해당했다. 포의布衣 시절에는 몹시 가난해 모친이 죽었을 때도 장사를 지낼 수 없었다. 또 장사를 해서 생계를 유지할 밑천도 없었다. 언제나 남에게 빌붙어 살아가고 있어 사람들이 그를 싫어했다. 한번은 회음에서 남창南昌을 다스리는 정장亭長에게 두어 달 의지하며 생활했는데, 정장의 아내가 그를 몹시 미워했다. 부부가 새벽 일찍 밥을 지어 침상 속에서 먹고는 한신에게는 주지 않을 정도였다.

어느 날 한신이 성 아래서 낚시질을 하고 있었다. 이때 여러 노파들이 물로 면이나 솜을 치고 있었다. 이 가운데 한 노파가 굶주린 한신의 모습을 알아채고는 밥을 주었다. 한신은 표모에게 "내 반드시 표모에게 후히 은혜를 갚겠소"라고 하자, 표모는 "대장부가 스스로 벌어먹지 못하기에 내가 왕손王孫을 가엾이 여겨 밥을 드렸을 뿐입니다. 어찌 보상을 바라겠습니까"라고 답했다.

과하교跨下橋는 한신이 다리 밑으로 지나갔다는 고사에서 유래한다. 회음의 도축업자 가운데에 한신을 업신여기는 젊은이가 있었는데, 그는 한신에게 "네가 장대하고 즐겨 칼을 차고 있기는 하나 실상 속마음은 비겁하다"고 시비를 걸어왔다. 여럿이 한신을 모욕하며 "한신이 나를 죽일 것이다. 나를 찔러라. 그렇지 못한다면 내 다리 밑을 통과하라" 했다. 그러자 한신은 곰곰이 생각한 끝에 고개를 숙이고 그 소년의 다리 밑을 기어 나왔다. 이에 시장 사람들이 모두 한신을 겁쟁이라고 조롱했다.

유방이 천하를 다투던 항우를 물리치자 한신을 초왕<sub>楚王</sub>에 봉하고는 하비<sub>下邳</sub>를 영지로 하사했다. 한신은 봉지<sub>封地</sub>에 도착하자마자 밥을 먹여 준 표모를 불러 천금을, 남창의 정장에게는 백금을 주었다. 한신은 정장에게 "그대는 소인이다. 남에게 은덕을 끝까지 베풀지 않았다"고 말했다. 그리고 자신을 욕보이며 가랑이 밑으로 지나가라고 시키던 자를 불러서 중위<sub>中尉</sub>라는 관직을 주고는 여러 장상에게 "이 사람은 장사<sub>壯士</sub>다. 나를 욕보이던 때에 내가 어찌 그를 죽이지 못했겠는가. 그를 죽인다 해도 내 이름이 드러나는 것이 아니었기에 오늘의 공을 성취할 수 있었다"고 말했다.

다음은 고려 말기 학자인 이곡<sub>李穀, 1298~1351</sub>의 『가정집』<sub>稼亭集</sub>에 한신을 소재로 지은 시 「애왕손」<sub>哀王孫</sub>의 일부다.

> 회음 땅의 젊은이가 인걸을 업신여겨
> 가랑이 사이로 기어가게 할 때 문을 나가듯 했지.
> 표모가 안목이 있어 왕손을 애처롭게 여겨
> 한 그릇 밥에 천금으로 보답하려 생각했네.
> 淮陰少年侮人傑　令出胯下如出門
> 漂母有眼哀王孫　千金思酬一飯恩

표모사 옆으로 주택이 두세 채 있었다. 중년의 남녀가 나오기에 표모 사에 들어갈 수 없냐고 하니 지금은 공사 중이라 안 된다고 했다. 사당 오른쪽으로 넓은 호수가 그림처럼 펼쳐져 있었다. 호수 안에는 작은 섬

유방은 항우를 물리친 뒤, 한신을 초왕(楚王)에 봉했다. 그러자 한신은 표모에게
밥을 먹여준 고마움의 대가로 천금을 하사했다. 한신이 배고픔을 달래며 낚시를 하던 조어대.

들이 있었다. 바로 한신이 배고픔을 달래며 낚시를 하던 조어대였다.
"참고 성내지 않는 것이 장래의 성공을 약속한다"는 금언이 귓가를 스
친다.

# 조운총독부와 회안부서

## 수륙 교통의 요충지 회안

표모사를 둘러본 후 인력거를 타고 진회루전화이러우鎭淮樓로 갔다. 진회루는 초주구추저우 구楚州區 시내에 우뚝 서 있어 찾기 쉬웠다. 이 지역 사람들은 누樓 위에 북太鼓이 있어 고루鼓樓라고 불렀다. 지금부터 800년 전인 북송 연간960~1127에 세웠다. 명나라 때에는 누 위에 동銅으로 만든 항아리를 두고 시간을 재어 알려주었기에 초루譙樓라고 했으나, 청 건륭 연간1736~96에 수재가 끊이지 않자 사람들이 회수의 범람을 두려워해 이를 진압한다는 의미에서 진회루라고 바꾸었다. 현재의 건축물은 덕종德宗 광서光緖 7년1881에 중건되었다.

누는 2층으로 된 장대한 건물로 높이가 대략 20여 미터에 달했다. 좌우측으로 통로가 있었다. 문 앞에서 노파가 5위안을 받고 통과시켜주었다. 관우의 분신이라 할 수 있는 언월도 앞에 놓인 복전함에 젊은 두 연인이 동전을 넣으며 기원하고 있었다.

진회루 북쪽에 조운총독부 터가 자리 잡고 있었다. 명 홍무 원년1368에 주원장은 서달徐達, 1332~85 등에게 명령을 내려 25만 명의 대군을 이

1736~96년에 물난리가 끊이지 않자 사람들이 회수의 범람을 두려워했다.
이리하여 이를 막아낸다는 의미로 진회루(鎮淮樓)를 세웠다.

끌고 북벌에 나서 원나라를 공격케 했다. 이때 해운을 이용해 보급품을
북평北平: 현재의 베이징과 요동으로 운반했다. 영락 원년1403에 처음으로
300석 이상을 실을 수 있는 배로 회수와 위하衛河를 거쳐 북경으로 수송
하는 루트를 이용하기 시작했다. 영락 9년1411에는 현재의 산동성 임청
현에서 동평둥핑東平현에 이르는 조운로인 회통하會通河를 뚫었다. 그리고
는 400석을 한도로 200석을 표준으로 실을 수 있는 하천용 배 500척을
건조해 회안·양주·서주쉬저우徐州·연주옌저우兗州의 세량稅糧 100만 석
을 운반했다. 당시 회안에는 곡물을 저장하는 창고가 있었고, 절강과 남
경 지역의 군대가 서주까지 곡물을 운반했다.

　명나라 조운의 최고 공로자 평강백平江伯 진선陳瑄, 1365~1433은 배를
1,000척으로 늘렸다. 천순天順 연간1457~64 이후는 1만 2,000척에 달했

다. 배는 녹나무와 삼나무로 만들었고 3년마다 소규모의 수리를, 6년마다 대규모 수리를, 10년마다 새로 건조했다. 명나라 말이 되면 한 배에 700~800석을 실었고, 사리를 채우기 위해 개인 화물을 몰래 싣기도 했다. 개인 화물을 중간에서 팔아 이익을 챙기려고 기일을 늦추거나 농간을 부렸다. 심지어 배에 일부러 구멍을 내어 침몰시키는 만행을 저지르기도 했다.

명나라 초에는 무신武臣으로 하여금 해운海運을 감독케 했다. 이후 조운사漕運使를 설치했으나 곧 폐지했고, 영락 연간1402~24에 어사·시랑侍郎과 도어사都御史로 하여금 조운을 감독케 했다. 이처럼 조운을 감독하는 제도는 일정치 않았다. 경종 경태 2년1451에 들어서 처음으로 회안에 조운총독을 설치해 총병總兵·참장參將 등으로 하여금 함께 조운 일을 맡게 했다. 당시 이들이 통솔하는 조운군이 무려 12만 명에 달했다. 총병관은 순무巡撫·시랑과 함께 해마다 8월에 북경으로 들어가 다음해 조운에 관한 일을 논의했다. 조운총독이 설치되면서부터는 총독이 북경으로 들어갔고, 순무는 관료들의 곡물 준비, 회수를 건너는 기한을 통제했다. 그밖에 조운을 담당하는 관리는 조운길을 원활하게 하는 책임 등을 맡았다.

## 명청시대의 관청을 완전한 형태로 확인하다

앞에서도 언급했듯이, 회안은 수륙 교통의 요지로 서쪽으로는 회수, 동으로는 바다에 다다르며, 남북 수운의 요충지다. 호광·강서·절강·강남지역의 곡물선이 꼬리를 물고 이곳 회안에 도착하면 조운총독의 검사를 거친 후에 운하로 나아갔다. 이 지역을 거치지 않아도 되는 산동山

274

東·하남河南의 곡물선도 통제를 받았다. 실로 일곱 개 성의 조운을 관할하는 곳이었다.

조운 업무를 총괄하던 조운총독부 정문 옆으로는 담장이 좌우로 뻗어 있어 관부의 위압이 전해져왔다. 표 파는 곳을 찾았으나 어디에도 없었다. 건물은 어떤 구조일지 설레는 마음으로 문을 들어서는 순간 황량하기 이를 데 없었다. 총병관이 관리와 상인들을 호령하는 상상은 물거품처럼 순식간에 사라져버렸다. 저 멀리 잿빛의 주택단지가 시야로 들어왔다. 단지 이곳저곳에 돌 기단부만이 몇 군데 그 옛날 흔적을 보여줄 뿐이었다.

실망 가득한 채 사람들에게 물어물어 다음 목적지인 회안부서淮安府署로 발길을 옮겼다. 지도를 구입해 확인하지 못한 탓에 위치를 몰랐다. 중국 여행을 하면서 배운 것은 반드시 그 지방의 지도를 사야 한다는 점이다. 역이나 버스터미널 상점에는 반드시 지도를 구비하고 있었다. 상점이 없으면 지도를 들고 다니는 아주머니들에게 살 수 있다. 가게는 깎아주는 법이 없지만 아주머니들은 얼만큼 흥정을 잘하냐 못하냐에 따라 반값에 살 수도 있었다.

회안부서는 도로를 따라 100미터쯤 더 들어간 곳에 있었다. 원형을 보존한 관청은 남송시대에 세워졌고, 명 홍무 원년1368에 지부 범중範中이 원나라의 회안로총관부淮安路總管府 건물을 수리해 공서公署로 만들었다. 3년 후에 새로이 부임한 지부 요빈姚斌이 성 안 터를 선정해 새롭게 건물을 세워 관청을 지었다. 지금 우리 앞에 있는 건물이다.

회음역에서 배를 타고 회안부 옆을 지났는데, 부는 옛날 동초주東楚州로 실로 동남쪽의 중진重鎮이었다. 그 구성舊城 안에는 부府의 치소,

1451년에 들어서야 처음으로 회안에 조운총독을 설치해 총병(總兵)과 참장(參將)이
조운일을 맡게 되었다. 진회루에서 바라본 조운총독부 터.

산양현山陽縣의 치소, 회안위淮安衛와 도당부都堂府, 총병부總兵府, 어사부
禦史府 등의 여러 관서가 있었다. 구성의 동쪽에는 또 신성新城을 쌓았
는데, 신성 안에는 대하위大河衛가 있으나 나머지 관서는 아직 설치되
지 않았다. 신성과 구성 사이의 거리는 약 1리 정도이며 호수의 물이
두 성의 안팎을 둘러싸고 있었고, 성과 인가가 평도平島 안에 있었다.
남도문南渡門으로부터 북쪽으로 가니 회하淮河에 도착했다.

• 『표해록』, 2월 27일

도당부는 명 경태1450~57 초에 도어사 왕횡王竑, 1413~88이 옛 성 남문 내
에 세운 도찰원都察院을 가리킨다. 총병부는 조운총병부漕運總兵府로 두 곳
이 있었는데, 하나는 남부南府라고 하여 옛 성 남문 내에 독무督撫 · 도찰원

276

과 나란히 있었고, 하나는 북부北府라 하여 회안부 치소 동쪽에 있었다.

이번 여행에서 처음으로 완전한 형태의 명청시대 관청 건물을 확인하는 성과를 거두었다. 입구에서 바라보니 장관인 지부知府가 업무를 처리하던 대당大堂은 대단히 웅장하고 넓었다. 입구의 왼쪽 오른쪽으로 각각 3동의 건물이 배치되어 있었다. 왼쪽은 입구로부터 공과工科·형과刑科·병과兵科, 오른쪽은 이과吏科·호과戶科·예과禮科 순으로 배치되었다. 학생들에게 6과를 순서대로 말해보라고 하면 이·호·예·병·공·형과 순으로 답변할 것이다. 하지만 건물 배치순으로 볼 때 이과와 병과는 동렬이었다. 병과가 네 번째가 아니라 서반西班의 첫 번째인 것이다. 이제부터는 기존의 지식을 바꿔줘야 할 것 같다.

이 여섯 개 건물 중에서 흥미를 끈 곳은 이과와 형과였다. 이과 건물로 들어서니 폭과 길이가 그다지 넓고 크지 않은 공간이었다. 책상 하나가 덩그러니 놓여 있었다. 관복을 차려입은 관료들이 출입하는 형상이 눈에 선했다. 벽에는 나무로 만든 패牌에 이과의 관료가 행해야 할 임무를 자세하게 기록해놓았으며, 명청시대에 이름을 날린 친민관親民官이나 빈민을 구제한 인물, 청렴한 관료들의 기록이 걸려 있었다.

형과 건물에는 칼을 쓴 죄인들의 형상과 태笞·장杖 등의 형벌 도구, 청나라 말에 벌을 받고 있는 사람들의 사진이 걸려 있었다.

대당 뒤로 돌아가니 고방庫房이라는 곳이 나왔는데 금과 은 모형을 차곡차곡 쌓아두었다. 명청시대 세금을 납부하려고 몸부림쳤던 빈궁한 농민들의 초라한 모습에 대비되어 눈처럼 휘날리는 은화가 부패한 관료들에게 떨어져 내리는 모습이 선연하게 떠올랐다 사라졌다.

회안부서를 나오다 두 개에 2위안도 채 안 하는 군고구마를 샀다. 그랬더니 낯선 아저씨가 다가와서는 이 지방의 명물인 무를 먹어보라는 것이다. 푸른색 작은 무였는데, 군고구마보다 약간 더 비쌌다. 고구마는 다른 지방에서 먹었던 것보다 달았지만, 무는 꽁지부분이 꽤나 매웠다.

시내로 돌아오는 버스에서 바라보니 아기를 업은 젊은 여인네가 신호에 걸린 승용차의 유리를 닦아주고 구걸하는 장면을 대하곤 마음이 무거웠다. 오후 2시 10분 발 버스로 두 시간 40분 만에 서주에 도착했다.

# 서주홍의 거센 물살은 어디로

## 한나라 유적만 남아 있는 서주

아침에 잠시 해가 얼굴을 내밀더니 오후에 접어들자 흐려졌다. 일기예보에 따르면 동북지방인 하얼빈에는 폭설이 내리고, 우리가 앞으로 가야 할 산동지역에도 찬 기단이 서서히 내려온다고 한다.

서주쉬저우徐州는 옛날 팽성彭城이라 불렸던 곳으로, 강소성에서 남경·양주 다음가는 세 번째로 큰 도시다. 『상서』尚書 우공禹貢에서 말하는 이른바 9주 가운데 하나로 산동성 남동부와 강소성의 장강 이북의 지역을 가리킨다. 서주는 구릉으로 둘러싸여 있어 예로부터 전략상의 요충지로 항우가 도읍한 곳이기도 하다. 속현屬縣인 패현沛縣은 한나라 고조 유방의 고향으로 패자와 승자의 운명이 엇갈린 곳이다.

서주에는 명청시대의 유적지는 거의 남아 있지 않고 대개가 한나라의 유적지라고 한다. 대운하가 시의 북동부를 지나가고 있지 않다보니 강남의 다른 도시와 비교하면 운하에 대한 관심이 그다지 크지 않아 관련 시설이 보존되지 않은 상태였다. 마르코 폴로는 서주를 매우 훌륭하고 부유한 도시로 큰 배들이 많은 상품과 귀한 물건을 싣고 다니며 먹을 것

최부는 서주홍을 가리켜 "기세당당하게 달리다가 돌에 부딪히고 물길이 꺾여 흐름이 막히고 용솟음쳤다가 뚝 떨어지기도 했다"고 묘사했다.

이 넘쳐난다고 표현했다.

『표해록』을 역주할 때부터 물살이 급했던 여량대홍呂梁大洪과 서주홍徐州洪, 또는 백보홍에는 한번 꼭 들러야겠다고 마음먹었다. 서주에는 급류처가 많았는데, 산의 지형으로 인해 물길이 좁아지기 때문이다. 사수泗水는 성 동북쪽에서 서쪽으로부터 흘러온 변수汴水와 만난 뒤 동남쪽으로 흘러 서주를 빠져나가는데, 그 사이에 진량홍秦梁洪·서주홍·여량홍 등의 급류를 만들어냈다. 홍洪이란 암석이 물속에 숨어 물 흐름을 방해하기 때문에 배를 저어 나가는 데 매우 험난한 곳을 가리킨다. 최부는 일기를 마치면서 홍에 대해 설명해놓았다.

양 언덕에 역시 돌로 언堰을 쌓고 그 위에 배를 몰 수 있는 길을 만든다. 또 대나무로 만든 닻줄을 사용해 끌어당기는데, 배 한 척을 당기는 데에 인부는 100여 명이, 소는 열 마리가 필요했다. 패壩나 갑閘이나 홍에는 모두 관원이 있었는데 인부와 소를 모아놓고 배가 오기를 기다렸다. 제당堤塘과 취嘴는 모두 돌로 쌓았는데, 목책으로 만든 것도 있었다.

• 『표해록』, 6월 4일

거대한 돌이 치아를 나열해놓은 것 같은 험난한 곳으로 여량홍과 서주홍은 천하에 정평이 나 있었다.

숙소에서 여량홍까지는 버스로 최소 한 시간가량은 달려야 하는데다 정확한 위치도 알지 못하겠다고 한 카운터 아가씨의 말에 서주홍으로 발길을 돌렸다. 후에 인터넷을 뒤지니 여량홍은 서주 동남 50리약 20킬로미터 되는 여량산 아래 있었다. 현재는 가랍산坷拉山으로 해발 146미터 정도 된다.

금룡현성령묘金龍顯聖靈廟를 지나 여량소홍呂梁小洪에 도착해 대나무 줄로 배를 끌어올려서 니타사尼陀寺를 지났다. 서쪽 언덕에 관우·위지공尉遲公·조앙묘趙昻廟가 있었다. 또 방촌역房村驛을 지나 여량대홍呂梁大洪에 도착했다. 홍洪은 여량산呂梁山 사이에 있었다. 홍의 양옆은 수면 아래로 돌이 어지럽게 널려 있고, 가파르게 험한 바위가 높이 서 있었다. 어떤 것은 높이 솟아 있는 것도 있고, 어떤 것은 낮게 빽빽이 늘어선 것도 있었다. 강의 흐름은 꼬불꼬불하다가 여기에 이르러 언덕이 트여서 넓고 훤하게 뚫려 세차게 흘렀고, 세찬 기세는 바람을 내뿜는 듯했다. 그 소리가 벼락 같아 지나가는 사람은 마음이 두근거리고 정신이 혼미했다. 가끔은 배가 뒤집힐까봐 걱정이 되었다. 동쪽 언덕에 돌로 제방을 쌓아 어긋나게 파서 물 흐름을 끊은데, 거룻배를 이용했는데도 대나무 끈을 이용해 소 열 마리의 힘을 빌린 후에라야 위로 끌어올릴 수 있다.

•『표해록』, 3월 2일

## 최부의 간담을 서늘케 했던 여량홍, 서주홍

여량에는 소홍小洪과 대홍大洪이라는 두 개의 홍이 있는데 각각의 거리는 대략 7리약 2.8킬로미터 정도 떨어져 있다. 물결치며 흘러가는 물살이 매우 빠르고 험해 배를 운행하는 뱃사람에게는 고난의 장소였다. 장자莊子는 "여량의 폭포는 대략 47미터이며, 거품을 내며 40리약 16킬로미터를 흘러간다"고 했고, 여량을 구경한 적이 있는 공자孔子는 이곳에는 "서른 길의 높이에서 물이 떨어져 거품을 일으켜 물고기나 자라도 헤엄을 칠 수 없었다"고 했다.

최부의 간담을 서늘하게 했던 여량홍을 찾아가지 못한다는 사실이 못내 아쉬웠다. 여량홍을 무사히 건넌 최부는 백보홍즉 서주홍을 지나면서 다음과 같이 서술했다.

홍의 여울이 급한 곳은 비록 여량홍의 크기에 미치지 못하지만 그 험준함은 더욱 심했다. 돌이 어지럽게 널려 있어 쌓여 있는 모습이 마치 범의 머리와 사슴의 뿔과 같다. 사람들은 번선석驗船石이라 불렀다. 물은 기세당당하게 달리다가 돌에 부딪히고 물길이 꺾여 흐름이 막히고

서주는 강소성에서 남경, 양주 다음가는 도시로서, 예부터 전략상의 요충지 역할을 했다.
시내의 화평교 일대에 자리한 서주홍. 그 자리에 인공으로 섬을 쌓고 다리를 놓았다.

용솟음쳤다가 뚝 떨어지기도 했다. 천둥소리처럼 울리고 싸라기눈을
뿜어내듯 세차게 부딪혀 부서져내리니 배가 다니기 매우 어려웠다.

옛 기록에 따르면, 백보홍은 매우 급하고 험준해 배가 나아가기 대단
히 힘든 곳으로, 상하외홍上下外洪에 거대한 돌 100여 개가 짐승이 쭈그
리고 앉은 형태를 취하고 있어 사람들이 번선석이라고 불렀다 한다.
'번선석'이란 배를 뒤집는 돌이라는 뜻으로 배가 이곳에서 많이 좌초되
었음을 짐작할 수 있다.

백보홍의 위치는 숙소에서 인터넷으로 확인해두었기에 쉽게 찾을 수
있었다. 시내 화평교和平橋 일대였다. 물은 잔잔하게 흘렀다. 물속에 거

대한 암석이 깎아지른 듯이 높이 솟아 있는 것이 들쭉날쭉하고, 물결은 매우 세차고 빠르게 흘러 몇 리나 가야 잔잔해진다는 옛사람들의 기록이 무색할 정도였다. 강폭은 대단히 넓었고 강 가운데에 인공 섬이 들어서 있었다. 도저히 이 광경을 받아들일 수 없어 청소를 하고 있는 나이가 지긋한 노인에게 물었다.

나: 이곳이 정말 서주홍이 맞습니까?
노인: 그렇네.

원래는 강폭도 좁고 돌도 많았으나 운하를 정비하면서 돌을 다 들어냈다는 것이다. 최부가 섬뜩한 마음으로 대했던 홍의 실체를 조금이라도 느껴보려던 기대는 급류로 형성된 거품처럼 사라졌다. 본모습을 잃고 잔잔하게 흘러가는 운하에 허탈한 심정으로 발걸음을 옮겼다.

# 천 년의 잠에서 깨어난 지하궁전 구산한묘

## 산은 베개, 물은 침실 모양으로 바람을 품은 구산

유유히 흘러가는 서주홍을 뒤로하고 서주성으로 방향을 돌렸다. 택시 기사는 성은 볼 게 없으니 구산한묘구이산한무龜山漢墓를 보는 게 어떻겠냐고 물어왔다. 망설이다 기사의 말을 따르기로 했다. 왜냐하면 이번 여행에서 번번이 우연 적인 만남이 우리를 멋진 미지의 역사현장으로 안내했기 때문이다. 시내 운하를 따라 달렸다. 가로수가 줄지어 서 있는 한쪽으로 '오성통구'五省通衢라는 표지판이 눈에 들어왔다. 이야기인즉슨 서주는 강소성·산동성·하남성·안휘성·하북성의 5성으로 통하는 요지라는 것이다.

시내를 벗어나 9킬로미터 정도를 달리자 오른쪽으로 돌산이 나타났다. 바로 구산龜山이다. 서주시 구리九裏 경제개발구 내에 위치한 이 산의 해발은 30~40미터에 지나지 않으며 석회암으로 이루어졌다. 산의 모습이 마치 거북이 같아 이러한 이름이 붙여졌다. 풍수지리가에 따르면, 산은 베개요 물은 침실 모양으로 바람을 품고 있어 기가 모이는 대단한 길지라고 한다.

입구에서 100여 미터 떨어진 안쪽으로 유적지인 듯한 건물이 보였다. 구산서한초왕묘龜山西漢楚王墓였다. 이곳이 바로 민간에서 소구산한묘小龜山漢墓라고 부르는, 전한前漢, 기원전 202~209시대 초楚나라 양왕襄王 유주劉注, 재위 기원전 128~기원전 116 부부의 합장묘였다. 1972년 5월 돌을 캐던 중에 우연히 발견된 능묘다. 처음 발굴된 능묘에서 발견한 작은 동항아리에 새겨진 '병장옹주丙長翁主'라는 명문을 해석한 결과, 이 묘의 주인을 추정할 수 있었다. 제1호묘號墓가 발굴된 이후 시간이 흐른 1982년 웅장하고 극히 정치精緻하게 조성되어 사람들을 흥분시킨 제2호분이 다시 세상에 모습을 드러냈다. 이후 이 2호분을 구산한묘라 일컫게 된다.

중국 고대 문화유산 중에서 한나라의 뛰어난 세 가지 유물로 묘墓 · 화상석畫像石 · 병마용兵馬俑을 거론한다. 이미 300여 기의 묘가 발굴되었다. 형식이 각기 다른 한나라 능묘 가운데 신분이 높았던 왕후묘의 규모가 장대했다. 당시 최고의 작위에 해당하는 제후諸侯나 열후列侯는 다른 신분 계층이 향유하지 못한 특권을 누렸던 것이다. 능묘 조영에서도 산을 파거나 산 자체를 그대로 활용했다. 전한 12명의 초나라 왕 가운데 단지 제6대 초왕의 능묘만 발굴되었는데, 현재까지 발굴된 능묘 중에서 면적이 가장 넓어 지하 궁전을 방불케 한다.

북경에 있는 명나라 황제의 능묘군陵墓群인 명 십삼릉, 호남성湖南省 장사창사長沙에 있는 기원전 2세기 승상 이창利蒼과 그 처의 무덤인 마왕퇴馬王堆 등은 땅을 파서 능묘를 건설한 데 반해, 이 한묘는 지하의 돌을 세밀하게 깎아 조영한 기술을 보여줘 입이 다물어지지가 않았다. 발굴 당시 이 묘실의 주인공은 초나라 양왕 유주 또는 절왕節王 유순劉純, 기원전 116~기원전 100일 가능성이 크다고 알려졌다. 그러나 계속된 발굴작업을 통해 출토된 '구뉴은인'龜紐銀印 등의 유물을 통해 묘실의 주인공은 유주임이 확

천년의 잠에서 깨어난 구산한묘의 입구.
이 묘의 주인은 전한시대 초나라 양왕 유주 부부였다.

실해졌다.

서주는 유씨劉氏 정권의 중요한 분봉지分封地였다. 토지가 비옥하고 물산이 풍부한 곳으로 진秦나라 말에는 농민군이 일어난 곳이기도 했다. 한나라를 세운 고조 유방의 고향이기도 하니 천자가 탄생할 수 있는 서기가 어린 곳이기도 했다. 이 때문에 유방은 이곳 서주에 친밀하고 신뢰할 수 있는 배다른 어린 동생 유교劉交, ?~기원전 179를 초왕으로 임명했다. 이 유교의 6대손이 바로 유주다.

## 발파작업으로 발견된 양왕 부부의 묘

입장료로 60위안을 내고 건물 안으로 들어가자 한 층 밑에 공사를 하는 인부들의 형상을 실물크기로 만들어놓았다. 특별한 유물이 없어 의아하게 생각하고 있던 참에 한 무리의 관광객이 동서 계단을 이용해 밑으로 내려가고 있었다. 자세히 살펴보니 동서 통로인 용도甬道를 이용해 묘 안쪽으로 들어가고 있었다. 우리는 동쪽 용도로 향했다. 한 줄기 빨간 적외선이 용도 저쪽 끝에서 이쪽으로 뻗쳐 나왔다. 무엇인가 하고 의아했는데, 안내원의 설명을 엿들으니 용도 입구와 묘혈墓穴 끝부분까지의 고도 차이가 8밀리미터밖에 차이가 나지 않을 정도로 정밀하게 굴착했다는 점을 강조하기 위해 레이저를 쏘아대고 있다는 것이었다. 능묘의 전체 길이는 83.5미터, 폭이 33미터였다. 용도의 폭은 1미터, 높이는 1.8m 정도였다. 양쪽 용도의 거리는 20미터가 채 안 되었다.

용도의 시작 지점부터 묘실 끝까지 대략 56미터였다. 묘실은 모두 15개로, 맨 끝에 폭이 넓고 천장이 높은 묘실이 있었다. 묘실의 평균 높이는 2.85미터이고, 최고는 4미터에 달했다. 용도의 입구로부터 30여 미터 정도 안으로 들어가자 이실耳室이라고 하여 좌우로 사각형 석실을 꾸며놓았다. 왼쪽의 석실은 주방과 마구간, 수레와 말을 두는 창고였으며, 실내에 사각형 우물을 설치해놓고 있었다. 오른쪽은 수레와 말 창고였다. 이곳에서 20여 미터를 더 앞으로 나아가자 거대한 공간이 나타났다. 직사각형으로 가무를 펼치는 장소였다. 묘실 끝은 양왕襄王이 세수를 하는 곳이었다. 춤을 출 수 있는 석실 오른쪽은 물품을 저장하는 곳이었고, 그 위쪽은 주방이었다.

춤을 출 수 있는 석실에서 왼쪽으로 통하는 길로 들어서면 남쪽 석실에 다다르는데 이곳이 무기를 저장하는 창고였다. 이곳에서 묘실의 주인을 확정했던 은인銀印이 발견되었다. 중간 석실은 왕이 사용하는 무기를 저장하는 곳이었다. 이 석실의 북쪽 끝이 양왕이 영원한 안식을 취하

용도(甬道) 입구와 묘혈(墓穴) 끝부분까지의 고도 차이가 8밀리미터밖에
차이가 나지 않을 정도로 정밀하게 굴착되어 있다. 지하궁전에 매장된 유물들.

는 묘실이다. 본래 왕의 묘실은 갱도 오른쪽 맨 끝에 설치했는데 천장에
균열이 생겨서 왼쪽 안으로 옮겼다.

양왕의 묘실에서 왼쪽으로 난 작은 통로를 따라 이동하면 서쪽 용도
로 연결된다. 남편보다 3년을 더 산 양왕 부인의 묘실이다. 부인의 전당
前堂 바로 위는 부인묘를 구성하고 있는 중앙 석실이다. 그보다 더 위쪽
이 부인묘의 후실后室이다. 이 세 석실은 하나로 연결되어 있었다. 전당
에서 왼쪽으로 길이 뚫려 있는데 부인묘의 측실로 북쪽이 높고 남쪽이
낮은 형태로 설계되었다. 묘실은 물이 빠져나가는 배수구도 만들어져
있었다. 석실 안에 또 지름이 40센티미터, 깊이가 30센티미터 정도의
원형 우물을 만들어놓았다.

두 사람의 영혼이 넘나들 수 있도록 있도록 길을 뚫어놓은 것 같았다.
묘실 안에는 살아 있을 때처럼 자신을 받드는 하인들을 토용土俑으로 만
들어두었을 뿐만 아니라, 정무를 행하는 곳도 설치했다. 우리를 놀라게

왕의 묘실 벽에
지하세계로 인도하는 인물이
검게 묘사되어 있다.

했던 것은 왕의 묘실 벽에 혼을 저세상으로 인도하는 인물상이 새겨져
있다는 것이다.

구산한묘는 발파작업을 하다 우연히 발견되었다. 우연히 발견된 고대
古代 능묘를, 뜻밖에 택시 기사의 안내를 받아 방문하게 되어 더없는 행
운이었다. 사람들의 눈을 피해 영원히 지하세계에서 가무를 즐기며 휴
식을 취하려던 양왕 부부는 채석장의 발파작업으로 잠을 깼다.

능묘 입구 맞은편 건물로 들어갔다. 청나라 황제의 성지聖旨나 과거에
합격한 사람들을 축하하는 편액을 수집한 박물관이었는데, 정리도 보관
상태도 엉망이었다. 우리의 눈에는 귀중하게 여겨지는 유물이 여기저기
널브러져 있었다. 하지만 중국 입장에서는 발에 차이는 게 유물이라 그

런지 소중하게 다루지 않는 것처럼 보여 안타까웠다.

시간이 촉박해 서주 서북쪽에 위치한 유방의 고향 패현沛縣을 지나쳐야 하는 아쉬움을 달래고 기차역으로 갔다. 짧은 시간 내에 가볼 만한 곳도 찾지 못한데다 시간을 절약할 요량으로 예약한 표를 물렀다. 출발 다섯 시간 전임에도 30위안이나 떼였다. 경계를 넘어 강소성에서 산동성 연주로 출발했다. 최부는 강남과 강북 지역의 차이를 적나라하게 보여주었다.

강남 사람들은 모두 넓고 큰 검은색 속옷과 바지를 입었는데 비단·명주·필단匹緞으로 만든 것이 많았다. ……강북에서는 짧고 좁은 흰옷 입기를 좋아했고, 가난해 해진 옷을 입은 자가 10에 3~4명은 되었다. ……강남에서는 얼굴을 꾸미는 것을 좋아해 남녀 모두가 경대鏡臺·빗·빗치개箆·칫솔 등의 물건을 휴대한다. 강북 또한 마찬가지지만 휴대한 사람을 보지는 못했다.

• 『표해록』, 6월 4일

현란한 비단옷에 멋을 부린 강남에서 해지고 남루한 옷차림의 강북으로 발걸음을 옮기려니 피곤이 더 밀려오는 듯했다. 쌀의 고장에서 밀의 고장으로, 수향水鄕에서 희뿌연 대지로 넘어가려니 등 뒤의 배낭이 한결 무거워졌다. 다만 내가 좋아하는 만두와 국수를 먹을 수 있다는 기대감에 위안이 되었다.

제4부

# 양자강 너머 옛 운하길을 걷다

최부는 이제 막 황제위에 오른 홍치제로부터
상을 받게 된다는 통보를 받는다.
최부는 "황제의 후의를 입어 목숨을 부지했고,
타들어가던 내장도 기름져졌으며 다친 다리도 나았고,
수척한 골육도 튼튼해져 몸 둘 곳을 모를 지경인데
어떻게 상을 받을 수 있겠는가?"라며 거절했다.
다만 하루라도 빨리 고향에 돌아가 노모를 뵙고
돌아가신 아버지를 장사지내는 것으로 효도를
마치고 싶다는 심정을 전했다.

## 서주에서 북경까지의 경로

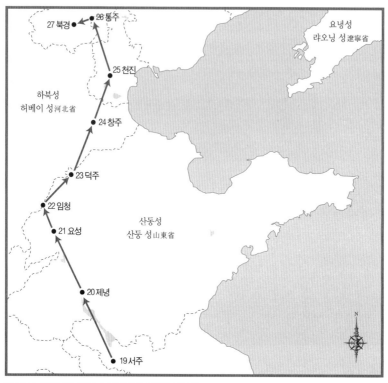

### 항주에서 북경까지 전체 경로

1 항주 | 항저우杭州
2 태주 | 타이저우台州
3 도저진 | 타오주 진桃渚鎭
4 건도진 | 지엔티아오 진健跳鎭
5 삼문현 | 싼먼 현三門縣
6 영파 | 닝보寧波
7 보타 섬 | 바오투어 섬寶陀島
8 소흥 | 샤오싱紹興
9 항주 | 항저우杭州
10 가흥 | 자싱嘉興
11 오진 | 우전烏鎭
12 소주 | 쑤저우蘇州
13 무석 | 우시無錫
14 상주 | 창저우常州

15 엄성 | 엔청淹城
16 진강 | 전장鎭江
17 양주 | 양저우楊州
18 회안 | 화이안淮安
19 서주 | 쉬저우徐州
20 제녕 | 지닝濟寧
21 요성 | 랴오청聊城
22 임청 | 린칭臨淸
23 덕주 | 더저우德州
24 창주 | 창저우滄州
25 천진 | 톈진天津
26 통주 | 퉁저우通州
27 북경 | 베이징北京

# 제녕의 당나귀 구이 요리

## 예나 지금이나 인심이 사나운 강북

최부가 지적했듯이, 산동성으로 넘어가자 풍광이 확연하게 바뀌었다. 산의 자취는 찾을 수 없었다. 오직 평원만 끝없이 펼쳐졌다. 파를 수확하거나 양 떼를 몰고 가는 농부들의 모습이 정겹게 다가왔다. 연주시옌저우 시兗州市 기차역에서 중국인과 택시를 합승해 제녕으로 향했다. 기사 말로는 연주는 공자의 출생지인 곡부취푸曲阜 외에는 관광할 만한 곳이 없다고 했다. 반면 연주시는 흑색黑色 즉 깡패로 유명하며, 제녕으로 들어가는 길 옆에 건설된 골프장도 그들이 운영한다고 불만을 털어놓았다. 산동에서는 제녕 깡패의 명성이 자자하다고 한다.

최부는 강북의 인심이 매우 사납다고 서술했다. 산동성 이북 지역에서는 집안이 서로 보호하지도 않고, 싸움이 끊이질 않으며, 겁탈과 도둑질, 살인이 많다며 고개를 가로저었다. 최부는 산동 지역 사람들의 난폭함을 눈으로 보았던 것이다.

최부: 밤엔 달도 밝고 바람도 좋은데 어찌하여 가지 않소?

부영: 당신은 이 강에서 떠다니던 시체 세 구를 보았을 것이오.

최부: 보았소.

부영: 모두 상도질을 낭하고 살해된 것이오. 이 지방에 계속 흉년이 들자 서로 끌어들여 도적이 된 자가 많소. 게다가 그들은 당신들이 표류하여 행장이 없어진 것을 알지 못하고 있소. 그러니 도리어 당신들이 이방인이므로 반드시 귀중한 물건을 가지고 왔다고 생각하여 모두 빼앗으려고 하는 마음이 있을 것이오. 또 앞으로 지나갈 길은 인가도 적고 도적이 들끓기 때문에 지금 가지 않는 것이오.

최부: 이번 행로에서 이미 영파부의 도적을 만났는데, 평생에 다시는 만나고 싶지 않은 것이 도적이오.

부영: 대개 중국 사람의 심성은 북방은 힘이 세고 몹시 사납소. 남방은 부드럽고 온순하오. 영파의 도적은 강남인이므로 혹시 도적이 되었어도 물건을 빼앗기는 하지만 살인은 하지 않아 당신들은 몸을 보전할 수 있었소. 그런데 북방인은 물건을 빼앗고 반드시 살인을 해서 도랑과 구덩이에 내다버리기도 하고, 강과 바다에 던져버리기도 하오. 오늘 떠다니는 시체를 봐서 짐작할 수 있을 것이오.

• 『표해록』, 3월 17일


산동 깡패가 명성을 떨치는 것도 오늘날에 국한된 일이 아니었음을 알 수 있다. 제녕에 도착한 뒤 저녁은 숙소 근처에 있는 허름한 식당에서 해결했다. 메뉴는 '여육화소'驢肉火燒로 하북성허베이 성河北省 하간시허젠시河間市에서 즐기는 요리였다. 밀가루 빵 사이에 당나귀 고기를 넣어 구워냈다. 식당에 걸려 있는 설명서에 요리의 유래가 소개되어 있었다.

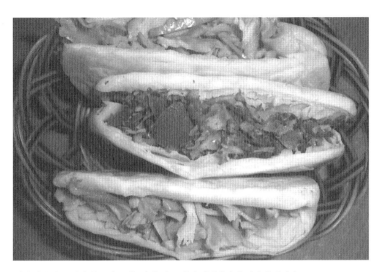

제녕에서 먹은 당나귀 고기 요리. 향이 깊고 맛이 뛰어난데다 뒷맛이 좋았다.
청나라 건륭제도 이 맛에 반해 이 요리를 권한 지방관원은 승진까지 했다.

청나라 건륭제가 남순南巡할 때 하간부를 지나다 지금의 태평장太平莊·복해장福海莊 일대에서 휴식을 취했다. 지방관원이 이 지역의 일품요리인 구운 당나귀 요리를 내놓자 황제가 맛을 보았다. 향이 깊고 맛이 뛰어난데다 뒷맛이 좋았다. 궁정요리보다 훨씬 뛰어나자 황제의 얼굴에 화색이 감돌았다. 지방관원은 이 일로 승진까지 했다. 이후 요리는 세상에 명성을 떨치게 되었다.

또 다른 설명서에는 당나귀 고기 100그램에 단백질이 27그램이나 들어 있는 데 반해 지방은 적어 쇠고기나 돼지고기보다 남성의 보신용으로 뛰어나며, 당뇨병과 여성의 미용에도 효과가 있다고 요리로서의 우수성을 잔뜩 늘어놓았다.

## 가난하지만 꿈을 안고 따스한 정을 나누는 사람들

숙소로 돌아오는 길에 낯익은 '투다리'라는 간판이 있어 들어갔다. 16위안이나 하는 돌솥비빔밥과 15위안 하는 된장찌개를 시켰는데 맛은 영 시원찮았다. 예전에 인기리에 방영되었던 「패밀리가 떴다」는 프로그램을 보면 찌개가 맛이 나지 않을 때 몰래 라면 스프를 넣는 장면이 있다. 마침 주머니 속에 라면 스프가 하나 있어 된장찌개에 털어 넣었더니 그런대로 먹을 만했다. 비빔밥은 우선 쌀이 우리나라 쌀 품질과 현저하게 차이가 나는 탓인지 맛이 덜했다. 구색을 갖춘 야채 재료도 형편없어 쓴웃음을 금치 못했지만 그나마 다행히 고추장은 들어 있었다. 김유정의 『봄봄』이라는 소설에서 수탉에 고추장을 먹여 싸움닭으로 키웠듯이 고추장을 보는 순간 생기가 돌았다.

피곤한 몸을 달래려 발마사지 집을 찾았다. 곽뢰 군이 마사지를 무척이나 선호하는 편이었다. 시설은 낡고 보잘것없었지만 인정이 넘쳤다. 여주인은 밝은 얼굴로 우리를 대해주었다. 가격은 30위안으로 저렴했다. 사람들이 몰리는 유명 도시의 관광지는 80위안이나 100위안을 지불했던 데에 비하면 무척이나 저렴한 가격이었다. 대화를 나누는 중에 여주인의 다리 한쪽이 없다는 사실을 알았다. 교통사고로 다리를 잃고 보상금으로 18만 위안을 받아 마사지 가게를 냈다고 한다. 대략 우리나라 돈으로 3,050만 원 정도를 받은 셈이다.

장애를 안고 있었지만 대단히 긍정적이고 유쾌했다. 그녀는 형제가 여섯 명이라고 했다. 어떻게 그리 형제가 많으냐고 하자, 여주인은 1980년대 이전에는 산아정책을 실시하지 않아 그렇다며 멋쩍게 웃어댔다. 그녀는 다른 곳에도 마사지 가게를 한 군데 더 운영하고 있다고 했다.

내 발을 마사지해주던 청년은 시력이 거의 제로에 가까웠다. 그의 한 달치 월급은 1,000위안으로, 여주인 집에서 산다고 했다. 가게에는 두 명의 여성 마사지사가 더 있었는데 그중 한 여성은 기혼으로 아직 아기는 없다고 했다. 돈을 모아 마사지 집을 차리는 것이 꿈이란다. 다른 한 여성은 한국에 가서 발마사지 집을 내어 돈을 벌고 싶은데 비자를 받을 수 없다며 안타까워했다.

여주인은 한국 드라마를 자주 보고 있다며 해바라기씨와 작은 귤을 몇 개 손에 쥐어 줬다. 정담이 오가다 이름을 묻자 왕엽왕예王曄이라고 했다. 나는 여주인에게 건강하고 행복하게 살라는 덕담을 건네고 가게를 나섰다. 여행의 반을 소화하며 피곤함이 밀려오는 때, 장애를 가진 여주인의 고운 심성을 보고 가슴이 울컥해졌다.

최부와 달리 우리는 자유롭게 행동하는 처지라 중국의 다양한 계층 사람의 삶을 살필 수 있었다. 거기에는 가난하지만 꿈을 안고 따스하게 정을 나누며 살아가는 사람들의 이야기가 묻어 있었다.

# 세월을 거스르지 못한 분수용왕묘

### 환웅의 명을 받아 황제와 싸워 이긴 치우

최부는 제녕시에 있는 문상현원상 현汝上縣을 거쳐 분수용왕묘를 지나갔다.

새벽에 제녕성濟寧城을 출발해 서쪽으로 분수갑分水閘을 지나 남왕호南旺湖에 이르렀다. 호수는 물이 가득하고 끝이 보이지 않을 정도로 넓으며 다만 서쪽으로 멀리 산이 보일 뿐이었다. 그 동쪽에는 푸른 풀이 무성한 습지가 있었는데 곧 (『상서』)「우공」禹貢의 '대야호大野湖에 둑을 쌓다'라는 뜻의 못으로 지금은 파묻혀버렸다. 호수 가운데에는 돌로 긴 제방을 쌓았는데, 이름을 관언官堰이라 했다.

• 『표해록』, 3월 10일

분수용왕묘는 문상현 시내에서 19킬로미터 떨어진 남왕진난왕 진南旺鎭 북쪽에 있었다. 남왕호의 넓이는 수십 리로, 해마다 호수의 물을 회통하會通河로 흘려 보내 조운로의 수량을 조절했다.

분수용왕묘를 지나 왼쪽으로 더 달리다 보니 커다란 봉분이 눈에 들어왔다.
치우묘라는 푯말이 있었으나 이 지역 주민들은 이곳을 한국 장군묘라고 부른다.

아침 일찍 어제 연주시 기차역에서 제녕 숙소까지 데려다준 택시 기
사에게 전화를 걸었다. 고향이 이곳인 기사는 지리에 익숙했기에 남왕
호까지 무사히 안내해주리라 판단했다. 교섭 끝에 택시비용은 120위안
으로 결정되었다. 문상현으로 가는 길은 시원스럽게 일직선으로 뻗어
있었다. 길 옆으로 펼쳐지는 광활한 평원에는 버드나무와 밀이 심겨 있
었다. 밀밭 중간중간에 봉분 모양으로 보이는 흙더미가 보여, 기사에게
물어보니 묘지라고 한다. 중국은 전부 화장하지 않냐고 묻자, 지방마다
차이가 있고, 사람이 죽으면 연주지역에서는 일단 국가에 신고한 후 화
장한 다음 매장한다는 것이었다.

얼마를 달렸을까. 오른쪽 길가에 남왕분수용왕묘南旺分水龍王廟라는 표
지판이 보였다. 기사는 이곳은 나중에 들르자며 분수용왕묘를 지나 왼

쪽으로 더 달렸다. 평원 오른쪽 벌거벗은 나무가 무성한 밭 사이로 커다란 봉분이 시야에 들어왔다. 기사는 이 봉분의 주인공이 한국 출신 장군이지만 그 이상은 알지 못한다고 했다. 표지석에는 치우묘蚩尤廟라 씌어 있었고, 비석을 세운 시기는 1994년이었다.

치우는 중국 신화에 등장하는 신이다. 짐승의 몸 형태로 머리는 구리, 이마는 쇠로 되어 있고, 네 개의 눈, 여섯 개의 팔, 소의 머리와 굽, 머리에는 뿔이 나 있었다고 한다. 모래·돌·철을 먹는 초능력을 지녔고 용감하면서도 인내심이 강했다. 그러나 천계天界의 제왕인 황제黃帝: 즉 헌원와 전쟁을 벌이다 패했다. 사마천의 『사기』에는 다음과 같이 기록되어 있다.

신농씨神農氏: 즉 염제의 세상이 쇠퇴하자 제후들이 서로 싸우고 백성을 포학하게 다루었다. 신농씨는 그들을 정벌할 능력이 없었다. 이에 황제가 나서 그들을 정벌하니 제후들이 모두 복종했다. 황제는 덕을 닦고 오기五氣를 연구했다. 그리고 오곡을 가꾸어 백성을 어루만져 위로했으며, 토지를 측량해 구획했다. 또한 웅熊·비羆·비貔·휴貅·추貙·호虎라 칭하는 여섯 부대의 병사를 훈련시켜 판천에 있는 들판에서 염제炎帝와 싸워 승리했다. 이때 황제 자리를 빼앗으려는 염제의 후손 치우가 난을 일으켰다. 황제는 제후들에게 동원령을 내려 탁록涿鹿: 현재의 허베이 성 장자커우 시에 있는 들판에서 치우와 싸워 그를 생포해 죽였다.

치우가 황제와 싸울 때 바람·비·연기·안개 등을 일으켜 대항하자, 황제는 지남거指南車: 나침반를 사용해 사방을 표시해서 치우를 포로로 잡아 살해했다. 패한 치우는 후대에 전쟁의 신으로 숭배되었다.

조선 숙종 원년1675 북애노인北厓老人의 『규원사화』揆園史話에 따르면 "치우는 환웅桓雄의 명을 받아 황제와 탁록에서 싸워 이기고 여러 제후의 땅을 빼앗은 인물"이었다. 또 『환단고기』桓檀古記에 따르면 "치우는 환웅이 세운 신시국의 자오지환웅慈烏支桓雄으로, 황제와의 전쟁에서 승리한 후에 회대淮岱와 기연冀兗의 모든 땅을 빼앗아 영토로 삼았다"고 한다. 이들 사료는 조선 후기 민족의식을 고취시키기 위해 쓴 것이 아닌가 하는 의구심이 들기는 하나, 감회는 남달랐다. 치우의 묘인지 아닌지는 확실하지 않지만, 이 지역 사람들은 한국 출신의 장군묘라고 불렀다는 점이 흥미를 자아냈다. 원래 봉분 앞에 비석이 있었는데 도난당했다고 한다. 도난당한 것인지 아니면 비석 내용에서 밝히면 곤란한 내용이 서술되어 있어 중국 정부가 치워버린 것인지는 불분명했다.

치우묘에서 300미터 정도를 달리자 옛 운하가 흘러가고 가고 있었다. 운하는 우리가 앞으로 가야 할 천진톈진天津 방향으로 곧게 뻗어 하늘로 치솟았다. 택시에 올라 용왕묘로 출발했다. 올 때 스쳐 지나온 표지판을 기억하고 길을 찾았으나 잘못 들어서 한참 헤맸다. 한참 만에 마을 한편에 자리 잡은 용왕묘를 찾긴 했지만 대문이 굳게 닫혀 있었다. 높은 담장이 가로막아 내부를 들여다볼 수 없었다. 큰 소리가 나도록 대문을 두드렸으나 반응이 없었다. 하지만 여기까지 와서 되돌아갈 수는 없지 않은가? 마침 우리가 서 있는 뒤쪽으로 집을 허물고 내다버린 붉은 벽돌이 버려져 있었다. 사진 한 장이라도 촬영하고 연주시로 되돌아가리라 마음먹고는 돌무더기 위로 올라갔다.

그랬더니 안이 훤히 들여다보였다. 아, 그런데 반대편 저쪽으로 노인들이 출입하는 것이 아닌가. 기쁜 마음으로 냅다 택시를 몰아 반대방향

분수용왕묘임을 알리는 표지판. 옛 흔적은 거의 사라졌다.
깨진 비석에는 청 건륭 38년인 1773년에 용왕묘를 중수했다는 내용이 새겨져 있다.

으로 돌아갔다. 용왕묘 출입구였다. 부지는 상당히 넓은 편이었다. 중앙
에 건물이 한 채 있고 그 뒤로 낡은 건물이 몇 채 들어서 있었는데, 용왕
은 그 어디에도 없었다. 마당에는 깨진 비석이 깔려 있었는데, 청 건륭
38년1773이라는 글자를 판독해냈다. 어렴풋이 보이는 글자를 읽어내려
가니 이해에 용왕묘를 중수했다는 내용이다. 깨지고 금 간 황제의 비석
이 아무렇지도 않게 버려져 사람들의 발길에 채이고 있었다.

　50세는 넘었을 듯한 한 남성이 우리 쪽으로 걸어와서는 관리인이라고
자신을 소개했다. 오래전에 용왕묘는 폐허가 되었고 지금은 학교로 사
용하고 있다고 했다. 그리고 조금 전 우리가 올라갔던 벽돌 무더기 자리
가 그 옛날 운하였다는 것이다. 그 말을 듣자 무언가에 맞은 듯 머리가

띵했다. 대문을 열고 밖으로 나가자 관리인이 손가락으로 가리키는 곳에 제방의 흔적이 뚜렷이 보였다.

이곳에 용왕묘가 설치된 이유가 쉽게 이해되었다. 용왕묘 위쪽에서 물이 갈라져 흘러갔기에 분수分水라는 이름이 붙었다. 문하汶河와 운하가 교차하는 이곳에 명 천순 2년1458에 주사 손인孫仁이 용왕묘를 중수한 것이다. 여기서 용왕의 힘을 빌려 배 운항의 안전을 기원했다. 최부는 용왕묘를 다음과 같이 묘사했다.

큰 강이 동북으로부터 흘러 와서 묘 앞에 이르러 남북의 두 갈래로 나뉘었다. 남쪽 갈래는 신이 이미 지나왔던 곳으로 흘러서 남쪽으로 내려간다. 북쪽 갈래는 신이 앞으로 갈 곳으로 역류해서 북쪽으로 올라간다. 묘는 그 두 강이 나뉜 곳에 있어 분수分水라고 불렀다.
•『표해록』, 3월 10일

## 용왕신에게 제사 지내기를 거절하다

최부를 호송하던 장교 양왕楊旺과 그의 무리는 사당 안에 들어가서 향을 피우고 용왕신에게 예를 갖추어 제사를 지내며, 최부에게도 절할 것을 권유했다. 최부는 단호히 이를 거절하며 다음과 같이 말한다.

산천에 제사하는 것은 제후諸侯의 일이고 사士, 서인庶人은 다만 조상에게만 제사할 뿐이오. 조금이라도 그 분수를 넘으면 예가 아니오. 예가 아닌 제사는 사람이 아첨하는 것이므로 신도 이를 받아들이지 않소. 그러므로 나는 우리나라에 있을 때 감히 산천의 신에게 절하지 않았는데 하물며 다른 나라 사당에다 절을 할 수 있겠소?

최부의 말이 끝나자 양왕의 부하 진훤陳萱이 재차 예를 갖추도록 청한다.

이 사당은 곧 용왕사龍王祠로 영험이 있기 때문에 이곳을 지나는 자는 모두 정성을 다해 공손히 절하며 제사드린 후에 갔습니다. 그렇지 않으면 반드시 풍파의 위험을 만날 것이오.

최부는 자신은 파도를 건너온 사람이라며 강물 정도는 무섭지 않다고 대답했다.

바다를 경험한 사람에게 강쯤이야? 나는 이미 수만 리 큰바다의 사나운 파도의 위태로움을 경험했소. 이 같은 중국 안의 강과 하천 물은 두려워할 것이 못 되오.

그 옛날 공자가 동산東山에 올라가보고는 노나라가 작은 것을 깨달았고, 태산泰山에 올라가보고는 천하가 작은 것을 깨달았다는 고사가 있다. 최부는 파도가 하늘을 찌를 듯했던 바다에서의 상황을 경험했기에 강이나 하천의 물은 아무것도 아니라는 투였다. 이런 최부가 용왕에게 절할 리 만무했다.

아! 상상 속에서 520여 년 전 최부가 배를 타고 이곳을 지나가는 장면을 떠올렸다. 내가 그 자리에 서 있다니. 최부의 눈길로 운하와 용왕묘를 응시하려 무진 애를 썼다. 역사는 문헌 기록만으로 재현해낼 수 있는

분수용왕묘 근처 마을에 위치한 운하.
갈수기라 물도 많지 않고 더러워 을씨년스런 풍경을 자아냈다.

것이 아니라는 점을 깨달았다. 과거로 돌아가 있던 나를 깨운 것은 왁자지껄 떠드는 초등학생들이었다. 그들은 우리가 이방인이라는 것을 알아차리고는 미소와 손짓으로 말을 붙여왔다.

관리소 안에는 이 지역 일대에 설치된 갑 형태의 사진이 걸려 있었다. 당시 최부가 보았던 갑의 형태다.

갑은 양쪽 언덕에 돌로 제방을 쌓고 그 가운데로 배 한 척이 지나갈 수 있게 한 장치다. 넓은 판자로 물의 흐름을 막아서 물을 저장하는데 판자가 많고 적음은 물이 얕고 깊음에 따른다. 또 제방 위에 나무다리를 설치해 사람이 왕래할 수 있게 했다. 또 두 기둥을 나무다리 양옆에 세워 패■의 제도와 같이 배가 도착하면 다리를 들어 올려 줄로 기둥에 매고 넓은 판자를 끌어올려서 물이 흐르게 한 뒤에 배를 당겨서 지나가게 한다. 배가 지나가면 다시 이것을 막았다.

•『표해록』, 6월 4일

실제로 갑의 시설을 볼 수 있겠다는 꿈에 부풀었다. 직원에게 갑까지 동행해줄 것을 부탁하자 흔쾌히 응낙했다. 용왕묘에서 10분 정도 차를 몰아 포장되지 않은 마을로 들어갔다. 택시에서 내리자 노인과 어린 아이들이 모여들었다. 마을 가운데로 시냇물이 흘러가고 있었는데 거의 말라 있었다. 웅덩이 아래로 내려가자 온통 쓰레기로 뒤덮여 있었다. 갑은 돌로 만들어졌고 기둥이 세 개였다. 작은 배만 통행이 가능했을 것 같다. 노인들에게 이전의 갑 모습에 대해 묻자, 노인들은 한결같이 이전에는 가운데 돌기둥이 없었다고 한다. 그리고 이 갑문을 관리하던 관청이 있었다고 한다. 용왕묘의 모습도 갑도 세월의 무게를 견디어낼 수 없었다고 생각하니 허전함이 밀려왔다.

# 산동성 요성의 농촌마을을 가다

## 중국의 농지에 깊은 관심을 보였던 최부

분수용왕묘를 답사하고 다시 제녕시로 돌아왔다. 정오를 넘은 시간에 기차를 타고 네 시간이 채 안 걸려 요성랴오청聊城: 명나라 때는 동창부시에 도착했다. 기차는 완행으로 제녕에서 북경까지 가는 열차였다. 곧바로 요성시까지 가는 열차편은 없었다. 열차는 하남성 방향으로 달리다 산동 하택시허쩌 시菏澤市에서 일단 하차했다 북경으로 향하는 열차로 바꿔 타야 했다. 열차는 대단히 붐볐다.

요성역에는 곽뢰의 작은아버지와 산동성 청도칭다오靑島에서 오빠를 만나러 먼 길을 달려온 여동생이 기다리고 있었다. 여동생이 운전하는 티코 차량을 타고 시 외곽에 있는 운하박물관으로 향했다. 한 시간가량 박물관을 구경했는데, 무엇보다도 패壩의 모형을 보고 감탄했다. 패는 그 기능이나 설치 목적에 따라 물 흐름을 받아들이기 위해 설치한 순수패順水壩, 물 흐름을 차단하기 위한 난수패攔水壩, 수력을 줄이기 위한 감수패減水壩, 물 흐름을 분산하기 위한 도수패挑水壩 등 여러 종류가 있다. 패는 서로 수위가 다른 두 하천 사이에 설치해 물을 저장하려고 점토를 가지

산동은 예로부터 소금기가 많아 경작하기 힘든 지역이었다.
붉은 벽돌로 지은 산동성 요성의 농촌 풍경.

고 운하를 막은 시설이다. 운하 수위의 높은 부분과 낮은 부분이 만나는
곳에 완만한 경사면을 설치해 수량이 많은 때에 이용하는데 끈을 가지
고 물을 끌어올리거나 내려보낼 수 있다. 끌어당길 때 끈의 한쪽을 도르
래에 감고 소를 이용해 회전시키는 것도 있고, 인력을 쓰는 것도 있다.
패 위로 가는 것은 역류하는 것이기 때문에 어렵고, 패 아래로 가는 것
은 순류하는 것이기 때문에 쉽다.

　곽뢰의 할아버지 댁은 붉은 벽돌로 지었고, 대문이 있는 일자 형태였
다. 어렸을 때의 우리 고향의 시골집 같았다. 안채 앞에 마당이 있고 그
왼쪽으로 화장실이 있는 구조였다. 화장실은 70년대의 고향 화장실과
비슷했다. 우리나라는 구덩이를 깊게 판 데 반해 중국은 얕게 파놓은 점
이 약간 달랐다. 안채의 오른쪽엔 주인이 살고 있었고, 그 왼쪽은 세를

주고 있었다. 거실은 넓었다. 할아버지는 마침 출타 중이라 연세가 지극한 친척 노인분과 곽뢰의 아버님이 우리를 맞이해주었다. 12월 초순이라 방 안에는 한기가 가득했다. 이 지방을 찾은 최초의 한국인이라며 작은 연탄이 활활 타오르는 화로가 있는 방으로 특별히 나를 들여보내주었다. 침대에 이불이 깔려 있고 낡은 흑백 텔레비전이 있는 조촐한 주인 할아버지 방이었다.

최부는 중국의 농지에 대해서도 깊은 관심을 표명했다.

> 산동성 동창부 무성현武城縣 이북은 땅이 진흙과 모래가 많았고 장로長蘆 등지와 같은 곳은 염분이 많아 경작할 수 없는, 곧 (『상서』)「우공」禹貢의 해변은 광활한 소금기 많은 땅이다'라는 곳이다.
> • 『표해록』, 6월 4일

이렇게 척박한 산동 지역에서 농사를 생업으로 삼고 묵묵히 일해온 주인 어른과 농촌 현실에 대해 시간 가는 줄 모르고 대화를 나누었다. 주인은 인민복 차림에 굳은살이 굳게 박힌 손을 가지고 있었으나 얼굴은 밝았다.

나: 농촌의 수입은 어느 정도입니까?

주인: 수입은 월 1,000위안한국 돈으로 약 17만 원 정도요. 전에는 농민들도 무거운 세금을 냈으나, 호금도후진타오胡錦濤 정권이 들어서 감면해주었네. 요성시에 거주하고 있는 곽뢰의 친척 여동생은 의사인데 월 2,000위안한국 돈으로 약 34만 원의 급여를 지급받고 있지.

나: 무슨 작물을 주로 재배하는지요?

주인: 면화·소맥·옥수수야. 1무畝: 대략 220평당 면화는 500근을, 옥수수나 밀은 대략 700근 정도를 수확하네. 면화 1근에 3.7위안, 옥수수와 소맥은 8~9모毛에 매매되지. 시장에서 닭 한 마리는 20위안, 토종닭은 1근에 15위안에 살 수 있지.

나: 한국 농촌에서는 장가들지 못한 노총각들이, 동남아시아 여성과 결혼하는 경향이 있는데 중국은 어떻습니까?

주인: 중국도 농촌은 마찬가지지. 산동성보다 더 열악한 운남성원난성雲南省·귀주구이저우貴州지역 여성들을 데리고 오네.

농촌 수입이 대략 월 평균 1,000위안이고, 의사도 2,000위안 정도여서 생활하기에 빠듯해 보였다. 한국과 중국만이 아니라 일본에서도 트랙터를 타고 시위하던 농촌 총각들의 모습이 클로즈업되었다. 농협을 그만두고 기세등등 고향으로 돌아가 난을 재배하고 있는 동생이 고생하는 것을 봤기 때문에 특수작물을 재배해서 목돈을 만진다는 것이 허울 좋은 말뿐이라는 것을 알고 있다. 송나라 왕안석이 다시 태어나 적자에 허덕이는 농민을 위해 신법新法을 강력하게 실시한다 해도 해결책이 보이지 않을 성싶었다.


## 도시와 농촌의 생활격차가 너무 심해

저녁식사까지는 시간적으로 여유가 있어 농촌 풍경을 둘러보기로 했다. 태양이 서산에 걸리는 때여서인지 마을의 황토색 길이 석양과 어우러져 더욱 우중충한 느낌으로 다가왔다. 돌을 3미터 정도로 쌓은 원통형 돌담이 보였다. 돌담 한쪽은 트여 있었고 그 밑으로는 웅덩이와 연결되어

곽뢰의 할아버지 댁은 붉은 벽돌로 지었고, 대문이 있는 일자 형태였다.
어릴 때 우리 고향의 시골집을 닮았다.

있었다. 굉장히 지저분했다. 원통형 돌담은 화장실이고 웅덩이는 돼지를
키우는 곳이었다. 마치 옛날 제주도에서 돼지 키우던 모습이 연상되었다.
마을길은 정비되어 있지 않았고, 버려진 쓰레기와 고인 물로 지저분했다.
끝없이 펼쳐진 밭 사이로 정제되지 않은 묘지가 군데군데 보였다.

　　강남에서 사람이 죽으면 부자나 세력이 큰 종족 가운데는 사당과 정
문旌門을 세우는 자가 있었다. 반면 일반 백성은 관을 사용했는데 매장
하지는 않고 물가에 버리니, 소흥부성紹興府城 주변이 백골로 언덕을 이
루었다. 강북의 양주揚州 같은 곳은 무덤을 강변, 또는 밭가나 마을 가
운데에 만들었다.

　　•『표해록』, 6월 4일

묘지를 꾸미는 데 강남과 강북이 너무나 차이가 났고, 심지어 죽은 사람을 매장도 하지 않고 물가에 버린다니 믿어지지 않았다. 우리나라 시골에서도 신을 소유하지 못한 농민들이 밭에다 묘지를 조성하는 현상이 늘어나고 있다. 이러다 밭이 묘지로 뒤덮이는 날이 오는 것은 아닌지?

농한기에 고향을 떠나 돈을 벌려고 도시로 향하는 열차 안 농민공들 모습이 선했다. 먼지를 마셔가며 가족을 위해 고난을 감내하는 현실이 안타까웠다. 마침내 여행을 마치고 귀국하기 전날 텔레비전에서 시골의 노인들에게도 정부에서 월 55위안한국 돈으로 약 1만 원씩 연금을 지급할 거라는 뉴스를 듣고야 그나마 다행이다 싶었다.

저녁은 곽뢰 군의 가족이 모두 한자리에 모여 내몽골식 훠궈 요리와 고량주로 배를 채웠다. 항주에서 먹던 훠궈와 달리 육수에 생강을 넣고 양고기와 쇠고기를 익혀 담백한 맛이 특징이었다. 손님이자 선생님이라고 생각하신 곽뢰의 친척분이 서빙하는 아가씨 발이 닳도록 양고기를 한가득 주문했다. 여기저기서 권하는 고량주의 인정에 그만 양 옆구리가 치켜 올라가듯이 취해버렸다.

중국 정부가 나라를 다스리는 데 권력을 마음대로 휘두르지 말고 관료가 없는 듯이 평온하게 했으면. 그리고 돈을 벌러 떠난 농민공의 부모와 아이들에게 근심이 없도록 마음을 기울였으면 하는 바람이다.

# 산섬회관에서 만난 중국의 신령들

## 무신과 재신을 겸하며 떠받들어지는 관우

술 향기에 매혹되어 몇 잔 들이킨 고량주에 잠을 설쳤다. 아침은 호박죽과 전병처럼 생긴 빵으로 간단히 때웠다. 돼지고기를 잘게 썰어 말아 구워낸 빵이었다. 곽뢰의 작은아버지가 택시를 불러와 사하두四河頭로 향했다. 황하·문하汶河·도해하徒駭河·마협하馬頰河의 네 하천이 합쳐지는 곳이라 이러한 이름이 붙었다. 강소성에서 산동성으로 들어오면서 도로와 운하는 일직선으로 끝이 보이지 않을 만큼 뻗어 있었다. 운하의 정경도 단순하고 획일적이었다. 달리 운하 시설이 필요 없을 정도로 물은 완만하게 흘러갔다.

사하두를 본 뒤 산섬회관산산후이관山陝會館을 방문했다. 요성시 동남쪽 옛 운하 선상에 위치했는데 눈이 휘둥그레질 정도로 장대한 건물이었다. 회관 앞으로 운하가 휘감아 돌고 있었다. 회관은 T자형의 구조였다.

중국인에게는 네 가지 즐거움이 있다고 한다. '신혼방에 불 밝히는 밤洞房華燭夜, 과거급제 명단에 이름이 올랐을 때金榜題名時, 큰가뭄에 단비 내릴 때大旱逢甘露, 타향에서 친구 만나는 일他鄉遇故人'이 그것이다. 회관

산섬회관은 산서·섬서상인이 자본을 모아 1743년에 건립해 순차적으로 건물을 지어나갔다.
눈이 휘둥그레질 만큼 장대한 산섬회관의 전경.

을 공소公所 또는 동향회관同鄕會館, 동향회同鄕會라 부르는 이유도 여기에
있다.

산섬회관은 산서·섬서상인이 자본을 모아 건설했다. 회관은 청 건륭
8년1743에 건립을 시작해 순차적으로 건물을 지어나갔는데, 웅장하고 화
려한 자태를 드러낸 것은 가경 14년1809의 일이었다. 완성되기까지 66년
이라는 긴 세월이 흘렀고, 비용은 자그마치 은 6만여 냥이나 들어갔다.

상인들은 고향을 떠나 객지에서 장사를 해야 했다. 산서상인은 소
금·식량·비단·목재·금융 등을, 섬서상인은 소금·차·목재·금

융 · 약재 등을 주로 취급했다. 객상客商이라고 일컫는 부류는 국가의 보호를 받지 못한 상태에서 스스로 자본을 모으고, 자기 책임하에 원거리 교역에 나서야 했다. 동족 집단이 영세한 자본을 공동출자하는 형식으로 장사하기도 했고, 지연으로 뭉쳐져 상행위를 돕기도 했다. 상인들은 각지의 도시나 시장이 열리는 마을鎭진에 동향 출신끼리 만날 수 있는 회관을 건립했다. 회관은 동향 출신 숫자에 따라 성급省級 단위에서부터 현급縣級 단위에 이르기까지 세워졌지만 반드시 공동의 신앙 대상인 신을 제사 지냈다. 때로는 이 회관이 커다란 묘廟 역할을 했다. 각지에 점재해 있는 이 회관이 객상들의 네트워크를 형성하는 역할을 충실히 해냈다. 금융 · 정보 전달에서 숙박까지 이 회관이 행한 기능은 대단히 컸다. 또한 특정 업종이 특정지역 출신 객상 집단에 독점된 경우, 이 동향 출신이 투자한 회관은 동시에 동업인이 모인 회관을 겸했다. 또한 이들 회관은 관헌들에게 재무 · 법규 등을 효과적으로 관리할 수 있는 장소를 제공했다. 20세기에 소흥에서 북경으로 옮긴 노신도 처음에는 소흥회관에 거주한 경험이 있다.

회관은 대문 · 희루 · 종루 · 고루 · 삼대전 · 춘추각 · 비림 · 후원 등으로 이루어졌다. 산문山門이라고도 불리는 대문에는 해서체로 돌로 새긴 '산섬회관'이라는 편액이 걸려 있었다. 바로 그 위에는 파란 바탕에 노란 글씨로 '협천대제'協天大帝라고 씌어 있었다. 즉 "관우關羽, ?~219가 하늘상천을 도와 수많은 신을 다스린다統禦"는 뜻으로, 이 건물이 관우를 섬기고 있음을 알려주었다. 이 회관을 일반인들이 관제묘關帝廟라 부르는 이유가 여기에 있다.

입구로 들어서니 몇백 년의 성상을 버텨온 홰나무 두 그루가 버팀목에 기대어 간신히 몸을 유지하고 있었다. 그 앞쪽에는 벽돌로 기단을 쌓은 2층짜리 희루戲樓가 모습을 드러냈다. 희루는 가루歌樓라고도 하며, 옛날 절구絶句나 제사·축원·축수祝壽 등에 이용하는 장소였다.

상인들이 과거에 급제하려는 이유는 가문을 빛내기 위해서이지만 단지 관료가 되려는 목적도 무시할 수 없다. 장사를 하는 데 장애가 되는 집단이 바로 관료들이다. 옛날이나 지금이나 관료들이 상행위에 관련된 제도를 만들거나 허가권을 가지고 있어 상인들의 발목을 잡는다. 경우에 따라서는 상인들의 불법이나 부정을 눈감아주는 대신 뇌물을 요구하거나 수탈을 감행한다. 이러한 관료들의 속박에서 벗어나는 지름길 가운데 하나가 과거에 합격하는 것이었다. 명청시대에 몰락한 관료들이 일족一族 중에서 머리가 좋은 아이가 과거에 합격하도록 물심양면으로 지원해준 데에 이유가 있었음을 짐작할 수 있다. 기둥의 표제에 상인들의 원망이 담겨 있었던 것이다.

이 희루와 대치하고 있는 건물이 회관의 중심인 삼대전三大殿이다. 중앙이 관공대전關公大殿이고, 오른쪽이 재신대왕전財神大王殿, 왼쪽이 문창전文昌殿이었다. 관공대전 앞에 3미터가 넘는 돌사자 두 마리가 위용을 자랑하고 있다. 왼쪽이 자손 번창을 상징하는 암사자이고, 오른쪽이 권력을 상징하는 수사자다.

관공대전 건물 중앙에 관우를 모시고 있었다. 잘 알려진 이야기이지만, 관우는 죽은 뒤 신으로 봉해졌다. 백성들이 묘廟를 짓고 제사를 지냈다. 이를 관제묘라 하는데 조운로 선상에 많이 보인다. 관우는 삼국시대 촉蜀나라221~263의 무장으로, 지금의 산서성 우성현運城縣인 하동군河東郡 해현에서 출생했고, 자는 운장雲長이다. 삼국시대를 지나면서 관우는 충의의 화신으로 자리 잡았고, 수·당 때에는 본격적인 신앙의 대상으로서 추앙받았다. 특히 파사破邪의 신이나 호법護法의 신으로 여겨졌다. 송나라

두 마리의 돌사자가 산섬회관을 지키고 있다.
왼쪽이 자손 번창을 상징하는 암사자이고, 오른쪽이 권력을 상징하는 수사자다.

960~1279 때는 북방 이민족의 침략이 빈번하자 세상을 구원해줄 영웅으로
떠올랐으며, 이후 왕王으로 격상되었다. 원나라1206~1368 때는 몽골족에
의해서 한족의 통치수단으로 이용되면서 현성顯聖이라는 칭호가 덧붙여
졌다. 명나라1368~1644 때는 나관중羅貫中의『삼국지연의』가 널리 읽혀 전
신戰神으로 격상되었다. 이때 제군帝君이라는 칭호가 붙게 되어 드디어 황
제의 반열에 서게 되었다. 이렇게 관우 신앙은 중국 민중의 보편적인 신
앙으로 승화되었고, 마을의 수호신으로 널리 떠받들어졌다. 또한 무신武神
만이 아니라 재신財神으로서의 성격까지 겸비하게 되었다.

관우 상 왼쪽에는 청룡언월도를 쥔 주창周倉이 눈을 부릅뜨고 호통치
는 얼굴로 우리를 내려다보고 있었다. 오른쪽에는 미끈하게 잘생긴 관
우의 큰아들 관평關平, 178년경~220이 화려한 차림을 하고 있었다. 주창은

가운데에 있는 관우 상의 왼쪽에는 청룡언월도를 쥔 주창이,
오른쪽에는 잘생긴 관우의 장남 관평이 화려한 차림을 하고 있다.

『삼국지연의』에 나오는 가공의 인물로, 신체가 장대하고 검은 얼굴에
꼬불꼬불한 수염을 자랑하는 인물이었다. 관우가 유비를 찾아 나섰을
때부터 수행해 충심으로 모셨다. 관우가 죽자 그는 스스로 목을 베어 죽
었다고 한다.

　관평은 관우가 형주荊州에서 패배했을 때 함께 참형을 당했다. 민간에
서 관우를 숭배하게 됨에 따라 지방에 관제묘關帝廟가 세워지자 관평도
자연스럽게 신으로 떠받들어지게 되었다. 관평제군關平帝君, 관평태자關平
太子, 영후태자靈侯太子로도 불린다.

## 부자 되기를, 과거에 합격하길 빌던 곳

중앙의 오른쪽은 많은 상인들이 부자가 되게 해달라고 기원하는 재신대왕전財神大王殿이었다. 그 안쪽으로 재물과 재부를 담당하는 재신財神과 수신水神 금룡4대왕金龍四大王 사서謝緒의 상이 있었다. 재신은 조공명趙公明이라는 신으로 주周, 기원전 1046~기원전 256 무왕武王이 주왕紂王을 정벌할 때 은殷, 기원전 1600~기원전 1046나라를 지키다 전쟁터에서 죽었다. 그의 본명은 낭朗으로, 공명은 자字이며 조현단趙玄壇으로 불린다. 검은 얼굴에 검은 호랑이를 타고 금빛 채찍을 지닌 모습을 지녔다. 민간에서 그를 무재신武財神이라고 불렀다.

금룡대왕은 명청시대 이후 강회江淮부터 노하潞河까지 운하가 지나가는 곳에 번성한 민간신앙이었다. 사서는 남송1127~1279 사람으로 원나라가 일어나자 분하여 관직에 나아가지 않았다. 금룡산金龍山에 은거하며 망운정을 세우고 즐겼으나, 원나라 병사가 남송의 수도인 임안臨安: 오늘날의 항저우으로 쳐들어오자 양자강에서 죽었다. 고향 사람들은 그를 조부와 부친 조묘 옆에 묻었다. 명나라 주원장의 부하 부우덕傅友德, ?~1394이 원나라 병사와 여량홍呂梁洪에서 싸울 때 공중에서 갑옷을 입은 자가 나타나 도와주었고, 명 영락제 때 회통하를 새로 열어 배들이 이곳을 통과할 때도 기도하면 응하지 않은 적이 없었다. 이에 황제는 홍洪 위에 사당을 세워 제사를 지냈다.

왼쪽은 문창대전文昌大殿으로 공명과 봉록, 관위의 신인 문창신文昌神과 화신火神이 모셔져 있었다. 중국에서는 북방에는 공자, 남방에는 문창文昌이 있다고 한다. 문창신은 문창제군文昌帝君으로도 불리며 도교의 신령스런 신 가운데 하나다. 동진 영강寧康 2년374에 촉나라 사람 장육張育이 스스로 촉왕이라 하며 병사를 일으켜 전진前秦의 부견苻堅, 재위 357~385과 싸우다 전사했다. 촉나라 사람들이 재동梓潼 칠곡산七曲山에 그의 사당을 세우고, 뇌택용왕雷澤龍王으로 봉했다. 재동신은 장육의 화신이라고 한다. 그는 시서에 밝고 의술에도 뛰어나 항상 백성의 병을 치유해주었다. 당나라 이후 장육에 대한 신앙이 성행해 지방신에서 점차적으로 전국적인 성격을 지닌 신으로 발전했다. 북송 이후에는 과거의 합격을 도와주는 신으로 변형되었으며, 원나라 이후는 천하의 학궁學宮에 문창궁을 짓게 하고 그를 제사지내도록 했다.

중국에서는 일찍이 춘추시대부터 화재를 피하기 위해 화신을 제사지내는 전통이 있다. 주신은 중국 고대 신화 속 인물인 축융祝融으로 사람들에게 불을 사용하는 법을 가르쳤다. 화신은 수신과 더불어 사람들이 생활하는 데 떼려야 뗄 수 없는 친밀한 신이다.

상인들의 염원은 재물을 손에 넣고 과거에 합격해 관직을 얻는 일이다. 운하를 운행하면서 목숨을 보존하고, 물품을 안전하게 운반하기 위해 이 신상에 의지했다. 최부는 주로 관리 등의 지식인과 대화를 나누면서 중국인의 행동을 유심히 살폈다. 돈에 속박된 행태를 날카롭게 지적해냈다.


사람들 모두 장사를 생업으로 삼고 있기 때문에 관직에 있는 관리나 부잣집 사람이라도 친히 소매에 저울과 저울추를 넣어서, 작은 이익이라도 자세히 따진다.
•『표해록』, 6월 4일


건물 뒤에 있는 비림碑林을 찬찬히 둘러보니, 청 건륭 11년1746 11월에

322

만든 '산섬회관비기'山陝會館碑記라는 비였다. 유심히 들여다보니 산동성 제남부 제하현齊河縣 지현 장경추張暻樞가 비문을, 진사시에 합격한 한림원翰林院 검토檢討 장이심臧爾心이 비석의 제목을, 진사에 합격한 유박劉樸이 비에 글씨를 썼다. 그리고 하단에 회관을 건립하는 데 은을 기부한 사람들의 이름과 액수가 음각되어 있었다. 많은 이는 900냥을, 적은 이는 1냥을 납부해 총액은 8,190냥에 달했다. 이후에도 회관에서 희루·종루나 고루 등을 중수할 경우 기부금을 모아 충당했던 사실을 엿볼 수 있었다.

# 운하에서 세금을 거두어들인 초관

## 지폐 초鈔를 유통시킬 목적으로 지어지다

기록으로만 대하던 회관을 돌아보고는 뿌듯한 마음으로 임청시린청 시臨淸市에 있는 초관鈔關으로 방향을 잡았다. 임청은 조운로 선상에 위치해 상업으로 번성한 도시다.

임청주臨淸州의 관음사觀音寺 앞에 이르렀다. 절은 두 강이 만나 돌출된 곳에 위치했고, 동서 양쪽에 갑閘을 네 개 설치해 물을 모아두었다. 절 동쪽에는 배로 부교浮橋를 만들어 현縣과 통하게 했다. 임청현성臨淸縣城은 강 동쪽 언덕의 반 리쯤에 있었으며, 현縣의 치소治所와 임청위 치소는 모두 성 안에 있었는데, 북경과 남경으로 통하는 요충지이며 상인이 모여드는 곳이었다. 그 성 안팎 수십 리 사이에 누대가 밀집하고, 시가지가 번성하며 재화가 풍족하고, 선박이 모여드는 것이 비록 소주·항주에는 미치지 못하지만 또한 산동에서는 으뜸이고, 천하에 명성을 떨쳤다.

• 『표해록』, 3월 14일

임청현은 남북 사방의 상인이 모여들고 운하로 나아가는 곳이다. 그런데 물길이 갑자기 격류로 바뀌고 빨라져 배가 뒤집어지고 익사하는 사람이 생겼다. 그래서 관음사에서 현청으로 들어가기 위해 배를 잇대어 만든 부교를 설치했다. 당시 관음사 아래가 가장 물살이 급해, 명 성화 20년1484 이 지역 사람 왕진정王珍珽이 돈을 내어 벽가하璧家河의 남안에 부교를 설치했는데, 배 8척, 백금즉 은銀 10근 이상이 소요되었다.

최부가 일기를 마치는 글에서도 양자강 북쪽의 양주·회안 같은 곳과 회하 이북의 서주·제녕·임청 같은 곳은 번화하고 풍부한 것이 강남과 다르지 않으며, 그중에서도 가장 번성한 도시가 임청이라고 서술했다.

명나라가 북경을 수도로 정하면서 조운로 선상에 창고 네 개를 설치했다. 회안·서주·임청·덕주더저우德州가 그것인데, 임청은 회통하가 위하웨이허衛河에 도달하는 지점으로, 위하를 통해 운반되는 하남지방의 미곡을 수납하는 요충지였다.

본래 초관은 지폐인 초鈔를 유통시킬 목적으로 설치되었다. 조운로의 요충지인 임청을 비롯해, 호서滸西·구강九江·회안·북신北新·양주·하서무河西務에 초관을 설치해 배의 길이와 폭에 따라 그 액수에 차등을 두고 선료船料로 초鈔를 내도록 했다. 최초에는 대명보초大明寶鈔라는 지폐를 거두어들였기에 이렇게 불렸으나, 나중에는 동전이나 은을 징수했다. 세력을 믿고 물품을 은닉하거나 정확히 보고하지 않는 자들은 물품을 관아에서 몰수하고 처벌했다. 물품에 대해서는 세량을 부과하지 않았으나, 이곳 임청만은 물품에 대해서도 세금을 거두어들였다. 초관에는 건립 당초에는 부府의 통판通判 등이 관리했으나, 점차적으로 호부 주사戶部主事를 파견해 세량을 거두어들였다.

이윽고 명 정통 12년1447에 임청과 회안에는 호부 주사 두 명을 더 파견했고, 성화 연간1465~87에 이르면 중앙에서 공부 주사工部主事 · 급사중 · 어사를 파견해 관리 감독했다. 또 이들의 임기를 1년으로 제한해 부정부패를 방지하려고 힘썼다. 홍치 14년1501에 불필요한 관원이 문제가 되자 호부는 임청 초관의 주사를 줄여 부府나 주州의 부관副官에 해당하는 좌이관佐貳官으로 다스리게 하고 창고를 관리하는 주사主事로 하여금 출입하는 인원을 감독케 하자고 건의해 황제의 허락을 받는다.

## 임청의 초관 터를 발견하다

우리가 찾은 임청의 초관은 명 선덕 4년1429에 설치되었다. 일시 폐지되었으나, 홍치1488~1505 초에 다시 설치되었다. 중국 8대 초관의 하나로 만력 연간1573~1620에는 전국 과세액의 4분의 1을 징수했다. 그 액수는 무려 8만여 냥에 달했다.

중국 인터넷 사이트에는 임청의 초관이 명나라 때의 원형을 그대로 유지하고 있다고 해서 기대감을 가지고 찾아 나섰다. 당시의 초관은 장엄한 건물에 깃발을 내걸어 상인들이 분주하게 발걸음을 옮겼다고 한다. 그런데 우리가 방문했을 때는 바람에 세차게 펄럭이던 깃발의 자취가 온데간데없이 사라져 주위를 헤맸다. 사전 위치 조사로 초관 근처까지는 이상 없이 갔으나, 안내판도 없는데다 노인들에게 물어보아도 잘 모르는 것이었다. 조운로가 지나가는 제방 아래를 쳇바퀴 돌듯 하다 간신히 골목 안쪽에 세워진 건물을 찾을 수 있었다. 초관은 제방에서 대략 300미터 정도 떨어진 곳에 위치했다. 그런데 초관의 원형은 어디에도 없었다. 문이 굳게 닫혀 있어 크게 실망하던 중 귀를 기울이니 반대편에서 목소리가 들려왔다. 건물 반대편으로 들어가니 초관이라 쓰인 편액

원래 초관은 지폐인 초(鈔)를 유통시킬 목적으로 설치되었다.
운하를 오가는 배에서 세금을 거두어들이던 초관.

이 보였다. 대문 양옆으로 건물이 있고 넓은 공터가 있는 구조였다. 엮은 짚으로 덮인 비석들과 공터에서 발견한 「호부분사공당기」戶部分司公堂記라는 비문을 통해 이곳이 초관이었다는 사실을 확인할 수 있었다. 그 옛날 이곳을 지나던 관리와 상인들이 거래하는 모습이 떠올랐다.

　물품이 오가는 곳에는 뇌물이 없을 수 없었기에 명나라 조정은 이를 제도적으로 차단하려 무진장 애를 썼을 것이다. 어느 시대 어느 곳에서 든지 돈이 움직이는 곳을 감독하는 관리는 다른 어떤 부서보다도 탐욕을 경계하고 청렴을 요하지 않으면 안 된다.

# 덕주의 소록왕묘

## 왕의 형제들은 16세가 되면 외지로 나가야

고당가오탕高唐에서 버스로 한 시간 30분 만에 덕주에 도착했다. 최부는 3월 말에 이곳을 지나간다.

밤에 덕주를 지났는데, 강이 성을 서에서 북으로 감싸면서 흘렀는데, 이곳이 옛 평원군平原郡이다. 땅이 넓고 인구가 조밀해 상인들이 모이는 곳이다. 이름을 알 수 없는 강 언덕에 도착해 머물렀다.

부영: 태상황제, 즉 천순제의 동모同母의 동생이 어질고 덕이 있어 노魯를 봉지封地로 삼게 하고, 노왕魯王으로 불렸는데, 덕주 경계에서 300여 리 떨어진 땅에 있어서 그때의 사람들이 덕왕德王이라고 불렀소.

최부: 덕왕은 어째서 북경에 있지 않고 외지에 있소?

부영: 왕의 형제가 북경 안에 있어서 다른 마음을 가지는 것을 두려워해, 16세 이상이 되면 모두 왕으로 봉해 밖으로 내보내오.

최부: 덕왕은 산동의 관할지역에서 자기 뜻대로 정사를 할 수 있소?

부영: 왕부王府와 각 관청의 관리가 모든 정사를 맡고, 교수관敎授官과 호위관護衛官이 있어 왕과 더불어 시서를 강론하고, 궁술과 말타기를 사열할 뿐이오. 정사를 행하는 것은 왕이 할 수 없고 모든 것이 조정에서 나온다오.

- 『표해록』, 3월 18일

덕주 동쪽으로는 방산方山이 버티고 있고, 서쪽으로는 위수衛水가 돌아가고 있다. 북경과 산동의 중요 지점이며, 수륙으로 사람과 물품이 모이고 지나가는 곳이다. 원래 덕주의 노왕은 노황왕魯荒王 단檀을 가리킨다. 명 홍무제의 서자庶子 중 제10자로 홍무 3년1370에 왕으로 봉해져 홍무 18년에 산동성 연주부에 취임했으나 22세에 죽었다. 정통제재위 1436~49는 성화제재위 1465~87 외에 서자 가운데 제2자인 덕장왕德莊王 견린見潾 등 아홉 명의 아들이 있었다. 이 견린이 바로 덕왕인데 천순 원년1457에 왕으로 봉해져 성화 3년1467에 제남濟南에 취임했으나 정덕 12년1517에 죽었다. 황제의 적자嫡子는 황제 위를 계승하지만, 다른 여러 아들은 왕에 봉해졌다. 이들은 15세에 혼인했고 황궁 밖의 저택에 거주하다 성인이 되면 자신이 봉해진 지역에 취임했다. 친왕호위지휘사사親王護衛指揮使司를 편성해 왕부王府마다 호위군 세 개를 편성했다. 명나라 때는 제왕諸王에게 영토를 지급하지 않았다. 또 작위를 수여받지만 백성을 직접 통치하지 않고, 봉록은 지급받아도 정치는 행하지 않는 것이 원칙이었다. 군대를 출동시키는 경우에도 반드시 황제의 허락이 있어야만 가능했다.

소록왕묘蘇祿王墓는 덕주 시내에서 북쪽으로 2리약 800미터 정도 떨어진 곳에 있었다. 왕릉어원王陵禦苑이라 씌어진 입구부터 200여 미터 후방에 본 건물이 배치되어 있었다. 도중에 비석이 있어 글자를 판독하니 소록

소록국은 필리핀 서남부의 소록군도에 건립된 이슬람 국가로, 1417년 북경에
조공을 하러 왔다가 돌아가는 길에 동왕(東王)이 사망했다. 그의 영정을 모신 건물.

왕이 중국에 조공하러 왔다 병으로 죽자 그 정성을 기리기 위해 영락 19
년1421 9월에 비석을 세웠다는 내용이다.

소록국은 15세기에 필리핀 서남부의 소록군도蘇祿群島에 건립된 이슬
람 국가다. 필리핀 남부에 있는 술루Sulu 군도, 또는 그 가운데서도 졸로
Jolo 섬 지역을 말한다. 발리와 지리적으로 가깝다. 소록국에는 동왕東
王·서왕西王·동왕峒王이 있었다. 이들 모두는 환관 정화鄭和, 1371~1433가
5차 원정을 떠났던 영락 15년1417에 조공하러 북경에 들어왔으나, 귀국
길에 동왕이 덕주德州에서 사망했다.

"최근에 명을 받아 나라로 돌아가는데 어찌하여 병이 들어 갑자기 죽었는가."
영락제가 소록왕의 죽음을 기리며 세운 비문이 모셔져 있다.

## 바닷길을 건너온 충성과 복종심이 지극하다

명나라의 역사서 『명사』의 기록을 들추어 보면, 영락 15년<sub>1417</sub>에 이 나라 동왕東王 파도갈팔합랄巴都葛叭哈剌과 서왕西王 마합랄질갈랄마정麻哈剌叱葛剌麻丁, 동왕峒王이 각각 그들의 가속家屬과 신하 340여 명을 이끌고 바다를 건너 명나라에 들어왔다. 그리고 공물과 진주·보석·대모玳瑁 등 귀중한 물품을 헌상했다. 영락제는 이들을 예우하고 국왕에 책봉했다. 27일간 머물다가 세 명의 왕이 돌아가겠다고 하자 황제는 옥대玉帶·황금 100냥·백금 2,000냥 등을 하사했다. 그런데 9월 13일 동왕東王이 덕주에 이르러 죽는 사건이 발생하자, 영락제는 예부禮部 낭중郎中 진사계陳

土啓를 보내 제사를 지내도록 했다. 그를 기린 「제문」祭文은 다음과 같다.

생각하니 왕은 총명하고 사리에 통달했으며, 타고난 성품은 온후했다. 하늘을 공경하는 도리와 진실로 사물이 변하는 기미를 알고는 수만 리의 길을 꺼리지 않고 가족과 배신陪臣 들을 이끌고 바닷길을 건너온 충성과 복종하는 마음은 지극하다고 할 수 있다. 이에 특별히 상을 후하게 내리고 고명誥命을 하사하고, 왕의 작위에 책봉하니 그대와 그대의 가정이 영화롭고 귀해지고 그대 나라의 사람들에게 복이 있기를 바라노라. 최근에 명을 받아 나라로 돌아가는데 어찌하여 병이 들어 갑자기 죽었는가. 부음이 들려와 마음이 아픔을 금할 수 없도다. 지금 특별히 그대에게 공정恭定이라는 시호를 하사하노라. 또한 그대의 아들에게 명하여 왕위를 이어받고 친속親屬들을 거느리고 귀국케 하노라.

영락제는 유관 부서에 명령을 내려 장례를 치르게 하고는 비문을 세우게 했다. 그리고 영락 15년 10월 3일에 덕주성 북쪽에 장사지냈다. 또 비妃와 처첩妻妾, 시종 열 명이 이곳에 머물며 묘를 지키다 3년상이 끝난 다음 귀국토록 했다. 그 뒤 사신에게 칙서를 가지고 소록국에 가서 그의 큰아들 도마함都馬舍에게 알렸다.

지주 영화甯和의 「소록왕분시墳詩」를 소개하기로 하자.

붉고 향기론 꽃 시들어 굽은 시내에 드날리고
등나무 가지 깊이 두른 작은 집 아래
풀섶엔 옹중翁仲이 묻혀 있고

밤비가 빈 다리에 제비 진흙 떨어뜨리네.

만 리 바다 하늘에 근심 생각 아득하고

백 년토록 소록은 꿈속의 혼마저 헤매는데

다정할손 꽃다운 숲속의 새들만이

처량하지 않게 예전처럼 지저귀네.

花謝紅香颭曲溪　藤枝深護小堂低

春風細草埋翁仲　夜雨空梁落燕泥

萬裏海天愁思迴　百年蘇祿夢魂迷

多情惟有芳林鳥　不爲凄凉依舊啼


　소록의 토지는 척박해 조와 보리를 경작했지만 곡식이 부족해 백성들은 모두 물고기와 새우를 먹었다. 바닷물을 끓여서 소금을 만들고, 사탕수수를 빚어 술을 만들었으며, 대나무를 짜서 포布를 만드는 일을 생업으로 삼았다. 기후는 항상 더웠다. 바다 섬 위에 진주가 있는 연못이 있는데, 밤에 이를 바라다보면 빛이 수면 위에 떠 있는 것 같았다. 그 지역 사람들은 진주를 중국인과 교역했는데, 큰 것은 수십 배의 이익을 남겼다. 상선商船이 돌아갈 때마다 몇 명의 인질을 남겨서 그 상선이 다시 오도록 했다고도 한다.

　건물 본당에는 소록왕의 영정이 있었는데 필리핀 사람의 얼굴이라기보다는 한족 미남 얼굴에 가까웠다. 그 뒤쪽에 왕묘가 있었다. 높이가 4미터에, 지름이 16미터에 달하는 거대한 봉분이었다. 기단부를 돌로 둘렀고, 묘 앞에는 영락 15년1417에 세워진 비가 있었는데 해서체로 '소록국공정왕묘'蘇綠國恭定王墓라 새겨져 있었다.

　입구 왼쪽에는 인가가, 오른쪽에는 3기의 묘가 있었다. 묘의 기단은 콘크리트를 사용해 둥그렇게 조성했는데 봉분은 풀로 덮였다. 묘의 중앙은 소록왕비, 오른쪽은 둘째 아들, 왼쪽은 셋째 아들이다. 왕릉 근처에는 왕을 수행해 왔던 필리핀의 후손들이 살고 있다고 한다. 시간이 없어 필리핀 후손들과 대화를 나누지 못해 못내 아쉬웠다. 그들이 만든 특주도 맛을 음미하고 싶었다. 조운로를 종단해 온 이국인과 이국인이 손이라도 따스하게 마주 잡고 회포를 풀고 싶었다.

# 하늘로 치솟은 조운로

## 황하의 아홉 지류가 합류하는 구하九河

덕주시에서 소록왕묘를 둘러본 뒤 택시 기사가 운하 근처에 마두선착
장가 있다는 이야기를 하기에 가보았다. 그러나 옛 모습을 전혀 찾을 수
가 없었고, 다만 콘크리트 흔적만 횅하니 남아 있었다. 갈수기라 그런
지 물도 적었다.

더 이상 시간을 지체할 수 없어 기차로 하북성 창주창저우滄州로 달렸
다. 오후 4시가 되기 전에 도착했다. 창주는 옛 발해 땅으로 바닷물이
빙 돌아 들어가 발渤이라고 했다. 바다가 굽은 곳에 있어 이러한 이름이
붙여졌다. 남이웅南以雄, 1575~1648은 『노정기』路程記에서 하간부허지엔 부河間
府의 특징을 다음과 같이 서술했다.

구하九河가 합류하며, 오루五壘가 있는 곳으로, 지세는 광활하며 수
륙의 요충지다. 농업과 뽕나무 기르기에 힘쓰며 시서詩書에 요령이 있
고 기력이 높아 꾸미고 아름답게 하는 일을 일삼지 않는다. 하간부 경
계 동쪽에 팔방통제교八方通濟橋가 있어 조운선漕運船들이 통행하는데,

요성시를 지나는 대운하. 예부터 9하(河)가 합류하며, 5루(壘)가 있는 곳으로,
지세는 광활하며 수륙의 요충지로 일컬어지고 있다.

즉 호타하濠沱河의 하류다.

구하, 즉 황하의 아홉 지류가 합류하는 곳으로, 호타하 하류에 조운선
이 드나들고 있었음을 짐작할 수 있다.

지도를 사서 보니 강남지역과는 딴판으로 유적지에 대한 설명을 찾을
수 없었다. 어디로 가야 할지 막막했다. 택시를 잡아타고 창주에서 가장
멋진 운하가 있는 곳을 부탁했다. 기사는 시내에 있는 남호南湖 근처 운
하에 내려주었다. 최근에 세워진 듯한 황학루황허러우黃鶴樓라는 건물을 배
경으로 사진을 찍었다. 운하는 잘 정비되어 있었으나 흙탕물이었다. 최
부는 창주를 지나면서 다음과 같이 묘사했다.

창주의 성城은 강의 동쪽 언덕에 임해 있었는데, 곧 한나라 때의 발해군渤海郡이다. 강변에 장대 위에 사람의 머리를 매달아 사람들에게 보이고 있었다. 부영傅榮이 신에게 말하기를, "저것은 강도의 머리요. 한나라 때 공수龔遂가 단기單騎로 이 지방에 와서 도적 떼를 평정하니 검을 팔고 소를 샀다는 이야기가 있소. 이 지방에는 도적이 많고 사람을 겁탈하고 죽이는 것이 예로부터 그랬소."

• 『표해록』, 3월 21일

공수는 산동성 창읍昌邑의 낭중령郎中令을 지냈을 때, 창읍왕 유하劉賀의 행동이 올바르지 않자 간쟁을 하다 눈물을 흘릴 정도로 강직하고 절개를 지킨 인물이다. 그는 서한 선제기원전 74~기원전 49시대에 발해군 태수가 되었다. 당시 기근으로 도적이 발생했으나 지방관들이 이들을 제압하지 못했다. 이에 승상과 어사가 공수를 천거해 발해 태수에 임명했다.

그가 발해 경계에 이르자 군민들이 새로운 태수가 온다는 소식을 듣고는 병사를 보내 맞아들였다. 그러나 공수는 이들을 모두 돌려보내고 소속 주·현에 문서를 보내 도적을 체포하려는 관리들을 모두 파면했다. 그리고는 호미와 낫이나 농기구를 소지한 자는 모두 양민으로, 병기를 소지한 자는 도적으로 여기겠다고 했다. 이어서 그가 단기로 발해에 도착하자 군민이 전부 기뻐하고 도적질을 모두 그만두었다고 한다. 또 그는 이 지역의 풍속이 사치스럽다고 여겨 도검刀劍을 소지하고 있는 자들에게는 이를 팔아 소와 송아지를 사게 하는 등 농업을 장려했다.

도시는 발전한 모습이었으나 운하는 특색을 보여주지 않았다. 갈 길을 재촉하는 우리의 여정이 잘못되었는지도 모르겠다. 역 근처에는 커피 한

잔 마실 수 있는 가게도 없었다. 역에서 시간을 때우고 있는데 한 남자 어린이가 우는 것이었다. 눈물을 흘리며 엄마와 통화하면서 서럽게 울어 댔다. 엄마가 일하러 나간 것인지 아니면 아이를 버리고 간 것인지 알 수 없었으나 너무나도 애타게 엄마를 부르는 울음에 숙연해졌다.

## 소인과 환관을 멀리한 홍치제

최부 일행이 창주의 장로체운소長蘆遞運所 앞에 정박해 부영과 대화를 나누었다. 체운소는 조운로 선상에 공적인 일로 왕래하는 관리의 편의를 도모하기 위해 설치된 시설로, 이곳에는 분홍색으로 칠한 홍선紅船이라는 특별한 배가 비치되어 있었다. 이 체운소에는 싣는 화물의 양에 따라 10명에서 13명의 인원을 편성했다.

최부: 회하를 지난 이후부터 병부·형부·이부 등 각 관청의 관원을 실은 선박의 왕래가 끊이질 않는데 무엇 때문이오?

부영: 지금 천자홍치제께서는 고명한 덕이 있어, 조신朝臣이 이전에 행한 일이나 작은 과실이 있는 경우는 모두 좌천시켰소. 하로河路 중에 석패錫牌를 차고 돌아가는 자는 모두 좌천되어 고향으로 내려가는 조정의 신하요. 전에 소흥부에서 당신이 어디서 왔는지 물었던 총병관 황종黃宗도 파직되어 돌아갔소.

최부: 조신들 중에는 좌천된 사람이 많은데, 어찌 환관들을 물리치지 못하고 그들로 하여금 뜻대로 행세하게 하오?

부영: 환관 중에도 죽임을 당하고, 좌천된 자가 이루 헤아릴 수 없으나 지금 강에서 북경으로 향하는 자는 모두 선제성화제의 사신으로

파견되어 직무를 마치고 돌아가는 중인데 (관직을) 보존하기 어려울 것이오. 전에 서로 만났던 환관 나공羅公·섭공聶公도 모두 정해진 날짜에 돌아가지 못해 좌천되어 봉어奉御의 직책을 담당하게 되었소.

최부: 지금 천하가 다시 요堯·순舜 같은 군주를 얻어, 재능과 인덕을 갖춘 인재를 등용하고 악한 자들을 쫓아내어 조정이 깨끗해지고 천하가 안정되었으니, 또한 축하할 일이 아니겠소?

부영: 맞소, 맞소. 우리 황제께서는 소인과 환관을 멀리하오. 매일 친히 경연을 열고 각로閣老·학사學士들과 더불어 시서詩書를 강론하고 정사를 논하기를 부지런히 힘써 그치지 않소.

- 『표해록』, 3월 21일


잘 알다시피 명나라는 환관이 득세한 시대로 이들의 악정과 폐해로 나라가 망했다 해도 과언이 아니다. 영락제재위 1402~24는 특무기관인 동창東廠을, 성화제는 서창西廠을 설치해 밀실정치를 실시했다. 관료와 백성을 사찰하는 기구라고 생각하면 된다. 이 시기에 권세를 떨친 태감환관의 우두머리으로 왕직汪直이라는 인물을 들 수 있는데, 사대부들도 감히 대항할 수 없었다. 그러나 홍치제가 즉위하자 언관言官들이 이전 시대의 폐단을 열거하고 개혁을 촉구했다. 특히 간신 이자성李孜省, ?~1487, 태감 양방梁芳, 외척 만귀萬貴 등의 불법을 탄핵했다. 환관들이 황제의 뜻을 받아들여 임명한 관료인 전봉관傳奉官들이 대거 쫓겨났다. 무소불위의 환관들도 어가를 인도하고 경비하는 임무를 담당하는 봉어奉御라는 한직으로 쫓겨났다.

최부는 하북성 하간부河間府 성 동쪽 180리약 70킬로미터 정도 떨어진 흥제현興濟縣을 지나면서 명나라 때 황후 선발에 관련된 흥미 있는 이야기를 전해준다.

홍제현의 치소治所는 역驛 뒤에 있었다. 역 앞에 큰 집이 있었는데,
진훤陳萱이 말하기를, "이곳은 새로이 황후가 된 장씨張氏의 사택이오.
처음 지금 황제 홍치제가 황태자가 되었을 때 흠천감欽天監이 상주하기
를, "황후의 별이 하수河水의 동남쪽에 비칩니다" 하니, 선제성화제는 하
수 동남지역 양가良家의 여자 300명을 선발해 북경에 모이도록 했소.
황태후가 이들을 다시 선발하니 장씨가 정후正後로 뽑혔소. 황후의 조
부는 봉양부鳳陽府 지부였고, 부친은 관직에 오르지 않았으나, 이전 국
자감國子監 생도로 지금은 특별히 도독都督에 임명되었소"라고 했다.

• 『표해록』, 3월 22일

명나라를 창업한 홍무제는 천자·왕의 후비·궁빈宮嬪 등은 반드시 양
가의 자녀를 선발해 혼인토록 했다. 대신들이 추천하지 못하도록 했는데
이는 출세를 노리는 자들이 나라에 해 끼칠 것을 염려했기 때문이다.

황후 장씨란 홍치제의 황후인 효강황후孝康皇後를 가리킨다. 그녀는 이
곳 홍제현 출신으로 모친은 김씨다. 모친이 황후를 잉태했을 때 달이 품
속으로 들어오는 꿈을 꾸었다고 한다. 천문을 살피고, 해와 달의 움직임
을 살펴 달력을 만들며, 길흉을 점치는 일을 담당하는 흠천감欽天監이 산
동지역에서 심상치 않은 기운이 뻗치고 있는 사실을 알고서 황제에게
이를 보고했다. 장씨는 성화 23년1487에 태자비가 되었고, 황태자가 황
제위에 오르자 황후에 책봉되었다. 그 뒤 가정 28년1549에 죽었다. 황후
의 부친은 장만張巒이었는데, 향공鄕貢으로 태학太學에 들어갔다. 홍치제
가 자못 외가를 예우해 장인은 홍려시경鴻臚寺卿에 제수되었고, 중군도독

부中軍都督府 동지同知로 승진했으며, 나중에 창국공昌國公에 임명되었다. 황후의 동생 장학령張鶴齡은 수녕후壽寧侯에, 장연령張延齡은 건창백建昌伯에 봉해졌다. 황후의 사저는 후에 진무眞武를 제사지내는 숭진궁崇眞宮으로 변했다.

딸 덕에 아버지도 동생들도 모두 영화를 누리게 되었다. 친구들 사이에서도 아들보다는 딸이 더 좋다는 이야기를 한다. 우스갯소리로 아들의 월급은 몰라도 사위의 월급은 안다는 말이 있다. 남성들의 이중성을 부인하지는 못하지만, 수업 시간에 여학생들에게 대학 졸업하고 결혼에 속박되어 자식들 일류대학 진학에 애쓰지 말고 자신들의 꽃을 피우고 가꾸라고 나 역시 종종 이야기한다.

# 천후궁에서 만난 천비신앙

## 고문화가의 중심지에 자리한 천진민속박물관

천진은 북경의 문호로, 북경이나 상해 다음가는 도시다. 명나라 영락제가 군사를 거느리고 남하해 황제위를 찬탈했을 때 여기서 강을 건너 천진이라는 지명이 처음 등장했다. 영락 2년1404에 군사기지인 위衛가 처음 설치되었으며, 최부는 이 천진위天津衛를 지나갔다.

성 안에 천진위天津衛와 천진좌위天津左衛 · 천진우위天津右衛의 관청이 있었는데 해운 등의 일을 나누어 관장했다. 성 동쪽에는 큰 사당이 강 언덕을 내려다보고 있었는데 현판의 글씨가 컸다. 신이 멀리서 바라보니 그 위는 '천'天자이고 아래는 '묘'廟자인데, 그 가운데 한 글자가 무슨 자인지 알 수는 없었다.

•『표해록』, 3월 24일

최부의 『표해록』을 역주 간행한 전 고려대 교수 박원호 선생은 최부가 멀리서 지나면서 판독해낼 수 없었던 글자는 바로 비妃나 후后였을 것

고문화가 중심지에 천진민속박물관인 천후궁이 있었다.
푸른 바탕 위에 금빛으로 칙건천후궁(勅建天后宮)이라 씌어진 편액이 보인다.

이라고 추정했다. 운하가 지나가는 자리 옆에는 천후궁이 설치되었기 때문에 천비묘天妃廟 또는 천후묘天后廟였을 것으로 판단한 것이다.

천진역에서 택시로 20여 분 달려 천진의 구성舊城 동문 밖 삼분하구三 岔河口 서안에 위치한 천후궁天后宮으로 갔다. 큼직한 패방에 고문화가古文 化街라고 씌어진 편액이 시야에 들어왔다. 바로 해하海河 근처에 있는 거 리로 무척이나 화려했다. 홍등이 울긋불긋해 관광객의 눈을 홀리게 했 고, 문구류를 비롯한 다양한 물품이 진열되어 있었다. 고문화가 중심지 에 천진민속박물관인 천후궁이 있었다. 속칭 낭랑궁娘娘宮 혹은 마조묘媽 祖廟다. 푸른 바탕 위에 금빛으로 쓴 칙건천후궁勅建天后宮이라는 편액이 보였다. 이 천후궁은 복건푸지엔福建 보전시푸티엔 시莆田市 미주메이저우湄洲의 마조묘, 대만의 북항조대궁北港朝大宮과 함께 중국의 3대 마조묘라 한다. 천후궁은 원 태정泰定 원년1326에 건립되었고, 명 영락 원년1402에 중건되었다. 천후는 대만·복건·광동성 등 남부 지방을 시작으로 일본·유구琉球·동남아시아에서도 널리 신봉되었다.

일본에서 유학을 마치고 모교에 복귀해서 강사 생활을 하며『표해록』을 강독할 때 지금의 요녕성랴오닝 성遼寧省에 천비낭랑묘天妃娘娘廟가 있다는 사실을 처음으로 알았다. 중국 북경으로 들어가는 조선 사신들도 반드시 한번쯤 이곳에 들러 시를 읊고 그녀를 추모했다. 정확히 말하자면 낭랑묘는 연산連山에서 서쪽으로 5리약 2킬로미터쯤 산봉우리 하나가 우뚝 솟은 곳에 있었다. 조선 영조 41년1765 숙부인 홍억洪檍이 서장관으로 청나라에 갈 때 군관으로 따라간 홍대용洪大容, 1731~83은 광녕廣寧 도화동桃花洞 청안사淸安寺 서쪽의 낭랑묘와 봉황성 안에 있는 낭랑묘를 보았다. 북경 유리창 동남쪽에서 몇 리 떨어진 낭랑묘에는 부인상婦人像을 봉안했는데, 아들을 낳으려는 사람들이 많이들 기도를 드렸다고 한다.

낭랑묘는 육지에서는 태신胎神으로 여겨졌지만 바다에서는 항해를 보호해주는 신이었다. 조선 태종 9년1409 이후 사행들은 한양을 출발해 평양을 거친 후 압록강을 건너고 요양·광녕·산해관山海關을 지나 북경으로 들어갔다. 이 루트는 명나라가 여진에게 요동지역을 점령당하는 광해군 13년1621까지 약 212년간 지속되었다. 조공로인 육로가 막혔는데도 임란 때 명나라의 도움을 받아 일본을 격퇴한 조선은 '재조지은再造之恩'이라는 명분 아래 바닷길로 조공을 계속했다. 바다에 익숙하지도 배를 타본 경험도 없는 상태에서 망망대해를 건너는 사행들에게 바닷길로 산동성 등주덩저우登州로 가거나 철산자鐵山嘴를 지나 발해를 건너 영원위寧遠衛로 향하는 것은 마치 죽음의 길을 가는 것과 같았다. 자연히 이들이 의지할 수 있는 것은 신, 그중에서도 특히 해신海神에게 기도하는 것뿐이었다.

조선 인조 2년1624에 명나라에 다녀온 홍익한洪翼漢, 1586~1637의 『조천항해록』朝天航海錄에 따르면 사행들이 바다를 항해하다 요동도사遼東都司의 관할에 있던 광록도廣鹿島로 옮겨 방을 빌려 휴식을 취했다. 이때 한 승려가 찾아와 섬에 새로이 사찰을 세우는 데 시주하면 바닷길에 평온을 빌어주겠다고 간청했다. 승려는 바다에 제사를 지낼 때 천비낭랑이라는 신이 가장 소중한데, 천비는 옥황의 따님으로 사해를 주관하고, 용왕은 천비를 보좌하는 신이라는 것이었다. "신이 기뻐하면 모든 일이 길하고, 노하면 모든 일이 흉하므로, 항해하는 자는 그들을 기쁘게 하기 위해 정성을 다해야 한다"고 일러주었다. 이 말을 들은 사행들은 술과 향을 갖추어 천비에게 제사를 올렸다. 조선 인조 2년1624 사은 겸 주청사謝恩 兼 奏請使의 임무를 띠고 북경에 들어갔던 정사 이덕형李德泂, 1566~1645은 『죽창한화』竹窓閑話에서 해신을 다음과 같이 묘사했다.

명나라 영락永樂 연간에 어사禦史 진월陳鉞이 유구국琉球國에 사신으로 가는데, 바다 가운데서 큰 폭풍우를 만나 몸을 보전하기 어렵게 되었다. 진월은 배 안에서 해신에게 빌기를, "만약 신의 도움을 받아 황제의 명령을 완수할 있다면 귀국해 천자께 보고해 신을 위해 사당廟을 세우고 대대로 제사를 올리겠습니다"라고 했다. 빌기를 마치자 풍랑이 점점 가라앉아서 일을 끝내고 명 조정으로 돌아왔다. 상주문을 갖추어 이 사실을 천자께 아뢰자, 특별히 명을 내려 남해南海에 사당을 세우고 봄가을로 제사를 올리게 했다. 진월은 곧 지위가 낮은 관리인데도 천자가 그 말을 받아들여 사당을 세우고 현판까지 걸었던 것이다. 지금의 천비낭랑묘가 바로 이것이다.

또 조선 세조 8년1462 2월에 유구국에 사신으로 다녀온 선위사宣慰使
이계손李繼孫, 1423~84이 보고 들은 것을 보고하는 내용 가운데 천비신앙
이 허황된 것이 아님을 밝히는 부분이 있다.

바닷가에 천비 낭랑전을 지어놓고, 만약 배가 떠날 때에는 말과 돼
지를 목 베어 제사 지냅니다. 배를 큰 바다에 띄웠다가 혹시 풍랑을
만나면 배에 탄 사람들이 모두 마음을 가다듬어 천비를 생각하고 붓
을 달아놓습니다. 그 붓이 저절로 떨어져 스스로 쓰기를, "평안 무사
하리라"고 합니다. 신이 말하기를 "이 말은 괴이하고 허황되니 겪어
보지 않고는 믿지 못하겠다" 합니다. 그러자 대답하기를 "나 또한 일
찍이 들었으나 믿지 않았는데, 내가 배를 타고 가다 여러 번 풍랑을
만나 과연 이러한 효험을 얻었으니, 맹세코 허망한 이야기가 아닙니
다"라고 했습니다.

이렇게 사료에 나오는 낭랑의 모습은 어떠했을까 하며 상상의 나래를
펴곤 했는데 비로소 오늘에야 대면하게 되었으니 그 기쁨이야 이루 형
용할 수 없었다.

## 바닷가에서 조난을 당하면 제일 먼저 달려가

입구로부터 두 번째 건물이 정전으로 이곳에 천후낭랑이 모셔져 있었
다. 정전에는 '수우영연'垂佑瀛壖, 즉 "대해와 물가에서 보호해준다"는 편

붉은 도포로 단장한 천후궁의 주인 천비. 그녀는 15세 무렵에 사람들의 병을 치료하고, 부모에게 효를 다하고, 헤엄을 잘 쳐 어려움에 빠진 배를 구조했다.

액과 '택피만방'澤被萬方, 즉 "은택은 만방에 미치고"라는 편액이 보였다. 천비는 보석으로 장식된 보관寶冠을 쓰고 붉은색 도포를 입어 얼굴에 화사함이 깃든 온화한 얼굴이었다. 붉은 부채를 든 두 여인이 뒤에 서 있었고, 그 옆으로도 여시종이 두 명 더 서 있었다.

천후궁의 간판에는 천후를 다음과 같이 소개했다.

복건福建 보전현莆田縣의 미주湄洲 섬 출신으로, 본래의 성은 임林, 이름은 묵默이다. 북송 태조 건륭建隆 원년960에 태어나 태종 옹희 4년987에 28세로 죽었다. 일찍이 15세 무렵에 사람들의 병을 치료하고, 부모에게 효를 다하고, 헤엄을 잘 쳐 어려움에 빠진 배를 구조했다.

병든 사람, 항해의 안녕을 기원하려는 사람들이 찾았던 천후궁.
천후궁이 번성하던 당시의 모습을 벽에 그림으로 묘사한 것이다.

그러나 다른 기록에 따르면 천비는 임원林願의 일곱째 딸로 태어났고,
출생할 때 붉은빛이 방을 가득 채웠으며, 향기가 사방으로 흘렀다고 한
다. 태어날 때 울지 않아 묵랑默娘이라는 이름을 붙였다. 성장하면서 날
씨를 예측할 수 있는 재능을 보였고, 항상 해난이 발생하면 먼저 달려가
사람들을 구해냈다. 16세 때에는 마을 사람들의 병을 고치는 등 신통력
을 발휘했다. 28세 되던 해에 부친이 해난사고를 당해 행방을 알 수 없
자 이를 비탄한 묵랑은 미산嵋山 꼭대기에서 신선이 되어 하늘로 올라갔
다고 한다.

그 후 바닷가에서 조난을 당한 관료나 선원을 무수히 구해내자 연해가
의 백성들이 사당을 세우고 제사를 지냈고 그녀를 천비로 떠받들었다.
송나라960~1279 때에는 순제부인順濟夫人이라 불렸고, 원나라1206~1367 때

천비에 봉해졌으며, 명 영락 7년1407에 호국비민묘령소응홍인보제천비護國庇民妙靈昭應弘仁普濟天妃에 봉해져, 1월 15일, 3월 23일에 남경 태상시관太常寺官이 제사를 지냈다. 마침내 청 강희 23년1684 천후에 봉해졌다.

정전 옆에 용왕 상이 모셔져 있었다. 용왕도 천신과 함께 바다를 항해하는 자의 안전을 보호하는 해신이었다. 조선 사신이 항해하는 경우에 천비 다음으로 믿은 신이다. 조선 사행使行들이 정박하던 서해 북안에 있는 섬 가운데 중국의 섬인 석성도石城島·해성도海城島와 삼산도三山島에 용왕당이 모셔져 있고, 산해관 성 내의 영우사永佑寺라는 곳에도 동해 용왕신을 받들고 있었다.

최부 일행이 폭풍우를 만나 표류하게 되었을 때 밤이 되자 바람과 물결이 강해져 배가 빠르게 나아갔다. 제주 목사가 파견한 진무鎮撫 안의安義가 다음과 같이 말했다.

안의: 일찍이 듣건대 바다에는 탐욕스러운 용신龍神이 있다 하니 소지하고 있는 물품을 바다에 던져 제사를 지내 신에게 구원을 얻기를 청합니다.

하지만 이 말을 곧이곧대로 들을 최부가 아니었다.

일행: 사람이란 이 몸이 있은 후에야 이 물건이 있는 것입니다. 이 물건은 모두 몸 이외의 물건입니다.
•『표해록』, 윤1월 6일

최부를 제외한 일행은 앞다투어 의복과 군기, 철기, 식량 등을 찾아내

바다에 던졌다. 최부도 그들의 행위를 막지는 못했다. 우리나라의 농경민이나 어민 들에게 용왕이란 안전한 항해와 조업, 풍어 그리고 마을의 태평을 기원하는 신이었다. 그러나 최부는 예禮에 해당되지 않는 제사를 지내는 것은 곧 음사淫祀라며 거부했다. 음사로 복을 얻은 자를 아직 보지 못했다며 귀신에게 도와달라고 갈망하는 태도를 전혀 나타내지 않았다. 유자의 면모를 의연하게 지켜냈던 것이다.

조선 영조 46년1769 12월에 제주도에서 치러진 향시鄕試에서 장원을 한 장한철이라는 유생이 한양으로 과거를 보러 가다 표류하게 되는 사건이 발생했다. 그는 전라도 강진군 200리약 80킬로미터 남쪽에 위치한 청산도라는 곳에 표착했다. 수백 가구가 거주하고 있었고 용왕당도 설치되어 있었다. 섬사람들은 이곳에 가서 빌면 곧 영험이 있다고 믿고 있었다. 목숨을 부지하고 있는 것은 용신이 도와준 것이라며 사람들이 그에게 사당에서 정성을 다해 절할 것을 권유했다.

이처럼 바다를 건너는 데 중요한 신이 용왕이었다. 동서남북을 지키는 용왕의 얼굴 모습은 무섭게 생겼고 서로 다른 도포를 걸치고 있었다. 북해용왕은 녹색 도포였고, 커다란 상 앞에 또 하나의 입상이 진열되어 있었다. 동해용왕은 말끔한 얼굴 형상에 푸른색 도포로 전신을 휘감은 모습이었다. 귀가 대단히 큰 점도 특징이었다. 서해용왕은 대머리에다 팔자수염에 눈을 부릅떴으며 노란 도포를 입었다. 남해용왕은 마치 관우 장군의 모습과 흡사했다. 멋진 긴 수염에 붉은 도포로 몸을 감싸고 있어 손이나 발의 형태를 볼 수가 없었다. 우리나라 사신들이 빌었을 동해용왕의 얼굴이 가장 온화하고 미끈하게 생겨 그만큼 바다가 고요했다는 것을 의미하지 않았나 하고 자문해보았다.

용왕묘에는 약왕藥王의 상도 보였다. 약왕은 의신醫神으로 병자를 치료하는 신이다. 약왕묘에 모신 신은 시기와 지역에 따라 다른데, 대표적인 신으로 복희씨伏羲氏·신농씨神農氏·황제黃帝·편작扁鵲·갈홍, 명나라 대 『본초강목』本草綱目을 저술한 이시진李時珍, 1518~93 등이 있다. 정전 뒤쪽으로는 관제묘와 재신묘財神廟가 배치되어 있었다.

천후궁을 천천히 둘러본 후 천진에서 가장 유명하다는 구불리거우부리狗不理 요릿집을 찾았다. 한 접시에 56위안이었는데, 10위안을 내고 두 개를 더 주문했다.

# 조운로의 종착역, 통주 장가만

## 통주, 배와 수레가 몰려들었던 번영의 역사

북경의 문호인 통주로 향했다. 최부는 북경으로 들어갈 때 황제의 수도로 들어간다는 설렘 때문에 정신이 없어서인지 이 도시에 대해서는 언급하지 않았으나, 귀국길에는 다음과 같이 서술했다.

넓은 들을 지나는 동안에 민둥산이 길의 북쪽 10리약 4킬로미터 밖에 있었는데 그 모습을 바라보니 마치 흙 언덕 같았다. 산 위에 있는 호천탑昊天塔은 바로 통주의 고산孤山이다. 통주는 평야지대에 위치하여 높은 산이 없었으나 다만 이 산뿐이다.

　• 『표해록』, 4월 25일

신종인플루엔자와 산동성의 도적의 피해도 입지 않고 무사히 북경에 안착한 우리는 북경에 와 있던 제자 배윤경이 소개해줘서 시내 외곽에 위치한 팔달처바다추八達處라는 곳에 숙소를 정했다. 지하철을 타고 한 시간 30여 분이나 걸려 통주 팔리교 역바리차오잔八里橋站에 도착했다. 역에서

100미터 정도 떨어진 왼쪽에 고운하古運河의 자취가 남아 있었다. 원나라는 세조 지원至元 29년1292에 통주와 대도大都: 현재의 베이징 사이의 통혜하通惠河를 뚫어 대운하를 완성했다. 명나라 초기에는 해운을 통해 천진 부근의 직고直沽까지 곡물을 운반했으나, 바다가 험해 곡물을 실은 배들이 전복되고 선원이 익사하는 사건이 빈발하자 백성들이 모두 두려워했다. 게다가 왜구의 습격을 받기도 했다.

명 영락 13년1415에 해운과 육운陸運으로 조운미漕運米를 운반하던 제도를 폐지하고 오로지 남북을 관통하는 하나의 수도水道, 즉 대운하를 통해 곡물을 강남지역으로부터 북경·통주로 운반했다. 통주에는 북관순검사北關巡檢司·홍인교弘仁橋 순검사·장가만張家灣 순검사巡檢司가 설치되어 있었다. 순검사는 각 부·주·현의 요충지에 설치해 도적을 체포하거나 죄를 범한 자를 찾아내는 임무를 맡았다. 통주에 배와 사람들이 구름처럼 몰려들어 그 가운데에 도적이나 불순한 자가 포함되어 있을 가능성이 높아 순검사를 설치했던 것이다.

명나라가 기울어가는 조선 인조 14년1636에 동지사冬至使의 임무를 맡고 북경으로 향한 김육金堉은 통주의 모습을 다음과 같이 그려냈다.

조하漕河는 통주 성 동쪽에 있는데, 성 북쪽부터 땅을 파서 물을 끌어들여 북경으로 통하게 했다. 수로가 50리약 20킬로미터 정도 되니 여러 성省의 세량稅糧이 모두 통주로 들어온다. 통주의 조운선은 무려 1,000여 척으로 주야로 북경으로 조운한다. 가고 옴에 일찍이 쉬는 일이 없다.

최부보다 2년 뒤인 연산군 6년1500에 글의 음운音韻이나 제도 등에 대해 문의해오는 일을 맡은 질정관質正官 이행李荇, 1478~1534은 통주에 대한 소회를 '통주'라는 시제로 읊었다. 그 가운데 일부분이다.

북경에서 동쪽으로 사십 리 거리에
큰 고을 따로 있어 성이 우뚝 솟아 있네.
금탕지에 곡식과 귀한 물품 풍부하니
예로부터 하늘이 내렸단 말 그럴듯해.
좌우에 벌이 가게 구름처럼 모여 있고
담장 이은 저택들은 대궐에 비길 만해.
넓은 길엔 귀를 덮는 거마 소리 넘치고
지척에 보이는 건 붉은 먼지 일어날 뿐
성곽 두른 한 물줄기 누런 흙탕 쏟아내고
거리 끝엔 천 척의 뱃나루를 메웠구나.

神京東距四十里　別有雄州城百雉
金湯粟粒富奇貨　似說從來天府地
左右列肆如雲屯　甲第連墻多僭擬
廣衢隱耳溢蹄輪　咫尺但見紅塵起
遠郭一派瀉黃濁　街尾千艘塞津涘
• 이행, 『조천록』, 庚申年1500 7월 25일

통주에 몰려드는 배, 물건을 실어 나르는 수레로 흩날리는 먼지, 번성의 역사를 자랑하는 대저택들의 전경이 한눈에 펼쳐진다.

순조 3년1803 12월에 작자 미상의 『계산기정』薊山紀程이라는 작품을 통해 팔리교의 모습도 엿볼 수 있다.

북경의 문화라 일컬어지는 통주 팔리교의 전경.
통주 팔리교참(站)에서 200미터 정도 떨어진 왼쪽에 옛 운하의 자취가 남아 있었다.

남으로 통주의 경계를 바라보니 웅부雄府임을 알 수 있었다. 통주강
을 지나서 팔리교八里橋에 이르니 다리의 길이가 40여 보步나 되었고
폭이 4, 5전甄에 높이가 배가 지나다닐 만했다. 백하白河에서 조운漕運
으로 경사京師로 들어가는 길이다. 다리 이름은 영통교로 정통正統 12
년1447에 세웠고, 좨주祭酒 이시면李時勉이 비석에 기사를 썼다. 다리 좌
우에 모두 난간을 설치했는데, 극히 정치했다. 이곳에서부터는 길 위
에 큰 돌을 깔아 여섯 면에 차례로 늘어놓았다.

　• 『계산기정』권2, 도만渡灣, 순조 3년 12월 24일을유 영통교永通橋

우리가 방문했을 당시 팔리교참역 옆을 흐르는 고古 운하의 폭은 넓었
으나 역시 물은 거의 말라 있었다. 콘크리트로 제방을 쌓아 옛 모습은 거

팔리교 위의 석사자. 팔리교는 영통교라고도 하며 1446년에 축조된 것으로,
통로가 세 개나 있는 아치형이다.

의 사라졌다. 아무렇게나 버려진 쓰레기와 사람들이 실례한 자국으로 지
저분한 제방을 따라 200여 미터 걸으니 돌로 쌓아 만든 다리가 보였다.

　팔리교는 영통교라고 하며 명 정통 11년1446에 축조된 것으로 통로가
세 개나 있는 아치형 다리였다. 『계산기정』에서는 팔리교의 길이가 40
여 보, 폭은 4, 5전이라고 했는데, 중국 측 인터넷 기록에는 길이가 대략
50미터, 폭은 16미터라고 소개되어 있다. 다리 양쪽 난간에는 작은 돌
사자 상으로 장식했다. 다리 시작 부분에는 기린 상을 세웠고, 다리 아
래 물이 흘러가고 있는 곳에 사자 상인 듯한 조형물이 보였다. 보존 상
태가 좋지 않아 정확히 판별할 수는 없었다. 배가 지날 수 있도록 통로
가 세 개나 있었는데 가운데 통로가 가장 높고 커서 사람을 태운 배나
미곡 같은 물품을 실은 배들이 자유롭게 출입할 수 있을 것같이 보였다.

명나라 통주의 행정기관이 이곳 팔리교에 있었던 사실을 상기하자 돛대가 즐비하게 늘어서고 사람들이 생기 넘치게 발걸음을 옮기는 장면이 눈에 선했다.

조운로가 개통된 후 대략 450여 년이 지난 청 함풍 10년1860 5월 영국과 프랑스 연합군은 군함과 수송선을 포함한 200여 척, 2만 5천의 군사를 거느리고 천진을 점령했다. 청나라는 대고大沽포대를 강화해 이들을 방어했지만 신병기로 무장한 이들 연합군을 막기에는 역부족이었다. 천진을 함락한 연합군은 북경으로 진군했다. 8월에 몽골 출신 장군 승격림심썽거린친僧格林沁, 1811~65은 몽골 기병대를 이끌고 이곳에서 그들을 맞아 분전했으나 패배했다. 현대 중국에서 간행한 『몽고족 통사』에는 "당시 활과 창을 든 몽골 기병은 맹렬한 화력 앞에 차례차례 쓰러져 청군의 피가 통혜하通惠河의 물을 붉게 물들였다. 후퇴하지 않은 청군의 장렬함을 보고 연합군도 이들의 용감함에 감동했다"며, 처참한 전장의 모습을 생생하게 서술했다.


## 모든 길은 장가만으로 통한다

팔리교에서 장가만 통운교通運橋를 찾아 나섰다. 통주의 외곽이라 교통이 불편했다. 버스도 이용할 수 없어 길거리에 줄지어선 택시 가운데 우리를 보고 문을 연 택시 기사의 안내를 받아 장가만으로 향했다. 그런데 택시 기사는 통주 출신이 아니라 지리에 익숙하지 않아 도중 차를 멈추어 지나가는 행인들에게 장가문의 위치를 물어야 했다. 하지만 모두 머리를 젓는 바람에 감으로 찾아갔다. 옛 운하라고 생각되는 길, 옆길을 따라 들어갔는데 몹시 좁고 지저분했다. 운하는 시내 방향으로 완만하게 굽어 있었다. 길 한편에 경항대운하라는 표지판이 보였다. 그곳으로 부터 50미터 전방에 석벽으로 된 성이 나타났다. 성벽은 도중에 끊겨 있어 명나라 당시의 온전한 모습을 보여주지 않았다.

장가만은 대운하의 최북단 마두선착장였다. 통주시에서 동남쪽으로 5킬로미터 정도 떨어져 있고, 천진으로 이어지는 교통의 요지다. 노하루허潞河·부하푸허富河: 현재의 온유하·혼하훈허渾河·소태후하샤오타이허우허蕭太后河 등이 이곳에서 교차한다. 요·금·원나라를 거치면서 북경 동쪽의 중진重鎭으로 자리 잡았다. 장가만이라는 이름을 얻게 된 것은 원나라 때부터 였다. 전해 내려오기를 장씨張氏 성을 가진 만호萬戶가 여기에 살아 이러한 이름이 붙었다고 한다. 또 원 지원至元 16년1279 대도에 메뚜기 피해로 식량이 부족하자 장선張瑄 등이 배 60척을 만들어 동남지방으로부터 쌀 4만 6천 석을 싣고 바다를 이용해 북경으로 날랐다. 이들이 노하를 거슬러 북상하다 이곳에서 배를 머물러 장가만이라 했다고도 한다.

통주 장가만을 본 최부의 묘사다.

장가만에 이르렀는데, 곧 제로諸路의 공부貢賦·조공朝貢·상고商賈의 배가 모여드는 곳이었다.

• 『표해록』, 3월 28일

통주에서부터 북경까지 이르는 도중에 화원花園이 있었는데 강도가 약탈을 자행해 사람이 다치는 일이 있어 금의위錦衣衛 장교가 이들을 포박했다. 아마도 물품을 집하하는 장소였기에 재물을 빼앗고 남을 속이는 도적들이 모여들어 약탈을 감행했던 것 같다.

명나라 때 수리를 끝내고 중축된 장가만의 모습을 본 박지원은 다음과 같이 묘사했다.


　배의 깃발에는 절강이니 산동이니 하는 배 이름이 크게 씌어 있었으며, 통혜하에 연한 100리약 40킬로미터 사이에 배들이 마치 대밭처럼 빽빽하게 들어섰다. 남으로는 직고直沽의 바다에 통하고, 천진위天津衛으로부터 장가만에 모이게 된다. 천하에서 운반해 온 물품이 모두 통주에 모여들게 되니, 만일 노하潞河의 선박들을 구경하지 못하면 황제가 사는 수도의 장관을 알지 못할 것이다.

　　• 『열하일기』, 「관내정사」關內程史, 8월 1일


　청나라 때 절강이나 산동 등지에서 몰려드는 배들의 모습이 장관을 이루고 있음을 상상할 수 있다.

　이토록 인파와 상품이 가득했던 장가만도 1937년 일본군이 포대를 설치하기 위해 성을 파괴했다. 무너진 성벽 앞으로 통운교通運橋가 붉은 벽돌로 지어진 집이 있는 마을과 이어져 있었다. 다리에 깔려 있는 돌들은 세월의 무게를 견디지 못하고 홈이 나 있었다. 통운교는 소태후하에 걸쳐 있어 소태후교蕭太后橋라고도 한다. 본래는 나무로 만든 다리였으나 세월이 흐르자 명 만력제가 새로이 돌로 건축하도록 명했다. 만력 31년1603에 공사가 개시되어 2년 후에 완성되자, 만력제가 통운通運이라고 이름을 하사했다. 남문 밖에 이 다리를 건설할 때 통로가 세 군데 있었고, 다리 양쪽 난간에는 팔리교와 마찬가지로 사자 상을, 난간에 꽃화병을 새겼다.

　성벽 옆쪽으로 들어가자 왼쪽에 거대한 비석이 있었는데, 글자가 희미해 내용을 판독하기 어려웠다. 다만 맨 끝부분에 어마감 태감 장張이

통주만과 마을을 연결하는 통운교. 원래 나무로 만든 다리였으나,
세월이 흘러 명나라 만력제가 돌로 새로이 축조하도록 명했다.

라는 글자를 겨우 읽어낼 수 있었지만, 이름은 판독할 수 없어 못내 아
쉬웠다. 마침 양을 몰고 가는 중년 남성으로부터 이전에 여기에 비석이
두 개 있었는데, 정부가 하나를 가지고 갔다는 사실을 알았다. 안이 텅
비어 있는 공터로 그 옛날의 영화를 찾을 수 없었다.

# 곽수경과 회통사, 그리고 수차

## 군사박물관에 전시된 곽수경의 적수담積水潭

30일간의 길고 추웠던 여정을 마치고 북경의 지인 집에서 휴식을 취했다. 집 주위에 있는 식당에서 만두와 죽으로 아침을 때운 뒤 1호선 전철을 타고 20여 분 거리 떨어져 있는 군사박물관쥔스보우관軍事博物館으로 향했다. 공산당의 치적을 만천하에 떨치려는 듯 대단히 웅장한 건물이었다. 박물관 옆 도로에는 지방에서 올라온 관광버스가 줄지어 주차해 있었다.

무기류 등의 전시물에는 그다지 흥미를 느끼지 못해 책을 파는 곳으로 발길을 옮겼다. 행여 명나라 군사에 관한 사료나 자료를 구입할 수 있을까 하는 기대감을 가졌으나, 곧 실망으로 다가왔다. 공산당에 관련된 서적 몇 권만 전시하고 있었을 뿐이었다. 곽뢰가 10위안을 주고 인민군 전투 식량을 한 봉지 사가지고 왔다. 약간 단맛이 나는 과자로 입에 맞았다.

군사박물관에서 한 참을 걸어 수도박물관셔우두보우관首都博物館에 도착했다. 군사박물관 이상으로 장대했다. 중국의 영토와 유물·인구, 그리고 중국 사람의 심성을 반영하는 듯하여 입이 다물어 지지 않았다. 예약을 해야만 출입할 수 있다는 말을 듣고는 머뭇거렸다. 이대로 발길을 돌릴 수 없어 여권을 직원에게 보이고 한국에서 온 사정 이야기를 하자 들여보내줬다. 최근 국가에서 운영하는 박물관 입장료들이 전부 무료로 바뀌어 다행이었다.

박물관은 6층으로 되어 있었는데, 고대 유물을 전시하는 곳은 상해에서도 관람했고, 조운로를 따라오면서도 몇 군데를 들렀기에 생략하고는 북경의 옛 도시모습을 전시하는 2층으로 올라가는 에스컬레이터를 탔다. 전시물은 다양하고 풍부했다. 그런데 뜻밖에도 곽수경郭守敬, 1231~1316이 축조한 적수담積水潭을 모형으로 만들어 전시하고 있는 것이 아닌가. 적수담은 배들의 출발지이자 종착역으로, 덕승문더성먼德勝門에서 가까운 곳에 위치했다. 실은 이곳은 여행 계획에도 넣지 않았던 곳이었다.

박물관을 견학한 뒤 지단地壇 옆에 있는 금정헌진딩슈엔金鼎軒으로 딤섬점심点心을 먹으러 갔다. 북경외국어대학교 한국학과에 재직하고 있는 구자원 선생이 맛집을 안내했다. 택시를 타고 가는 중에 무심결에 오른쪽으로 머리를 돌렸다. 일순 회통사후이퉁츠匯通祠라는 편액이 보이는 것이었다. 머리를 갸웃하며 지나쳤다.

식사를 마치고 택시 기사에게 다시 회통사까지 데려다줄 것을 부탁했다. 금정헌에서 멀지 않은 곳이었다. 도착했을 때는 시계가 이미 오후 5시를 가리키고 있어 회통사 안 야트막하고 완만한 산 위에 자리잡고 있는 원나라 때의 걸출한 과학자 곽수경의 기념관은 이미 문을 걸어 잠갔다. 계단을 오르는 왼쪽으로 천문을 관측하는 기구인 혼천의 등의 과학모형을 꾸며놓았다. 조약돌을 깐 작은 길은 깨끗하게 정돈되

회통사 안 야트막하고 완만한 산 위에 자리 잡고 있는 과학자 곽수경의 기념관에
그가 제작한 혼천의 모형이 전시되어 있었다.

어 있었다.

회통사는 원나라 때 물을 다스리는 관음암觀音庵으로 건설되었다. 옛
날에는 법화사法華寺, 또는 진수관음암鎭水觀音庵으로 불렀다. 청 건륭 26
년1761에 중수하고 지금의 이름으로 바꾸었다.

길 옆 후미진 곳에서 젊은 남녀 두 쌍이 뜨겁게 포옹하고 있었다. 이
들은 우리가 적수담을 다 돌아보고 나올 때까지도 여전히 포옹을 멈추
지 않았다. 이들 청춘 남녀의 행동으로 중국도 변화해가고 있음을 피부
로 느꼈다. 절강 항주에서도 주위 사람을 의식하지 않고 버스 안에서 입
맞춤을 하는 대학생의 모습을 보고 시대가 달라졌음을 인정하지 않을

곽수경은 중국의 자연과학자 가운데 대표적인 인물로 꼽히고 있다.
적수담을 바라보고 있는 곽수경 상의 뒷모습이 보인다.

수 없었다.

산길을 내려가자 커다란 연못이 시야에 들어왔다. 적수담이었다. 곽수
경의 동상이 연못을 응시하고 있었다. 곽수경은 하북성 형태邢台 출신으
로 학자 집안에서 출생했다. 조부 곽영郭榮은 수학과 수리에 출중한 업적
을 남긴 인물이었다. 중국 자연과학자 가운데 대표적 인물이다. 조부는
오경五經에 정통한 유병충劉秉忠, 1216~74과 친했다. 그의 영향을 받은 곽수
경은 쿠빌라이의 유력한 참모 장문겸張文謙의 추천으로 수리 · 토목공사
에서 두각을 나타냈다. 그가 완성한 수시력授時曆은 1년을 364.2425일로
한 태음태양력太陰太陽曆으로, 중국 역사상 가장 오랫동안 사용된 뛰어난
역법이었다. 그의 역법은 역학서의 정수라고 일컬어지는 조선의 『칠정
산 내외편』七政算 內外篇에도 커다란 영향을 미쳤다.

그의 능력은 북경과 통주를 연결하는 통혜하通惠河를 뚫는 일에서도 드러났다. 원나라는 북경에 수도를 건설한 후 강남지역으로부터 물자를 원활히 조달하고자 했다. 이에 지원 28년1291 쿠빌라이는 곽수경의 건의를 받아들여 북경 서북부 창평昌平 백부천白浮泉의 물을 끌어들였다. 이물은 서산西山을 거쳐 옥천산玉泉山의 물과 합류한 뒤 북경 서문을 거쳐 저수지인 적수담에 저장되었다. 그 후 지금의 숭문문崇文門에서 통주 고려장高麗莊에 이르러 노하潞河로 들어가는데 전체 길이가 82킬로미터에 달했다. 이를 통혜하라고 한다. 그러나 왕조가 바뀌어 명나라가 들어서자 수도를 북경으로 정하고 궁전을 건립하면서 동편문東便門 외곽의 대통교大通橋부터 통주까지만의 운하를 일컫기도 했다. 이 운하를 이용해 통주에 다다른 배들은 다시 노하를 이용해 직고直沽, 즉 천진에 이르렀다.

조선 철종 6년1855에 종사관 신분으로 북경에 들어간 서경순徐慶淳, 1804~?이 이 통혜하에 대해 자세히 기록을 남겼다.

통주 성 북문 밖에 이르렀는데, 북경에서 가장 높은 곳이었다. 통주로부터 40리 떨어져 있는데, 땅의 높이는 5장丈: 대략 15미터이다. 물길 가운데에 열 군데의 갑閘을 설치해 비로소 배가 다닐 수 있었다. ……살펴보니, 원나라 곽수경이 통혜하를 뚫을 것을 논의했다. 창평 백부촌 신산神山의 샘을 끌어들였다. 운하는 쌍탑雙塔, 유하榆下를 지나 일묘一畝와 옥천玉泉의 여러 물을 끌어들여 도성으로 흘러갔다. 도성을 둘러싸고 흘러 통주에 이르렀는데, 갑을 만들어 물을 빼기도 하고 남아두기도 했다. 후에 점차 폐해졌다. 명나라 가정嘉靖 연간에 이사

오중吳仲이 수축하기로 논의해 다섯 곳의 갑을 설치하고, 갑마다 작은 배 60척을 두었다. 그래서 쌀 한 짐擔마다 육지로 끌어올리는 비용 4 푼分 5리釐를 줄이게 되니, 해마다 조운비로 10만여 금을 절약했다고 한다.

• 『몽경당일사』夢經堂日史, 「오화연필」五花沿筆, 11월 26일

곽수경이 통혜하를 개착하면서 수량이 크게 부족하자 크고 무거운 쌀을 실은 선박의 출입이 곤란해졌다. 그 해결책으로 갑閘을 설치해 운용하는 편리한 방법을 도입했다. 조운로 선상에 설치한 갑과 패壩를 유지하기 위해 8,000여 호戶가 편성되었다. 여기서 차출된 사람들이 1년 내내 관리한 덕분에 매일 190여 척의 크고 작은 선박이 왕래할 수 있었다.

우연의 일치가 아닐 수 없었다. 귀국길에 비행기가 천진 상공으로 기수를 돌리는 순간 저 아래 통주에서 천진으로 흘러가는 물길이 시야에 들어왔다. 알지 못하는 힘이 나에게 조운로의 나신을 전부 다 드러내주는 것 같았다.


## 부영에게서 수차 만드는 법을 배워 오다

곽수경의 과학적 업적을 되돌아보면서 최부의 수차, 즉 용골차龍骨車도 떠올랐다. 최부는 앞에서 누누이 서술한 바와 같이 유교적 소양을 굳게 지킨 선비였지만, 한편에서는 실용적인 인물이기도 했다. 수차에 대한 관심도 깊었으며, 자세한 사항을 숙지한 뒤 귀국 후 수차를 만들어 보급했다.

최부가 하북성 정해현靜海縣을 지날 때의 일이다. 그는 수차 만드는 방

법을 배우고자 한다며, 호송책임자인 장교 부영傳榮에게 제작방법을 알려달라고 요구했다.

> 지난번 소흥부를 지날 때 어떤 사람이 호수 언덕에서 수차를 돌려 수전水田에 물을 대고 있었는데 힘은 적게 쓰고 물은 많이 퍼 올리니 가뭄을 당했을 때 농사에 도움이 될 만하오.
>
> •『표해록』, 3월 23일

부영은 수차 만드는 방법은 목공이 알지 자신은 상세하게 모른다며 거절했다. 최부는 끈질기게 매달렸다.

> 최부: 옛날 북송 가우嘉祐 연간1056~63에 고려에 속한 탐라도 사람이 돛대가 부러지고 표류하다 해안에 닿아 소주 곤산현崑山縣에 이르렀소. 지현知縣 한정언韓正彦이 술과 음식으로 위로하고, 오래된 돛대를 주목舟木 위에 설치했는데 움직이지 않는 것을 보고는 공인工人을 시켜 돛대를 수리하고 회전축을 만들게 하여 그것을 눕히고 세우는 법을 가르쳐주었소. 이에 사람들이 기뻐해 손뼉 쳤소.
>
> 부영: 수차는 단지 물을 대는 데 사용할 뿐으로 배울 것이 못 되오.
>
> 최부: 우리나라는 논이 많고 자주 가뭄을 겪소. 만약 수차 만드는 제도를 배워 사람들에게 가르쳐 농사에 도움을 준다면 당신은 한마디 수고를 한 것이지만 우리나라 사람들에게는 영원한 이익이 될 것이오. 만드는 방법을 깊이 궁리하기를 바라며 미진한 곳이 있으면 역선驛船의 승무원인 수부水夫들에게 물어 가르쳐주시오.

최부가 그 옛날 지현 한정언이 제주도 사람들의 배를 수리해주었던 마음으로 자신에게 수차 만드는 방법을 가르쳐달라고 하자, 부영은 어찔 수 없이 기계의 형태와 운용하는 방법을 간략하게 설명해주었다. 최부는 한양으로 돌아와서 수차의 이로움을 조정에 아뢰었다. 성종은 전라도 관찰사 이집李諿, 1438~1509에게 다음과 같은 글을 보냈다.

들건대, 최부가 중국에 이르러 수차의 제도를 보고 왔다 하니, 정교한 목공으로 하여금 최부의 지휘를 받아 수차를 만들어 올려 보내도록 하라.

연산군 2년1496에도 충청도 지방에 크게 가뭄이 들자, 최부에게 수차 만드는 법을 가르치도록 명했다.

회통사에 진열한 곽수경의 혼천의가 중국의 과학을 상징하듯이, 언젠가 무안군에도 최부의 수차 모형이 세워질지도 모를 일이다.

# 홍치제를 알현한 최부

## 배에서 내려 나귀를 타고 북경으로

최부는 2월 13일에 항주 무림역武林驛에서 길을 떠난 뒤 조운로를 따라 움직인 지 44일 만인 3월 27일에 마침내 통주성 남쪽 백하白河 하류의 장가만에 도착했다. 일행은 배에서 내려 나귀를 타고 통주를 지나 수도인 북경으로 들어갔다. 황성의 동남쪽에 있는 숭문문崇文門으로 들어가 명나라에 조공을 바치는 외국 사신의 숙소인 회동관會同館에 머무르게 되었다. 최부가 묵은 숙소는 옥하玉河 남쪽에 있어서 이름을 옥하관玉河館이라고 불렀다.

북경의 자금성을 처음 대면하는 사람이면 누구나 입이 다물어지지 않을 것이다. 자금성은 명나라 영락제재위 1403~24가 자신의 근거지였던 북평北平을 수도로 정하면서 북경으로 고쳤다. 농민반란군의 영수 이자성이 청나라 군사에게 쫓겨 북경을 탈출할 때 자금성에 불을 질러 중요한 궁전은 불타버렸다. 명나라가 멸망하고 청나라가 북경으로 입성하자 궁전을 재건했다. 단 궁전이나 성문의 명칭은 대폭 변경되었다. 자금성 건물의 현판을 자세히 들여다보면 건물 명칭이 오른쪽에는 세로로 만주어로, 왼쪽에는 한자로 씌어 있다.

　자금성은 크게 두 부분으로 나눌 수 있다. 오문午門에서 건청문乾淸門까지는 공식행사가 이루어지는 외정外廷이다. 또 건청문 북쪽은 황제의 사적 공간인 내정內廷이다. 모택동 사진이 걸려 있는 광대한 천안문을 지나 자금성의 입구인 오문의 작은 통로로 들어가면 그 거대한 규모와 화려함에 위압감을 느끼지 않을 수 없다. 오문을 지나 금수교金水橋를 건너면 흰 대리석으로 쌓은 기단 위에 현존하는 중국 최대의 건물, 태화전太和殿에 다다른다. 중앙에 황제의 옥좌玉座가 화려한 관복을 입고 도열해 있는 관료들을 내려다보고 있다. 동쪽에는 가슴에 새문양의 복식을 한 문관이, 서쪽에는 짐승류의 문양을 띤 조복朝服을 입은 무관이 나열해 있었다. 최부는 상을 하사받을 때 문관 쪽 국자감國子監 생원生員 뒤쪽에 배열해 있었다. 황제의 용안이 어렴풋이 시야에 들어왔을까?

　병부의 고위 관료인 상서尙書와 시랑侍郞·낭중 등이 위엄을 갖추고 최부를 심문할 차비를 하고 기다리고 있었다. 이들은 최부에게 표류한 일을 묻지 않고 뜰 안의 홰나무 그늘을 가리키며 시제詩題를 삼아 절구를 지으라고 했다. 또 청사 벽에 걸린 천하지도를 가리키며 어느 곳에서 출발해 어디서 머물렀는가를 물었다. 또 조선에서 상喪을 치를 때 주문공가례朱文公家禮를 따르는지, 임금이 책읽기를 좋아하는지 등의 여부를 물어왔다. 즉 최부의 지식을 시험했던 것이다.

　그날 저녁 조선어를 잘 구사하는 자가 들러서는 하책봉사賀冊封使인 황해도 관찰사 안처량安處良 등 24명이 와서 40여 일을 머물다 지난 3월 22일에 돌아갔다고 전했다. 그러자 최부는 그들을 만나지 못한 것을 탄식했다.

최부: 타향에서 지치고 피곤해 사방을 둘러보아도 의지할 사람이 없으니, 만약 본국인을 만난다면 마치 부형을 보는 것과 같을 것이다. 더욱이 아버지가 최근에 돌아가시어 어머니가 상을 치르게 되었고, 아우 또한 어려 세상일을 경험하지 못했고, 집 또한 가난해 조석으로 돌보지 못할 때에 내가 바다를 표류하게 되었다. 집에서 생사를 알 수 없을 것이며, 다만 큰 파도가 하늘을 치고 창해가 끝이 없으므로 반드시 몸을 고기 뱃속에 장사 지낸 줄 여길 것이니, 가난한 집에서 거듭 상을 당하니 노모와 어린 아우의 아픔이 어떠하겠는가. 내가 만약 안영공안처량 일행을 만나서 같이 고향으로 돌아간다면 귀로의 걱정을 면할 수 있을 것이다. 만약 같이 돌아가지 못했더라도 그가 먼저 고국으로 돌아가 나의 소식을 잘 전해준다면 나의 어머니와 아우의 슬픔은 조금이나마 덜어줄 수 있었는데, 하늘이 나를 불쌍하게 여기지 않았다. 단지 7일 차이로 본국의 사신을 서로 만나지 못했으니 어찌 통한할 일이 아니겠는가.

• 『표해록』, 3월 29일

다음날 새벽 지금의 외교부 하급 관리에 해당하는 홍려시鴻臚寺 주부 이상李翔이 찾아와서는 조선의 사은사謝恩使가 열흘 안에 반드시 이곳에 도착할 것이라며 위로해주었다. 최부는 이상에게 외지에서 부친상을 당해 하루 객지에 머무는 것이 마치 3년이 지나는 것과 같다며 빠른 시일 내에 조선으로 돌아가게 해달라고 청했다.

최부는 공물을 바치러온 공식 사절이 아니어서 하루 한 명에게 지급되는 것은 단지 묵은쌀 한 되1.7037리터와 절인 음식 정도였다. 회동관에 체류하는 중에 조공차 왔던 유구국琉球國 사람이 떡과 음식을 융성하게 준비해 최부와 부하들에게 대접했다. 최부가 그 은혜에 감격해 식량 다섯 되를 덜어서 주려고 하자 그들은 손을 흔들어 거절했다. 타국에서 만난 외로움 때문이었을까.

그 대답을 일기에서 들을 수 있다. 유구국 사신 진선은 본국으로 돌아가게 됨을 최부에게 알리면서 작은 부채 두 개와 방석 두 장을 선물로 주었다.

> 진선: 우리나라의 왕이 일찍이 20년 전에 나의 아버지를 선발하여 조선에 사신으로 다녀오게 했소. 아버지는 그대 나라 사람들에게 많은 사랑을 받게 되어 항상 은정恩情을 생각하고 있던 차에 내가 또 대인과 서로 친하게 되었으니 다행한 일이 아니겠습니까.
>
> •『표해록』, 4월 17일

조선이 유구에게 보여준 사랑 덕분에 진선이 이국땅에서 만난 초면의 최부에게 온정을 베풀었던 것이다.

권력을 행사하는 자리에 있는 기관의 하급관리들도 자신도 모르게 호가호위하려는 의식이 팽배해 있는 것 같다. 최부가 애타게 조선 귀국 날짜만을 기다리고 있을 때 예부禮部에 소속된 서리들이 문서를 전달하면서 행패를 부렸다. 최부가 고마움에 쌀과 곡식을 술로 바꾸어 대접했는데도 그들은 불만을 품은 내색을 비추었다. 서리들은 동전이나 토포土布, 조선의 여러 가지 산물을 요구했다.

> 최부: 우리는 바다에 표류하여 몸을 보전하지 못하고 간신히 살았을 뿐인데 어찌 몸 이외에 또 다른 물건이 있겠는가. 당신들이 우리

행장을 조사해보고 만약 물건이 하나라도 있다면 즉시 가지고 가게.

• 『표해록』, 4월 7일

서리들의 얼굴색을 찬찬히 살펴보니 최부가 입고 있는 옷에 마음을 두고 있는 눈치였다. 최부가 옷을 벗어주지 않고 양식을 동전으로 바꿔주자 그들은 내던지고 성을 내며 가버렸다.

서리나 음식을 만드는 인부들의 행패는 이루 말할 수 없었다. 조선의 사신들이 황제를 알현하면 황제는 그 노고를 위로하는 의미에서 식사를 대접토록 했다. 하지만 사신들이 식사자리에 가면 궁중에서 일하고 있던 이들이 몰려가 음식을 먹어치워버려 남는 음식이 전혀 없을 정도였다고 한다. 사신들은 이들의 만행을 보고도 불평 한마디 하지 못하고 못 본 척 눈감을 수밖에 없었다.

## 예를 표하기 위해 상복에서 길복으로 갈아입다

한편 최부는 막 등극한 홍치제로부터 상을 받게 된다는 통보를 받는다. 그가 북경에 도착하기 1년 전에 성화제재위 1465~87가 병사하자, 아들이 황제위에 오르니 바로 그가 홍치제다. 새로이 등극한 황제는 위세를 떨치던 환관 세력을 모두 쫓아내는 등 정치개혁을 단행했다. 이를 이른바 홍치중흥弘治中興이라고 한다.

최부는 "황제의 후의를 입어 목숨을 부지했고 타들어가던 내장도 기름져졌으며 다친 다리도 낫았고 수척한 골육도 튼튼해져 몸 둘 곳을 모를 지경인데 어떻게 상을 받을 수 있겠는가?"라며 거절했다. 다만 하루라도 빨리 고향에 돌아가 노모를 뵙고 돌아가신 아버지를 장사 지내는 것으로 효도를 마치고 싶다는 심정을 전했다. 다행히 예부의 고위 관료가 상을 하사받을 때는 예의를 표하는 절차가 없으니 부하들로 하여금 내신 상을 받도록 했다. 그러고는 그다음 날 황제의 은혜에 사례할 때는 직접 참가해야 한다고 방법을 일러주었다. 그러나 최부는 상복을 길복吉服으로 갈아입는 일을 극구 거부했다.

최부: 친상親喪은 진실로 자기의 정성을 다해야 하는 것인데, 만약 화려한 옷을 입는다면 효가 아니오. 나 또한 사람의 자식인데 상복을 경솔히 벗고 효가 아닌 명분에 처신할 수 있겠소?

이상: 친상은 가볍고 천은天恩은 중하니, '숙배肅拜'의 예를 그만둘 수 없소. 밤 4경새벽 1~3시쯤에 동장안문東長安門 밖에 상으로 하사한 의복을 입고 오는데 틀림없도록 하시오.

•『표해록』, 4월 19일

최부는 황제의 은혜에 대한 답례를 거절할 수 없었다. 결국 부하들을 거느리고 이상을 따라 걸어서 장안문에 이르렀으나 차마 길복을 입지 못했다. 그러자 이상이 최부의 상복喪冠을 벗기고 사모紗帽를 씌우면서 말했다.

이상: 만약 국가에 일이 발생하면 곧 상중에 있는 관리를 상이 끝나기 전에 기용하는 기복起復이라는 제도가 있소. 당신은 지금 이 문에서 길복을 입고 들어가서 사은하는 예를 행하고 마친 후 다시 이 문으로 나올 때 상복喪服으로 바꿔 입으면 되는 것이오. 잠깐 동안뿐이니 하나만을 고집하여 융통성이 없어서는 안 되오.

최부가 황제를 알현하는 모습이 자세하게 실려 있다.

　황성의 바깥문이 이미 열려 있어 백관들이 정복을 차려입고 죽 늘어서 들어갔다. 신은 일이 되어가는 추세에 밀려 길복을 입고 대궐에 들어갔다. 1층 문과 2층의 두 대문으로 들어가니 또 2층대문이 있었는데, 곧 오문이었다. 군대의 위용이 엄정하고 등불이 휘황찬란했다. 이상이 신을 오문 앞에 앉히고 조금 후에 오문의 왼쪽에서 북을 치고 끝나자, 오문의 오른쪽에서 종을 쳤다. 이것이 끝나자 세 개의 홍문虹門이 열렸는데 문마다 각기 두 마리의 큰 코끼리가 지키고 있어 그 형상이 매우 기이하고 훌륭했다.

　날이 밝아오니 조관朝官들이 차례로 문 앞에 늘어섰다. 이상이 신을 인도하여 조관의 행렬에 나란히 서게 하고, 또 부하들을 인도하여 별도로 한 줄을 만들어 국자감 생원의 뒤에 서게 했다. 다섯 번 절하고, 세 번 머리를 조아린 후에 단문端門으로 나오고, 또 승천문承天門으로 나오니, 승천문은 대명문大明門의 안에 있었다. 또 동쪽으로 가서 장안좌문長安左門으로 나와서, 다시 상복을 입고 장안가長安街를 지나 옥하관으로 돌아왔다.

　•『표해록』, 4월 20일

예복을 차려입고 새벽 1시에서 3시 사이에 동장안가東長安街에 모여 궁궐로 들어가 황제에게 하례하는 길고 긴 의식이 끝난 것이다. 황제의 은혜 앞에 부친에 대한 불효를 잠시 감내해야 했던 최부였다. 마음이 너무나 무거웠을 것이다.

　황제를 알현하고 북경에 체류한 지 24일 만에 북경을 출발하려던 최부는 갑자기 가슴이 아파오는 통증을 느꼈다. 배와 가슴 사이가 서로 뒤틀리고 손발이 저려왔다. 냉기가 온몸으로 퍼지고 천식으로 인해 위태로움이 경각에 달렸다. 일행 모두가 어찌할 바를 몰랐다. 부하들은 곁에서 소리 내어 슬피 울었다. 이름을 알 수 없는 한 사람이 최부의 위급함을 보고 큰 침으로 최부의 열 손가락 끝을 찔러대자 검은 피가 세차게 솟아올랐다. 부하들이 예부에 알렸다. 명나라 조정에서 급히 태의원太醫院 의사 주민朱旻을 보내 최부를 진찰케 했다.

주민: 이 증세는 본래 칠정七情이 상하고 오한이 겹쳐서 이 병을 얻은 것이니 조심해서 몸조리해야 할 것이오.

배리 장보: 어떤 약으로 치료합니까?

주민: 향화대기탕香火大氣湯을 써서 치료할 것이오.

• 『표해록』, 4월 22일

의사 주민은 태의원으로 달려가서 약을 가지고 왔는데 곧 가감칠기탕加減七氣湯이었다. 손수 잘 달여서 최부에게 마시게 하고는 가버렸다. 밤 2경밤 9시~11시에 최부는 마신 약을 전부 토했다.

칠정은 희喜·로怒·애哀·구懼·애愛·오惡·욕欲을 가리키는데, 한의학에서는 이 칠정이 지나치면 장부기혈臟腑氣血에 영향을 주어서 병을 일으킬 수 있으며, 내장에 먼저 병이 생겨서 정서활동에 영향을 주는 경우도 있다고 한다. 최부가 마신 가감칠기탕은 기분이 울적하고 토하고 싶은 것을 치료하는 데 처방하는 탕약이라 한다.

이튿날 조금 차도가 있자 주민이 이번에는 인삼양위탕人蔘養胃湯을 달여 가지고 왔다. 겉으로 풍한風寒이나 안으로는 한기를 느껴 열이 나거나 머리와 눈이 어두워지고 아프며 사지가 굽을 때 복용하는 하는 약이다. 이를 먹고 최부의 몸이 점차 평온해졌다.

최부를 조선 국경까지 호송하는 임무를 맡은 중국 관리와 장교가 2~3일 후 병이 완쾌되면 길을 떠나자고 제안했으나, 최부는 수레 위에 누워서라도 가겠다고 고집을 부렸다. 수레 3량이 마련되자 최부는 말을, 종자들은 수레와 나귀를 타고 옥하교를 출발해 통주를 거쳐 만리장성의 동쪽 끝인 산해관으로 길을 잡는다.

# 남겨둔 이야기

• 맺음말

## 살아 있었다면 전남 최고의 유림이 되었을 최부

조선시대 과거제도와 양반 연구에 평생의 정력을 쏟은 모교 사학과의 대선배로 전북대 교수를 지낸 고故 송준호 선생은 최부가 사화에 죽임을 당하지 않았다면 전남 최고의 유림이 되었을 것이라고 단언하신 적이 있다. 『표해록』에는 사지에 처했으면서도 꿋꿋함을 잃지 않는 그의 올곧은 자세와 성품이 너무나 잘 드러나 있다.

최부는 북경을 출발해 통주를 거쳐 천하제일관天下第一關인 산해관·요동도사遼東都司의 주요 관청이 있던 광녕과 요양을 경유해 마침내 6월 4일에 압록강을 건너 조선으로 들어왔다. 일행 43명 모두가 목숨을 잃지 않고 압록강을 건너 그립던 조선으로 돌아오게 된 것이다.

최부가 요동 광녕에 머무르고 있던 날 부하들 모두 그의 앞에 나란히 무릎을 꿇었다. 표류하는 동안 여러 번 환난을 겪었으나 죽거나 다친 사람이 없었고, 타국에 도착해서도 한번도 구금되어 고생하지 않았으며, 북경에 도착해서 황제로부터 상까지 받은 데 대해 진심으로 사례했다. 부하들이 이러한 행운을 얻은 것이 어디서부터 비롯된 것인지 알지 못하겠다고 하자, 최부는 이 모두를 임금 성종의 은덕으로 돌렸다. 그러나 머지않아 연산군에 의해 죽음을 당했으니 얼마나 애석한 일인가.

신종인플루엔자가 극성을 떨친다는 이유로 중국행을 만류하던 가족을 뿌리치고 배낭을 짊어졌을 때 솔직히 마음 한구석으로는 두려움이 몰려왔다. 항주에 도착할 때부터 비가 내리고 바람은 강하게 불어 전봇대를 사정없이 꺾고 지나갔다. 영파 앞바다의 격랑은 우리를 심해로 침잠시키는 듯했다. 조선 사행들이 평안도 석다산石多山에서 배를 타고 바닷길로 등주나 영원위寧遠衛로 항해하면서 해신에게 제사를 지냈듯이, 우리도 보타산의 남해관음불南海觀音佛에 여행의 안전을 기원했다. 이 점이 유자인 최부와 다른 점이었다. 최부는 바다에서 침몰을 당할지도 모르는 극적인 순간에도 용신을 찾지 않았다. 그의 온 정신이 고국에 하루빨리 도착해 부친상을 치르는 일에 쏠려 있던 데 반해, 우리는 신종인플루엔자를 피해 최부의 길을 눈에 가득 담아 평안하게 귀국하는 것이 목적이었다. 곽뢰 군의 어머니가 소개해준 약국에서 작은 유리병에 넣어 파는 달콤한 액체를 마시며 감기에 걸리지 않기만을 바랐다.

하루에 유적지 두 곳 이상을 찾는다는 것은 무리였다. 장거리 버스로 움직이면서 근처 유적지조차 모르는 촌로를 붙들고 위치를 물어가며 탐방을 계속하는 여정이었다. '지대물박'地大物博의 나라에 우리가 찾아 나선 최부의 자취는 유적지 축에도 끼지 못했다. 강남에서 강북으로 진로를 바꾸는 순간 그곳에 흐르는 조운로는 매력이 없었다. 하북성 창주에 내렸을 때는 당혹해 어느 곳으로 향해야 할지 무척이나 망설였다.

곽뢰 군의 누이동생이 인터넷으로 실시간 중계를 하지 않았다면 주어진 시간에 이처럼 많은 유적지를 둘러보는 것도 불가능했다. 최부의 길을 따라가며 절실히 느꼈던 점은 치밀한 작업이 더 필요함은 물론, 내가 보고 느낀 점을 더 자세하게 기록해야 한다는 점이었다. 매일 추위에 노곤한 몸을 달래고 노트에 일기를 써내려갔는데 막상 한국에 돌아와 원고를 컴퓨터에 옮기려니 전체적인 윤곽은 잡히는데 세세한 내용을 서술할 수 없어 괴로웠다. 그저 고증작업에만 자신 있다고 오기를 부렸지만 문학적 재능이 글을 뒷받침하지 못해 속이 상했다.

곽뢰 군의 비싼 카메라를 연신 눌러댔으나, 한길사 편집부로부터 쓸 만한 사진이 별로 없다는 이야기를 듣고 적이 실망했다. 가로보다는 세로 사진이 편집에 용이하고, 경치를 광각으로 촬영하는 것보다 부분적으로 확대해 촬영하는 사진이 책 편집에는 더 유용하게 사용된다고 한다. 북경에서 압록강까지의 남겨둔 여정을 소화하기 위해 성능 좋은 카메라나 한 대 구입해야겠다. 거기에 촬영기법이라도 배워두면 금상첨화겠지, 라며 위안을 삼는다.

## 차마 보고 즐길 수 없어 절경을 채록하지 못하다

최부는 일기를 마치면서 자신이 보고 들은 사실을 보충해 서술하면서 다음과 같이 소회를 읊었다.

그 외에 산천과 형승形勝과 고적으로 사람들의 입에 회자되는 것들은 뾰족한 붓이 다 닳도록 쓴다 하더라도, 빠짐없이 기록할 수는 없었다. 신이 두루 관람한 것은 천년에 다시 만나기 어려운 기회였다.

게다가 상중喪中에 있어서 감히 보고 즐길 수 없어서, 뛰어난 경치를 채록하지 못했기 때문에, 배리陪吏 네 명으로 하여금 날마다 표지를 보고, 그 지방에 대해 묻게 했지만 한 가지를 들면서 만 가지를 누락시

컸고, 두루 열거하지 못하고 그 대략만 기록할 뿐이다.

•『표해록』, 6월 4일

눈과 가슴에 담아온 중국의 인정과, 풍광 그리고 맛을 영사기처럼 펼쳐냈어야 하는데 문학적 소양이 부족한 탓에 전부 옮기지 못한 점이 심히 유감이다. 언제 다시 찾을지 모를 최부의 길이었다. 최부가 내게 남겨준 혜택은 너무나도 크다. 책에서 만난 인연이 학자로서의 또 하나의 길을 인도해주었다. 이 책이 출간되면 책 한 권 들고 또다시 전남 무안군에 있는 묘소를 찾아 술이라도 한 잔 따르련다.

적금까지 해약한 두 딸 우리와 우인이, 그리고 집사람의 따가운 원조를 받으며 결행된 여행은 경비와 시간의 제한으로 끝을 맺었다. 언젠가 다시 방구석에 처박아놓은 배낭의 먼지를 털고 녹음이 가능한 마이크라도 준비해 북경에서 압록강까지 최부의 남겨진 여정을 찾아 떠나는 꿈을 꾼다. 최부와의 인연의 실타래를 풀어준 은사 조영록 선생님, 시 번역을 해준 김상일 선생, 투고에서 간행까지 긴 여정을 같이한 한길사 식구들에게 감사의 뜻을 표한다.

# 명대의 운하길에서 만난 95인

• 각 인물소개 끝에 붙어 있는 숫자는 이 책의 본문 쪽수를 뜻한다.

## 한국

### 김구(金九, 1876~1949)

호는 백범(白凡)으로 어렸을 때의 이름은 창암(昌岩)이다. 본래의 이름은 창수(昌洙)였으나 구(九)로 개명했다. 황해도 해주에서 출생했다. 1910년 신민회(新民會)에 참가했고, 3·1운동 후 상해로 망명하여 대한민국임시정부 조직에 참여했다. 이시영(李始榮)·이동녕(李東寧) 등과 한국독립당을 조직하여 항일무력활동을 시작했다. 한인애국단을 조직하여 상해 홍구(虹口)공원의 폭탄투척사건, 이봉창(李奉昌)·윤봉길(尹奉吉) 등의 의거를 지휘했다. 1944년 대한민국임시정부 주석에 다시 선임되었으며, 남한만의 단독 총선거를 반대하고 통일정부수립을 위한 남북협상을 제창했다. 1949년 경교장(京橋莊)에서 육군 포병 소위 안두희(安斗熙)에게 암살당했다. 157~164

### 김육(金堉, 1580~1658)

자는 백후(伯厚), 호는 잠곡(潛谷) 또는 회정당(晦靜堂)이다. 선조 38년(1605) 진사시에, 인조 2년(1624)에는 문과에 급제했다. 1636년 성절사(聖節使)로 명(明)나라에, 1643년에는 원손보양관(元孫輔養官)이 되어 원손을 모시고 심양으로 들어갔다. 이듬해 귀국하면서 평안도 일대의 사신접대 폐단을 없애는 데 애썼다. 저서로 명나라에 다녀온 『조천일기』(朝天日記) 등이 있다. 353

### 김종직(金宗直, 1431~92)

자는 효관(孝瓘), 호는 점필재(佔畢齋)다. 단종 1년(1453) 진사가 되었고, 1459년에 식년 문과에 급제했다. 도승지·이조 참판·한성부윤 등을 거쳤다. 훈구파(勳

舊派)와 반목과 대립을 일으켰다. 1498년에 제자 김일손(金馹孫)이 사관(史官)으로 있을 때 「조의제문」(弔義帝文)을 사초(史草)에 적어 넣은 것이 원인이 되어 무오사화(戊午史禍)가 발생했다. 이 일로 인해 그는 부관참시(剖棺斬屍)를 당했고, 그의 제자와 문인들이 참화를 입었다. 저서로 『점필재집』(佔畢齋集) 등이 있다. 24, 28, 156

### 남구만(南九萬, 1629~1711)

자는 운로(雲露), 호는 약천(藥泉)·미재(美齋)다. 효종 7년(1656)에 별시 문과의 을과에 급제했다. 이조 정랑·영의정을 지냈다. 병조 판서 직에 있을 때 폐사군(廢四郡)의 복치(復置)를 주장하여 무창(茂昌)·자성(慈城) 2군을 설치했다. 청렴하고 경사에 밝았으며 문사와 서화에도 뛰어났다. 우리에게 "동창이 밝았느냐 노고지리 우지진다"로 시작하는 시조로 유명하다. 29

### 남이웅(南以雄, 1575~1648)

자는 적만(敵萬), 호는 시북(市北)이다. 선조 39년(1606) 진사시에 합격하고 이듬해 왕자의 사부(師傅)가 되었다. 이괄(李适)의 난이 일어나자 황주 수성대장(黃州守城大將)으로 공을 세워 춘성군(春城君)에 봉해졌다. 소현세자가 심양(瀋陽)에 잡혀갈 때 우빈객으로 세자를 극진히 호위했다. 소현세자의 빈 강씨(姜氏)의 사사(賜死)를 반대하고 사직했다. 335

### 서경순(徐慶淳, 1804~?)

자는 공선(公善), 호는 해관(海觀)·몽경당(夢經堂)이다. 생원시에 합격했으며, 벼슬은 고산 현감(高山縣監)에 그쳤다. 철종 6년(1855) 진위진향사(陳慰進香使)의 종사관(從事官)으로 연경에 갔다 온 기록인 『몽경당일사』(夢經堂日史)를 남겼다. 365

### 송흠(宋欽, 1459~1547)

자는 흠지(欽之), 호는 지지당(知止堂), 관수정(觀水亭)이다. 성종 11년(1480) 사마시에 합격했고, 1492년에 식년 문과에 병과로 급제했다. 연산군의 포학한 정치로 승문원에서 물러난 후 후진 교육에 전심했다. 청렴한 성품과 101세를 산 노모를 극진히 봉양하여 세상에 그의 이름을 떨쳤다. 1538년 청백리(清白吏)로 선발되었다. 27

## 유희춘(柳希春, 1513~77)

자는 인중(仁仲), 호는 미암(眉巖)으로, 그의 모친이 바로 최부의 장녀다. 중종 32년(1537)의 식년시에 생원으로 합격했고, 1538년 별시문과에 병과로 급제했다. 예조 참판 · 공조 참판 · 이조 참판을 지냈다. 경전에 두루 통했고, 제자(諸子)와 역사에도 능했다. 외조부인 최부의 학통을 계승하여 이항 · 김인후 등과 함께 호남지방의 학풍조성에 이바지했다. 『미암일기』(眉巖日記) 등의 저서를 남겼다. 23

## 윤순(尹珣, ?~1522)

자는 백옥(伯玉), 호는 임심(臨深)이다. 문음(門蔭)으로 관직에 진출했고, 연산군 7년(1501) 식년 문과에 3등으로 급제했다. 1507년에 주문사(奏聞使) 노공필(盧公弼)과 함께 명나라에 들어가 승습(承襲) · 주청(奏請)의 임무를 완수했다. 함경도 관찰사 · 판윤 · 형조 판서 등을 지냈으나 그의 처가 연산군의 궁에 출입한 추문으로 탄핵받아 파직되었다. 28

## 윤효손(尹孝孫, 1431~1503)

자는 유경(有慶), 호는 추계(秋溪)다. 단종 1년(1453) 식년 문과에 병과로, 1457년에 중시 문과에 병과로 급제했다. 1490년 정조사(正朝使)로 명나라에 다녀올 때 『속자치통감』(續資治通鑑) · 『자치통감강목』(資治通鑑綱目) 등의 서적을 가지고 왔다. 『경국대전』 · 『오례의주』를 수찬했으며, 후에 『성종실록』 편찬에도 참여했다. 1498년 김일손(金馹孫)의 사초(史草)를 봤다는 이유로 파면되기도 했다. 26

## 의천(義天, 1055~1101)

고려 문종의 넷째 아들로 왕자라는 지위를 박차고 11세에 출가했다. 선종 2년(1085)에 개성을 출발하여 산동성 밀주(密州: 현재의 저성)를 걸쳐 북송의 수도인 변경(卞京: 현재의 개봉)으로 들어갔다. 의천은 철종 황제를 알현했고, 화엄의 종법사인 유성(有誠)과 정원법사(淨源法師)에게서 화엄학(華嚴學)을 배웠다. 천태산(天台山)에서 천태종의 개조인 지의(智顗)에게 참배했다. 귀국 후 그는 교선일치(敎禪一致)를 역설하며 천태종(天台宗)을 개창했다. 저서에 『신편제종교장총록』(新編諸宗敎藏總錄) · 『석원사림』(釋苑詞林) 등이 있다. 134, 151~153

## 이계맹(李繼孟, 1458~1523)

자는 희순(希醇), 호는 묵곡(墨谷) · 묵암(墨巖)이다. 성종 14년(1483) 진사 · 생원시에, 1489년 식년 문과에 갑과로 급제했다. 무오사화 때 김종직의 문인이라는 죄목으로 영광에 유배되었으나 사제 관계가 아니라는 점이 밝혀져 석방되었다. 1510년에 성절사로 중국에 다녀왔고, 1517년에 주청사(奏請使)로 명나라에 들어가서 『대명회전』(大明會典)에 이성계(李成桂)가 이인임(李仁任)의 아들로 잘못 기록된 것을 발견하고 보고했다. 25

## 이계손(李繼孫, 1423~84)

자는 인지(引之)로, 세종 29년(1447) 식년 문과에 정과로 급제했다. 1460년 함길도에 경차관(敬差官)으로 파견되어 장수들을 위문했다. 이듬해 북방 여진족에 대비하기 위해 한명회(韓明澮)를 순찰사로 삼았을 때 그는 종사관에 추천되었으나 병을 이유로 꺼려 웅천진(熊川鎭) 군졸에 처해졌으나 곧 사면되었다. 1474년 형조판서로 재임하던 중 주문사(奏聞使) 김질(金礩)의 부사로 명나라에 다녀왔다. 1483년에는 정조사로 명나라에 다녀왔다. 명재상이라는 칭송을 받았으나 재물을 탐냈다는 평판을 면하지 못했다. 346

## 이덕형(李德泂, 1566~1645)

자는 원백(遠伯), 호는 죽천(竹泉)이다. 선조 29년(1596) 정시 문과에 을과로 급제했다. 인조반정 때 인목대비에게 반정을 보고하여 능양군(綾陽君: 즉 인조)에게 어보(御寶)를 내리게 했다. 1624년 주문사(奏聞使)가 되어 명나라에 다녀왔다. 저서에 송도유수(松都留守)로 재직할 때 수집한 개성 지방의 설화와 견문을 기록한 『송도기이』(松都記異) 등이 있다. 345

## 이원(李黿, ?~1504)

자는 낭옹(浪翁), 호는 재사당(再思堂)이다. 김종직(金宗直)의 문인이다. 성종 11년(1480)에 진사가 되고, 1489년 식년 문과에 병과로 급제했다. 1504년 갑자사화로 참형당했다. 문장에 능하고 특히 행의(行義)로 추앙받았다. 중종반정으로 신원되어 도승지에 추증되었다. 저서로 『금강록』(金剛錄) 등이 있다. 28

### 이집(李諿, 1438~1509)

자는 화숙(和叔)으로, 음덕으로 내섬시부정(內贍寺副正)이 되었다. 성종 10년 (1479) 별시 문과에 을과로 급제했다. 예조 정랑·호조 참판·이조 판서·의정부 찬성사를 지냈다. 천성이 검소하고 매사에 공정하여 조야에서 그의 죽음을 애석하게 여겼다. 368

### 이행(李荇, 1478~1534)

자는 택지(擇之), 호는 용재(容齋)·창택어수(滄澤漁水)·청학도인(靑鶴道人)이다. 연산군 1년(1495) 증광 문과에 병과로 급제했고, 『성종실록』 편찬에 참여했다. 1500년 하성절사(賀聖節使) 질정관 질정관(質正官)으로 명나라에 다녀왔다. 갑자사화 때 연산군의 생모인 폐비 윤씨의 복위를 반대하다 유배되었다. 1530년 『동국여지승람』의 신증(新增)에 참여했다. 이듬해 권신 김안로(金安老)의 전횡을 논박하다가 도리어 좌천되었다. 저서에 『용재집』이 있다. 353

### 장한철(張漢喆, 1744~?)

호는 녹담거사(鹿潭居士)로 제주도 출신이다. 27세 때 향시(鄕試)에 합격했고, 영조 46년(1770) 12월 대과를 치르기 위해 서울로 가는 배에 탔다 풍랑을 만나 유구제도(琉球諸島)에 표착했다. 마침내 1771년에 대과를 치렀으나 낙방하고 고향으로 돌아와 자신의 경험을 담은 『표해록』(漂海錄)을 지었다. 1775년 정시 문과의 별시에 급제하여 강원도 흡곡(歙谷) 현감을 거쳐, 1788년 제주도 대정(大靜) 현감에 부임했다. 99, 350

### 조헌(趙憲, 1544~92)

자는 여식(汝式), 호는 중봉(重峯)·도원(陶原)·후율(後栗)이다. 선조 즉 1567년 위년 식년 문과에 병과로 급제했다. 1574년 성절사 박희립(朴希立)의 질정관으로 명나라에 다녀와 『동환봉사』(東還封事)를 지어 올렸다. 임진왜란이 발생하자 옥천에서 의병을 모아, 영규(靈圭)의 승군(僧軍)과 합세하여 청주성을 수복했다. 충청도순찰사 윤국형(尹國馨)의 방해로 의병이 해산당하고 700명의 남은 병력으로 금산에서 왜군과 전투를 벌이다 전사했다. 53

## 채수(蔡壽, 1449~1515)

자는 기지(耆之), 호는 나재(懶齋)다. 세조 14년(1468)에 생원시를 거쳐, 1469년에 추장시(秋場試)와 1476년에 중시를 통해 관직에 나아갔다. 『세조실록』·『예종실록』 편찬에 참여했다. 하정사(賀正使)·성절사로 명나라에 다녀왔고, 북경을 내왕하는 길에 요동(遼東)의 명사 소규(邵圭)와도 친교를 맺었으나, 당시 새로이 등장한 사류(士類)와는 잘 화합하지 못했다. 137

## 최치원(崔致遠, 857~?)

경주 사량부(沙梁部) 출신으로 경문왕 8년(868) 12세의 나이로 당나라 유학길에 나섰다. 당나라에 건너간 지 6년 만인 18세의 나이에 당에 유학 온 외국인을 대상을 치르는 시험인 빈공과(賓貢科)에 장원으로 급제했다. 건부 6년(879)에 황소(黃巢)가 반란을 일으키자 황소를 질책하는 「격 황소서」(檄黃巢書)를 지어 세상에 이름을 떨쳤다. 28세 되던 중화 5년(885)에 귀국하여 조정에 나아가 관직을 맡기도 했다. 후에 가야산으로 들어가 은거하다 병고에 시달린 끝에 세상을 떠났다. 141, 253, 255, 256, 258

## 홍대용(洪大容, 1731~83)

자는 덕보(德保), 호는 홍지(弘之)다. 담헌(湛軒)이라는 당호(堂號)로 널리 알려져 있다. 영조 42년(1766) 숙부 홍억(洪檍)의 수행군관으로 북경을 방문하여 엄성(嚴誠) 등 청나라 학자들과 교유하면서 경의(經義)·성리(性理)·역사·풍속 등에 대해 토론했다. 또 천주당(天主堂)의 서양문물을 견학했다. 1774년 음직(蔭職)으로 세손익위사시직(世孫翊衛司侍直)이 되었다. 청나라 방문을 기록한 「연기」(燕記)는 후에 박지원의 『열하일기』(熱河日記)에 영향을 미쳤고, 「의산문답」(醫山問答)에 그의 인식론·과학사상·화이관(華夷觀) 등을 종합적으로 서술했다. 344

## 홍억(洪檍, 1722~1809)

자는 유직(幼直)으로, 영조 29년(1753) 알성 문과에 장원으로 급제했다. 동지사의 서장관으로 정사 순의군 항(順義君恒), 부사 김선행(金善行)과 함께 청나라에 다녀왔다. 대사헌·한성부 판윤·예조 판서·형조 판서·공조 판서를 지냈다. 344

### 홍익한(洪翼漢, 1586~1637)

처음 이름은 습(霫)이고, 자는 백승(伯升), 호는 화포(花浦)·운옹(雲翁)이다. 광해군 7년(1615) 생원이 되고, 1624년 정시 문과에 장원으로 급제했다. 병자호란이 일어나자 최명길(崔鳴吉) 등의 화의론(和議論)을 극구 반대했다. 청나라와 화의가 성립된 후 화친을 반대한 우두머리로 지목되어 오달제(吳達濟)·윤집(尹集)과 함께 청나라로 잡혀가 죽음을 당했다. 이른바 '병자 삼학사' 가운데 한 사람이다. 345

## 중국

### 갈홍(葛洪, 284~343, 363년경)

자는 치천(稚川)이며, 스스로 포박자(抱朴子)라고 했다. 강소 단양군(丹陽郡) 출신이다. 삼국시대의 방사(方士) 갈현(葛玄)의 질손(侄孫)으로 세상에서 소선옹(小仙翁)이라 일컬었다. 후한 이래의 명문가 집안에서 태어났으나 13세에 부친이 죽어 힘든 생활을 보냈다. 그는 관내후(關內侯)에 봉해졌으나, 도교의 명산인 광동 혜주(惠州) 나부산(羅浮山)에 은거하여 연단술을 익혔다. 저서에 『신선전』(神仙傳), 연단술의 이론서인 『포박자』(抱朴子) 등이 있다. 167, 351

### 강택민(江澤民, 1926~ )

강소성 양주(揚州) 강도현(江都縣) 출신으로 상해교통(上海交通)대학을 졸업했다. 이듬해 중국공산당에 가입했고, 1955년 모스크바 스탈린 자동차공장에서 1년간 연수했다. 문화대혁명이 시작되자 공직에서 추방되기도 했다. 상해 시장, 상해시 서기장을 맡았고, 마침내 1987년에 당 중앙정치국 위원으로 선출되었다. 천안문 사건으로 당 총서기 조자양(趙紫陽)이 실각되자 당 총서기에 선출되었다. 등소평이 사임하자 국가중앙군사위원회 주석(主席)도 맡아 전권을 완전히 장악했다. 2002년 이후 당 총서기, 국가 주석, 당 중앙군사위 주석, 국가중앙군사위 주석 자리를 호금도(胡錦濤)에게 물려주었다. 232, 244

### 고헌성(顧憲成, 1550~1612)

자는 숙시(叔時)로 강소 무석(無錫) 출신이다. 만력 8년(1580)에 진사가 되어 호부(戶部) 주사(主事)에 제수되었다. 이부 고공주사(吏部考功主事)·이부 원외랑(吏部員外郞)을 지냈다. 만력제(萬曆帝)가 셋째 황자(皇子) 상순(常洵)을 편애하여 장자 상락(常洛: 후의 태창제)의 태자 책봉을 연기하려는 처사에 반대했다. 만력제의 뜻에 거슬려 고향으로 내려가 동생 고윤성(顧允成)과 함께 동림서원(東林書院)을 수리하고, 동지 고반룡(高攀龍) 등과 강학활동(講學活動)을 했다. 천계(天啓) 초에 태상경(太常卿)에 추증되었고, 태감 위충현(魏忠賢)이 정치를 맡자 관직을 삭탈당했다. 그러나 이후 숭정(崇禎) 초에 이부우시랑(吏部右侍郎)에 추증되었고, 시호는 단문(端文)이다. 202, 207

## 곽수경(郭守敬, 1231~1316)

하북 형태(邢台) 출신으로 학자 집안에서 출생했다. 조부 곽영(郭榮)은 수학과 수리에 출중한 업적을 남긴 인물이다. 곽수경은 원 세조 쿠빌라이의 유력한 브레인 장문겸(張文謙)의 추천으로 수리·토목공사에 두각을 나타냈다. 또한 그가 완성한 수시력(授時曆)은 1년을 364.2425일로 한 태음태양력(太陰太陽歷)으로 중국 역사상에서 가장 오랫동안 사용된 뛰어난 역이었다. 원 지원 28년(1291)에 대도(大都: 현재의 북경)에서 통주에 이르는 통혜하(通惠河)를 개착했다. 361, 362, 364, 365, 368

## 관우(關羽, ?~219)

본래의 자는 장생(長生)으로 후에 운장(雲長)으로 바꾸었다. 산서 하동군(河東郡)에서 출생했다. 삼국시대 촉(蜀)나라의 무장으로, 유비(劉備)를 도와 천하를 통일하려 했으나 뜻을 이루지 못했다. 삼국시대를 지나면서 관우는 충의의 화신으로 자리 잡았고, 수·당나라 때는 본격적인 신앙의 대상으로 추앙되었다. 특히 파사(破邪)의 신 또는 호법(護法)의 신으로 받들었다. 송나라 때는 왕(王)으로 격상되었다. 원나라 때는 현성(顯聖)이라는 칭호가 덧붙여졌고, 명나라 때는 전신(戰神)으로 격상되었다. 이때 제군(帝君)이라는 칭호가 붙게 되어 드디어 황제의 반열에 서게 되었다. 317~320

## 공수(龔遂, ?~?)

자는 소경(少卿), 산동 산양군(山陽郡) 출신이다. 창읍(昌邑)의 낭중령(郎中令)을 지냈을 때, 창읍왕 유하(劉賀)의 행동이 올바르지 않자 간쟁을 하다 눈물을 흘릴 정도로 강직하고 절개를 지킨 인물이다. 그는 서한 선제(宣帝)시대에 발해군 태수가 되었다. 이때 발해에 기근이 들어 도적이 횡행하자 그는 단기로 도적을 제압하

고 농업을 장려하는 데 성공했다.  337

### 노소서(盧紹緒, 1843~1905)
강서(江西) 상요(上饒) 출신으로 양주에 온 후 염장과대사(鹽場課大使) 일을 맡았
다. 후에 관직에서 물러나 상업에 종사하여 청나라 말 무렵이 되자 염상 중에 두
각을 나타냈다. 덕종 광서 20년(1894)에 은 7만 냥을 들여 노씨 고택(古宅)을 지
었다.  248

### 노신(魯迅, 1881~1936)
자는 예재(豫才)·예정(豫亭)이고, 본래의 이름은 주수인(周樹人)이다. 절강 소흥
출신으로 부친은 향시(鄉試)에 합격하지 못한 수재(秀才)였고, 모친의 성은 노(魯)
로 소흥의 농촌 출신이었다. 대문학가이자 사상가이며 혁명가로 추앙받는 노신은
신문화운동(新文化運動)에 참여하면서 사용하기 시작한 필명이다. 1918년에『신
청년』이라는 잡지에 노신이라는 필명으로 중국 현대 문화사상 한 편의 백화소설
인『광인일기』(狂人日記)를 발표한다. 이후『아큐정전』(阿Q正傳) 등의 저명한 소
설을 세상에 내놓았다.  115, 117~123, 317

### 노왕(魯王, ?~?)
노황왕(魯荒王) 단(檀)을 가리킨다. 명 홍무제의 서(庶) 10자로 홍무 3년(1370)에
봉해져, 홍무 18년에 산동 연주부(兗州府)에 취임했으나 22세로 죽었다.  328, 329

### 당완(唐琬, ?~?)
자는 혜선(蕙仙)으로 육유의 첫 번째 아내다. 육유와 이혼 후 황가(皇家)의 후예로
소흥의 인사 조사정(趙士程)과 재혼했다.  124, 126~128

### 동우(董遇, ?~?)
자는 계직(季直)으로 사람됨이 질박하고 학습하는 것을 기뻐했다. 한 헌제(憲帝)
흥평(興平) 연간에 이각(李榷) 등이 반란을 일으키자 그는 형과 함께 친구에게 의
탁하여 생활했다. 곤란을 겪으면서도 손에서 책을 놓지 않았다고 한다.  122

## 등소평(鄧小平, 1904~97)

사천성(四川省) 광안현(廣安縣) 출신이다. 1918년에 프랑스로 유학을 떠났고, 파리에서 중국공산당에 가입했다. 모스크바로 건너가 수학하다 1926년에 귀국하여 광서(廣西)지역에서 공산당 지하공작에 종사했다. 정무원 부총리·국방위원회 부주석을 지냈고, 문화대혁명 시기 홍위병(紅衛兵)으로부터 부르주아 반동파로 비판받아 모든 직위에서 해임되었다. 1973년에 주은래의 추천으로 국무원 부총리로 복직됐다. 천안문 사건이 발생하자 배후 조종자로 지목되어 또다시 모든 직위에서 해임되었다. 모택동 사망 후 당 군사위원회 등의 요직을 맡아 위기를 수습했다. '흑묘백묘'(黑猫白猫), 즉 "검은 고양이든 흰 고양이든 쥐만 잘 잡으면 된다"는 현실적이고 실용적인 측면을 강조했다. 중국의 개혁과 개방정책을 적극적으로 추진했다. 197

## 만사동(萬斯同, 1638~1702)

자는 계야(季野)로, 학자들은 석원(石園) 선생이라고 불렀다. 절강성 은현(鄞縣) 출신으로 청초의 저명한 사학자다. 청 강희 연간에 박학홍사과(博學鴻詞科)에 천거되었으나 나아가지 않았다. 사학에 뛰어나 포의의 신분으로『명사』편수에 참여했다.『명사고』(明史稿)는 모두 그의 손에 의해 이루어졌다. 저서로『명통감』(明通鑑) 등이 있다. 75

## 모택동(毛澤東, 1893~1976)

호남성(湖南省) 장사부(長沙府) 상담현(湘潭縣) 소산(韶山: 현 소산시韶山市) 출신이다. 1918년에 정치단체인 신민학회(新民學會)를 창건했고, 1921년에는 상해에서 열린 중국 공산당 창립대회에 참가했다. 1927년에 강서성(江西省) 정강산(井岡山)을 혁명기지로 노농홍군(勞農紅軍)을 조직했다. 1931년에 강서성 서금(瑞金)의 중화소비에트 정부의 주석에 선출되었다. 1934년 서금에서 출발하여 1936년 섬서성(陝西省) 연안(延安)까지의 1만 2,500킬로미터에 이르는 대장정을 성공리에 마쳤다. 1949년 10월 1일에 북경에 중화인민공화국을 건국하고 국가 주석이자 혁명 군사위원회 주석으로 선출되었다. 1958년에 전국 농민의 인민공사화(人民公社化)와 대약진운동을 펼쳤으나 실패로 끝났다. 일시적으로 유소기(劉少奇)에게 주석 자리를 넘겨주었다. 1966년 홍위병을 앞세운 문화대혁명을 통해 재집권에 성공했다. 1976년 4월 학생, 노동자, 시민들이 민주화를 요구하는 천안문 사건이 발

생한 지 5개월 만인 9월에 죽었다. 93, 119, 197, 244

## 백거이(白居易, 772~846)

자는 낙천(樂天), 호는 취음선생(醉吟先生)·향산거사(香山居士)로 하남 정주(鄭州) 출신이다. 어려서부터 명민하여 5~6세에 시를 지었고 9세에 성률(聲律)을 외웠다고 한다. 800년에 과거에 합격했고, 815년 무원형(武元衡) 암살사건에 연루되어 강주(江州) 사마(司馬)로 좌천되었다. 얼마 안 있어 중앙의 부름을 받았으나 지방관을 원해 소주(蘇州) 자사(刺史)가 되어 실적을 내었다. 74세 되는 해에 자신의 시문집 『백씨문집』(白氏文集)을 완성했다. 그의 대표적인 시에 「장한가」(長恨歌)가 있다. 세상에서 그를 시마(詩魔) 혹은 시왕(詩王)으로 부른다. 133, 180

## 범흠(範欽, 1506~85)

자는 효경(堯卿), 호는 동명(東明)으로 절강 은현(鄞縣) 출신이다. 가정 11년(1532) 과거에 합격하여 진사가 되었다. 호북성(湖北省) 수주(隨州)의 장관을 지냈을 때 백성들을 잘 위무했고, 공부 원외랑(工部員外郎)으로 옮겼을 때 큰 공사가 자주 벌어졌다. 당시 실권을 쥐고 있던 무정후(武定侯) 곽훈(郭勛)의 미움을 사 장형(杖刑)을 당하고 강서성(江西省) 원주(袁州)로 좌천되었다. 가정 39년(1560)에 병부 우시랑으로 승진됐으나, 이해 10월에 관직을 사임하고 고향으로 돌아와 월호 근처에 집을 짓고 살았다. 성품은 독서와 책을 수집하는 일을 즐겨했다. 80, 83, 84

## 변재(辨才, ?~?)

당나라 때의 고승으로 속성(俗姓)은 원(袁)씨다. 승려 지영(智永)의 제자로 월주(越州: 지금의 소흥) 영흔사(永欣寺)에 거주했다. 전해내려 오기를 왕희지의 「난정서」 진품을 지영이 변재에게 전해주었는데, 변재는 이를 일절 사람들에게 보여주지 않았다고 한다. 이 「난정서」를 소익에게 뺏긴 뒤 놀라고 탄식하다가는 곧 죽었다. 106, 108

## 사가법(史可法, 1601~45)

자는 헌지(憲之), 호는 도린(道鄰)이다. 하남(河南) 상부(祥符: 현재의 개봉) 출신이다. 대대로 금의위(錦衣衛) 백호(百戶)를 세습했다. 숭정(崇禎) 원년(1628)에 진사가 되었으며, 호부 원외랑·호부 낭중·조운총독·남경 병부 상서(兵部尚書)

등을 지냈다. 이자성(李自成)의 반란군에 의해 명나라가 멸망당하고 명나라 황제의 일족인 복왕(福王) 홍광제(弘光帝)가 남경에서 제위에 오르자 병부 상서·무영전대학사(武英殿大學士)을 맡았다. 간신 마사영(馬士英)의 전권(專權)을 싫어하여 양주(揚州)로 물러가 있다가, 청나라 예친왕(豫親王) 다탁(多鐸: 즉 도도)이 이끄는 군사의 공격을 받아 치열한 전투를 벌이다 스스로 목을 베어 죽었다. 문집에 『사충정공집』(史忠正公集) 4권이 있다.  241

### 사안(謝安, 320~385)

자는 안석(安石), 호는 동산(東山)으로 절강 소흥 출신이다. 조상의 호적은 지금의 하남성 태강(太康)이다. 명족 출신으로 젊었을 때는 출사하지 않고 왕희지와 깊은 교류를 맺고 청담(淸談)에 심취했다. 동진(東晉) 말 권력을 쥔 환온(桓溫)이 정권을 탈취하는 것을 저지했고, 383년 화북을 통일한 전진(前秦)의 부견(苻堅)이 대군을 남하했을 때도 비수(淝水)에서 격퇴했다. 나라의 위기를 구해낸 공로로 양하(陽夏) 사시(謝氏)는 낭야(琅邪) 왕씨와 동격의 가문으로 처우받게 되었다. 사안은 태보(太保)가 되었다.  107, 112

### 서긍(徐兢, 1091~1153)

자는 명숙(明叔), 호는 자신거사(自信居士)다. 안휘 역양(歷陽) 출신으로 후에 강소 오현(吳縣)으로 이주했다. 북송 선화(宣和) 6년(1124)에 고려에 사신으로 갔다 온 기록을 『선화봉사고려도경』(宣和奉使高麗圖經)에 남겼다.  78, 100

### 서달(徐達, 1332~85)

자는 천덕(天德), 안휘 호주(濠州) 출신이다. 명나라 태조 주원장이 곽자흥(郭子興)의 부장이 되었을 때 그에게 귀부했다. 주원장을 도와 명나라를 창업하는 데 커다란 공적을 세워 중산왕(中山王)에 봉해졌다.  272

### 석수신(石守信, 928~984)

하남성 개봉(開封) 출신으로 송나라 건국을 도운 원훈이다. 오대(五代) 후주(後周) 때 전전도지휘사(殿前都指揮使)·의성군 절도사(義成軍節度使)를 지냈다. 북송 태조 조광윤과 의형제를 맺었다. 절도사였을 때 세금을 거두어들이는 데 힘써 많은 재물을 축적했다. 또한 불교를 신봉하여 낙읍(洛邑)의 숭덕사(崇德寺)를 건립시 장인들을 모집하여 기와와 나무를 정돈시켰는데 일을 심하게 재촉했다. 종종 임금과 재료값도 지급하지 않아 사람들이 고통을 받았다.  73, 74

### 소식(蘇軾, 1037~1101)

자는 자첨(子瞻), 호는 철관도인(鐵冠道人)·정상재(靜常齋)·설랑재(雪浪齋)다. 사천 미주(眉州) 출신으로 부친이 소순(蘇洵), 형이 소철(蘇轍)이다. 당송8대가의 한 사람으로 왕안석(王安石)의 신법에 반대하여 항주 통판(通判)으로 좌천되었다. 후에 황주(黃州) 단련부사(團練副使)가 되어 설당(雪堂)을 서호(西湖)의 동파(東坡)에 쌓고 스스로를 동파거사(東坡居士)로 일컬었다. 불교와 도교를 좋아하고 문장은 한유(韓愈)·구양수(歐陽脩)와 더불어 복고를 주장했다.  77, 134, 138, 139, 153, 251

### 소익(蕭翼, ?~?)

강남의 대성(大姓) 소가(蕭家) 출신으로 양(梁)나라 원제(元帝)의 증손이다. 당나라 정관 연간에 간의대부·감찰어사를 지냈다. 태종의 명을 받고 영흔사(永欣寺)로 찾아가 변재가 소장하고 있던 「난정서」를 몰래 꺼낸 뒤 황제에게 바쳤다.  108

### 소통(蕭統, 501~531)

남조 양 무제의 장자로 어려서부터 총명했으며 고금의 학문에 정통했다. 일곱 걸음을 내딛기 전에 시 한 편을 짓는 능력을 지녔다. 그는 진(秦)나라 부터 양(梁)나라에 이르는 800년 동안의 130여 명이 지은 문장과 시부(詩賦) 754편을 수록한 『문선』(文選)을 편찬했다.  171, 172

### 소하(蕭何, ?~기원전 193)

젊었을 때 진(秦)나라 패현(沛縣)의 옥리(獄吏)를 지냈고, 진나라 말에 유방의 기의를 도왔다. 함양(咸陽)을 공격하여 승리한 후 진나라의 율령·도서·군현의 호구 등을 접수하여 정책에 반영하여 항우와의 전투에서 승리하는 중요한 역할을 했다. 유방을 도와 한신(韓信)·영포(英布) 등의 이성제후(異姓諸侯)를 제거했으며, 고조 사후에는 혜제(惠帝)를 보좌했다.  269

### 손문(孫文, 1866~1925)

자는 재지(載之), 호는 일신(日新)·일선(逸仙)이다. 가명이 중산(中山)으로 광동 향산(香山) 출신이다. 중국국민당총리·초대 중화민국 임시대총통을 지냈다. 중화민국의 국부(國父)로 추앙받고 있다. 93, 117

### 손작(孫綽, 314~371)

자는 흥공(興公)으로 산서 태원(太原) 출신이다. 조부는 손초(孫楚)로 진(晉)나라가 남쪽으로 내려갈 때 회계(會稽)로 옮겨 거주했다. 어릴 때부터 박학했고 문재로 이름을 날렸다. 조정의 중신이나 문사가 죽으면 반드시 손작으로 하여금 비문을 짓게 했다고 한다. 특히 서법에 뛰어났다. 명승 축도잠(竺道潛)·지둔(支遁) 등과 왕래했다. 107, 112

### 수경오(壽鏡吾, 1849~1930)

자는 경오, 만년의 호는 국수(國叟), 이름은 회감(懷鑑)이다. 소흥 시내 도창방(都昌坊) 출신으로 청 동치 8년(1869)에 수재로 선발되었다. 집 안에 삼미서옥을 설립하여 학생을 모집하여 문학으로 학생을 수양시켰다. 사람됨이 정직하고 기절과 예의를 숭상했고, 생활은 검소하고 소박했다. 122

### 승격림심(僧格林沁, 1811~65)

몽골 호르친 출신의 청나라 장군이다. 도광 5년(1825) 군왕(郡王)의 작례를 세습받았고, 어전대신(御前大臣)·도통(都統) 등의 직을 지냈다. 1853년 태평천국(太平天國)의 군대가 직례(直隷)로 쳐들어오자 참찬대신(參贊大臣)이 되어 기병을 이끌고 이들을 진압하여, 그 공으로 친왕(親王)에 책봉되었다. 1860년 8월 그는 몽골 기병 등을 거느리고 통주 팔리교 일대에서 영불연합군과 전투를 벌였으나 참패당했다. 북경조약 체결 이후 산동·하남 등지에서 염군(捻軍)을 토벌하던 중 산동 조주(曹州) 부근에서 전사했다. 357

### 심약(沈約, 441~513)

자는 휴문(休文)으로 절강 오흥(吳興) 출신이다. 어렸을 적에 부친을 잃었다. 가난했으나 학문에 뜻을 두어 여러 서적에 박식하고 정통했다. 시문에 뛰어났다. 송(宋)·제(齊)·양(梁) 3조(朝)를 받들었고, 저서에 『진서』(晉書)·『송서』(宋書) 등

이 있다.  170, 172

### 양시(楊時, 1053~1135)

자는 중립(中立), 호는 구산(龜山)으로 남검(南劍) 장락(將樂: 현재의 복건 장락) 출신이다. 어려서부터 학문을 좋아하고 시문에 뛰어났다. 희녕(熙寧) 9년(1076)에 진사가 되었다. 절강 여항현(余杭縣)·소산현(蕭山縣)·국자감 좨주(祭酒)·용도 각직학사(龍圖閣直學士) 등의 관직을 지냈다. 정호(程顥)·정이(程頤) 형제에게 사사(師事)했다. 정호의 신임을 받았다. 그는 이정자(二程子: 정호·정이)의 도학을 전해 낙학(洛學: 이정자의 학파)의 대종(大宗)이 되었다. 그 학계(學系)에서는 주자(朱子)·장식(張栻)·여조겸(呂祖謙) 등 뛰어난 학자가 많이 배출되었다. 저서에『구산집』(龜山集) 등이 있다.  201, 207

### 엄숭(嚴嵩, 1480~1567)

자는 유중(惟中), 호는 개교(介溪)로 강서 분의(分宜) 출신이다. 명 홍치 18년(1505)의 진사로 한림원(翰林院) 편수(編修)에 제수되었다. 시문이 간결하고 뛰어나 세상에 이름을 떨치게 되었다. 가정 15년(1536)에 황제의 탄신을 축하하기 위해 북경에 왔다『송사』(宋史)를 중수하는 일에 참여하게 되었다. 황제의 뜻을 잘 살펴 황제의 총애와 신임을 얻어 근신전대학사(謹身殿大學士) 등 요직에 승진했다.『명사』(明史)에는 그를 명나라 6대 간신의 한 명으로 거론했고, 별다른 재략이 없이 오직 황제에 아첨하여 이익을 탐했다고 평했다.  81

### 영락제(永樂帝, 재위 1403~24)

태조 홍무제와 마황후(馬皇后) 사이의 넷째 아들로 이름은 주체(朱棣)다. 탄생에 대해서는 여러 의문이 있으나, 그가 역사의 무대에 등장한 것은 홍무(洪武) 13년(1380) 북평에 연왕(燕王)으로 봉해지면서부터다. 조카인 건문제(建文帝)가 제왕삭봉정책(諸王削封政策)을 펼치자 위기감을 느꼈다. 병사를 이끌고 4년간의 전투 끝에 승리를 거두어 황제위에 올랐다. 이후 5차에 걸친 막북(漠北) 친정과 태감 정화(鄭和)로 하여금 6차례에 걸친 남해대원정(南海大遠征)을 수행케 했다.  19, 145, 331, 332

### 오승은(吳承恩, 1504~82)

자는 여충(汝忠), 호는 사양산인(射陽山人)으로 강소 회안(淮安) 출신이다. 하급 관리를 지내다 소상인으로 전락한 가정에서 태어났다. 명 가정 8년(1529)에 지부 갈목(葛木)이 개창한 용계서원(龍溪書院)에서 독서했는데 갈목이 그의 재능을 한눈에 알아보고 중히 여겼다. 40세 무렵에 공생(貢生)이라는 신분으로 북경에 갔으나 관직을 얻지 못했다. 가정 20년 전시(殿試)에 1등으로 합격한 심곤(沈坤), 시인 서중행(徐中行) 등과 왕래하며 교유했다. 그러나 무고를 당해 소맷자락을 훌훌 털고 고향으로 돌아갔다. 만년에는 글을 파는 일을 생업으로 삼아 80세까지 살았다고 한다.  259, 262

### 오자서(伍子胥, ?~기원전 484)

본래의 이름은 오원(吳員)으로 춘추시대 초나라 출신이다. 자서는 그의 자다. 부와 형이 초나라 평왕(平王)에게 죽임을 당했다. 뒤에 오나라를 도와 초나라를 멸했으나 월나라의 뇌물을 받은 태재(太宰) 비(嚭)에게 비방을 당해 죽게 된다.  175

### 왕안석(王安石, 1021~86)

자는 개보(介甫), 호는 반산(半山)으로 강서 무주(撫州) 출신이다. 신법당의 리더로 신종(神宗)의 정치고문이 되었다. 제치삼사조례사(制置三司條例司)를 설치하여 신법을 실시하고 정치개혁에 나섰으나 지주·호상(豪商)·황족·관료 등 특권계급의 이해와 상충되어 그들로부터 맹렬한 저항을 받았다. 반대파의 영수가 구법당의 사마광(司馬光)이다. 형국공(荊国公)에 봉해져 세상 사람들이 그를 왕형공(王荊公)이라 불렀다.  74, 228, 312

### 왕헌지(王獻之, 344~386)

자는 자경(子敬)으로 왕희지의 일곱째 아들이다. 중서령(中書令)을 지내 세상에 왕대령(王大令)이라고 불린다. 행서와 초서로 세상에 이름을 떨쳤다. 서법사상에 있어 소성(小聖)으로 불리고, 부친 왕희지와 함께 '이왕'(二王)으로 불린다.  107

### 왕희지(王羲之, 303~361)

자는 일소(逸少), 호는 담재(澹齋)로 사도 왕도(王導)의 종자(從子)다. 왕우군(王右軍)이라고도 불린다. 조상의 호적은 산동 낭야(瑯琊) 출신이나 후에 절강 회계(會

稽)로 옮겼다. 서성(書聖)으로 불리는데 특히 예서(隷書)에 뛰어났다. 작품으로 해서로「악의론」(樂毅論)·「황정견」(黃庭經), 행서로「난정서」, 초서로「십칠첩」(十七帖)이 유명하다. 106~114

### 우세남(虞世南, 558~638)

자는 백시(伯施)로 절강 월주(越州) 출신이다. 수나라에서는 비서랑(秘書郞)을 지냈고, 당나라에 들어서는 태종의 두터운 심인을 얻었다. 그가 편찬한『북당서초』(北堂書鈔)는 당나라 4대 유서(類書) 가운데 하나다. 그가 죽자 태종이 서(書)를 논할 사람이 없다고 탄식했다는 일화도 전해내려온다. 109

### 유방(劉邦, 기원전 256~기원전 195)

강소 서주 패풍읍(沛豊邑) 중양리(中陽里) 출신이다. 평민 출신으로 진(秦)나라 때 사수(泗水)의 정장(亭長)을 맡았다. 지금의 강소 패현(沛縣)에서 기병하여 패공(沛公)이라 일컬어진다. 진나라가 망한 후 한왕(漢王)에 봉해졌다. 항우(項羽)와의 싸움에서 승리한 후 군신의 추천을 받아 황제위에 올랐다. 바로 한나라 고조다. 269, 270, 279, 287

### 유병충(劉秉忠, 1216~74)

처음 이름은 간(侃)으로, 자는 중회(仲晦), 호는 장춘산인(藏春散人)이다. 하북 형주(邢州) 출신으로 원나라 세조 쿠빌라이를 섬겨 전장(典章) 제도를 만드는 데 큰 공헌을 세웠다. 또한 지폐 발행, 수도인 대도(大都) 건설에 참여했다. 이름을 병충으로 바꿨고 법호를 자총(子聰)이라 했다. 364

### 유주(劉注, 재위 기원전 128~기원전 116)

전한(前漢)시대 초(楚)나라 양왕(襄王)이다. 증조부가 초(楚)나라 원왕(元王) 유교(劉交)로 한나라 고조 유방의 동생이다. 전 129년에 부친 유도(劉道)가 죽어 왕위를 계위했다. 유주가 죽자 시호를 양(襄)이라 했고. 그의 아들 유순(劉順)이 왕위를 이었다. 구산한묘는 이 유주의 묘다. 286, 287

### 육유(陸游, 1125~1210)

자는 무관(務觀), 호는 방옹(放翁)으로 절강 월주(越州) 출신이다. 12세 때에 시문에 재주를 보였다. 성(省)에서 실시하는 제1차 과거시험에서 1등으로 합격했다. 한족의 영웅 악비(岳飛)를 살해하고 금나라와 화의를 맺어 매국노라고 불리는 진회(秦檜)의 질시를 받았다. 진회가 죽어 비로소 관직에 나아가게 되었다. 79세 때에 고향으로 돌아가, 85세의 나이로 죽었다. 후세 사람들이 그를 남송 시인의 첫째라고 일컬었다. 124~126, 128

## 이시진(李時珍, 1518~93)

자는 동벽(東壁), 호는 빈호선인(瀕湖仙人)이다. 부친은 『의학팔맥고』(醫學八脈考) 등의 의학서를 저술한 명의였다. 부친으로부터 의학 공부를 허락받은 후 34세에 의학의 최고기관인 태의원(太醫院)의 추천을 받아 북경에 갔으나 도중에 단념하고 1년 만에 귀향했다. 그는 후한시대에 편찬되었다는 『신농본초경』(神農本草經)이 명칭이나 약효에 오류가 있다고 판단하고 새로운 본초학서(本草學書)를 편찬하려는 뜻을 품었다. 참고한 서적이 800종에 달했고, 스스로 다수의 약물을 수집하여 연구를 거듭했다. 26년간에 걸친 연구 끝에 중국 본초학을 집대성했다고 평가받는 『본초강목』(本草綱目)을 완성했다. 351

## 이자성(李自成, 1606~45)

명나라 말에 기의한 농민군의 영수로 현재의 영하회족자치구(寧夏回族自治區) 관할 아래 있던 은천(銀川)의 역졸(驛卒)을 지냈다. 숭정 2년(1629)에 기의했고, 숭정 16년(1643)에 양양(襄陽)에서 신순왕(新順王)이라 자칭했다. 이듬해 대순(大順) 정권을 수립하여 황제를 칭하고 연호를 영창(永昌)이라 했다. 북경을 공격하여 명나라를 멸망시켰으나 청나라 도르곤과 명나라 총병관 오삼계(吳三桂) 군대와 벌인 싸움에서 패해 북경성을 불태우고 섬서·호북 등지로 피신했다. 마침내 호북 구궁산(九宮山)에서 현지의 농민에게 살해당했다. 241, 369

## 장보(張輔, ?~?)

절강 해녕(海寧) 건도(健跳) 출신이다. 명 성화 22년(병오년)에 거인(舉人)이 되었다. 용을 새긴 석주(石柱)로 2층 3칸의 문의 구조에 금색과 푸른빛이 눈부시도록 빛나는 저택을 소유했다. 최부를 따뜻하게 접대해준 지방의 신사(紳士)다. 63, 64, 68~71

## 장양(張良, 기원전 250~기원전 186)

자는 자방(子房)으로 하남 성부(城父) 출신이다. 또 일설에 하남 양적(陽翟) 출신이라고도 한다. 작전 계획을 수립하여 유방을 도와 한나라를 세우는 데 공적을 세웠다. 한나라의 개국공신 3걸(장양·한신·소하) 중의 한 사람이다. 유방으로부터 유(留: 지금의 강소성 서주시 패현의 동남)에 영지를 사여받아 유후(留侯)라고도 불린다. 269

## 장택단(張擇端, 1085~1145)

자는 정도(正道)로 산동 낭야(琅邪) 출신이다. 북송의 수도인 개봉 부근의 풍경을 그린 「청명상하도」(淸明上河圖)로 유명하다. 135

## 저보성(褚輔成, 1873~1948)

절강 가흥(嘉興) 출신이다. 과학기술계 지식인들의 정당이라 할 수 있는 구삼학사(九三學社)의 발기인으로 중앙이사를 맡았다. 일본 유학 시에 광복회와 중국동맹회(中國同盟會)에 가입했고, 귀국 후에 가흥부 상회 사장이 되었다. 1909년에 절강성 자순국(咨詢局) 의원에 당선되었다. 1927년 절강성 정부위원 겸 민정청장(民政廳長)이 되어 홍구(虹口) 공원의 폭탄 투척 사건 이후 일본에 쫓긴 김구 선생을 가흥에 피난시키는 데 도움을 주었다. 1996년에 한국 정부로부터 건국훈장을 추서받았다. 160, 161

## 저수량(褚遂良, 596~658)

자는 등선(登善)으로 절강 전당(錢塘) 출신이다. 박학다재로 문사에 정통했다. 하남군공(河南郡公)에 봉해져 세상에서 저하남(褚河南)으로 칭해졌다. 고종이 측천무후를 황후로 책립하려고 할 때 반대하여 무후가 즉위 후에 담주(潭州)로 좌천시켰다. 재차 베트남과 접경지대인 애주(愛州)에 좌천당해 그곳에서 죽었다. 서법에 뛰어났다. 처음에는 우세남(虞世南)에게서 배웠고, 후에는 왕희지를 본보기로 삼았다. 구양순(歐陽詢)·우세남(虞世南)·설직(薛稷)과 함께 당나라 초기의 4대 서법가로 이름을 날렸다. 108, 110

## 정기(鄭紀, ?~?)

자는 정강(廷綱), 호는 동원(東園), 복건 선유현(仙遊縣) 출신이다. 명 천순 4년

(1460)의 진사로, 홍치 원년(1488)에 절강등처 안찰사 부사(浙江等處按察使副使)를 지냈고, 태상경(太常卿)·남경 호부 상서를 지냈다. 136

### 조공명(趙公明, ?~?)

주(周)나라 무왕(武王)이 은나라 주왕(紂王)을 정벌할 때 나라를 지키다 전쟁터에서 죽었다. 그의 본명은 랑(郞)으로 공명은 자(字)이며 조현단(趙玄壇)으로 불린다. 검은 얼굴에 검은 호랑이를 타고 금빛 채찍을 지닌 모습을 지녔다. 민간에서 그를 무재신(武財神)이라고 일컬었다. 321

### 주원장(朱元璋, 1328~98)

명 왕조를 창업한 태조 홍무제(洪武帝)로, 빈농의 집안에서 태어났다. 원 지정(至正) 12년(1352)에 고향인 호주(濠州: 현재의 안휘성 봉양현)에 근거지를 둔 곽자흥의 홍건군(紅巾軍)에 가담하여 세력을 키워나갔다. 원나라 말 각지에서 기의한 군웅 진우량(陳友諒)·장사성(張士誠) 등을 무너뜨리고 1368년 정월에 응천부(應天府: 현재의 남경)에서 황제 즉위식을 갖고 국호를 '대명'(大明), 연호(年號)를 '홍무'(洪武)라 정했다. 19, 272

### 주은래(周恩來, 1898~1976)

강소성(江蘇省) 회안부(淮安府) 산양현(山陽縣: 현 회안시) 출신이다. 1920년에 근로장학생으로 프랑스에 유학했다. 이듬해 중국 공산당 프랑스 지부의 결성에 참가했다. 1924년에 귀국하여 공산당 활동에 전념했다. 1927년에 상해 노동자 폭동을 지휘하는 등 장개석(蔣介石) 타도에 주력했다. 1935년 귀주(貴州) 준의(遵義)에서 개최된 중앙정치국 확대회의에서 모택동의 의견을 지지했다. 이듬해 장학량(張學良)이 서안사건(西安事件)을 일으키자 장개석에게 내전 중단과 공동 항일을 요구했다. 1949년부터 1976년 죽기 전까지 중화인민공화국의 초대 국무총리를 지냈다. 모택동이 정치와 군사를, 주은래는 외교와 교육 문제를 분담했다. 지금도 중국 인민으로부터 사랑을 받은 총리로 기억되고 있다. 197, 244

### 주환(朱紈, 1494~1549)

자는 자순(子純), 호는 추애(秋崖)로 강소 소주 출신이다. 정덕 16년(1521)의 진사로, 가정 26년에 절강·복건 제독에 임명되었다. 해도(海盜)를 마음대로 죽였다는

어사의 탄핵을 받아 파직되자 분함을 못 이겨 자살했다. 이에 조야가 탄식했다고 한다. 51

### 진과부(陳果夫, 1892~1951)

이름은 조도(祖燾)로 과부(果夫)는 자다. 중국 국민당 내의 우파로 장개석과 밀접한 관계를 맺었고 국민당의 조직과 업무를 담당했다. 1933년에 강소성 정부 주석을 겸하여, 강소(江蘇)와 회하(淮河)의 치수정비사업을 맡았다. 1949년에 대만으로 건너갔으나 2년 후에 병으로 죽었다. 160

### 진사계(陳士啓, ?~1431)

이름은 뢰(雷), 자가 사계로, 강서 태화현(泰和縣) 출신이다. 명 영락 2년(1404)의 진사로 예부랑중에 발탁되었다. 영락 12년(1414)에 포정사·안찰사에 결원이 생기자 황제는 각 부의 낭중이나 급사중 중에서 현명하고 유능한 자를 감사(監司)로 등용시켰다. 이때 산동 우참정(山東右參政)에 등용되었다. 기민이 발생하자 자신이 책임을 지겠다며 먼저 창고의 곡속을 방출하여 백성들에게 나누어주었다. 선덕 연간에 한왕(漢王) 주고후(朱高煦)가 반란을 일으키자 비밀리에 조정에 보고했다. 난이 끝난 후 산동 지역 군호(軍戶)의 호적을 정리했다. 331

### 진선(陳瑄, 1365~1433)

자는 순언(彦純), 시호는 공양(恭襄)으로 안휘 합비(合肥) 출신이다. 명 영락 원년에 총병관에 임명되어 해운을 감독했다. 회통하가 완성되자 해운을 폐지하고 진선에게 조운을 담당케 했다. 대대로 평강백(平江伯)을 세습케 되었다. 후에 평강후에 봉해졌고, 태보(太保)에 추증되었다. 273, 372

### 진어문(陳魚門, 1817~78)

이름은 정약(政鑰), 호는 앙루(仰樓)로 절강 영파 출신이다. 어려서부터 재주와 지혜가 비상하여 일찍부터 영문을 배우고 익혔다. 청 도광 29년(1849)에 북경 국자감에서 과거 응시를 준비하는 공생(貢生)으로 선발되었고, 공을 세워 내각중서(內閣中書)에 임용되었다. 교제 폭이 넓어 거문고를 켜고 술을 마시지 않는 날이 없을 정도였다. 지패(紙牌)에도 정통하고 익숙했는데, 이를 가지고 놀이하기에 불편함이 많다고 생각하고, 목종 동치 3년(1864)에 죽골(竹骨)을 만들어냈다. 87

### 창형(暢亨, ?~?)

자는 문통(文通), 산서 하진(河津) 출신이다. 명 성화 14년(1478)의 진사로 장원 지현(長垣知縣)에서 어사로 발탁되었다. 홍치 원년(1488) 2월에는 태감 장경(張慶)으로 하여금 법으로 다스리도록 했으나 도리어 장경으로부터 인사평가가 공평하지 않았다는 점을 비난받아 3개월간 급여를 정지받았다. 137

### 척계광(戚繼光, 1528~88)

자는 원경(元敬), 호는 남당(南塘), 만년의 호는 맹제(孟諸)로 산동성 봉래(蓬萊) 출신이다. 집은 가난했지만 독서를 좋아하여 경사(經史)의 대의에 통달했다. 명 가정 연간에 부친의 관직을 이어받았고, 서도지휘첨사(署都指揮僉事)에 천거되어 산동의 왜구를 방비했다. 후에 절강지역의 군사령관에 해당하는 절강 도사(都司) 에 임명되어 영파(寧波)·소흥(紹興)·태주부를 통괄했다. 융경 2년(1568)에 계주(薊州)로 전임되어 변경 방어에 공헌을 세웠고, 만력 11년(1583)에 광동 총병관(總兵官)으로 전임시켰으나 병을 핑계대고는 부임하지 않아 탄핵을 받아 고향으로 돌아가 3년 정도 생활하다 죽었다. 저서에 『기효신서』(紀效新書)·『연병실기』(練兵實紀)·『지지당집』(止止堂集) 등이 있다. 50~53, 65

### 축융(祝融, ?~?)

본래의 이름은 중려(重黎)로 중국 상고시대 신화상의 인물이다. 호를 적제(赤帝) 라 하며, 후세 사람들이 화신(火神)으로 존숭했다. 복희·신농과 함께 3황(三皇)의 하나라는 설도 있다. 322

### 쿠빌라이(忽必烈, 1215~94)

몽골제국의 제5대 칸이다. 칭기즈칸의 넷째 아들인 톨루이의 아들로 태어났다. 어머니는 케레이트부 출신의 소르칵타니다. 형 뭉케 칸이 남송 정벌 중에 사천(四川)에서 급사하자 1260년에 자파만의 쿠릴타이를 열어 칸 위에 즉위했다. 즉위하자 국호를 원(元)으로 고치고 중국식 연호를 사용했다. 또한 파스파 문자를 만들 었으며, 대도(현재의 북경)를 건설했다. 134, 364, 365

### 풍승소(馮承素, 617~672)

자는 만수(萬壽), 하북 장락(長樂) 출신이다. 당 태종 정관 연간에 내부 공봉우서인(內府供奉挧書人)을 맡았다. 서법에 뛰어났고 『난정집서』(蘭亭集序)를 모사했다. 왕희지의 『난정서』 모본(摹本)이 지금까지 전해지고 있는데 그의 「신용본」(神龍本)이 가장 정밀하고 뛰어나다고 한다.  109

### 한신(韓信, 기원전 231~기원전 196)

강소 회음(淮陰) 출신이다. 포의 시절에는 몹시 가난하여 모친이 죽었을 때도 장사를 지낼 수 없었다. 처음에는 항우를 찾아갔으나 등용되지 못하자 한나라에 귀부하여 공을 세워 한왕(漢王)이 되었으나, 후에 모반죄로 살해당했다.  266, 268~271

### 합려(闔閭, ?~기원전 496)

합려(闔廬)라고도 표기하며, 춘추시대 오나라 제6대 왕이다. 성은 희(姬)로 가신(家臣)인 제나라 손무(孫武), 초나라 오자서(伍子胥) 등의 조력을 입어 오나라를 일대 강국으로 성장시켜 월나라 등과 패권을 다투었다. 월나라 왕 구천(勾踐)에게 패해 아들 부차(夫差)에게 복수해줄 것을 맹세케 한다.  158, 175, 213

### 호금도(胡錦濤, 1942~ )

안휘 적계(績溪) 출신으로 청화(淸華)대학을 졸업했다. 현재 중국 공산당 중앙위원 총서기, 중화인민공화국 주석, 중앙군사위원회 주석 등의 직책을 맡고 있다.  311

### 황종희(黃宗羲, 1610~95)

자는 태충(太冲), 호는 이주(梨洲)로 세상에서 남뢰선생(南雷先生)·이주선생(梨洲先生)으로 일컬어진다. 절강 영파 출신으로 고염무(顧炎武)·왕부지(王夫之)와 더불어 명말 청초의 3대 사상가 또는 3대유(大儒)로 불린다. 저서로 『명유학안』(明儒學案)·『송유학안』(宋元學案)·『명이대방록』(明夷待訪錄) 등이 있다.  83

### 황지균(黃至筠, 1770~1838)

일명 황응태(黃應泰)라고도 한다. 원적은 절강 하북(河北) 조주(趙州)였으나, 후에 양회(兩淮)의 염업(鹽業)을 경영하게 되자 양주 감천현(甘川縣)을 호적으로 삼게 되었다. 자는 개원(介園)으로 14세 되던 해에 조주 지주(知州)였던 부친이 죽자 가산은 다른 사람들 손에 넘어갔다. 19세에 부친의 친구 편지를 받고 북경으로 갔다. 그는 양회(兩淮)지방의 소금업을 주관하는 양회염정(兩淮鹽政)이었다. 그 밑에서 일 처리에 기민함을 보여 신임을 얻어 양회상총(兩淮商總)이 되어 양주에서 소금업을 경영하게 되었다. 50여 년간 이 일에 종사하게 되자 거만금을 축적했다. 청나라 가경(嘉慶)·도광(道光) 연간의 8대 염상(鹽商) 중의 한 명으로 손꼽힌다. 249

### 효강황후(孝康皇后)

홍치제의 황후 장씨(張氏)를 가리킨다. 산동 흥제현(興濟縣) 출신으로 모친은 김씨다. 모친이 황후를 잉태했을 때 달이 품속으로 들어오는 꿈을 꾸었다고 한다. 성화 23년(1487)에 태자비가 되었고, 황태자가 황제위에 오르자 황후에 책봉되었으며, 가정 28년(1549)에 죽었다. 340

# 역사용어 풀이 40선

• 각 용어해설 끝에 붙어 있는 숫자는 이 책의 본문 쪽수를 뜻한다.


### 갑(閘)

수문(水門)을 말한다. 양쪽 언덕에 돌로 제(堤)를 쌓고 그 가운데에 배 한 척이 지나갈 수 있게 했다. 넓은 판자로 물의 흐름을 막아 물을 저장한다. 배가 도착하면 다리를 들어 올려 줄로 기둥에 매고, 넓은 판자를 끌어올려서 물의 흐름을 통하게 한 후에 배를 당겨 지나가게 하는 시설이다. 145, 164, 217, 281, 307, 308, 324, 365, 366


### 건도소(健跳所)

정강 동부 황금 해안선 중간에 위치한다. 삼문현(三門縣)으로부터 20킬로미터 떨어져 있고, 동쪽으로 삼문만 해역에 임해 있다. 수심이 깊은 항구로 절강성 4대 항구 중 하나다. 인구는 약 4만 명이다. 62~69, 71


### 경항대운하(京杭大運河)

중국 북경(北京)에서 절강 항주(杭州)까지를 연결하는 대운하다. 북경과 천진(天津) 그리고 하북(河北)·산동(山東)·강소(江蘇)·절강(浙江)의 4개 성(省)을 지나고, 해하(海河)·황하(黃河)·회하(淮河)·양자강(揚子江)·전당강(錢塘江) 등 5개 수계를 관통하는 총 길이 1,794킬로미터에 달하는 물길이다. 143, 170, 201


### 구산(龜山)

서주시 구리(九里) 경제개발구 내에 위치한 이 산의 해발은 30~40미터에 불과하며 석회암으로 이루어졌다. 산의 형상이 마치 거북이 같아 이러한 이름이 붙여졌다. 풍수지리가들에 따르면, 산은 베개요 물은 침실 형상으로 바람을 품고 있어 기가 모이는 곳으로 대단한 길지라고 한다. 285

### 도저진(桃渚鎮)

절강성 임해시(臨海市) 동남으로 45킬로미터 떨어진 곳에 위치한 도시다. 최부가 처음으로 심문을 받은 도저소가 발전하여 도저진으로 바뀌었다. 인구는 9만 명 내외다. 41, 44, 56

### 동창(東廠)

정식 명칭은 동집사창(東緝事廠)으로, 명 영락 18년(1420)에 설치한 감찰·특무 기관이다. 금의위(錦衣衛)와 함께 관료와 백성들을 감시했다. 사례감(司禮監)의 장인태감(掌印太監)——후에는 병필태감(秉筆太監)——이 동창을 제독하여 그 권력은 금의위보다 위였고, 단지 황제에게만 책임을 졌다. 사법기관의 비준을 거치지 않고 멋대로 관료와 백성들을 감독하고 붙잡아들였으며, 환관이 정치에 간여하는 폐단을 낳았다. 339

### 마왕퇴(馬王堆)

호남(湖南) 장사시(長沙市) 동쪽 교외인 유양하(瀏陽河) 서안에 위치한다. 시의 중심으로부터 대략 4킬로미터 떨어져 있는 기원전 2세기를 살았던 승상 이창(利蒼)과 그의 처의 무덤이다. 286

### 마조(媽祖)

천후성모(天后聖母)·천비낭랑(天妃娘娘)·해신낭랑(海神娘娘)으로도 불린다. 항해·어업의 수호신으로 중국 연해부를 중심으로 폭넓게 신봉되는 도교의 여신이다. 특히 대만·복건(福建)·광동(廣東) 등 중국 남부 연안지역에서 신앙되었다. 343

### 명 십삼릉(明十三陵)

명나라 황제의 능묘군(陵墓群)을 가리킨다. 북경 창평구(昌平區) 천수산(天壽山)에 있는 명나라 황제·황후 능묘군이다. 명나라 황제는 모두 16명이었지만, 3명 즉 태조 주원장·건문제(建文帝)·경태제(景泰帝)의 묘는 이곳에 조성되지 않았다. 주원장 능묘는 남경에, 건문제(建文帝)는 삼촌인 영락제와의 싸움에서 패하자 불타는 궁전에 뛰어들어 시신을 찾을 수 없었고, 몽골족의 침입으로 포로가 된 정통제 대신에 황제 자리에 앉았던 경태제는 정통제 측근의 쿠데타로 형이 재차 황

제위에 복귀하자 성왕(郕王)으로 강등되어 서산(西山)에 묻혔다. 286

## 문창신(文昌神)

문창제군(文昌帝君)으로도 불리며 도교의 신령스런 신의 하나다. 동진 영강 2년 (374)에 촉나라 사람 장육(張育)이 촉왕을 자칭하며 병사를 일으켜 전진(前秦)의 부견(苻堅)과 싸우다 전사했다. 촉나라 사람들이 재동(梓潼) 칠곡산(七曲山)에 그의 사당을 세웠고, 뇌택용왕(雷澤龍王)으로 봉했다. 재동신은 장육의 화신이라고 한다. 그는 시서에도 밝았고 의술에도 뛰어나 항상 백성들의 병을 치유해 주었다. 당나라 이후 지방신에서 전국적인 성격을 지닌 신으로 발전했고, 북송 이후는 과거의 합격을 도와주는 신으로 변형되었다. 원나라 이후는 천하의 학궁(學宮)에 문창궁을 짓게 하고 그를 제사지내도록 했다. 318, 321

## 보타섬(寶陀島)

절강성 주산군도(舟山群島) 1,300여 개나 되는 섬 가운데 하나다. 중국불교 4대 명산의 하나로 관세음보살이 중생을 교화하는 도량지로 '해천불국'(海天佛国) · '남해성경'(南海聖境)이라 불린다. 91

## 삼문현(三門縣)

절강 태주시(台州市) 동북부 연해 지방에 위치한다. 인구는 약 40만 명으로 10개의 진(鎭)과 4개의 향(鄕)을 관할한다. 40, 43, 72

## 상승군(常勝軍)

1860년 미국인 고든이 상해(上海) 호상(豪商)의 자금을 지원받아 조직한 용병부대다. 유럽과 미국의 장교, 중국인 병사로 조직되었다. 1862년 영불군(英佛軍)과 협력하여 상해에서 태평천국군(太平天國軍)을 격파한 공로로 청나라 조정으로부터 상승군(常勝軍)이라는 이름을 부여받았다. 148

## 서주홍(徐州洪)

백보홍(百步洪)이라고도 한다. 서주성 동남, 현재의 서주시 화평교(和平橋) 일대에 위치한다. 돌은 어지럽게 널려 있고 물은 소용돌이치고 급히 흘러 배가 나아가기가 매우 어렵다. 물속에 거대한 암석이 깎아지른 듯이 높이 솟아 있는 것이 들쭉날쭉하고, 물결은 매우 세차고 빠르게 흘러 수 리나 가야 잔잔해진다. 배가 이곳을 지나 갈 때 조금이라도 게을리하면 배가 망가져 뒤집어져 물에 빠지게 된다. 280~285

### 서창(西廠)

정식 명칭은 서집사창(西緝事廠)으로 명 성화 13년(1477)에 설치한 감찰·특무기관이다. 태감 왕직(汪直)이 제독(提督)했으며, 그 권력은 동창을 초월했다. 일시 폐지되었다가 정덕 연간에 태감 유근(劉瑾)이 전권을 휘두르자 다시 설치했다. 유근이 주살된 후 폐치되었다. 339

### 소록국(蘇祿國)

15세기 필리핀 서남부의 소록군도(蘇祿群島)에 건립된 이슬람 국가다. 필리핀 남부에 있는 술루(Sulu) 군도, 또는 그 가운데서도 졸로(Jolo) 섬 지역을 말한다. 발리와 지리적으로 가깝다. 소록국에는 동왕(東王)·서왕(西王)·동왕(峒王)이 있었으며, 이들 모두는 환관 정화(鄭和, 1371~1433)가 5차 원정을 떠났던 영락 15년(1417)에 조공하러 북경에 들어왔다, 귀국 길에 동왕은 덕주에서 사망했다. 330, 333

### 소릉(昭陵)

당나라 태종의 능묘다. 섬서 함양시(咸陽市) 예천현(禮泉縣)에서 동북쪽으로 22.5킬로미터 떨어진 구종산(九嵕山)에 위치한다. 당나라 18개 능묘 중에서 가장 크다. 소릉의 둘레가 자그만치 60킬로미터나 된다. 109

### 수마역(水馬驛)

명나라의 역전(驛傳) 제도는 원나라의 제도를 이어받았다. 북경을 기점으로 일곱 개의 간선(幹線)이 있고, 여기에 수많은 지선(支線)이 교차하여 명나라가 지배하는 영역의 구석구석까지 도달하게 설정되어 있었다. 물론 이들 간선·지선에는 육로만이 아니라 황하·양자강·주강(珠江)·서강(西江)·대운하 등의 거대한 하천 외에 수로도 이용되었다. 육로에는 마역(馬驛), 수로에는 수역(水驛), 이 두 길을 병용하는 경우에는 수마역을 설치했다. 188, 217, 218

### 순안절강감찰어사(巡按浙江監察御史)

절강에는 찰원(察院)이라는 공서(公署)로 순무도찰원(巡撫都察院)·순안찰원(巡

按察院)·순염찰원(巡鹽察院)이 있었다. 여기서 말하는 남찰원은 순안찰원을 가리키는데 포정사 남쪽 봉산문(鳳山門) 북쪽에 있다. 원나라 때 강남행어사대(江南行御史臺)를 설치하여 해마다 감찰어사 두 명을 파견하여 성지(省地)를 분순(分巡)시켰다. 137

## 안찰사(按察使)

안찰사의 정식명은 제형안찰사사(提刑按察使司)다. 안찰사는 한 성(省)의 형명(刑名)이나 탄핵 등을 담당했다. 136, 182, 189

## 여량대홍(呂梁大洪)

서주성 동남쪽 50리 되는 곳에 여량산(呂梁山)이 있다. 지금은 가랍산(坷拉山)이라 하는데 해발 146미터다. 그 아래에 두 개의 홍, 즉 여량대홍과 여량소홍이 있다. 최부『표해록』에 묘사된 '홍'은 다음과 같다. "홍의 양옆은 수면 아래로 돌이 어지럽게 널려 있고, 가파르게 험한 바위가 높이 서 있었다. 어떤 것은 높이 솟아 있고, 어떤 것은 낮게 빽빽이 늘어서 있었다. 강의 흐름은 꼬불꼬불하다가 여기에 이르러 언덕이 트여서 넓고 훤하게 뚫려 세차게 흘렀고, 세찬 기세는 바람을 내뿜는 듯했다. 그 소리가 벼락 같아 지나가는 사람은 마음이 두근거리고 정신이 혼미했다. 가끔은 배가 뒤집힐까봐 걱정되었다." 280, 281

## 요동도사(遼東都司)

정식 명칭은 요동도지휘사사(遼東都指揮使司)로 요동지역의 군사를 총괄했다. 명 태조 홍무 4년(1371)에 정료위(定遼衛)를 설치하고, 홍무 8년에는 요동 도사로 개칭했다. 홍무 10년에는 소속 주·현을 폐지했다. 요동 도사는 정료좌위(定遼左衛) 등 25개의 위(衛)와 2개의 주, 즉 자재주(自在州)·안락주(安樂州)로 구성되었고, 인구는 275,155명이다. 치소(治所)는 요양(遼陽)에 있었다. 345, 379

## 위소(衛所)

위(衛) 또는 소(所)는 명나라 병제의 부대편성 단위다. 그중 소(所)는 가장 작은 부대로 군사 112명으로 편성했다. 10개의 소가 하나의 천호소(千戶所)를, 5개의 천호소가 1개의 위(衛)를 구성하는데 1위(衛)는 군사 5,600명이다. 위의 최고 책임자는 지휘사, 소는 천호다. 현재 한국의 군대 편제로 비교하면 대략 2개 연대급의

군사에 해당한다. 56

### 장가만(張家灣)

북경 통주구(通州區) 중부에 위치한다. 양수하(凉水河)·소태후하(蕭太后河)와 옥대하(玉帶河)가 합쳐지는 곳으로 서북쪽으로 통주와 7킬로미터 정도 떨어져 있다. 원나라 때 조운(漕運)을 담당하던 만호(萬戶) 장선(張瑄)이 바다로 곡물을 이곳까지 운반한 후 육로로 통주나 북경으로 운반하여 이러한 이름이 붙여졌다. 353, 358

### 전당강(錢塘江)

안휘 황산(黃山)에서 발원하여 안휘·절강 두 성(省)을 흘러간다. 옛 이름은 '절강'(浙江)이다. 혹은 절강(折江)·지강(之江)이라 한다. 절강 엄주부(嚴州府) 동려현(桐廬縣)에서 흘러 부양현(富陽縣) 경계에 이르러 군의 서남쪽을 흘러 동북으로 흘러가 바다로 들어간다. 해조(海潮)로 유명한데 매년 음력 8월 18일 조수가 발생하면 군사람들이 관망하러 모여든다. 146, 148, 149

### 전봉관(傳奉官)

본래 관료의 선발은 이부(吏部)나 조정의 천거 또는 논의를 통해 이루어지는데, 이러한 과정을 생략한 상태에서 황제가 직접 임명한 관료를 전봉관이라 한다. 문제는 권력을 쥔 태감들이 황제의 이름을 빌려 관료를 임명했다는 점이다. 339

### 절강포정사(浙江布政使)

포정사는 한 성(省)의 재정을 담당한다. 명나라 때 절강포정사는 11개의 부(府)·주(州), 즉 최부가 거쳐 갔던 주요 도시인 항주(杭州)·가흥(嘉興)·소흥(紹興)·영파(寧波)·태주(台州) 등지를 관할했다. 147

### 천비(天妃)

마조라고도 한다. 복건(福建) 보전현(莆田縣)의 미주(湄洲) 섬 출신으로, 본래의 성은 임(林), 이름은 묵(默)이다. 북송 태조 건륭 원년(960)에 태어나 태종 옹희 4년(987)에 28세로 죽었다. 일찍이 15세 무렵에 사람들의 병을 치료하고, 부모에게 효를 다하고, 헤엄을 잘 쳐 어려움에 빠진 배를 구조했다. 바닷가에서 조난을 당한 관료나 선원 들을 무수히 구해내자 연해가의 백성들이 사당을 세우고 제사를 지냈고 천비로 떠받들었다. 송나라 때 순제부인(順濟夫人)이라 불렸고, 원나라 때 천비에 봉해졌으며, 명 영락 7년(1407)에 호국비민묘령소응홍인보제천비(護國庇民妙靈昭應弘仁普濟天妃)에 봉해졌고, 청 강희 23년(1684)에 천후(天后)에 봉해졌다. 342~346, 348

## 체운소(遞運所)

공공 업무로 파견된 인원들의 왕래, 신속히 전달할 군의 기밀에 관한 사항, 군수품 등을 전달하기 위한 목적으로 설치한 시설이다. 각지의 지세와 사회·경제 사정에 의해 마역(馬驛)·수역(水驛)·수마역(水馬驛), 그리고 체운소를 설치했다. 209, 227, 232, 338

## 초관(鈔關)

선박이 왕래하는 수로의 요충지에 설치하여, 선박과 화물의 수량·용량·길이·면적 또는 상품의 가격을 기준으로 세율을 거두어들이는 곳이다. 324~327

## 총병관(總兵官)

총병관은 품급도, 정원도 없으며 공(公)·후(侯)·백(伯)·도독(都督)으로 임명했다. 명나라 초에는 정벌을 행하는 경우 장군인(將軍印)을 가지고 출정한 뒤 일이 끝나면 반납하는 형식이었으나 후에는 한 지역에 정착하게 된다. 한 지역 전체를 통솔하는 자는 진수(鎭守), 일로(一路)를 담당하는 자를 분수(分守), 일성일보(一城一堡)를 담당하는 자를 수비(守備), 주장(主將)과 함께 일성(一城)을 지키는 자를 협수(協守)라고 한다. 총병관 아래 부총병(副總兵)·참장(參將)·유격장군(遊擊將軍)·수비(守備)·파총(把總) 등이 있다. 52, 274, 275, 338

## 치우(蚩尤)

중국 신화에 등장하는 신이다. 짐승의 몸 형태로 머리는 구리, 이마는 쇠로 되어 있고, 네 개의 눈, 여섯 개의 팔, 소의 머리와 굽, 머리에는 뿔이 나 있었다고 한다. 모래·돌·철을 먹는 초능력을 지닌 용감한 성격의 소유자로 인내심이 강했다. 천계(天界)의 제왕인 황제(黃帝: 즉 헌원씨)와 전쟁을 벌이다 패했다. 후대에 전쟁의 신으로 숭배되었다. 300, 302, 303

### 친왕호위지휘사사(親王護衛指揮使司)

간략하게 호위(護衛)라고도 한다. 명 태조 홍무 5년(1372)에 친왕호위지휘사사(親王護衛指揮使司)를 설치하여 왕부(王府)마다 3개의 호위군을 편성했다. 황제의 적자(嫡子)에게는 황제위를 계승하고, 다른 여러 아들은 왕에 봉해졌다. 이 왕들은 황궁 밖의 저택에 거주하다 15세에 혼인하면 자신이 봉(封)해진 지역에 취임했다. 이들 제왕(諸王)에게는 영토도 지급되지 않았고, 작위는 수여받지만 백성을 직접 통치하지도 않았다. 또한 봉록은 지급받아도 정치는 행하지 않는 것이 원칙이었다. 군대의 출동 등도 모두 조정의 지시를 받았다. 329

### 통혜하(通惠河)

원나라 세조(世祖) 지원(至元) 30년(1293) 곽수경이 계획하고 완성한 운하로 좁은 의미로는 통주(通州)의 장가만(張家灣)에서 북경의 길목인 대통교(大通橋)를 연결하는 약 50리(30킬로미터)를 가리킨다. 원나라 때 통혜하의 최종 종착지는 대도(大都) 내의 적수담(積水潭)이었지만 명나라 때 북경성이 재건된 이후로는 통상 동평문(東平門) 외곽의 대통교까지 선박이 들어왔다. 그 까닭에 종종 통혜하는 '대통하'(大通河)라고 불리지만, 명나라 때는 이 구간을 포함하여 천진(天津)까지 약 160리(96킬로미터)를 넓은 의미의 통혜하로 부르기도 한다.(조영헌, 『대운하와 중국상인』, 민음사, 2011) 365, 366

### 팔리교참(八里橋站)

북경 조양구(朝陽區)와 통주구(通州區)의 경계지역에 위치하는 지하철역이다. 남쪽으로 통혜하(通惠河)에 다다른다. 마을 이름은 이 다리에서 유래하며 명 정통 10년(1446)에 세운 영통교(永通橋), 속칭 팔리교(八里橋)가 있다. 통주성(通州城)에서 서쪽으로 8리 떨어져 있어 이러한 이름이 붙었다. 355

### 패(壩)

물의 흐름을 조절하여 배를 통과시키는 시설이다. 최부에 따르면 이 제도는 다음과 같다. "두 물을 경계로 하여 안팎으로 양쪽 옆에 돌로 쌓아 언(堰)을 만든다. 언 위에 두 개의 돌기둥을 세우고, 그 위에 횡목(橫木)을 얹어 문처럼 만든다. 횡목에다가 한 개의 큰 구멍을 뚫고, 또 나무기둥을 세우고 가로지른 나무 구멍에 맞추어 돌아갈 수 있게 한다. 기둥 사이로는 여러 개의 구멍을 뚫고 또 대나무를 쪼개어 새끼를 만들고 배를 묶어 나무기둥에 매고는 짧은 나무를 여러 개의 구멍에 다투어 꽂아서 고정시키고 배를 끌어 올린다." 281, 308~310, 366

## 홍(洪)

홍은 '급물' '소용돌이 치는'이라는 의미다. 이러한 곳에 홍부(洪夫)를 배치하여 통과하는 선척을 끄는 임무를 맡겼다. 양 언덕에 돌로 언(堰)을 쌓고 그 위에 배를 끌 수 있는 길을 만든다. 또 대나무로 만든 닻줄을 사용하여 끌어당긴다. 배 한 척을 당기는 데에 인부는 100여 명이, 소는 10마리가 필요했다. 패(壩)·갑(閘)·홍에는 모두 관원이 인부와 소를 모아놓고 배가 오는 것을 기다렸다. 280

## 홍려시(鴻臚寺)

조회·빈객·길흉 등의 의례를 담당하는 부서다. 홍려시의 사의(司儀)와 사빈(司賓)이라는 관청 하에 종9품의 서반 50명이 편성되어 있었다. 340, 371

## 회통사(匯通祠)

북경 십찰해(什刹海)에 있다. 명 영락 연간에 건립되었고, 옛적에는 법화사(法華寺), 또는 진수관음암(鎭水觀音庵)이라고 일컬었다. 청 건륭 26년(1761)에 중수하면서, 이름을 회통사로 바꿨다. 362, 363, 368

## 회통하(會通河)

원나라는 세조(世祖) 지원(至元) 20년(1283)에 산동의 사수(泗水)와 문수(汶水)를 이용하여 제주하(濟州河)를 개통했다. 6년 뒤인 지원 26년(1289)에는 제주하를 안산(安山)에서 북으로 연장하여 임청(臨淸)에서 위하(衛河)로 들어가는 안산-임청 간의 안산거(安山渠)를 개통했다. 이른바 회통하다. 명나라에 들어서자 대운하를 정비 작업이 이루어져 영락 9년(1411)부터 영락 13년(1415)까지 회통하의 개·보수 작업이 시행되었다. 145, 273